-- : Dieter Eue
-- : Ketzers Jugend
-- : Roman
-- : Büchergilde

-- : Dieter Eue
-- : Ketzers Jugend
-- : Roman
-- : Büchergilde

Dieter Eue
Ketzers Jugend

-- : Printed in Germany 1987
-- : ISBN 3 7632 3316 4

-- : Lektoratsbearbeitung Hans-Jürgen Schmitt
-- : Satz und Druck Richard Wenzel, Goldbach bei Aschaffenburg. Schrift Korpus Garamond auf Lichtsatzsystem Berthold acs 3200
-- : Reproduktionen RGD-Repro Gruppe Dreieich
-- : Bindearbeiten Großbuchbinderei Monheim

-- : Die Ausstattung
besorgte Juergen Seuss,
Niddatal bei Frankfurt am Main,
der auch sämtliche
schriftgraphischen Blätter
und Strukturbilder
entwarf.

Inhaltsverzeichnis

Strafsache K
Strafsache K

-- :

-- : Tach. Ich bin Constantin (das für einer?).

-- : Guten Tag. Ich heiße Detlef Schädlich (hippipi, hat mir grad noch gefehlt).

Sie reichen sich die Hände. Kühl schrammen die Blicke.

-- : Kannst Brian zu mir sagen.

-- : Brian? Wieso Brian? Bist du ein Engländer? Das obere Bett ist frei.

Ketzer legt seine Cordjacke auf das Bett. Blauweiß gemustertes Leinenzeug. Dreht sich zu Schädlich.

-- : (eintopp) kennste nich Brian Jones? Den Rhythmusgitarristen der Rolling Stones? Nie was von gehört?

-- : Bist wohl Musiker?

Ketzer nickt. Nickt und dreht den Kopf. Wenig so eine Zelle. Wie ein Sarg, denkt er.

DIESE ZELLE: 10 m², ein Doppelstockbett, drei Holzschemel, ein Klapptisch, ein kleiner Wandschrank. In diesen greift Schädlich, fingert sich eine Zigarette, läßt sich auf einen Schemel fallen. Zündet an. Raucht.

-- : Haste nich n Zigarette für mich? Hab schon seit Sonnabend nich mehr geraucht (sonnabend, war ich noch, nobs kriegte das klaviersolo bei we love you nich hin, voll war der saal).

Schädlich reicht Ketzer ein Paket Tabak und Zigarettenpapier.

-- : Hier! Mußt du dir selber drehen.

-- : Selber drehen?

-- : Na klar! Was denkst du denn? Mit dreißig Mark Einkauf kommste nicht weit! Meensch, paß auf! Du saust ja alles untern Tisch. Ircch! So macht man das.

Schädlich nimmt Ketzer den Papierstreifen aus der Hand. Macht vor.

-- : Hier, stoß an. Streichhölzer mußte auch sparen. Hier gehts anders lang als draußen.

Ketzer stößt an, zieht, saugt, saugt. Kitzelnd gurgelt der Rauch durch die Luftröhre.

-- : Konnt überhaupt nichts mitnehmen. Ausm Bett haben se mich geholt.

-- : Weswegen bist du n drinn?

-- : N Witz. Hab n Witz erzählt.

-- : N Witz?

-- : Ja, n Witz. Vonner Bühne, durchs Mikro.

-- : Was war denn das für ein Witz?

-- : Ach, n ganz doofer.

-- : N politischer?

-- : Politisch, politisch! N Witz eben!

-- : Und deswegen biste im Gefängnis?

Schädlich hebt die Augenbrauen. Ungläubig federn die Wimpern.

-- : Deswegen kommt doch keiner in n Knast?!

-- : Kommter doch! Siehste ja! (nicht mal was essen durftich, tür auf, sind sie bür, ziehen siesich, verhaftet, omas augen, omas augen, omas au).

-- : Und weswegen bist du drin?

-- : Republikflucht. Paßvergehen.

-- : Wollste abhauen? Won?

-- : In Sacrow.

-- : Wo istn das?

-- : Hier in Potsdam.

-- : Waasn, so über die Mauer rüber? Die schießen doch!

-- : Ach, d-durch n Jungfernsee. Schwimmen (fragen, fragen, immer nur fragen).

-- : Schwimmen?! Määnsch!! Alleine?

-- : Neeein!!

Schädlich atmet schneller. Rot sprenkelt sich sein Gesicht.

-- : Sind die auch in U-Haft?

-- : NEIN!! Die sind drüüüben! (drüben sind die! drüben sind die! die haben es geschafft, geschafft! mich haben sie hängen lassen, die schweine, schweine, schwein).

Wie Kreissägen rotieren die Worte. Ritzen. Schneiden. Verletzen. Schädlich krümmt sich vor Schmerz. Ketzer verstört.

-- : Wa ... ähem, wann warn das?

-- : Im. Im Juli. Aaam fünften.

Schädlich schneuzt sich. Nimmt Ketzer die brennende Kippe aus der Hand.

-- : Nicht wegschmeißen! Rauchen wir später mit Tütchen.

-- : Tütchen? Wasn das nu schon wieder?

Schädlich erhebt sich. Zwängt sich an Ketzer vorbei. Geht zum Fenster. Drückt sein Gesicht gegen die Sichtblenden.

-- : Draußen ist Sommer (sind bestimmt schon paris, place de la concorde, on parle français, on sera un étudiant de la sorbonne, und ich hier drin, *ich hier drin*! wie lebendig eingemauert! barbaren! ich muß hier raus, ich muß hier raus, hier werd ich verrückt, verrückt, verrück).

Schädlich schleudert sich in die Zelle zurück. Läßt sich auf das Bett fallen. Wirft den Kopf auf die aufgestützten Arme. Rührt sich nicht mehr. Ketzer sitzt mit offenem Mund. Eng spannt der Kragen um seinen Hals. Er schluckt und schluckt. Will etwas sagen. Doch nur rauh reiben die Stimmbänder. Plötzlich.

-- : Aber runter da vom Bett! Sonst mach ich Ihnen Beine!

Gallertauge im Spion. Schädlich sieht zur Tür, erhebt sich knarrend, schlurft zum Tisch zurück. Zufrieden scheuert die Spionklappe gegen das Holz.

-- : Heut hat Knochenkarl Dienst, da mußte dich vorsehen.

N ganz scharfer Hund ist das. Der ist so leise, den hörste nie. Miststück!

-- : Darf man denn nicht aufm Bett liegen?

-- : Pfffih! Haste doch gesehen! Nicht mal sitzen darfste am Tage drauf!

DAS LIEGEN AUF DEN BETTEN IST
DEN UNTERSUCHUNGSGEFANGENEN NUR
ZWISCHEN DEM EINSCHLUSS UND DEM
AUFSCHLUSS GESTATTET!

Hier, lies dir das durch, dann weißte Bescheid, wies hier langgeht.

Schädlich holt zwei cellophanierte Blätter aus dem Schrank. Reicht sie Ketzer.

ANSTALTSORDNUNG FÜR DIE UHA-POTSDAM

Es ist verboten...
Es ist verboten...
ist verboten...
verboten...
boten...
bo
b
Baff

(bloß noch luftholen erlaubt! ein brief im monat, wem soll ich schreiben? eltern oder angehörige ersten grades nur, sindn großeltern? vielleicht brauchich gar nich, nichts gemacht, bloß n Witz, lassen mich wieder laufen, bis mittag bin ich in briesenow, erich versteht, mach ich sonderschicht, vielleicht verweis, oder tadel, juckt mich nicht, bloß raus!)

-- : Wo kommsten her?
-- : Aus Ziethen.
-- : Wo istn das?
-- : N Dorf bei Briesenow.
-- : Ach vom Dorf kommst du?
-- : Und du?

Schädlich senkt seine Augenlider um einen Millimeter. Schwer sagt er dann.

-- : Ich? Ich komm aus Kleinmachnow.
-- : Liegtn das?
-- : Och, das ist ein Villenvorort von Berlin. Von Zehlendorf.
-- : Zehlendorf? Das ist doch Westberlin.
-- : Jah!

Lässig stülpt sich Schädlichs Unterlippe. Kahlrasierter Fatzke, denkt Ketzer. Und dann noch so ne Hände. Hast doch noch nie gearbeitet!

-- : Und da auf deinem Dorf hast du also Musik gemacht. Beat? Kannst du denn überhaupt Noten lesen?

Ketzer funkelt die Antwort über den Tisch.

-- : Na die meisten Beatmusiker kennen doch keine Noten! Das mußt du doch zugeben.
-- : Ach, woher haste denn deine Weisheit?
-- : Hab ich mal gelesen. Imim SPIEGEL!
-- : Und das glaubste natürlich alles, was die so schreiben, hh?
-- : Warum nicht?! Immerhin ist der SPIE...
-- : Nu hör mal zu! Jetzt werd ich dir mal was sagen! Musikmachen lernt man nicht! Musik hat man unter der Haut, oder sonst nirgendwo! Verstehste! N Louis Armstrong hat auch noch keiner nach Noten gefragt.
-- : Ist ja gut! Nun reg dich wieder ab.

Schädlich entstülpt vorsichtig seine Lippe. Er versucht zu grinsen.

-- : Nun komm, ich hab das doch nicht so gemeint. Wo habt ihr denn überall gespielt? Wie heißt überhaupt eure Truppe?

-- : Ketzerband!

Der Kapuzenmuskel biegt Stolz in Ketzers Genick.

-- : In Briesenow haben wir meistens gespielt, im Klubhaus (stimmung wie hash am sonnabend), oder in Hennigsdorf, im LEW-Klubhaus (nights in white satin und alles rot, fenster, tische, Köpfe, rot, alles). Mal in Falkensee, in Neuruppin, in dem Kulturhaus da am Bahnhof, kennste das? (mädel geheult, auf knien gelegen) Eben überall, wo sich n Mucke anbot.

-- : Wieviel seid ihrn?

-- : Fünf. N Stonesquintett. Sänger, Schlagzeug, Rhythmusgitarre, Leadgitarre, Baß. Ich bin der Sänger, spiel auch mal die zweite Gitarre, wenn Nobs ans Klavier muß.

-- : Dann bist du wohl auch der Chef eurer Gruppe?

-- : Nö, wieso?

-- : Ich denk, die Sänger sind immer die Chefs?

-- : Nee, ich heiß zwar Ketzer, mit Familienname, mein ich, aber, das ist bloß, weil Gruppen keine englischen Namen mehr haben dürfen. Früher hießen wir The Devils-Group. Na, und als das mit den Verboten losging, haben wir ne Ketzer-Band draus gemacht. Ganz einfach.

-- : Was sindn das für Verbote? Erzähl mal!

-- : Naja, wenn de nicht den richtigen Namen hast, nicht die richtigen Titel spielst, mußt doch vor jedem Auftritt n Titelliste abgeben; dann, ohne richtige Bühnenkleidung, oder wenn sich welche prügeln, dann kriegste Auftrittsverbot. Das geht ruckzuck, und weg biste vonner Bühne. Oder du kriegst keine neue Einstufung (unsere november draußen sein bis dahin). Peng! Sense.

-- : In Kleinmachnow habt ihr wohl noch nicht gespielt? Oder in Teltow, im Schwarzen Adler?

Ketzer schüttelt den Kopf.

-- : Ist bestimmt nicht leicht in Kleinmachnow reinzukommen. Bei uns spielen nur Gruppen aus Berlin, Modern Soul Sextett und so. Obwohl, ich geh ja kaum tanzen. Es sind meistens so primitive Leute da. Man kann sich mit denen gar nicht richtig unterhalten.

Ketzer sieht Schädlich voll ins Gesicht. Trapezgesicht: Kein Kinn, kaum Mund, wenig Nase. Nur Stirn.

-- : Ich bin mit Freunden meistens im Curie-Club in der Philipp-Müller-Allee. Kenst du den Klub?

-- : Kenn ich nich.

Dreist stülpt sich Schädlichs Lippe wieder.

-- : Da trifft man ganz tolle Leute, von der DEFA, Schauspieler, Schriftsteller und so. Das ist eine unheimliche Atmosphäre, weißt du, wenn man sich da an die Bar setzt, einen Martini bestellt und neben dir sitzt Christa Wolf oder Herbert Köfer. Und dann haben die da eine Musik!! Alles französische Chansons! Eine Qualität sag ich dir?! Jacques Brel und solche Leute. Kennst du Une île von Brel?

-- : Wenn das so toll war, warum wollste denn überhaupt abhauen?

Bissig schiebt sich Ketzers Unterkiefer.

-- : Warum? Weil ich frei sein will!

-- : Frei sein? Warste denn nicht frei?

-- : Nein, war ich nicht!! Keiner ist im Osten frei! In diktato rischen Systemen gibt es nämlich keine Freiheit für das Individuum. Das Kollektivwesen wird dort nämlich immer das Einzelwesen unterdrücken, wird es zu einer reinen Objektfunktion erniedrigen.

-- : Mensch, nu fang nich wie Dutschke an zu quatschen. Bist wohl Student oder was?

-- : In der DDR lebt man doch wie in einer Zelle. Jaa! Genau wie in dieser hier. Nur mit dem Unterschied, daß die Wände außer Sichtweite gerückt sind. Täuschung, nichts weiter. Damit man das System nicht durchschaut.

-- : Und du hast es durchschaut, was? Was hätteste denn drüben gemacht, hh? N dicken Bauch angefressen hättest dir und dich n Scheißdreck um de Freiheit gekümmert. Mensch, mir soll doch keiner mit Freiheit kommen. Klamotten haben die im Kopf und dicke Autos!! Und n bißchen schick sein und n bißchen 1. Klasse sein, wenn se rüberkommen und von Zone quatschen und ihre Bruderundschwesternheule kriegen. Hcch!

-- : Wie du das siehst! Hier geht es nicht um Onkelundtantenhorizonte, sondern um Systemfragen!

-- : Viel gefragt scheinste aber nich zu haben, wenn de gleich beim ersten Mal wegrennst.

-- : Wie meinst du das?

-- : Na, du bist doch nicht älter als ich. Was kannste denn da schon erlebt haben, was dich so ›zum Objekt erniedrigt hat‹?

-- : (elende selbstgerechtigkeit, sehen nur sich und sich und sich) Wenn du auf deinem Dorf immer noch im Rosenschloß hockst, dann glaube bloß nicht, das tun alle anderen auch! Einige sind nämlich schon erwacht. Und sie wurden nicht wachgeküßt!! Das glaube mir!

(krampf,

krampf,

krampf)

HOCHSPANNUNG: Finger zittern. Lippen zittern. Luft zittert. Doch kein Funke schlägt. Nur grünlich grinst das Paneel. Die Augen wandern: Fenster, Gitter, Bett, Wassereimer, Waschschüssel, Heizungskörper, fünf Rippen, Tür, Spion –

noipS, rüT,
neppiR fnüf, repröksgnuzieH, lessühcshcsaW,
remieressaW, tteB, rettiG, retsneF.

DIE ZELLENTÜR: Unterer Riegel, oberer Riegel: Sschschlack, sschschlock, Schlüssel, Schloß: krrrpp: Knochenkarl! Der schnellste Schließer der UHA. Ketzer wird es nie mehr vergessen. Sein Leben lang.

-- : Constantin Ketzer? Kommse mit!

Ketzer springt auf, greift hastig nach seiner Jacke. Weich und angenehm der helle Cord in seiner Hand. Weich und angenehm der Gedanke in seinem Kopf: Kommen dich holen, Entlassung! Bunt schillert das Bläschen Hoffnung. Doch.

-- : Ihre Jacke lassen se man da! Die brauchen se nich.

Knall! Die Fetzen fliegen. Und das Gallertauge sieht nichts. Ketzer wirft die Jacke auf den Schemel. Tritt auf den Gang.

-- : Gehnse vor! Immer drei Schritte vor! Sind ja noch neu hier, da müssen se noch ne Menge lern.

Tun wie lebenslänglich alle, denkt Ketzer. Weich schmatzen die Sohlen seiner Schuhe über die Fliesen (wie zu hause, schwarz und weiß, sonnabend war immer omas wischtag, war? ist doch noch, sonnabend bin ich wieder drau).

-- : Bleibense stehen!

Ein Gitter. Ein Schloß. Ein Schlüssel. Ratsch, ratsch (we love you).

-- : So. Nu die Treppe runter!

Ketzer hört das Dröhnen der übersteuerten Gitarren. Das Piano.

-- : Halt! Bleibense stehen!

GITTER SCHLÜSSEL SCHLOSS RITSCH RATSCH

GITTER SCHLÜSSEL SCHLOSCH RATSCH RITSCH

GITTER SCHLOSSEL SCHLÜSS RITSCH RATSCH

-- : SiesindConstantinKetzergeborenamsiebentenOktoberneunzehnhundertneunundvierziginBerlin, jetztwohnhaftinZiethenKreisBriesenow?

Ketzer nickt in das gepanzerte Gesicht des Haftstaatsanwalts. Eine brillenlose Sekretärin hebelt Buchstaben auf ein Blatt Papier. Rheinmetall.

-- : Sie sind hinreichend verdächtig, gegen den Paragraphen 221 des Strafgesetzbuches verstoßen zu haben. Sie haben auf einer öffentlichen Tanzveranstaltung am Sonnabend in Kremmen, Kreis Oranienburg, das Ansehen der sowjetischen Regierung und des sowjetischen Brudervolkes in einer Weise herabgewürdigt, die den Bestand des § 221 des StGB erfüllt. Gegen Sie wird ein Strafverfahren eingeleitet. Wegen bestehender Verdunkelungsgefahr bleibt der Haftbefehl aufrechterhalten. Haben Sie noch irgendwelche Fragen?

Stählern klemmen die Augen hinter den Panzerplatten der Jochbeine. Aufrechterhalten Punkt, hebelt die Rheinmetall.

-- : Aber

-- : ich

-- : es

-- : sollte doch

-- : nur

Ewigkeit zwischen den Worten.

Ketzers Kehle schmerzt. Wie Holzscheite reiben die Stimmbänder. Endlich.

-- : Es war doch nur ein Spaß (die stimm, alles ro, die mäd), ein Jux, ei, ei, die Stimmung, das ist (ro, rot) ... Hat doch keiner ernstgenommen (mädchen auf fußboden). Wieso denn Herabwürdigung? Wir waren doch nur (fenst rot, haare ro) lustig. Lustig! Weiter nichts. Ein Spaß bloß. Wir machen doch viele Witze. Dasdas ist immer so bei, bei

Musikern. Sonst, die Leute. Die langweilen sich. Kommt keikeine Stimmung sonst . . .

Worte. Worte. Wortschleuder Ketzer. Zielt auf das Panzergesicht, die Rheinmetall, die Brillenlose, die Lampe, die Decke, auf das Fenster, auf das Gitter. Das GITTER!

Ü B E R A L L G I T T E R !

Schlitz, Schlatz, Schlüssel, ratsch
Schlaß, Schloß, Gitter – Schluß!

EIN ENDE! Es muß doch mal ein Ende sein! Ich muß aufwachen! Ich muß endlich aufwachen! Es ist nicht wahr. Es ist alles nicht wahr. Ich will nach Hause! Nach Hause. Ause, ause – aus

Nur

ganz

langsam

wiedererwacht

Constantin Ketzer

Der Rückweg zur Männerstation, die Fragen seines Zellengenossen Schädlich, das Dröhnen der unbeweglichen Zeit, der Gang zum Stationsvorsteher dann, die Aufnahme seiner Gefangenenkartei – alles hinter Milchglas.

-- : Name?
-- : Constantin Ketzer.
-- : Geboren am, in welchem Land?
-- : 7. 10. 1949 in Berlin, Deutschl . . . De, äh.
-- : Also in der DDR. Jetziger Wohnort mit genauer Anschrift.
-- : Ziethen, Kreis Briesenow, Mitteldorf 6.
-- : Ziethen mit th?
-- : Ja.
-- : Ledig, verheiratet, geschieden? Wieviel Kinder?
-- : Ledig. Keine Kinder.
-- : Schulbidlung, erlernter Beruf, welche Abschlüsse und wann?
-- : Zehnklassen, Kfz-Schlosser, Facharbeiter Juli 1968.
-- : Letzte Arbeitsstelle vor Inhaftierung mit genauer Anschrift!
-- : VEB Kraftverkehr Briesenow. Briesenow, Spandauerstraße 16.
-- : Welche Vorstrafen? Strafmaß?
-- : Keine.
-- : Inhaftiert seit?
-- : 25. 8. 68.
-- : Sind Sie unterhaltszahlungspflichtig? Bestehen Pfän dungsklagen?
-- : Nein.
-- : Ihre Angehörigen. Name, Geburtsname, Anschrift, ausgeübte Tätigkeit, Arbeitsstelle, den Vater zuerst.
-- : Ketzer, Gerhard. 18. 5. 29. Leipzig, Hubertusring 78. Dozent. DHfK.
-- : Ihre Mutter?
-- : Welche?
-- : Machen se keine Witze hier!

-- : Ich hab n richtige Mutter und n Stiefmutter.

Unsicher blinzelt die uniformierte Sekretärin zum Stationsvorsteher.

-- : Dieser Untersuchungsgefangene hier hat zwei Mütter. Welche sollen wir aufnehmen?

-- : Ist er volljährig?

-- : Ja. Jahrgang neunundvierzig.

-- : Ach, dann nehmse die Stiefmutter.

-- : Also, Name, Geburtsdatum usw.

-- : Gisela Ketzer. Ähhh, neun, neun ... Ich, ich weiß nicht, wann meine Stiefmutter geboren ist.

-- : Ssiie wissen nicht, wann!?! Der Untersuchungsgefangene weiß das Geburtsdatum seiner Stiefmutter nicht, Genosse Polizeimeister.

-- : Na, dann schreiben se doch die andere auf. Mein Gott!

-- : Also, Name, Geburtsdatum, Anschrift.

-- : Ketzer, Marianne. 21. 9. 1931. Berlin, Hoeppnerstraße 42. Frisösin. Sie ist privat. Sie hat einen eigenen Salon.

-- : Sie wohnen also nicht bei ihren Eltern? Haben Sie eine eigene Wohnung?

-- : Ich wohne bei meinen Großeltern.

-- : Können Sie dort nach Ihrer Entlassung wieder einwohnen? Nehmen Ihre Großeltern Sie wieder auf?

-- : Ihre Heimatanschrift ist also Ziethen, Kreis Briesenow, Mitteldorf 6, ja?

HEIMATANSCHRIFT. Ein Fünkchen Hoffnung. Und Ketzer schürt und schürt. Hält mit wirren Spekulationen den Funken am Glimmen. Die entlassen mich bestimmt, wahnwitzelt er sich durch den Vormittag. Die schreiben sich doch nicht ohne Grund meine Entlassungsadresse auf, als wenn die nichts anderes zu tun hätten, ha! Meine Adresse bloß, weil die sich langweilen, ha, ha!

Na klar entlassen die mich, sonst würden die doch nicht fragen. Die fragen doch nicht ohne Grund nach meiner Heimatanschrift. Die brauchen die doch, damit se wissen, wohin se mich entlassen können. Das brauchen die für ihre Papiere! Damit da was steht. Dann ist für die der Fall erledigt. Gericht oder Konfliktkommission geht die gar nichts mehr an. So ist das! Bestimmt. Natürlich. Ganz sicher.

HOFFNUNG

(Hoffnungsschimmer, Hoffnungsfunke, Hoffnungsstrahl)

ZUVERSICHT
ERWARTUNG
GLAUBE
VERTRAUEN
GEWISSHEIT
ÜBERZEUGUNG

Wiederholung schafft Überzeugung. Ein Neppertrick, ein Muselmanentrick, ein Demagogentrick. Und Ketzer bleut. Quält sich an Briefpapierlinien entlang und bleut sich Hoffnung ein.

Anordnung für den Empfänger

Untersuchungsgefangene dürfen alle 4 Wochen einmal Post empfangen, die in gut lesbarer Schrift gehalten sein muß. Fotos, sonstige Bilder, Postwertzeichen und dgl. sind nicht beizulegen. Eigengeld ist auf das Konto 8242 DN Pdm zu überweisen. Bei Postanweisungen Empfänger und Geburtsdatum angeben.

Potsdam, den 26. 8. 68

Liebe Oma, lieber Opa!

Ich bin in die Untersuchungshaftanstalt nach Potsdam gebracht worden. Es geht mir gut, macht Euch also keine Sorgen. Ich glaube, ich werde bald wieder entlassen. Ich kann Euch nicht sagen, was ich getan habe, auch Ihr braucht nicht versuchen, es herauszubekommen. Ihr erfahrt es nicht, man wird Euch keine Angaben machen. Macht Euch keine Sorgen, es wird bestimmt alles wieder gut. Bitte sagt den anderen Bescheid, daß sie sich auch keine Sorgen machen brauchen, bis zur Einstufung bin ich ganz bestimmt wieder draußen. Wenn ich bis Freitag noch nicht draußen bin, dann schickt mir bitte Geld an die Adresse oben, aber bloß 30 Mark, mehr sind nicht erlaubt. Ich weiß nicht mehr, was ich schreiben soll, deshalb mache ich jetzt Schluß. Ich erzähle alles dann mündlich zu Hause.

Grüßt mir alle Kumpels, und besonders Gitti
Euer Conny

P.S. Schreibt Ihr bitte nach Leipzig und an Mama! Ich kann es nicht, hier darf man bloß einmal im Monat schreiben.

Am Nachmittag wird Ketzer zur Effektenkammer geholt. Muß sich ausziehen dort. Bis auf die Haut nackt. Steht bloß und krampfhaft vor der Barriere. Hängt sich Gleichgültigkeit in die Mundwinkel. Ein karteiwälzender Wachtmeister fragt staubig, Name, Geburtsda. Zwei Kalfaktoren an Wäschestapeln mustern Ketzer. Taxieren, messen, umkreisen kurz seine Geschlechtsteile. Empörte Scham pumpt Blut in Ketzers Kopf. Ausgeliefert! Die beiden Kalfaktoren schleudern Wäschestücke auf die Barriere: umgefärbte Uniformjacke und Hose, grobes Unterzeug, Schweißsocken, ein Handtuch, Schuhe, Zahnbürste und Kernseife noch. Ungelenk steigt Ketzer in die Uniformhose. Chlorbenzolgeruch stülpt seinen Magen. Eine glasige Kalfaktorenhand greift nach seinen Wildlederschuhen, seiner Levis, seiner Cordjacke, seinem Hemd: Ein bunter Schmetterling flattert im Dämmerlicht der Effektenkammer. Braucht meine Sachen gar nicht so weit weghängen, denkt Ketzer tapfer.

Die Schuhe wie Klumpen an den Füßen, die Hose zu weit, die Jackenärmel zu kurz: Die Vogelscheuche Ketzer wird wieder zur Zelle geführt. Eingeschlossen.

-- : Scheißklamotten! Schwer wie Sack! Und dann bei dieser Hitze. Wer solln das aushalten? Lange Unterhosen im Sommer! Die müssen ja wohl spinnen!

Schädlich ohne Reaktion.

Sitzt, Rücken und Kopf gegen die Wand, und raucht stumm.

-- : Im Fernsehen bei FBI oder Seventy Seven haben die in U-Haft immer Privatsachen an. Aber hier darfste ja nich mal n Bleistift behalten!

-- : Wieso? Hättest du doch auch. Hättest du nur ein Ton sagen müssen.

-- : Hähä, und du hast wohl aus blanker Freude die Lumpen hier angezogen?

-- : Nee, ich hab n bißchen überlegt! Wer soll mir denn die

Sachen hier waschen? Knochenkarl oder der Stationer? Ha! Mensch, nach einer Woche stinkst du wie ein Schwein in deinen Klamotten.

-- : So lange ich nicht verurteilt bin, muß ich behandelt werden wie ein Unschuldiger! Das ist internationales Gesetz. Steht ja überhaupt noch nicht fest, daß ich hierbleibe.

-- : International! Pffhh!! Die werden dir was husten. Wer hier drin ist, ist schuldig! Kapier das doch mal! Die können sich nämlich keine ›Zu Unrecht Beschuldigten‹ erlauben. Das läßt das System nicht zu. Dann wäre dieses System nicht in Ordnung, wenn es ermöglicht, daß Unschuldige inhaftiert werden.

-- : Ach du und deine Systeme! Gib mir lieber n Zigarette!

-- : Mensch, haste denn selber keine?

-- : Nee, hab ich dir doch gesagt, ausm Bett haben die mich rausgeholt. Ich hab nicht mal Geld bei. Meine Oma muß mir erst was schicken.

-- : Ich kann dich nicht die ganze Zeit durchschleppen. Soviel hab ich auch nicht!

-- : Mein Gott, sei nicht so geizig! Kriegst ja alles wieder!

-- : Alles wieder, alles wieder! Wissen wir, ob wir nächste Woche noch zusammen sind?

-- : Na eene wirste ja wohl noch loseisen können.

Schädlich greift in den Wandschrank.

Ketzer dreht seine zweite Zigarette.

Kitzelnd gurgelt der Rauch.

Grauer Rauch gegen grünes Paneel.

-- : Sag mal, hast du keine Eltern?

-- : Klar hab ich. Wohn bloß nicht bei denen. Sind geschieden. Meine Mutter ist in West-Berlin.

-- : Wo denn da?

-- : In Tempelhof.

-- : In Tempelhof? Das ist ja gleich bei mir. Die Flugzeuge kommen bei uns immer rüber. Ganz tief.

-- : Sie wohnt am U-Bahnhof. Kam nämlich immer mit der U-Bahn rüber (drei jahre bald, friedrichstraße).

-- : Zu den Passierscheinabkommen nicht? Verstehst du dich denn mit deiner Mutter noch?

Abweisend mahlt plötzlich Ketzers Kiefer. Wie Schutzschilde senken sich die Lider ab.

Schädlich beobachtet.

-- : Und dein Vater, was macht der?

-- : Der ist Lehrer.

-- : Won? Bei euch auf dem Dorf?

-- : Nee, in Leipzig. An der DHfK, wenn dus ganz genau wissen willst.

-- : Nu reg dich doch nicht schon wieder auf! Ich muß doch was von dir wissen. Schließlich müssen wir hier miteinander auskommen. Ob wir wollen oder nicht. Hast du eigentlich ne Freundin draußen?

-- : Willste nu auch noch wissen, wann ich das letztemal gebumst habe?

-- : Was hast du dich denn so empfindlich immer?

-- : Ich laß mich nicht gerne ausfragen!

-- : Na dann eben nicht! Dann erzähl ich eben was von mir. Mein Vater ist Arzt, meineMutterauch. Wir habeneinePraxis zu Hause, die sollte ichmal übernehmen, aberichbin nichtangenommenzumStudium. So! Wenn dein Vater nicht in ner Kolchose ist, nutzt dir auch kein Abitur mit Eins. Bildungsprivileg abgeschafft, Sippenhaftung eingeführt. Hurra! Das ist Fortschritt. Früher mußten die mal ihren Ariernachweis bringen. Heutzutage brauchste deinen Proletariernachweis.

Schädlich lacht steil. Dann verändert.

-- : Mit meinen Eltern komm ich ganz gut hin. Die verstehen das, wenn für einen die Welt an der Elbe nicht zu Ende ist. Mein Alter hat sein Physikum an der Sorbonne gemacht. Kannst du dir das vorstellen? In Paris!

-- : Nö, kann ich nicht. Ist das nicht egal, ob Paris oder Berlin oder sonstwo?

-- : Ach, egal! Die Sicht, die Perspektiven, was sich da alles eröffnet! Die neuen Eindrücke, die Stimulanzen! Menschmensch . . . Hast du denn noch nie Lust gehabt auf eine andere Stadt, auf andere Menschen, Landschaften, Häuser, ach, einfach auf alles?

-- : Hh . . . hab ich schon. Nach San Francisco würd ich gerne mal. Ich habn paar Bücher von da. Von New York auch, von meiner Mutter (sunshine in san francisco). Nach Haigth Ashbury oder die Westküste lang (down in monterrey, ten thousand electric guitars play), oder nach London. Ja, nach London würde ich zuerst fahren, nch Chelsea (every day I look at the world from my window, dada, daa, waterloosunset siiight, waterloo sunset siiiight).

-- : London wär mir zu kalt. Ich würd zuerst nach Paris gehen. Paris im Frühling!!? Montmartre, Tuileries!! Und dann runter nach Südfrankreich. Avignon (sur le pont d'Avignon), der Papstpalast, Marseille und die Cannebière, die Prachtstraße des Südens, und dann rüber ins Languedoc, die Gascogne, bis zum Atlantik . . .

SO FANTASIEREN SIE

SOSO TRÄUMEN SIE

Liegen mit glänzenden Augen auf ihren verschränkten Armen und sehen nach innen. Sehen unscharfe Bilder, Umrisse, verschwommene Konturen. Hören Musik! Heben den Schädel voll Musik:

If you're going to San Francisco
Be sure to wear some flowers in your hair.
If you're going to San Francisco
You're gonna meet some gentle people there.
For those who come to San Francisco
Summertime will be a love-in there.
In the streets of San Francisco
Gentle people with flowers in their hair.
All across the nation
Such a strange vibration.
People in motion.
There is a whole generation
With a new explanation.
People in motion.

DIE ZEIT IST EIN MEER. Dahinein schüttet Ketzer einen Fingerhut voll Tag. Er liegt auf dem Bett, umklebt von speichelschwerer Luft, und sieht zu, wie der Montag in der Tiefe versinkt. Schädlich liegt unter ihm. Sieht ebenfalls. Träge fragt er.

-- : Wo warst du eigentlich gestern?
-- : In Briesenow, auf der Polizeiwache (drei stockwerke, backstein, rot). Die haben mich verhört, andauernd. Immer wieder n anderer (hungerhun).
-- : Und wo hast du geschlafen? Du bist doch heute morgen erst gekommen.
-- : Inner Ausnüchterungszelle (schuh). Mann, ich sag dir! Mit schlafen war da nicht viel. Mir ist mein Schuh da

unter die Pritsche gerutscht, ich bück mich, greif runter – und greif voll in die Kotze! Mann! Der Gestank! Und die Matratze erst! Kalter Bauer und Pisse und Rotz! Mein Gott, war das ne Nacht. Ich hab gar nich erst versucht mich hinzulegen. Ich wär ja nicht mehr geworden.

–– : Mich haben die zwei Tage verhört. Gruppendelikt! Da spielen die verrückt (hundertfünfzig meter). Die anderen waren im Fernsehen, in der Abendschau, wurden sogar interviewt (hundertfünfzig meter bis zur boje). Hast du sie nicht gesehen? Der eine heißt Peter, son Großer, Schwarzer, und der andere Hans-Jürgen. So wie ich ungefähr, auch blond.

–– : Nee, hab ich nicht gesehen. Auch nichts von gehört. Woher weißt dun das überhaupt?

–– : Von meiner Mutter. Ich hatte doch schon Sprecher.

–– : Und da habt ihr übers Westfernsehen geredet? Passen denn die nicht auf?

–– : Mein Gott, du wirst ja noch son Sechsklassenbulle austricksen können!

Sie schweigen sich an. Dann Ketzer.

–– : Mannmann, ist das schwül. Wenns so warm ist, kann ich nicht schlafen. Du?

Schädlich schüttelt den Kopf. Ketzer sieht es durch die Matratze. Spricht.

–– : Zu Hause bin ich immer baden gegangen. Mitten in der Nacht. Mein Zimmer liegt unterm Dach. Hältste nich aus da oben. Wenn der Mond so scheint und schon bißchen Nebel aufm See liegt, das ist ganz stark. Da trittste ab. Das ist wic Hasch.

–– : Hast du schon mal Hasch genommen?

–– : ... ja. Aber bloß. Ich hab bloß probiert. Einmal. Wird dir ganz schlecht von. Als wenn de n Kater hast.

-- : Ich hab noch nicht. LSD würd ich mal nehmen. Hab gelesen, das soll bewußtseinserweiternd wirken.

-- : Mir hat einer gesagt, man soll ganz irre Farben sehen. Und Musik! Stell dir vor, man s-i-e-h-t Musik??!!

Sie schweigen wieder.

Schweigen in die Dunkelheit. Warten auf das Gewitter.

Als das Gewitter kommt, schläft Ketzer schon.

Träumt.

Träumt Postkartenträume,

Bilderbuchträume, hochglänzend und übercoloriert:

BRIDGING THE GOLDEN GATE
This view from S.F. toward Marin shore shows the great expanse of water this the world's largest single spanbridge covers. The mainstructure is 8940 feet long. Height of towers above water, 746 ft. Main span 4200 ft. Total Width 90 ft. Devided into six lanes for vehicels and two for side walks. Cost: $ 35.000.000.000

POST CARD

This space for adress only

Abb. 17
Powell-, Ecke California-Street, mit Blick über die Bay zum Yerba Buena Island. Im Vordergrund die Transamerica-Pyramide. Am linken Bildrand der gelbe Coit-Tower. Rechts das mächtige America Building.

DIENSTAG. 27. August 1968. Vormittags.

Ein Arzt in überkittelter Uniform mustert augenlos Ketzers nackten Körper. Ketzer muß husten, die Zunge herausstrecken – bähh – die Arme heben, die Beine spreizen, die Arschbacken auseinanderreißen, die Vorhaut zurückziehen, auf einem Bein stehen, eine weiße Linie entlanglaufen, Zahlen lesen. Muß Fragen beantworten. Kinderkrankheiten, Hautkrankheiten, Geschlechtskrankheiten, Operationen, Krankenhausaufenthalte, Brillen- oder/und Prothesenträger, Diabetiker? Dalli. Auf die Waage. Dalli! Zum Fotografen. Dalli! Zum Fingern. Dalli! Zu den Effekten. Dalli! War schon? Ach, was! Dalli! Ketzer wird gemessen, gewogen, wird registriert, katalogisiert, fotografiert. Wird computerisiert. Ein Streifen Löcher in blauem Papierband. Ein abrufbarer Code. Auf Knopfdruck verfügbar. Zwischen Tokio und New York. Zwischen Rostock und Karl-Marx-Stadt.

-- : Dieses Mistzeug geht überhaupt nicht von den Pfoten ab.
-- : Warst wohl zum Fingern?
-- : Möcht wissen, was die einem da auf n Daumen schmieren. Komm mir vor wie Al Capone in Sing Sing. Meensch, du hast ja n Zeitung! N ›Märkische‹! Wo haste die denn her? Gibts die hier zu kaufen?
-- : Abonnieren kannst du dir eine. Aber nur Tageszeitungen. Sie werden immer so um zehn gebracht.
-- : Kiek doch mal nach, wie das Wetter wird. Wirst ja irre in dem Sarg hier.

Schädlich liest vor: Der Berliner Raum befindet sich am Südrand eines nordeuropäischen Hochdruckgebietes. Wechselnd heiter und wolkig, vereinzelt Gewitter. Höchsttemperaturen 24 ° bis 27 °C.
-- : Gottogott! Und dann diese Klamotten hier!

-- : Bestell dir doch auch eine Zeitung, die ›Berliner‹, dann haben wir mehr zum Lesen.

-- : Ooch, meinst du das lohnt? Und dann, Geld hab ich doch auch keins. Und überhaupt, vielleicht werd ich bald entlassen.

-- : Was du immer von entlassen faselst. Begreif das doch endlich, wer hier einmal drin ist, bleibt auch drin! Gesetze gibts genug, und wenn eins mal nicht paßt, wirds eben hingebogen. Noch nie was von Gummiparagraphen gehört?

-- : Ach du und deine Systeme! Du denkst doch auch bei jedem Türenschließen, die kommen dich holen.

Ketzer schielt nach seinem Funken. Mutig sagt er dann.

-- : Am Sonnabend bin ich draußen! Wetten?

-- : Du bist ja naiv!

Schädlich tippt verächtlich gegen seine Stirn.

DIE ZELLENTÜR. Unterer Riegel, oberer Riegel: Sschschlack, sschschlock, Schlüssel, Schloß: Krrrrpp: Knochenkarl! Der schnellste Schließer der UHA. Ketzer wird es nie mehr vergessen. Sein Leben lang.

-- : Ketzer! Kommse mit!

REFLEXE. Aufspringen, Augenaufreißen, Hoffnunghaben. Eine Mikrosekunde lang.

-- : Machense, machense!

Dumpf plumpen die Schuhe über die Fliesen (wiezuhau, schwarzwei, sonnabwischtag).

-- : Bleibense stehen! So, Hosen runter!

In einer Gangecke ein Frisörstuhl. Daneben ein verkrümmter Kalfaktor. Der bückt sich. Faßt eine Bürolampe. Raunzt.

-- : Nalos! Zeig her dein Sack! Näher ran Mensch!! Meinste das sind Ameisen?

Warm drückt das Lampenlicht gegen Ketzers Schamhaar.
-- : Heben. Heb dein Ding hoch! Ich faß doch nich jeden sein Schwanz an.

Ketzer faßt. Vor ihm auf den Knien der Kalfaktor. Dieser wohltönend plötzlich
-- : Hat keine Filzläuse, Herr Hauptwachtmeister.

Weich schmiert sein Grinsen. Der Hauptwachtmeister schmiert zurück.
-- : Na, Strege, da hamse doch n feines Köpfchen, nich? Da lacht doch Ihre Schere. Na? Hahaoha.

Augenblicklich lacht auch der Kalfaktor und krümmt sich mit der Schere.
-- : Los, rauf auf n Stuhl. Hast doch gehört, was der Herr Hauptwachtmeister gesagt hat.

Ketzer geht zum Stuhl. Durch das Grinsen der Männer hindurch. Hast seit 64 nicht mehr auf so einem Stuhl gesessen, denkt er. Setzt sich auf das bogige Kunststoffpolster. Hat im Ohr einen Melodienfetzen. Tell me, November 64, ahhhah, wont you baack aga-ain, ahhhah, wont you lo-ove once more, ahhhah
Aahh!!!

Lärm töst vom anderen Gangende. Vom Stationerzimmer. Rufe auch. Aber Ketzer hört nichts. Kriegt Mick Jagger nicht aus dem Ohr. Ein Wachtmeister kommt gelaufen. Ruft.
-- : Den hier nicht schneiden! Grad n Anruf dagewesen. Staatsanwaltschaft Briesenow!

Enttäuscht zuckt die Kalfaktorschere zurück. Tuscheln. Ketzer versteht nicht. Fühlt nur eine merkwürdige Wärme. Der Funke hat Feuer gelegt.

-- : Was hab ich dir gesagt? Die lassen mich wieder raus! Deswegen schneiden die mir auch nicht die Haare ab! Die dürfen das ja gar nicht! Das wäre Beraubung der persönlichen Freiheit. Die könnt ich draußen verklagen deswegen. Sowas wissen die natürlich. Die passen doch auch auf, damit se kein Ding reingedreht kriegen.

Schädlich will etwas sagen, winkt aber nur ärgerlich gegen Ketzer. Ketzer schäumt. Er greift die Zeitung. Liest jubelnd um Wortklötzer herum.

ALLE UNSERE KRAFT FÜR

Brandt bewundert Konterrevol

Briefe tschechoslowakischer Werktätiger an die Prawda!

Westdeutsche Konzerne schüren die Konterrevolution in der ĈSSR

MÄRKISCHE VOLKSZEITUNG FRAGT:

Wie steht es mit dem Wettb

-- : Gib mir bitte mal die Zeitung her. Da ist doch ein Kreuzworträtsel drin.

-- : Haste denn was zum Schreiben oder machst du das im Kopf?

-- : Ach.

Schädlich nimmt die Zeitung, kniffelt das Kreuzworträtsel aus Seite 4, nimmt eine Tube Zahnpasta. Drückt eine Schnecke.

-- : So, jetzt brauchst du das bloß noch mit Spucke oder Wasser verreiben und trocknen lassen. Die Neandertaler hättens auch nicht schlauer gemacht. Und wir haben immerhin Chlorodont.
-- : Und womit schreibst du?
-- : Mit der Tube! Mit der Ecke hier. Wenns trocken ist, geht das wie mit einem Bleistift.

Ketzer wartet und staunt. Papier und Paste trocknen rasch. Waagerecht: Teil einer Truppeneinheit mit sechs Buchstaben. Vierter Buchstabe ein P. Bis zum Einschluß ist das Zeitloch gefüllt. Nur die Titelgestalt einer Oper von Ǵotovac bleibt ungelöst.

Ketzer und Schädlich liegen auf ihren Betten. Quirlen träge ihre Sätze in den Luftspeichel.
-- : Hast du eine Freundin?
-- : Ja. Aus Briesenow eine. Wieso fragst du?

Bild in Ketzers Kopf: unscharf: Pony, helle Augen, Mundandeutung: Gitti.
-- : Ich hab keine. Sowas lenkt bloß ab.
-- : Ohne Freundin wär mir das nichts.
-- : Wir hatten alle drei keine. Haben wir uns vorgenommen. Hier nicht!

Ketzer lauert. Jetzt erzählt er seine Geschichte. Und Schädlich erzählt.
-- : Voriges Jahr ist uns das erste Mal die Idee gekommen. Zuerst wollten wir uns in einem Interzonenzug verstekken, unter einer Bank. Aber dann haben wir gehört, daß die mit Hunden und Spiegeln kontrollieren. Dann waren wir mal in Berlin. Am S-Bahnhof Jannowitzbrücke haben wir versucht in einen U-Bahnschacht zu steigen. Ging aber nicht. Es kam eine Streife, und wir mußten abhauen. Als wir dann zum Ostbahnhof zurückgelaufen sind, ist

Peter auf das Schwimmen gekommen. Wir wollten an der Michaelbrücke, das ist da gleich, über die Spree. Da sinds nur n paar Meter bis zum Westberliner Ufer. Wir hatten uns sogar schon Schuhcreme besorgt. Für die Gesichter, zur Tarnung. Aber dann hat uns einer in einer Kneipe erzählt, im Wasser wären Zäune. So kamen wir auf den Jungfernsee in Potsdam. Der See ist tief, da konnten die unmöglich Zäune gezogen haben, dachten wir uns. Es ging auch soweit alles glatt. Wir waren einmal da und haben uns in Sacrow alles angesehen. Am fünften sind wir mit dem Bus dann wieder hin. Nachmittags, im Berufsverkehr, als alles voll war und wir nicht auffielen. Wir haben uns dann versteckt, auf einem Friedhof oder sowas ähnlichem. Als es dunkel genug war, sind wir zum Ufer geschlichen und nacheinander durch die beiden Zäune gekrochen.

Schädlich hört sich zu. Stolpert fühllos durch die Worthaufen.

-- : Ich war der letzte, der ins Wasser gegangen ist. Als sie uns dann entdeckten, war Hans-Jürgen gerade an der Boje, Peter war schon drüber weg. Und ich hundertfünfzig Meter davor. *Ein paar lumpige Meter.*

Dieser Satz kreist bis zum Morgen in Schädlichs Kopf. Als es dämmert, hat er ihn noch immer nicht begriffen. Über Schädlich liegt Ketzer. Der hat einen Traum. Träumt von einem See. Einem See im Sommer. Er will baden, entkleidet sich, steigt zum Ufer hinab. Aber das Wasser ist Eis. Ist gefroren. Mitten im Sommer. Ketzer wird wachgerüttelt.

-- : Los, aufstehen!

Knochenkarl war schon an der Tür.

Ketzer blinzelt, gähnt, mautzt. Reckt sich kraftvoll Schlaf und Traum aus den Gliedern. Ein neuer Tag. Mittwoch, der 28. August 1968. Das Morgenlicht schlitzt rot durch die Sichtblende.

Und L
A
N
G
S
A
M

nur werden aus Stunden Tage. Und alle gleich obendrein. Um 6.00 Uhr Aufschluß, Wecken und Meldung: Herr Hauptwachtmeister, Zelle sowieso belegt mit xy Untersuchungsgefangenen. Es meldet Untersuchungsgefangener derundder. (Und ja fein auf Streifen und Silbersternchen geachtet, und nie enen Oberwachtmeister mit einem Obermeister verwechselt!) Dann im Eilschritt den Kübel mit den Exkrementen über einen Spülstein entjauchen. Anschließend: Bettenkanten (mit Papier und Pappstreifen), Waschen, Frühstücken. Am Vormittag noch Freistunde. Dann Mittag. Dann Abendbrot. Dann Einschluß um 18.00 Uhr. Nachtruhe später.

L
A
N
B G
E S
G A
I M
N
N
T

aus Tagen eine Woche zusammenzutröpfeln.

Und alles zum erstenmal. Montag: Einkauf, Mittwoch: Büchertausch, Donnerstag: Zelle wischen und bohnern, Freitag: Duschen und Wäschewechseln.

L
A
N
B G
E S
G A
I M
N
N
T

DIE Welt sich zu teilen. Hier drinnen! Da draußen! Andere Regeln, andere Gesetze, andere Rhythmen. Die Körper gewöhnen sich rasch. Nur die Köpfe sträuben sich noch.

L
A
N
B G
E S
G A
I M
N
N
T

DIE MÜHLE das Warten zu lehren. Lehrt auch Zeichen zu erkennen, Schließgeräusche, Gangarten, Tonfälle. Lehrt Lachen zu deuten und hundert verschiedenartige Blicke zu unterscheiden.

L
A
N
B G
E S
G A
I M
N
N
T

DIE MÜHLE ZU einer Gewohnheit zu werden. Auspendeln. Einpendeln. In Tritt kommen. Maschine werden.

L
A
N
B G
E S
G A
I M
N
N
T

DIE MÜHLE ZU DREHEN jeden Tag eine Zeitung, wöchentlich ein Buch. Gefangene, die dankbarsten Leser der Welt!

Noch kein Lektor und kein Chefredakteur haben daran gedacht.

L
A
N
B G
E S
G A
I M
N
N
T

DIE MÜHLE ZU DREHEN, DIE die Sinne taubschleift. Die Zunge sträubt sich nicht mehr dem Essen. Der Körper sträubt sich nicht mehr der Kleidung. Die Augen sträuben sich nicht mehr den Mauern.

L
A
N
B G
E S
G A
I M
N
N
T

DIE MÜHLE ZU DREHEN, DIE DIE ZEIT mit Endlosigkeit fullt. Gegen jede Minute kämpfen. Gegen jede Stunde. Gegen jeden Tag. Sitzend auf Holzschemeln, an Klapptischen, über Schachfiguren aus geknetetem Brot, über Spielkarten aus Toilettenpapier, über Kinderspielen, Denkspielen, Ratespielen. Ich sehe eine Farbe, die du nicht siehst. Und diese Farbe ist.

L
A
N
B G
E S
G A
I M
N
N
T

DIE MÜHLE ZU DREHEN, DIE DIE ZEIT ZERMAHLT

neun Tage. Ein winziges Häufchen erst. Am zehnten Tag sitzt Ketzer in einem Auto. In einem Auto ohne Fenster hinten. In einem grünen Auto ohne Fenster hinten. In einem grünen Auto ohne Fenster hinten in einer Zelle. Er sitzt auf einem Klappsitz, Knie, Rücken, Ellenbogen pressen gegen die Wände. Es ist eng, warm und dunkel. In Ketzers Hals würgt Angst. Er kratzt an einer Blechwand. Es kratzt zurück. Schädlich sitzt vor ihm. Drei Millimeter Blech trennen seine Knie von Schädlichs. Schädlich versucht das Dröhnen des Blechs zu überflüstern.

-- : kannst... du... durch... die... Lüftungsschlitze... sehen?

-- : Waaas?

-- : Du... mußt... mit... dem... Kopf... ganz... an... die... Decke.

Ketzer versucht. Er sieht 1 x 12 cm Welt mit einemmal. Sieht Stadtwelt. Das Auto bullert über Kopfsteinpflaster. Bremst plötzlich. An der Ecke Dortu-/Pieckstraße prallen Ketzers Arme gegen das Zellenblech. An dem olivgrünen Auto drängen Passanten vorbei. Überqueren die Dortustraße. Haben Arbeitsgedanken im Kopf. Morgengedanken. Einkaufsgedanken. Urlaubsgedanken. Ehegedanken. Welt da draußen – Welt hier drinnen. Ketzer klemmt an der Decke. Sucht Mädchen in seinem Spalt. Kreist um einen Satz: Da draußen ist Sommer. SOMMER!! Auch Schädlich sucht. Wird hektisch am Platz der Nation. Sieht eine Gruppe Touristen. An den Kleidern erkennt er: Ausländer!

-- : Constantin, du, die Mädchen da, das sind Französinnen! Ich seh das! Die Kleider! Das ist Courrèges. Das ist Courrèges!

Gierig pressen sie gegen den Schlitz. Das Auto kurvt weich in die Allee nach Sanssouci. Hält am grünen Gitter. Schädlich wird entladen. Kreisgericht Potsdam-Land. Stimmen. Türenschlagen. Das Auto ruckt wieder an. Kreischt dann hochtourig am Jägertor entlang. Fährt stadtauswärts. 32 km bis Briesenow.

-- : Am siebenten Oktober sind Sie geboren? 1949? Na, Sie sind ja ein Glückspilz.

Ketzer will fragen wieso, grimmassiert aber nur unsicher. Beobachtet die aktenblätternden Hände des Kriminalbeamten. Versucht aus den Bewegungen den Verlauf des Verhörs zu erraten. Registriert jedes Stirnrunzeln. Jedes Mundzucken. Glaubt selbst in den Atemgeräuschen noch Anhaltspunkte zu finden.

-- : Erzählen sie mir doch noch mal den Hergang des Tatabends. Was haben Sie gemacht, wie war die Stimmung, na, Sie wissen schon. Von Anfang an.

-- : Jaah..., wir haben uns am Nachmittag bei Fritze getroffen. Norbert, Kalle, Jim... äh, Ulli mein ich, na und ich selbst.

-- : Wer ist Fritze?

-- : Richtig heißt er Frieder Grünwald. Er ist der Chef. Ich meine von der Gruppe. Bei ihm haben wir unsere Anlage. In einer Kegelbahn. Wir üben da auch. Fritzes Eltern haben eine Kneipe.

-- : In Ziethen?
-- : Ja, in Ziethen.
-- : Sind alle Mitglieder Ihrer Combo aus Ihrem Heimatort?
-- : Bis auf Ulli und Kalle. Kalle ist aus Velten und Ulli aus Briesenow.
-- : Sie haben sich also getroffen, und dann weiter?
-- : Wir sind unser Programm noch mal durch. Für den Abend. Wir hatten n paar neue Titel aufgenommen. Ach so, den einen Verstärker haben wir uns auch noch angesehen. Das heißt ich und Fritze. Wir machen so die Technik mit. Der Verstärker ist noch son ganz alter Kasten, vom Landfilm haben wir den.
-- : Was war das für ein Programm?
-- : Na die Titel, die Reihenfolge, was wir zuerst spielen und so.
-- : Keine Gags? Keine Sondereinlagen? Nicht so ein bißchen Spaß? Sie sind doch bekannt dafür, daß bei Ihnen auf der Bühne immer viel los ist. Sie wissen doch, die Sache da in Oranienburg. Aber dazu später.

Der Kriminalbeamte blitzt vielsagend mit den Augen. Ketzer erschrickt.

-- : Sie hatten also nichts ›Besonderes‹ für diesen Abend geplant?
-- : Nein! Hatten wir nicht. Was denn auch?
-- : Gut. Anschließend sind Sie also nach Kremmen gefahren, ins Klubhaus. Womit eigentlich?
-- : An dem Sonnabend sind wir mit, mitmit... dem Barkas von Fritzes Eltern gefahren.

Ketzer sieht aber einen Lkw. Einen Kofferwagen mit roter Werbeaufschrift: GOLDINA – Wertvoll weil aus Pflanzenöl

-- : Ach?! Mit einem Barkas sind Sie also gefahren? Wirklich? Ich soll also schreiben mit einem Barkas, ja?

-- : Ja (menschmensch was).

Der Beamte schreibt. Ketzer schwitzt. Blank und naß schon seine Stirn.

-- : Am Abend dann, gab es da irgendwelche Zwischenfälle? Schlägereien, Randalierer?

-- : Ach, überhaupt nicht! Ne ganz dolle Stimmung war. Es lief wie nie! Die Leute gingen unheimlich mit. Nach der Pause haben wir ein paar Runden langsame Titel gespielt. Nights in white Satin, San Francisco und von den Bee Gees n paar.

-- : Das sind doch alles westliche Schlager. Von Schlagern unserer Produktion halten Sie wohl nicht viel?

-- : Wir haben ja auch andere gespielt.

-- : Welche denn?

-- : Von den Sputniks und Frank Schöbel.

-- : Na, lassen wir das, gehört ja auch nicht hierher. Damit werden sich andere Leute befassen.

Dünn und unauffällig kommt die Satzschlange über den Tisch gekrochen. Kriecht an Ketzer hoch. Legt sich um seinen Hals. Ketzer ringt nach Luft. Gleichgültig blättert der Beamte.

-- : Es liegen Zeugenaussagen vor, daß das Licht im Saal zeitweise gelöscht wurde und daß Mädchen auf Tischen getanzt hätten. Mit freiem Oberkörper!

-- : Dasdas ist nicht wahr! Dasda.

-- : Sie behaupten also, daß die Saalbeleuchtung während der ganzen Veranstaltung nicht verändert wurde?!

-- : So war es ja auch.

-- : Sie!! Ich warne Sie! Erzählen Sie mir keine Märchen.

-- : Das Licht war jedenfalls nie aus... jah, wir haben vielleicht die Deckenlampen ausschalten lassen. Aber dafür haben wir ja unsere Scheinwerfer aufgestellt. Bei Nights in white Satin. Den Titel haben wir dreimal hintereinander gespielt. Aber ausgezogen hat sich keiner und aufm Tisch getanzt auch nicht.

-- : Was waren denn das für Scheinwerfer?

-- : Ganz normale Bühnenscheinwerfer.

-- : Nichts weiter?

-- : Nein.

-- : Spielen sie doch nicht den Naiven! Sie haben die Scheinwerfer nicht ohne Grund aufgestellt. Was wollten Sie damit erreichen? Vielleicht die Stimmung anheizen? Sollte das die Leute vielleicht aufputschen? Sollte es sie rebellisch machen? Hatten Sie deshalb die Scheinwerfer aufgestellt? Damit die Massen so richtig in Fahrt sind, wenn Sie Ihre Witze vom Stapel lassen?!

Die Schlange würgt und würgt. Angst irrlichtert in Ketzers Augen.

-- : Nein, nein, so war das nicht. Das war alles ganz anders, ganz anders.

-- : Wie war es dann, hh? Sie haben doch alles schlau vorbereitet! Erst den Höhepunkt abwarten, und dann die Bombe platzen lassen! So war es doch, nicht? Fein ausgedacht! Muß man Ihnen lassen. Für große Auftritte scheinen Sie ja eine Menge übrigzuhaben! War das vor einem Jahr nicht genauso? An ihrem 18. Geburtstag? Diese Demonstration da?! Am 7. Oktober – ausgerechnet! Und alles nur aus Jux und Dummenjungenübermut! Und an diesem Sonnabend das gleiche. Eine Bombenstimmung, Sie nutzen sie aus, Sie sind der King des Abends, fein, wie immer alles so zusammenpaßt. Ich werde Ihnen mal was sagen!! Sie gehen da ganz kalt ran an diese Sachen! Eiskalt! Sag ich Ihnen. Aber diesmal kommen sie nicht so leicht davon.

Die Schlange preßt Ketzer schon die Augen aus den Höhlen.

-- : Von wem empfangen Sie eigentlich Ihre Parolen? Das können Sie sich doch nicht alles allein ausdenken. Da stecken doch Auftraggeber dahinter.
-- : Auftraggeber? Welche Auftraggeber? Ich versteh sie überhaupt nicht. Was meinen Sie denn?
-- : Ach tun Sie doch nicht den Unschuldigen! Sie haben doch starke Westkontakte. Glauben Sie, das wissen wir nicht?
-- : Sie meinen meine Mutter? Weil sie in Westberlin wohnt?
-- : Wie Sie das nennen ist doch unerheblich. Wer immer von der anderen Seite zu uns herüberkommt, kommt aus Feindesland. So stehen die Tatsachen.
-- : Ich hab meine Mutter seit drei Jahren nicht mehr gesehen!
-- : Versuchen Sie doch nicht abzulenken. Es geht hier doch nicht um Privatprobleme. Es geht hier um Krieg und Frieden! Unter den gegenwärtigen Bedingungen, wo die Konterrevolution wieder ihr Haupt erhebt, geht es nur um die Frage Freund oder Feind! Das sind die Fronten. Wo stehen Sie?

Erdrosselt hängt Ketzer auf dem Stuhl. Doch die Schlange läßt noch lange nicht ab von ihrem Opfer.

Ketzer steht vor einem Fenster. Sieht blicklos durch Gitter auf einen Garagenhof. Er mümmelt an einem Stück Brot. Kaltverpflegung für den Tag, drei Klappschnitten mit Zwiebelleberwurst. Allmählich kommt Ketzer wieder zu sich. Das dumpfe Sirren im Kopf tönt aus. Die Augen sehen wieder, die Hände fühlen, die Zunge schmeckt wieder. Zwiebelleberwurst. Heißhunger krampft plötzlich die Speiseröhre hoch. Gierig reißen die Zähne das Brot. Blut, schreit der schwerarbeitende Magen. Und das Blut stürzt in den Bauch hinab. Gemeinheit, mault das grübelnde Großhirn und schließt seine Außenbezirke.

Mit wohligem Dösen im Kopf legt sich Ketzer auf eine Pritsche. Träge wandern die Augen. Fotografieren: die Decke, der Ofen, die Tür, der Kübel, die Wand links, die Wand rechts, die zweite Pritsche, der Fußboden. Ein vergittertes Rechteck Sonne darauf. Ketzer versucht sich Bilder auf den Fußboden zu denken. Es mißlingt. Er versucht es an einer der weißgetünchten Wände. Sommerbilder. Ostseebilder. Gitti. Baden. Die Projektion mißlingt wieder. Schläfrig umwandern die Augen den Sonnenfleck. Komm, flüstert der Schlaf, ich bring dich fort! Gib mir deine Hand und folge mir. Aber leise, ganz leise. Die Welt ist dein. Ich werde dich hintragen, wo immer du willst. Wir werden Cablecar fahren in San Francisco, die Powellstreet rauf und runter, oder wir fliegen nach London, zu Fräulein Twiggy in die Carnaby-Street. Komm, flüstert der Schlaf.
Als Ketzer erwacht, steht die Sonne schon tief. Rot wandert der vergitterte Fleck die Wand hinauf. Ketzer bleibt auf der Pritsche liegen. Teilnahmslosigkeit macht seinen Körper leicht und fühllos. Sein Kopf rekapituliert noch einmal das Verhör, variiert Antworten, verbessert. Zwecklos alles! Von den Wänden herab fallen glitschig die Ahnungen.

WIEDER IN POTSDAM.
Flur der Männerstation. Nach 18.00 Uhr. Ketzer schleift über Fliesen. Laufense anständig, rüffelt ein Wachtmeister. Ketzer läuft. An grünmatten Wänden vorbei, am Kübelraum vorbei, am Stationerzimmer vorbei. Bleibt stehen vor einer dreifach verriegelten Tür. Wartet auf das Schlagen der Riegel. Doch plötzlich.

-- : Untersuchungsgefangener Ketzer, kommse doch mal zu mir. Der Stationsvorsteher steht breit und bauchig im Türrahmen. Ketzer schleift zurück.

-- : Ihre Großmutter war heute hier. Sie hat Ihnen Wäsche und Geld gebracht. Kosmetik war auch bei.

-- : Wann war sie hier? Als ich...

-- : Nu bleibense mal ganz ruhig. Sie hätten sie doch nicht sehen dürfen. Bevor nicht alle Untersuchungen abgeschlossen sind, ist nichts drin mit Sprecher. Da müssen Sie schon noch n bißchen warten.

-- : (warten, warten, mach du mal) Hat sie etwas gesagt, hat sie einen Brief?

-- : Wie Sie sich das vorstellen?! Ich hab sie doch nicht selbst gesprochen. Und Post geht nur über den Staatsanwalt. Wir hätten Ihnen sowieso nichts geben dürfen. Nu lassen Sie mal den Kopf nicht hängen! So schlimm wirds bei Ihnen nicht werden. Sie sind ja noch jung. Sie haben doch noch alles vor sich.

Ketzer schleudert Luft aus den Lungen. Ein lautes Hhk erschüttert seinen Brustkorb.

-- : Passen Sie auf, Sie melden sich morgen früh zur Effektenkammer, da können Sie sich Ihre Sachen holen. Seife, Creme und alles, was Ihre Oma gebracht hat. Tjaah..., Einkauf war ja nu erst. Das ist natürlich dumm. Ach, was. Wir machen das so, Sie gehen morgen ausnahmsweise mal mit unseren Strafern zum Einkauf. Na? Ist das ein Vorschlag? Nu lachense doch mal wieder! Mit nem Paket Tabak sieht die Welt wieder ganz anders aus.

Warm rinnt das Polizeimeisterlächeln an Ketzer hinunter. Ketzer badet. Leichtfüßig federt er zur Zelle zurück. Ein Wachtmeister schließt mit Schließerroutine: linker Fuß: unterer Riegel, linke Faust: oberer Riegel, rechte Faust: Schlüssel und Schloß: Schschlack. Schschllock. Ketzer hört übersteuerte Gitarren dröhnen. Das Piano. We love you.

Schädlich liegt auf dem Bett. Hebt auf Ketzers Gruß nicht einmal den Kopf. Ketzer fragt. Fragt immer vorsichtiger. Schweigt dann. Gießt sich Wasser in eine Schüssel. Wäscht sich. Roh steigt

Kernseifendünstung in seine Nase. Ketzer prustet und verspritzt laues Seifenwasser.

-- : Meensch, paß doch auf! Du bist doch nicht alleine hier!

Schrill klingeln Schädlichs Worte in Ketzers Ohren. Ritzen seine Haut. Erzeugen Wut.

-- : Ich weiß ja nicht, was die heut mit dir angestellt haben, aber wenn de sauer bist, dann kann ich nischt für. Dann laß gefälligst deine Launen woanders ab!

-- : Ähkk! Was weißt du denn schon?!

Drohend zischelt Schädlich Luft durch die Zähne. Drohend knurrt Ketzer über seiner Waschschüssel. Er trocknet sich. Steigt auf sein Bett. Legt sich. Eisern schweigen sie sich an. Grübeln sich durch die Stunden. Bis eine Stimme hinter der Zellentür Nachtruhe brummelt. Die umgitterte Lampe erlischt. Endlich, aufatmen die beiden da und verkriechen sich in der Dunkelheit.

Komm, Bruder Schlaf, flüstern sie.

Komm, Bruder Schlaf, rufen sie.

Komm, Bruder Schlaf, flehen sie.

Aber der Schlaf hört sie nicht.

MITTWOCH. 4. September. 10.00 Uhr

Ketzer schlurrt über Hofpflaster. Freistunde ist. Ein Dutzend Gefangene schlurren mit. Aufgeregt, mit rotierenden Köpfen, die Neuen. Gelassen und gleichmütig die Alten. Haltense Abstand da! keift eine Wächterstimme. Das Männerkarussell ordnet sich. Kurzes Anpeilen des Vordermannes, zwei Meter Distanz ist Vorschrift! Das Karussell dreht, schlurrt wieder im

Kreis. Wolken. Dächer. Dachziegel. Mauern. Ketzers Augen rutschen ab von den Steinen. Fallen auf das Pflaster. Faustgroße Quadrate, unregelmäßig und grau. Wer da schon alles rüber, denkt er und versucht sich vorzustellen. Nu ich. Kommt nicht weiter mit seinen Gedanken. Bleibt stecken. In einer Ecke kabolzt ein Lachen plötzlich.

-- : Ruhe da drüben! Sie da mit dem karierten Hemd! Hier wird nicht gequatscht!

Das karierte Hemd zuckt zusammen. Krümmt sich vor Entschuldigungen. Bestimmt ein Neuer, denkt Ketzer. Hat noch Privatsachen an. Was der wohl? Als Ketzer in der Ecke anlangt, ist das Lachen verschwunden. Ist durch die Pflastersteine gesikkert oder dem karierten Mann gefolgt. Neidisch mustert Ketzer das blaurote Karo. Daß manche noch lachen können?! Immer wieder quert sein Blick den Kreis.

MITTWOCH. 4. September. 12.00 Uhr

Satt klatschen die Riegel: Schschlack, Schschllock. Übertölpeln jedesmal die Köpfe. Aufspringen, Augenaufreißen, Hoffnunghaben. Eine Mikrosekunde lang. Aber.

-- : Machense! Machense!

Ketzer wird zur Effektenkammer geholt. Dumpf plumpen die Schuhe.

-- : Eine Zahnbürste, ein Kamm, ein Waschlappen, ein Feuerzeug, zweimal Pepsodent, ach, einmal reicht auch, einmal Odol, einmal Florena, ein Stück Seife. So. Unterschreiben! Unterwäsche bleibt zur Verhandlung.

Ketzer greift die Sachen, stopft sie in die Taschen. Spürt überdeutlich: von zu Hause! Denkt verschwommen: Konsum/Kaufen/Potsdamfahren. Andere Gedanken überlagern: Dorfstraße/Giebelzimmer/See. Und: Schwimmenlernen/Ferienspiele/Vater. Die Bilder verkleben. Ketzer denkt nichts mehr. Fühlt sich nur ein wenig weinerlich. Und ein wenig wohl.

MITTWOCH. 4. September. 14.00 Uhr

Satt klatschen die Riegel: Schschlack, Schschllo. Ketzer wehrt sich gegen die Mikrosekunde.

-- : Sie da! Zum Einkauf, kommense!

Angewidert zotteln zwei Wachtmeisteraugen an Ketzers langem Haar. Ketzer schüttelt die Blicke ab. Geht rasch an dem Uniformierten vorbei. Steigt wehend die paar Stufen bis zur Einkaufskammer hinauf. Muß sich anstellen. Wartet ungeduldig. Lehnt gegen die Holzbarriere und mustert die ausgestellten Waren. Rückt schrittweise vor. Registriert jede Tüte und Schachtel. Wird immer ungeduldiger. Hat plötzlich so eine tolle Angst, die Kammer könne geschlossen werden, noch ehe er bedient worden ist. Oder: Niemand hier oben wisse etwas von der Anweisung des Stationers. Ketzer spürt Schweiß in den Achselhöhlen. Warten, denkt er, wenn du nicht mal hier. Er bricht ab. Erschrickt. Stückelt an den Stumpf einen neuen Gedanken. Bin ja noch gar nicht verurteilt. Vielleicht Bewährung. Bestimmt. Der Stationer hat doch auch.

-- : Name?

-- : Ketzer! Constantin. Ich, ich will, ich möchte gerne, geben Sie mir bitte einmal Goldina bitte, und ein Glas Marmelade auch. Nein, die da bit, wenns geht, ja die da. Ja. Und zwei Packungen von dem Keks da. So, und noch eine Büchse Zwiebelleberwurst und Tabak. Zweimal. Nein, nicht den. Schwarzer Krauser, ja. Ach, und Zigarettenpapier, undund Streichhölzer.

Ein junger Unterwachtmeister (nicht älter als ich, denkt Ketzer) stapelt die Ware auf die Barriere. Ketzer hat das Gefühl von erheblichem Reichtum. Er umgreift mit beiden Armen seinen Schatz und balanciert ihn die Treppe hinunter. In Ketzer singt es. Baby, I'm a rich man, Baby, I'm a rich man. Beatles, Sommer 67, Sergeant Pep. Ketzer steht vor der Zellentür. Wartet. Hört sich singen. Der Schließer kommt. Knarrt von hinten heran. Sieht Ketzer vor sich: Schmale Hüften, feste Schultern, das kragenlose Fleischerhemd an den Oberarmen bogig. Sieht aber nur den Kopf. Zottelt wieder an den Haaren. Denkt, das müßte meiner sein! Den würd ich, prügeln würd ich den! Bis ihm die Peden einzeln rausfallen. Und sagt laut.

-- : Schöne Haare hamse. Da wird sich das Gericht aber freuen!

Kalt glitschen die Worte in Ketzers Ohren. Ketzer versteht nicht. Fragt. Doch der Schließer knallt nur laut mit den Riegeln. Noch lange sabbern seine Worte in Ketzers Ohren.

MITTWOCH. 4. September. 15.00 Uhr

Satt schschlacken die Riegel auf der Männerstation. Schschlakken immer näher. Schschllocken schon ganz nah. Zelle 16, Zelle 17, Zelle 18. Bücherempfang!

-- : Zelle Achtzehn, Schädlich, Detlef: Bredel, Die Väter. Hier! Ketzer, Constantin: Kotsche ... äh, Kotscheweto wochodersoähnlich. Die Zurbins.

-- : Aber ich hab doch den Zauberberg bestellt und nicht Bredels Väter!?

-- : Is ausjeliehn, Mann! Entweder das oder gar keins. Schlacht unterwegs krieg ich von dir zurück. Und von dir Hippie Wie der Stahl gehärtet wurde.

-- : Aber das hab ich doch noch gar nicht.

-- : Meensch, Mann, kriegst dochn neues for. Steht doch überalls gleiche drin.

Der Kalfaktor schiebt weiter mit seinem Karren. Schädlich würgt an Bredels Vätern. Schleudert das Buch angewidert auf den Tisch.

-- : So ein Mist! Nur Kolchosen- und Proletenliteratur haben die! Möcht wissen, wozu wir überhaupt noch bestellen. Hast du dir denn das hier ausgesucht?

Schädlich nimmt Ketzer Die Shurbins aus den Händen. Blättert. Liest. Blättert. Liest.

-- : Wenn ich das schon lese!! »Ein Arbeitsmensch ist geboren! Kein Verstoß gegen die Ordnung, Genosse Kusmitsch. Bloß ein Volkssalut.« Da kommt mir der kalte Kaffee hoch! Das ist für die nun Literatur?! Dieses Idiotenhurra! »Im Jahre siebzehn wurde mit dem großen Umschmelzen von Menschenerz begonnen, es glühte von Jahr zu Jahr immer stärker und fing an zu brodeln, zu sieden, zu einem festen Metall zusammenzuschmelzen; wie es die Welt noch nicht gesehen hatte. Ilja Mattjewitsch blickte sich scheu nach allen Seiten um – hoffentlich erriet niemand seine Gedanken. Er legte nun seine starke, schwere, gleichsam (gleichsam!!!) schmiedeeiserne Hand auf den Tisch. Da behauptest du nun, Iljuscha, ein Arbeitsmensch ist geboren, sagte der Meister. Beim Sprechen streckte er dauernd das spitze Kinn vor oder blickte über den oberen Brillenrand«, usw. usw. Aha. »Und wenn es nun ein Akademiker oder Staatsmann wird?« Ja was denn dann? Der Autor versteht es, das Volk durch eine packende Volkssprache zu packen. Na hier kommt es ja. »Die Arbeiterklasse, er (das ist dieser Mattschewoi, verstehst du, Constantin) sprach deutlich akzentuiert und hieb bei jedem Wort mit der Handkante durch die Luft, ist der Schiffsrumpf allen Menschheitslebens (*Menschheitslebens!!!*). Ich meine das im internationalen Maßstab.

Die Arbeiterklasse kann sich selber die Segel nähen, die ihr passen, und die Maschinen bauen und Steuerruder! Das ist es wovon ich spreche.« Aha, davon schwätzt also das Proletariat nach Feierabend! »Immer vorwärts, dafür leben wir ja, daß es vorwärtsgeht. Na, ein paar werden vielleicht dran glauben müssen. Die schwach sind in den Knien. Das ist gesetzmäßig. Es ist immer so, wenn man eine Treppe hinaufsteigt und immer neue Stufen erklettert, bei dem einen halten die Beine durch, bei dem anderen nicht. Besonders, wenn der Aufstieg steil ist. – Richtig, Wasja. Richtig, mein Junge. Du hast einen hellen Kopf. Wir haben schon viele Treppen überwunden. Steil waren sie, schwer zu ersteigen. Du meinst also, wir werden auch diese überwinden?« Mann, soll ich dir noch mehr vorlesen? Von diesem, diesem Dreck!

-- : Was du dich darüber so aufregst. Ist doch bloß ausgedacht. Ist bloß n Buch. Das muß man nicht so ernst nehmen.

-- : Mein Gott! Bist du naiv! Das ist *Stalinismus*! Was du ›bloß ausgedacht‹ nennst. Das ist faschistoid, das mit der Treppe! Das ist eine Verbrämung für KZs und Vernichtungslager! Hier wird der Arbeiter zu einem blauäugigen Kultobjekt gemacht, an dem sich das impotente Bürokratenestablishment seine perversen Lüste befriedigen kann. Pervers ist das. Pervers!! Verblödete Riesen werden von fuchsigen Gnomen beherrscht. Das ist es!

-- : Ach, das sind doch bloß APO-Parolen, die du da raushaust. Diese Studentenquatscher haben doch keine Ahnung, wies bei Arbeitern aussieht. Die können doch bloß reden! Die sollten erst mal arbeiten gehen!

-- : Sieh mal einer an, was sich da für ein reaktionäres Spießerchen unter dem Pilzkopf verkrochen hat. Sag mal, hast du eigentlich noch was im Kopf?

Da packt Ketzer zu. Packt fest. Reißt sich Schädlich an die Brust. Faucht.

-- : Hör mal zu! Du aufgebackene APO-Schrippe! Ich bin bloß bis zur Zehnten gegangen und nicht so schlau wie du, aber deswegen bin ich noch lange kein Idiot! Das laß dir gesagt sein, du!

In Ketzer zuckt die Lust, in das sommersprossige Gesicht zu schlagen. Mitten zwischen die engstehenden Augen. Doch er schnippst Schädlich nur von sich und läßt sich auf einen Schemel fallen. Schädlich setzt sich verstört auf den anderen.

Sie schweigen.

Sie drehen Zigaretten.

Sie füllen die Zeit mit Rauch.

SPÄTER DANN

-- : Warst du eigentlich gestern beim Verhör?

-- : Nein. Beim Staatsanwalt war ich. Ich hab meine Anklageschrift bekommen.

-- : Waaas?? Und das sagst du erst jetzt? Zeig her!

Schädlich greift in seine Uniformjacke.

Reicht.

Ketzer liest.

A n k l a g e

Der Oberschüler Schädlich, Detlef, Eberhard,
geb. am 15. 5. 1950 in Teltow, wohnh. Kleinmachnow,
Waldwinkel, 27, ledig, keine Kinder, nicht vorbestraft,
in dieser Sache seit dem 5. 7. 1968 in U-Haft,
z. Zt. UHA Potsdam

wird angeklagt die Sicherheit der Staatsgrenze der DDR gefährdet zu haben.
Im Mai 1968 faßten er und seine beiden Mittäter, Gerber, Peter, geb. am 2. 1. 50, und Schott, Hans-Jürgen, geb. am 21. 11. 1949, den Entschluß, die DDR zu verlassen. Zu diesem Zwecke besichtigten er und seine beiden Mittäter im Juni die Staatsgrenze bei Potsdam-Sacrow, am Jungfernsee. Da er und seine beiden Mittäter an diesem Grenzabschnitt die Schwierigkeiten bzgl. einer Überschreitung als gering erachteten, beschlossen er und seine beiden Mittäter die Tat am 5. 7. 1968 auszuführen. Strafbar gem. § 8 Abs. 1 u. 3 des Paßgesetzes.

Beweismittel:

1. Einlassung des Besch. Bl. 13-31 d.A.u. 58 d. A.
2. Beurteilung der Schule Bl. 47-49 d.A.u. 51 d. A.
3. Beschlagnahmungsprotokoll Bl. 4 d. A.

-- : Was haben die denn bei euch ›beschlagnahmt‹?
-- : Was wir hatten. Ausweise, Zeugnisse. Wir hatten sie in Cellophantüten gewickelt und unter die Badekappen geklemmt. Dann die Badekappen selbst. Wir hatten sie schwarz angemalt. Sogar unsre Badehosen wurden uns abgenomm.

Schädlich erstarrt. Er ist ohne Atem. Ketzer fragt unsicher.

-- : Was, was isn?

Schädlich stöhnt, als wolle er sich übergeben. Springt auf.

-- : Nicht wir! Nicht wir! Nur ich. Ich. Ich. Ich. (drübensind-diedrüb).

Er schlägt sich vor die Brust. Krümmt sich. Heult auch. Aber wenig.

-- : Komm, Detlef.

Ketzer versucht ihn behutsam wieder auf einen Schemel zu drücken.

-- : Viel, vielleicht wird es gar nicht so schlimm. Ähem, vielleicht kriegst du sogar Bewährung.
-- : Ppffh! Bewährung! Bei Paßvergehen! Mann.

Schädlich bedeckt sein Gesicht. Seine Hände sind weiß. Sie zittern auch. Hohl sagt er dann.

-- : Zwei Jahre werd ich kriegen. Wenn sie mich zum Bandenchef machen, vielleicht ... drei.
-- : Und das sagst du so? Dreiiii Jahre!! Mannmann! Dreiiii Jahre, das sind?! Versuch dir doch bloß mal, oh!

Grauen weitet Ketzers Augen. Kalt wie Kröten sitzen die Ahnungen in seinem Nacken. Wird sich Gericht aber freuen, freuen, freuen. Die Wachtmeisterworte glitschen wieder in seinen Ohren. Schädlich von ganz fern.

-- : Ich kann überhaupt nichts mehr denken. Ich bin wie tot. Manchmal ist mir: jetzt! Jetzt mußt du doch zusammenbrechen. Jetzt hältst du es nicht mehr aus. Jetzt trägst du es nicht mehr. *Aber ich breche nicht. Ich lebe immer weiter. Immer weiter. Ich stehe neben mir und sehe zu, wie ich lebe. Wie ich zur Freistunde gehe, wie ich rauche, mich mit dir streite, wie ich warte und warte ...* Ich könnte heulen. Wär ich doch bloß noch jung genug, um zu heulen!

Schädlich klappt auf den Tisch. Sackt weg. Taucht ab. Umschlingt sich mit den Armen, als fröre er. Ketzer sitzt ihm hilflos gegenüber. Ein Lichtjahr entfernt.

Am Tag darauf erhält Schädlich den Eröffnungsbeschluß.

Am Tag darauf erhält Schädlich den Verhandlungstermin: Mittwoch, den 11. September 1968.

Nun zählen sie. Schädlich und Ketzer. Addieren Aufschluß, Kübeln, Freistunde, Mittag, Einschluß zu einem Tag. Rechnen zäh. Machen immer wieder die Summe. Bis steht unterm Strich:

MITTWOCH, der 11. September 1968.

Gleich nach dem Frühstück wird Schädlich geholt. Ketzer bleibt allein in der Zelle zurück. Seit Wochen zum erstenmal ohne einen Menschen. Merkwürdig. Schon bald horcht er auf jeden Schritt, auf jedes Türenschlagen. Sitzt. Steht. Raucht. Läuft. Aufab, aufab. Horcht. Mutmaßt. Spekuliert. Zwingt sich. Zwingt sich zur Ruhe. Liest. Kuba, Terra incognita. Liest Märkische Volksstimme. Café Heider neueröffnet, jeden Mittwoch Tanz. Liest Anzeigen: Biete, suche, tausche, kaufe, verstorben, vermählt, Goldina, wertvoll weil aus Pflanzenöl. Denkt sofort an einen Lkw. Sieht sofort einen Kofferwagen mit roter Werbeaufschrift. Erinnert sich sofort an das Verhör. Wenn die nun, ich hab doch, die können doch nicht. Wie Querschläger jaulen ihm die Gedanken durch den Kopf. Schlagen ein in den Stirnknochen. Das Schläfenbein. Das Hinterhauptbein.

Ketzer hat Kopfschmerzen.

Er sitzt faltig über dem Tisch und wartet auf Schädlich.
Am Nachmittag wird Schädlich gebracht. Erschöpft, müde, weiß und leidend. Ein Kranker.
-- : Wieviel?
-- : Zwei, zwei.
-- : Aa.
-- : Öhhh.
-- : Ja.
-- : h.
-- : ...
Noch vor dem Einschluß wird der zu zwei Jahren und zwei Monaten verurteilte Strafgefangene Detlef Schädlich in die Vollzugsabteilung der UHA Potsdam überführt.
Noch vor dem Einschluß wird der wegen Körperverletzung verhaftete Klaus Zaddach in die UHA Potsdam, Bauhofstraße 13, eingeliefert.
-- : Tach, Ich bin Klaus.
-- : Tach. Constantin heiß ich, kannst Brian zu mir sagen.
Hinauf und hinunter rutschen die Blicke. Entscheiden: sympathisch.
-- : Ehj, hier kann man wohl lange Haare tragen?
-- : Weiß nicht, ob du kannst. Mir haben sie sie jedenfalls nicht abgeschnitten. Warum bisten drin?
-- : Ich hab einem was vors Maul gehauen. Und du?
-- : Habn Witz erzählt.
-- : N Witz?
-- : Ja, n Witz.
-- : Was warn das fürn Witz?
-- : Ach, n ganz doofer.
-- : N politischer?
-- : Vielleicht.
-- : Erzähl mal.

-- : Ach, der ist doof. Von n paar Krähen in Moskau. Kennste nicht?

-- : Krähen? Nö.

Also ... Ketzer erzählt. Greift dabei in den Wandschrank, fingert sich eine Zigarette.

Raucht.

-- : Haste nich eine für mich? Hab seit heut morgen nich mehr geraucht.

Ketzer reicht Zaddach ein Paket Tabak und Zigarettenpaier.

-- : Hier. Mußte dir selber drehen.

-- : Selber drehen?

-- : Na klar! Was denkst du denn? Mit dreißig Mark Einkauf im Monat kommste nich weit. Meensch, paß auf! Du saust ja alles untern Tisch. Irrch! So macht man das.

Ketzer nimmt Zaddach den Papierstreifen aus der Hand. Macht vor.

-- : Hier, stoß an. Streichhölzer mußte auch sparen. Geht hier anders lang als draußen. Haste überhaupt Geld bei?

-- : Ja, hab ich.

-- : Wo kommsten her?

-- : Aus Falkensee. Und du?

-- : Aus Ziethen. N Dorf bei Briesenow. Wenn du aus Falkensee kommst, dann müßtest du doch Den Angler am Falkenhagener See kennen.

-- : Klar, kenn ich den. Wieso fragste?

-- : Wir haben da n paar Mal gespielt.

-- : Klaar! Daher kenn ich dich, ehj. Dein Gesicht kam mir doch gleich so bekannt vor. Du bist der Sänger von der Truppe, na, wie hieß die doch gleich, die ... die Ke, die Kellerband. Ich wußte doch, ich hab dich schon mal wo gesehen.

-- : Ketzerband heißen wir!

-- : Jah! Ketzerband. So war das. Zänn Fränzisko haste gesungen, nich? Und Get no von den Stones.

-- : Das war vorigen Sommer, da waren son paar Ischen auf uns scharf. So ne große Schwarze war ganz wild hinter Nobs hinterher. Die haben wir gar nicht mehr vonne Bühne gekriegt. Die war immer ganz feucht im Zwickel.

-- : N große Schwarze, mit Pony und soom Euter? Die kenn ich, ehj! Die heißt Rosi und ist aus Falkenhagen. N mordsmäßiger Bürster, sag ich dir. Hirschkuh sagen wir zu der. Die hat ein paar Keulen?! Ganz verstärkt!

-- : Genau! Rosi hieß die. Die war jedesmal da. Einmal bin ich mit ihr auch los. In irgend so nem Boot hab ich sie dann geritten. Mann! Die konnt nich genug kriegen. Und immerzu gequatscht und gelacht hat die dabei. N verrücktes Huhn war das.

Ketzer und Zaddach. Zwei Resonanzkörper. Sie stoßen sich an. Sie bringen sich in Schwingung. $f_k = f_z$. Ihre Frequenzen: Mädchen und Musik, Gruppen und Schallplatten, Titel, Hitparaden, Fernsehen. Haste gesehen: Beat-Club und Wonderland? Oder Radio. Jeden Freitag Hit sixty-eight mit Marina, BBC, Bushhouse, London WC 2. Oder. Kennste die? Oder. Warste schon mal da? Oder. Weißte noch? Die Resonanzkörper schwingen. Tisch schwingt. Bett schwingt. Luft schwingt.

ABER

Dämpfung erfahren die Amplituden am übernächsten Tag. Schwächt dünnseitiges Papier immer mehr den Ausschlag. Läuft $f_k \rightarrow 0$. Am Donnerstag, dem 19.9.1968, schwingt der Resonanzkörper Ketzer nicht mehr. Ist $f_k = 0$. Sitzt er gegenüber dem Staatsanwalt. Und der Staatsanwalt eine Frau! Charlotte Fiedemann, Jahrgang 22. Ein Betonweib. Umkantet von einer Kostümjacke. Streng und nadelstreifig. Auf massivem Hals eine Festung. Über den Jochbeinen die Schießscharten. Unterm Oberkiefer die Mörserluke.

-- : Herr Ketzer, Sie sind am 7. Oktober 1949 geboren! An dem Geburtztag unserer Republik! Was so ein Tag für Sie nicht Anlazz und Ehre genug, einen anderen, einen würdigeren Weg zu beschreiten, alz diesen hier, der Sie vor die Schranken des Gerichtz geführt hat?

Betonfinger pochen auf einen Aktendeckel: KIR 14/68, Strafsache Ketzer.

-- : Ich bin ja nicht der einzige. An dem Tag sind ungefähr hundert Kinder in Berlin geboren.

-- : Woher wizzen Sie denn das?

-- : Weil ich mich mal erkundigt habe, in einer Bibliothek. Jeder reißt gleich die Augen auf, wenn er mein Geburtsdatum hört, als wenn ich was dafür könnte.

-- : Warum sind sie so aggrezziv? Wir wollen uns doch nur unterhalten. Wie zwei erwachzene Menschen. Sie müzzen ruhiger werden. Sie müzzen *viel* ruhiger werden. Halten Sie ihre Kräfte im Zzaum. Diesen Rat gebe ich Ihnen alz erfahrene Frau, die *viel* mit jungen Menschen zu tun gehabt hat. Mit solchen wie Ihnen, die die Chanzen nicht genutzt haben, die unser Staat unserer Jugend gewährt, aber vor allem mit solchen, die alz leuchtendes Beispiel vorangehen. Bescheiden, klug, zum Neuen bereit. Jungen und Mädel mit dem Herzzen auf dem rechten Fleck. Keine Kinder von Traurigkeit, die auch einen Spazz verstehen. Suchen Sie sich einen solchen Jugendlichen nach Ihrer Entlassung. Es gibt sie überall. Auch in Ihrem Betrieb und Ihrem Heimatort.

Auf und zu klappt die Mörserluke. Manöverschießen! Ketzer

rutscht in Deckung auf seinem Stuhl. Verschanzt sich hinter vorgeschobenem Kinn. Versucht aus der Schußlinie zu kommen.

-- : Erzzählen Sie mir von sich. Was sind Ihre Interezzen, wer sind Ihre Freunde, wie gefällt Ihnen Ihre Arbeit? Bitte!

Ketzer antwortet. Pifft seine Platzpatronen zur anderen Seite hinüber. Nach zwanzig Minuten schmettert die Fanfare. Das Übungsschießen ist beendet. Das Manöverfeld wird geräumt. Bis morgen, sagt die Staatsanwältin und lächelt mörsern.

An einem Tag, als Peter Großmann und Frau Bärbel, geb. Spira, ihre Vermählung in Pdm.-Babelsberg bekanntgeben

An einem Tag, als Jiri Hajek das Amt des Außenministers der ČSSR niederlegt

An einem Tag, als sich die FNL heftige Gefechte mit den Ledernacken bei Da Nang liefert

An einem Tag, als der Start des amerikanischen Nachrichtensatelliten Intelsat III mißlingt

An einem Tag, als Hey Jude von Nummer 25 auf Nummer 4 der US-Hitliste springt

An einem Tag, als bei einer Studentendemonstration in Frankfurt am Main Daniel Cohn-Bendit verhaftet wird

An einem Tag, als in West-Berlin die Westtangente zwischen Steglitz und Schöneberg fertiggestellt wird

An einem Tag, als der Kommunarde Fritz Teufel in Moabit wegen Hausfriedensbruches zu einer Gefängnisstrafe von drei Monaten verurteilt wird

steht Constantin Ketzer das erstemal in seinem Leben vor Gericht.

Der Gerichtssaal. Zur Hälfte mit menschgefüllten Bankreihen, von Längswand zu Längswand fast. Anschließt sich ein Freiraum mit kleinem Zeugentisch. Davor, der Hochstand des Gerichts. Massiv, wuchtig, eichern, Ulbricht-belächelt. Rechtswinklig davon, vor breitem Fenster, die Staatsanwaltbank. Linkswinklig davon, vor eierschalfarbener Wand, die Anklagebank. Die erste Bankreihe. Ketzers Vater sitzt vornübergebeugt, schwer drücken die breiten Schultern auf die knieaufgestemmten Arme. Ketzers Großvater winkelt sich bleich gegen das Bankholz. Er sieht starr über Richter und Schöffen hinweg in Ulbrichts getöntes Lächeln. Ketzers Großmutter sitzt in halber Drehung zur Anklagebank. Aufrecht. Ein umkrampftes Taschentuch gegen den geöffneten Mund gedrückt.
Ihre Augen, ihre Augen, ihre Au.
Ketzer steht auf. Stopft sich das Hemd in die Hose. Antwortet auf Fragen des Richters.

Ketzer: Seit 1964 bin ich Anhänger der Beatmusik. Im selben Jahr haben wir auch unsere Band gegründet. Seit 1966 spielen wir in der jetzigen Besetzung. Seitdem treten wir auch in der Öffentlichkeit auf.

Richter: Es gibt Aussagen, daß Sie nur Titel westlicher Musik spielen. Was haben Sie dazu zu sagen, Angeklagter?

Ketzer: Wir haben uns genau an die AWA-Vorschriften gehalten. Sonst hätten wir ja überhaupt nicht unsere Einstufung gekriegt.

Richter: Kommen wir doch noch einmal auf die Ereignisse in Oranienburg zurück. Im Oktober 1966, so sagen es die Unterlagen aus, sind Sie das erste Mal negativ in Erscheinung getreten.

Ketzer: Ach, wir hatten uns damals bloß neue Bühnenkleidung zugelegt. Das war alles.

Staatsanwalt: Was Sie blozz ›neue Bühnenkleidung‹ nennen, war ein schwerwiegender Verstozz gegen die sozialistische Moral! Ich lege dem Gericht Bilder alzz Beweise vor. Diese Fotos wurden von den Gruppenmitgliedern selbzt aufgenommen. Es bedarf keinez Kommentars mehr, um den sittlichen Verfall dieser von imperializztischen Dunkelmännern verführten Jugendlichen zu dokumentieren. Diezze bunten Hemden und Hosen – ein schwarzzes und ein weizzes Bein! – ich bitte die Fotos genau zu studieren, waren eine gezielte Provokation! Wezztliche Dekadenz und imperializztisches Gedankengut sollten damit durch ein Hintertürchen in unser Land eingeschleuzt werden. Was den Imperializzten und ihren Helfershelfern bizzher nicht gelungen war, ob mit Zzabotage, ideologischer Diversion oder direkter Kriegzdrohung, sollte jetzt mit Muzzik und Kleidung möglich werden. Aber wir lazzen uns nicht täuschen! Wir erkennen den Wolf auch noch im kreischenden Hippiehemd. Unsere Jugendlichen gehen ihm nicht auf seinen bunten Leim!

Richter: Sie sind also in diesen Kleidungsstücken an besagtem Abend aufgetreten, Angeklagter?

Ketzer: Ja. Aber nach etwa einer Stunde mußten wir die Veranstaltung abbrechen.

Richter: Warum?

Ketzer: Da kam so eine Frau, von der Kulturabteilung, und sagte, wir sollten die Sachen sofort wieder ausziehen, sonst würde uns die Spielerlaubnis entzogen werden.

Richter: Was geschah dann?

Ketzer: Wir zogen uns um und spielten nach einer Weile weiter. Das war alles.

Staatsanwalt: Sie scheinen die Auzschreitungen vergezzen zu haben, bei denen die Referentin tätlich bedroht wurde. Steine! Steine wurden dem Auto hinterhergeworfen! Und für Sie ›war das alles‹. Es scheint, dazz Ihre Haarpracht Sie am Nachdenken hindert. Die Gezzellschaft hat Ihnen die Möglichkeit gegeben zu musizzieren. Vor Jugendlichen! Die Gezzellschaft hat Erwartungen in Sie gezetzt! Hat Ihnen Verantwortung auferlegt! Haben Sie darüber schon einmal nachgedacht??
Hohes Gericht, in diesem Zusammenhang erlaube ich mir, die Vorkommnisse vom 7. Oktober 1967 noch einmal zu beleuchten. Wie allen bekannt ist, war dieser Vorfall seinerzeit doch Briesenower Stadtgespräch Nummer eins, hat der Angeklagte mit einigen Zechkumpanen eine kleine Demonstration veranstaltet. Am 7. Oktober! Nur so aus purem Übermut. Ein Achtzehnjähriger feiert seinen Geburtstag mit einer Demonstration! Das ist doch was! Trägt ein Transparent durch die Stadt, wo nichts weiter draufsteht, als: ›18 Jahre – und kein Schritt weiter‹! Jeder kann es lesen. Am 18. Geburtstag unzerer Republik.

Wahrlich, was für ein Jux!? Jugendliche schlagen manchmal über die Stränge, mag mancher nachsichtig sagen. Aber diese Nachsicht ist hier sehr gefährlich! Denn hier muzz man sich der Anfänge erwehren! Auch wenn sie sich geschickt hinter Ezzkapaden Halbwüchsiger verstecken. Markiert es sich nicht wie eine Linie? Die aufreizzende Bühnenkleidung, die Showzz, die Demonztration, bizz hin zu dem Delikt, über das wir heute zu Gericht sitzen?! Aber vor allem – die Haare!!
Hohes Gericht! Sehen Sie sich den Angeklagten an, wie er dasteht, mit diezzer Mähne, einem Löwen gleich! Nur eine Modelaune? Ooooohh, neeeiin!! Dazz sind die Waffen der Kalten Krieger in Bonn, London und New York! 1918 kämpfte die Reaktion mit Granaten und Gewehren. 1968 kämpft die Reaktion mit Köpfen und mit Haaren! Sehen Sie sich diesen Angeklagten an! Soweit man noch etwas von ihm erkennen kann. Er trägt sich selbst zur Schau! Seine Vertierung. Seine Verrohung. Seine Degeneration. Seine Amoralität. Seine Menschenverachtung. Hier kann man nicht mit Elle und Schere mezzen. Hier geht es längzt nicht mehr um Modetorheiten. Diezzer Kopf ist eine Zeitbombe! Wir müzzen sie entschärfen! Bevor es zu spät ist!

Richter: Frau Staatsanwalt, greifen Sie Ihrem Plädoyer nicht vor. Angeklagter: Sie haben ausgesagt, daß Ihre Combo am Tatabend mit einem Auto Typ Barkas B 1000 nach Kremmen gefahren ist. Nun liegen aber eindeutige Zeugenaussagen vor, daß Sie mit einem leichten Lkw vom Typ LO 4000, Thermokoffer, vom VEB Pflanzenfett Velten gefahren wurden. Wie erklären Sie sich das?

Ketzer: Ich. Na. Wir. Ja ... Ich, ich habe. Eine falsche. Falsche Aussage gemacht. Weil. Hm, weil, weil der Fahrer, der Knut, na, der ist für uns. Schwarz gefahren ist der. Dädeshalb.

Richter: Schwarzgefahren?

Ketzer: Ääh. Fast. Wir fahren ja meistens, aber an dem Abend, da brauchte Fritzes Vater den Bar ...

Staatsanwalt: Hohes Gericht! Hier liefert der Angeklagte einen erneuten Beweis für seinen moralischen und sittlichen Verfall. Selbst hier, vor den Schranken des Gerichts, schreckt er vor unwahren Behauptungen nicht zurück. Dutzendemale ist belegt, daß die Combo mit dem Wagen dieses Knut Hackbarth gefahren wurde. Mit einem Fahrzeug, daz strengsten hygienischen Vorschriften unterliegt. Mit einem Fahrzeug, in dem Pflanzenfette und Margarine transportiert werden. In zzo einem Fahrzeug wurden Inzztrumente und Gruppenmitglieder tranzportiert. Ja selbzt die Freundinnen wurden noch mitgenommen. Eine zzoo grobe Fahrlässigkeit und Mizzachtung von Dienztvorschriften, dazz sie bereits den Tatbestand eines strafrechtlichen Vergehens erfüllen. Nebenbei sei vermerkt, daß die Staatsanwaltschaft zur Zeit überprüft, ob sie Strafanzeige gegen den Fahrzeugführer erhebt. Dieser Knut Hackbarth wurde übrigens von dem Angeklagten zu diesen dunklen Touren überredet. Als Kfz-Schlosser war es ihm ein leichtes, diesbezüglich an den Hackbarth heranzukommen. Nach Zeugenaussagen hat der Angeklagte mit gleichem Ansinnen auch mit anderen Kraftfahrern, die ihre Autos bei ihm zur Reparatur hatten, Kontakt aufgenommen. Wie belegt ist, schreckte er dabei vor Erpressung nicht zurück. Er hat Arbeiten für solche Fahrer eher und schneller ausgeführt, die bereit waren, Schwarzfahrten für ihn auszuführen.

Richter: Was haben Sie zu diesen Vorwürfen zu sagen?

Ketzer: Ich habe niemand erpreßt. Ich hätte es gar nicht können. Ich hätte es auch gar nicht gebraucht. Eine Fahrt nebenbei macht jeder mal gern. Die Fahrer kommen ja fas …

Staatsanwalt: Zzzssiiiee waagen es, unsere ehrlich arbeitenden Menschen zu verleumden?? Zzind Sie schon zzoweit gezunken, daß Ihnen die Achtung vor anderer Menschen Arbeit verlorengegangen ist? Dazz Sie alles mit Dreck bewerfen müzzen, nur weil Sie zelbst im Schlamm waten? Wahrlich, Ihr Bild rundet sich ab!

Richter: Kommen wir zu dem Tatabend zurück. Wieviel haben Sie während der Veranstaltung an alkoholischen Getränken zu sich genommen?

Ketzer: Alkohol? Eigentlich keinen.

Richter: Was ist ›eigentlich‹? Würden Sie sich bitte etwas präziser ausdrücken?

Ketzer: Trinken tun wir während Veranstaltungen so gut wie gar nicht. Bier und Schnaps, meine ich.

Richter: Und wie ist das mit den spendierten Lagen?

Ketzer: Spendiert wird schon. Aber meistens lassen wir alles stehen. Naja, drei, vier Bier kommen vielleicht zusammen. Aber mehr nie! Das ist Gruppenprinzip, von Anfang an. Kein Alkohol während eines Auftrittes.

Staatsanwalt: Aha! Zzie trinken also keinen Alkohol. Das ist sogar Ihr Prinzzip. Sehr löblich! Wahrhaftig! Der Verführer bleibt nüchtern, während der Verführte zu seinen Füzzen in Ekztase auf die Tische steigt. Durch Musikdrogen und Lichtdrogen in Ekzztase getrieben! Von Iiiihnen!!

Zeugenanhörung. Vor dem Gericht frei und sicher im Raum stehend, Erich Schiplack. 40 Jahre. Kfz-Meister im VEB Kraftverkehr Briesenow.

Schiplack: Ich kann als Vertreter des Kollektivs nur sagen, daß Conny, daß Constantin immer gut gearbeitet hat, daß er einer der besten Jugendfacharbeiter ist. Er wird von allen geachtet und geschätzt. Auch über seine Disziplin und sein Verhalten zu den Kollegen ist nichts Nachteiliges zu sagen. Er gehört weder zu den Bummelanten, noch macht er sonst irgendwelche Schwierigkeiten. Ich persönlich kann sagen, daß ich froh bin, daß Conny in meinem Bereich arbeitet.

Staatsanwalt: Und Sie stören sich da nicht an dem Aussehen des Angeklagten. Sie heizzen das wohl noch gut?

Schiplack: Ach, gutheißen?! Wir waren doch alle mal jung. Und was für uns Glenn Miller und Bill Haley waren, sind für die heutige Jugend eben die Beatles und die Rolling Stones. Jede Zeit hat ihre Musik und ihre Mod...

Staatsanwalt: Herr Schiplack, Sie vergezzen wohl, wo Sie sich befinden? Hier ist nicht der Ort, um kulturpolitische Fragen zu diskutieren!

Schiplack: Schreien Sie mich nicht so an! Ich bin nicht Ihr Angeklagter!

Schwarz und klobig der Betonrücken gegen das sonnenhelle Fenster.
Das Glühen der Zündschnüre in den Schießscharten. Die Scharniere der Mörserluke quietschen schon. Doch der Schuß geht nicht ab. Kloßig rollert die Kugel ins Rohr zurück.

Staatsanwalt: Herr Zeuge, sagen Sie, der Angeklagte Ketzer hat doch starke Westkontakte. Diese müssen sich doch in seinen Äußerungen bemerkbar gemacht haben. Hat er versucht Kollegen zu agitieren, versucht, Sie zu beeinflussen?

Schiplack: Mit Westkontakten meinen Sie seine Mutter, ja? Ich weiß, sie wohnt in West-Berlin. Er hat viel Westsachen an, was er geschickt bekommt und so. Wenn Sie das meinen. Aber mehr war nicht. Hat doch jeder Verwandte drüben. Ich hab meinen Bruder, der schickt auch.

Staatsanwalt: Ich habe Sie nicht nach Ihrem Bruder gefragt, sondern ob der Angeklagte westliche Propaganda verbreitet hat!!

Schiplack: Und dazu braucht er seine Mutter? Die er drei Jahre, glaube ich, nicht gesehen hat? Propagandamachen kann doch jeder. Braucht er doch bloß auf einen Knopf zu drücken.

Staatsanwalt: Herr Zeuge!! Wenn Zzie weiterhin in zo einem Ton mit mir sprechen, da ...

Schiplack: Herr Richter, wenn die Staatsanwältin mich weiterhin so anschreit, verweigere ich jede Aussage!

Unruhe und Murmeln im Gerichtssaal. Vereinzelte Lacher. Der Vorsitzende schlichtet. Schiplack geht großartig ab. Andere Zeugen werden gerufen.

Plädoyer des Staatsanwaltes –

Hoch und schwarz hebt sich der Betonrücken gegen das Fenster. Weiß glühen die Zündschnüre. Speichel schmiert die Scharniere der Mörserluke. Klappt auf und zu. Schuß um Schuß. Ketzer wird bombardiert. Ist Ruine schon vor dem letzten Satz: Ich beantrage eine unbedingte Freiheitsstrafe von.

Ketzer in einer Zelle.

Ketzer tastet über gescheuerte Dielen. Schleicht sich immer wieder an diesen Satz: Ich beantrage eine unbedingte Freiheitsstrafe von. Doch der Satz entgleitet ihm. Entglitscht ihm immer wieder.

Verkündung des Urteils.

Im Namen des Volkes wird der Angeklagte Constantin Ketzer, geboren am 7. 10. 49 in Berlin, jetzt wohnhaft in Ziethen, Kreis Briesenow, zu einer unbedingten Freiheitsstrafe von sechs Monaten verurteilt. Die Untersuchungshaft wird dem Verurteilten angerechnet.

Fünf Menschen umhocken einen Tisch. Auf der einen Seite Ketzer. Auf der anderen Seite seine Angehörigen. In der Holzmaserung unsichtbar der Strich. Hier drinnen. Da draußen. Ein Wachtmeister wacht über die Trennung der Welten.

Vater: Conny ... Ich, wir ...
Großvater: Junge!
Großmutter: Mäijn Jiengchen, mäijn Jiengchen, haben die bloß mit dierr jemacht. Die kenn doch nech äijnfach.

Flackende Großmutterhände begehen einen unerlaubten Grenzübertritt. Greifen über den Strich. Greifen nach Ketzers Händen. Drücken sie. Streicheln sie. Kerben Trost in weiße Fingerhaut.

Vater: Gisela konnte nicht kommen. Das neue Studienjahr. Die Messe. Du mußt verstehen. Sie hat soviel zu tun. Sie.

Worte. Laufen ab wie Wasser. Netzen nicht. Füllen nicht den leeren Kopf, die tauben Ohren. Nur die Hände sind warm. Bleiben warm. Wärmen den Strafgefangenen Constantin Ketzer noch am vierten Tag. Als er transportiert wird in das Arbeitslager Rüdersdorf. Zementwerke dort.

-- :

II

Der Strafarrest ist eine Höhle. Darin hausen Wesen. Sind nicht Tier, nicht Mensch. Haben aber Arme und Beine. Haben Hände und Köpfe. Träume und Namen. Heißen Schulze und Meyer und Ketzer. Hocken, frieren, schreien, hungern, heulen, warten auf Steinklötzen, über Steintischen in Steinzellen. Aus Stein auch die Zeit. Ketzer schlägt auf ihnen herum und kriegt sie nicht klein. Ein Wachtmeister steht daneben. Lächelt schwermütig. Ach, ihr jungen Burschen, sagt er und winkt.

-- : Kommse Ketzer, zum Arzt müssense.

Ketzer watet durch Februarschnee. Entlang an breitschultrigen Baracken. Vorbei an schwarzuniformierten Körpern. Vorbei an kreiselnden Köpfen. Wie Kröten auf seinem Rücken bald die neugierigen Augen, die dampfenden Münder, die sich weidenden Gesichter. Bis hin zum Krankenrevier. Dort.

-- : Wie lang sind Sie jetzt im Arrest?

Ketzer knarrt die Antwort über einen Sterilisator.

-- : Seit sieben Tagen, Herr Doktor.

-- : Sie haben verschärften Arrest?

-- : Kjah.

Ketzer versucht seine Blicke in dem Arztgesicht zu verhaken (kann doch arrestuntauglich ich), rutscht aber immer wieder ab von den glattrasierten Wangen. Sprengt nicht den Glaspanzer der Hornhaut.

-- : Ihr Blutdruck ist etwas niedrig. Naja, das wird schon wieder werden, junger Mann. Ihr Ausschlag ist auch nicht so schlimm. Nur oberflächlich. Zinnert, schmieren Sie dem hier mal was drauf.

Zinnert kommt aus dem Nebenzimmer. Ketzer sieht ihn auf sich zugehen. Sieht ganz groß seinen Kopf. Seine Stirn. Sein Kinn. Alles breit und mächtig. Sieht sein linkes Auge zwinkern. Spürt Zinnerts Hand auf seiner Schulter dann. Wie sie drückt. Fest und zärtlich.

-- : Herr Doktor, wenn ich mir einen Vorschlag erlauben darf, vielleicht geben wir ihm noch Rotlicht.

-- : Rotlicht? Na meinetwegen. Aber sagen Sie Wachtmeister Krüger Bescheid, daß es noch ein bißchen dauert, und dann rufen Sie mir den Nächsten rein.

Gleichmütig winkt Zinnert nach Ketzer. Weist ihn ins nebenliegende Zimmer. Weist ihn auf einen Stuhl. Ist ganz ruhig. Achtet nicht auf Ketzers Beben. Geht auf den Flur, ruft, der Nächste, kommt zurück, zieht leicht die Tür heran, nimmt Ketzers Kopf, dreht ihn. Justiert die Lampe. Justiert lange.
Flüstert plötzlich.

-- : Halt durch, Kleiner! Die paar Tage schaffste auch noch. Hier n Bleistift, schreib was, male was, denk dir was aus, Geschichten, von früher, irgendwas. Beschäftige dich! Teil dir deinen Tag ein, mach Gymnastik. Beim Kübeln nimmste immer das Klo rechts! Aber nicht, wenn Kongomüller oder Bubu mitkommt. Sonst leg ich was in den Spülkasten. Wenn mal Kontrolle kommt, alles in den Kübel, verstehst du? Los, Kleiner! Die paar Tage sind dochn Schiß! Reißte doch auf ner Backe runter. Denk an draußen, an Gitti, an die Stones! Bist doch bald wieder zu Hause. Ich muß wieder rein, sonst merkt der Feldscher was und scheißt uns an!

Ketzer sitzt rot und benommen unter der Lampe. Zinnerts Worte gerinnen in seinem Bauch zu einer kloßigen Freude. Nach zehn Minuten kehrt Zinnert mit einem Salbentopf zurück. Rückt an der Lampe. Schaltet aus. Befühlt Ketzers Stirn, seinen Hals. Flüstert wieder.

-- : Warum haste bloß zurückgehauen, du Idiot?! Wärste doch rein in den Zementofen. Man muß auch mal was einstecken. Drei Wochen vor der Entlassung in Arrest! Hast doch n ruhige Kugel geschoben bis jetzt. N halbes Jahr, das sitzt man doch auf ner Rasierklinge ab, Mensch!

Heiß brennt in Ketzers Faust der Bleistiftstummel, als er zurückgeführt wird in seine Höhle. Ein nicht einmal daumenlanges Stümpfchen aus Graphit und abgeschliffenem Holz. Aber Ketzer umkrallt es fest. Ein Strohhalm. Ein Meißel. Jetzt kann er gegen die Steinzeit angehen. Jetzt kann er Briefe schreiben auf Toilettenpapier. Ganze Romane gar. Oder einfach nur Worte, Sätze, Buchstaben. Jetzt kann er auch zeichnen oder kritzeln bloß.

DAS-IST-DAS-HAUS VOM-NI-KO-LAUS MIT-DEM-ALTEN SCHEISS-HAUS

Ketzer faltet Hütchen. Faltet Flieger. Knifft Schiffchen. Ein klopappener Dampfer legt an an Ketzers Schuhsohlenkai. Ein schlappender Segler landet zischend auf der Rollbahn des steinernen Sitzklotzes.

-- : Tttsssscchh... Ladies and Gentlemen, please fasten your bell-seets. In little minutes we landing in Heathrow-airport. We wish you a jolly good time in swinging London.

Ketzer singt: Every day, I look at the world from my window, dada-daaa. Millions of people, Waterloo sunset, Waterloo underground...

Ketzer greift Akkorde auf einer Röhre aus festgedrehtem Toilettenpapier: F E^7 A_7 Dm Dm_7 BC F C Dm G B F. Er hört das harzige Ächzen eines Cellos. Yes-ter-day, love was such an easy game to play. Now I need a place to hide a-way, oh I believe in yes-ter-day.

Ketzer wird traurig plötzlich. Klebt fest an den harzigen Tönen. Yes-ter-day, life was such an eas-y game to play. Gestern. Gestern! Nur noch gestern alles. Nichts anderes mehr da. Fertig. Erledigt. Am Ende. Eine Ruine. Mit neunzehn Jahren. Ketzer knickt auf den Sitzklotz. Krümmt seinen Jammer über die Steinplatte. Fühlt Tränen. Wird aber nicht leichter dadurch. Versteinert nur mehr.
Am nächsten Tag entjaucht er seinen Kübel in der Toilette rechts. Er findet eine Tüte im wasserleeren Spülkasten. Der Wachtmeister steht uninteressiert. So steckt Ketzer ohne Mühe die Tüte unter seine Jacke. Schaukelt fröhlich mit seinem Kübel in die Zelle zurück. In der Tüte findet er ein Paar Socken, einen Zipfel Wurst, drei Zigaretten, Streichhölzer und einen Zettel: Halte durch! Wo. Drei Worte, kaum ein Satz. Für Ketzer aber eine ganze Geschichte. Er erzählt sie sich immer wieder. Raucht dabei. Wird ganz glücklich darüber.
Am Nachmittag beschließt er, sich ein Schachspiel zu kneten. Aus Brot. Wie in Potsdam. Schädlich, denkt er sofort. Wo der wohl? Und Zaddach?
Zaddach - Mädchen - Falkensee - Gruppe - Ziethen - Oma - Gitti - letzter Sprecher (will studieren, Gotha mama, neue platte, doppelalbum, weiß, beatles, fotos und texhef, neue parka, endl, warum mama nich in amishop, gittis uhr, knallgrün, wie wecker, anstecker, make love not war, von cousin, sdsheini, quatscht wie schädlich bestimm, kommt im novem siebzig raus, gott, bin ich scho). Ketzer erschrickt. Versucht den Gedanken abzuwürgen.

Es mißlingt. So muß er also weiterdenken: Wirst zwanzig im Oktober. Das Wort ›alt‹ unterschlägt er ängstlich.

Gleich nach dem Abendbrot – Becher Kaffeersatz, drei Scheiben Brot, Messerspitze Margarine – kommt Wachtmeister Krüger und schließt Ketzer das Pritschenholz ab. Vor der Zeit. Im Luftschlitz blaut der Abend erst.

-- : Wieviel Tage hamm wa denn noch?

-- : Zwölf. Heut ist mein achter.

-- : Zwölf? Kriegen wa auch noch rum. Und dann gehts doch nach Hause. Zu Muttern, nich?

-- : Hhm.

Ketzer packt das genietete Pritschenbrett. Klappt es aus der Verriegelung. Arretiert die Stützen fest auf dem Steinboden.

-- : Erstmal ordentlich reinhaun bei Muttern, was? Damit wieder Speck auf die Rippen kommt. Ihr jungen Burschen braucht nochn paar Pölsterchen. Aber unsereins?!!

Der Wachtmeister klöpfelt resignierend seinen Senkbauch.

-- : Ihr jungen Burschen, ihr! Wollt immer mitm Kopf durch die Wand. Wärter doch rein inn Ofen. Bißchen Hitze schad nich. Meint ihr wies im Kriech war, in Schtalingrad? Teer auffer Straße hat gekocht. Ach, ihr jungen Burschen. Geht lieber inn Bau.

Der Wachtmeister schaukelt kopfschüttelnd herum. Dreht sich in der Tür noch einmal.

-- : Soll kalt wern heut nacht. Werd dem Heizer sagen, er solln bißchen aufdrehn bei dir.

Der Wachtmeister schaukelt und zwinkert. Zwinkelt ab.

Ketzer liegt auf dem Brett und wartet auf den Schlaf. Bevor sich dieser an seine Wimpern hängt, macht er sich einen Plan.

FÜR MITTWOCH, den 12. Februar 1969.

Zum Frühstück behält er von den zwei Scheiben Brot eine Scheibe zurück. Seinen Hunger überlistet er mit einer Zigarette. Außerdem gibt es mittwochs ein warmes Essen! Graupen wieder oder Brühreis. Der Magen akzeptiert knurrend. Ketzer hört nicht auf ihn und knetet Schachfiguren. Doch die Scheibe Brot reicht nicht einmal für die Bauern.
Am Nachmittag spielt Ketzer Hopse. Mit und ohne Himmel. Das linke Bein hopst gegen das rechte Bein. Montag, Dienstag, Mittwoch, Donnerstag, Freitag raus. Das rechte Bein schlägt das linke Bein dreimal.
Nach dem Abendbrot – Becher Kaffeersatz, drei Scheiben Brot, Messerspitze Margarine – knetet Ketzer die fehlenden Bauern. Die schwarzen schwärzt er mit dem Bleistiftstumpf. Stolz stellt er sie auf den steinernen Turnierplatz des Tischklotzes. Das Spiel der Könige! Sein Magen rumort freudig, und das magere Deckenlicht versucht zu lüstern.

Am Donnerstagmorgen, beim Kübeljauchen, steht Wolfgang Zinnert im Pissoir. Zufällig. Schüttelt sorgfältig. Knöpft umständlich den Schlitz. Ketzer schüttet den Kübel lange. Reinigt ihn gründlich. Sieht immer wieder zu Zinnert, durch die Arme, über die Schultern weg. Rasch und unauffällig. Grinst. Schmunzelt. Grimasst.
Ein paar Tage später steht Zinnert wieder. Wäscht sich die Hände grade. Zufällig. Unterhält sich gleich zwanglos mit Hauptwachtmeister Krüger. Wagt auch zu Ketzer ein Wort. Lacht. Ketzer versteht. Tankt das Lachen. Füllt sich damit. Nimmt es mit in seine Höhle. Hängt es an die Steinwand.
Am Mittwoch findet Ketzer eine Zeitung im Spülkasten, und wieder Zigaretten. Der Rand der Wochenpost ist beschrieben

mit Zinnerts abgeschliffener Medizinerhandschrift: In 5 Tg bist du draußen, Kleiner. Dann hast d. es geschafft. In 2 Wo komme ich nach. Dann beißen w. mal richtig einen ab. Ich hatte gest. Sprecher. Jule hat schon all. vorbereitet. W. feiern b.i. Eltern in Bern. Nach Bln. darf sie nicht mehr rein. Unsere Wohng. i. versiegelt (seit 66!!!). Mit d. Volksbühne ist es auch vorbei. Ich werd wohl auch Bln-Verbot kriegen. Uns. Stationer hat mir sowas angedeutet. D. Sache riecht nach Ärger. Na, erstmal draußen sein. Dann wird Wo. schon a.d. Bonzentische hauen. So schnell machen die aus mir keinen Landarzt à la Rudolf Prack. Grüße v. allen! Wo.
Ketzer rätselt. Buchstabiert. Entziffert. Hat ein Bild im Kopf.

Eine westungarische Landschaft. Weichgehügelt. Milchiges Morgenlicht darüber. Ein Auto staubt einen Sandweg entlang. Verlangsamt. Hält in einem Birkenwäldchen. Zwei Menschen steigen aus. Der eine groß und blond. Braun und schmal der andere. Sie werfen sich Rucksäcke über. Ducken sich die Schonung entlang. Robben über eine Wiese. Weit links, hoch über einem Nebelpuff, ein Turm. Die beiden kommen rasch voran in einer Grabenrinne. Zwängen sich durch ein Drainagerohr. Sind in Jugoslawien. Sind in einem Wald dann. Passieren morgentaube Dörfer. Hören Hahnkrähen überall. Bleiben aber niemals stehen. Fragen nicht. Sehen nicht. Laufen in scharfem Bogen nordwärts. Den Bergen entgegen. Graz. Klagenfurt. Österreich irgendwo.

Nach 40 km Fußmarsch werden Wolfgang Zinnert, 27 Jahre, und seine Ehefrau Juliane, 25 Jahre, von einer Milizstreife gestellt. Waldarbeiter hatten sie lagern sehen. Zweieinhalb Jahre er. Zwei Jahre sie. In seinen letzten Arresttagen denkt Ketzer oft daran. Was die alles durch, und er bloß ein halbes. Er schämt sich beinahe. Er bewundert Zinnert. Nicht nur wegen der zweieinhalb Jahre. Zinnert ist sein Freund. Sein Vaterfreund. Beraterfreund. Ist fast drei Wochen sein Mutmacher. Gewesen.

AM FREITAG, dem 21. Februar 1969

wird Ketzer aus der Arresthaft entlassen. Vorzeitig. Wegen guter Führung, wie man ihm sagt. Ketzer tritt aus dem Bunker. Läuft ein paar Schritte. Läuft gegen die helle Vorfrühlingsluft wie gegen eine Wand. Spürt deutlich den zärtlichen Druck. Hat noch niemals Luft so gespürt. Ist ganz glücklich plötzlich. Atmet. Atmet. Trinkt erdige Frühlingsluft. Ist wie von Sinnen.
Ketzer wird begrüßt, beklopft, geschüttelt. Von Zinnert umarmt. Er geht die Lagerstraße entlang und genießt das Laufen. Die Schritte. Wie die Beine ausholen können. Groß erscheint ihm die Welt und die Mauern weit gerückt. Ein Vorgeschmack der Freiheit. Ketzer schmeckt und schmeckt und wird ganz gierig davon. Zwei Tage noch. Dann.
Leicht wie eine Feder schwebelt er durchs Lager. Effektenkammer, Kleiderkammer, Entlassungsuntersuchung, Bücherabgabe in der Bibliothek. Und ein heiteres Lachen überall.
Ketzer nimmt Aufträge entgegen: Dieser Brief hier, könntest du nicht? Oder. Ruf doch mal an, meine Verlobte, ja?
Ketzer lädt ein. Seine Abschiedsfete. Am Sonnabend. Er findet auch noch Tee in seinem Spind. Seine Zimmergenossen haben ihn bewacht. Vorm Hochziehen, wie sie sagen. Das Päckchen Tee muß Ketzer aber noch halbieren. Mit der einen Hälfte geht er zu den Pritschern, um sie zu bestechen. Wir feiern heute meine Entlassung, muß die Wache nicht wissen. Okay? Mit der anderen Hälfte setzt er sich zu seinen Freunden an den Tisch. Zinnert hat noch Kaffee besorgt. Wenn sie langsam trinken, reicht es für den Abend. Sie sind sechs. Sie sitzen eng. Von der Dunkelheit

aneinandergedrückt. Ganz nah ein jeder. Ihre Gesichter leuchten über dem Wachstuch. Sie sprechen leise, flüstern manchmal nur. Ulbricht soll ja. Und Jan Pallach in Prag. Sie erzählen sich schenkelreibend Frauengeschichten. Da kannt ich mal eine. Oder. Die Neger sollens ja. Oder die Eskimos. Oder die Inder. Und dann die Japaner erst. Sie träumen auch von draußen. Das erste Bier. Die erste Frau. Das erste Essen. Das erste Auto, Motorrad, Fahrrad. Die erste Nacht im eigenen Bett. Sie erzählen sich Witze. Wißt ihr noch, als Nasser vorn paar Jahren in Berlin war?? Ja? Na, und warum durften Ulbricht und Nasser damals nicht in einem Auto fahren?? Naa??... Weil die Leute sonst gerufen hätten: Nasser Ulbricht, nasser Ulbricht. Oder kennt ihr den hier? Warum werden in Moskau alle Krähen abgeschossen? Na warum wohl? Los erzähl schon! Machs nich so spannend! Weil die immerzu Prrraha-Prrraha-Prrraha rufen!! Sie schlagen sich die Hände vor die Münder und dämpfen das Lachen mit den Fäusten.

Gegen elf ist aller Tee und Kaffee verbraucht. Also heben sie auf das Fest. Sprengen den Kreis. Vereinzeln sich wieder. Schleichen sich leise mit der Tasse in der Hand in die Betten und Baracken. Am anderen Morgen löst Ketzer seinen Hausstand auf. Verschenkt freigiebig die einstmals so mühsam beschafften Dinge. Die Gitarre bekommt ein Hendrix-Fan. Seinen Tischtennisschläger erhält ein ehemaliger DRR-Meister. Das Briefpapier ist für diesen, der Tauchsieder für jenen. Schere und Bastelzeug für einen aus Baracke sechs. Socken und Unterzeug bleiben für den Heizer. Ketzer tauscht auch seine Schuhe. Ganz alt gegen ziemlich neu. Ketzer verschenkt alles. Füllhalter, Buntstifte, Zahnpasta, Rasierschaum. Ketzer plündert sich. Plündert sich mit Lust. Nackt sein und bloß. Was für ein Gefühl! Am Nachmittag spazieren Ketzer und Zinnert die Lagerstraße entlang. Sie versuchen ein Gespräch. Aber Ketzer kann sich nicht konzentrieren.

Denkt immer wieder: Morgen, morgen, mor. Bist nicht vor die Hunde gegangen! Bist kein Schwein geworden. Hast gezeigt, was n Harke ist. Harke. Ha!
Kommt einer. Hängt sich an seinen Arm. Bettelt. Kannste nich, meine Frau, wohnt Schönhauser Allee, gleich am Bahnhof, mußte doch sowieso lang. Bitte, bitte. Bettelt. Bittelt.
Am Abend zieht sich Ketzer aus. Steigt auf sein Bett. Zum letzten Mal! Deshalb ganz langsam alles. Seine Zimmergenossen sehen zu und lästern rauh. Sie müssen zur Nachtschicht ins Zementwerk. Dahin gehört er nun nicht mehr. Er gehört auch nicht mehr zu ihnen. Sie spüren es. Hier drinnen. Da draußen. Und dazwischen ein Fleckchen Niemandsland. Auf diesem hockt Ketzer jetzt. Schlägt die Bettdecke zurück und sagt.
-- : Haut rein Kumpels! Und grüßt mir die Muxbude. Morgen könnt ihr Spalier stehen.
Sie reichen ihm die Hände und lachen aulig.
In der Nacht zum Montag bilanziert Ketzer sein halbes Gefängnisjahr: 183 Tage das sind 4392 Stunden das sind Ich schickte 15 Briefe 7 Karten etwa Ich bekam 3 Pakete ein Sonderpaket nein zwei Ich hatte 1x Geburtstag 1x Weihnachten Ich erwarte 350 Mark Lohn wenns hochkommt Ich las Fänger im Roggen Der kleine Prinz Faust Heine Thomas Mann und Jerry Cotton heimlich Ich war 21 Tage verschärften Arrest wegen Arbeitsverweigerung und tätlichen Widerstand Ich durfte 3x Sprecher Oma und Opa abwechselnd einmal Gitti einmal Vater dazu das also ist. Ketzer zieht den Strich.
Bis zum Morgen halbschläfert er noch. Er erinnert sich dünn an ein Märchen. Grimmandersen. War einer eingespund da. Kam aber wieder frei. Durchn Feuerzeug oder was. Hat ihm einer gebracht. Ans Fenster. Was alles möglich war?! Früher. Denkt Ketzer. Plötzlich knurrt ein Hund! Aus der Ecke da drüben. Ja. Tellergroß funkeln seine Augen. Ketzer erschrickt. Und erwacht.

Er sieht auf seine Armbanduhr. Es ist fast sieben. Er steigt vom Bett, nimmt sein Handtuch und geht duschen.
Noch vor neun Uhr steht er an der Straßenbahnhaltestelle. Es ist trüb und kalt. Er friert am kahlen Kopf. Nur mühsam hellt sich der Tag.

Strafsache K
Tod des Wassermanns
Niedergang
Erstes Tagebuch

In einer Stadt ein Haus ein Saal. Menschen wie Gewürm darin. Stoßen, schieben, drängen, steigen übereinander, spritzen zur Seite, kleben fest, backen zusammen, zerfallen wieder.

Auf der Bühne großmäulige Lautsprecher. Prügeln wie Dreschflegel auf die Menge. Prügeln alles. Die hundert Leiber heizen die Luft. Der Saal wird zum Kessel. Darin brauen Zigarettenrauch und Bierdunst, Schweiß und Kölnisch Wasserdünstung zu einer betörenden Droge. Der Bedarf ist groß. Und berauscht bald ein jeder.

An der Theke gurgeln Bierhähne. Spucken und krächzen gelbe Bäche in zahllose Gläser. Wie eine Festung belagert der Tresen. Kellnerinnen schwingen ihre Tablettschilde. Dicht stehen die Recken.

Ruhelos strömt die Menge. An den Saaltüren bilden sich Strudel. Suchen, Suchen. Fisch und Fischer sein zugleich. Netze auswerfen und ins Netz gehen. Fischmarkt. Liebesmarkt. Ein wenig zappeln. Ein wenig bluten. Und Schuppen lassen allemal.

Dann.

Große Pause und Luftschnappen. An die Oberfläche schwimmen, in die märzkalte Nacht. Den Fang begutachten. Kosten. Fühlen. Tasten. Oder tasten lassen.

Dann.

Stille auf einmal im Saal. Nur Gerüchte knistern in den Ecken.

-- : Jetzt kommt Brian!

-- : Quatsch, is doch noch gar nich draußen.

-- : Blödmann, seit drei Wochen schon.

-- : Über die Feuertreppe kam er, habs gesehen.

-- : Der darf doch gar nich mehr.

-- : Klar darfer.
-- : Conny haben se verboten!
-- : Gibts doch gar nicht!
-- : In Brandenburg soller gewesen sein. Z! Der schärfste Knast der DDR.
-- : Du, ich sag dir, der sieht aus wie Brian Jones!
-- : Hat der nicht kurze Haare jetzt?
-- : Gitti, was ist los? Singt Conny?

Alle starren zur Bühne. Lauern auf Antwort. Aber unbeweglich bleibt der Vorhang. Nur die aufgesteckten Fahnen wellen sich rot und golden. Doch da zittert leicht der Samt. Und augenblicklich spüren alle den Luftschwall, den der erste Ton vor sich herschiebt. Ganz mächtig das A. Dann reißt auf der Vorhang.

Eine graue Bühne. Ausgeschlagen mit gefaltetem Samt. Auf den Samt genagelt ein Spruch. DER SOZIALISMUS usw. Darunter Nobs mit dem Klavier. Mit Gitarren ihm zur Seite Frieder und Jimmy. In einer Ecke ausgebreitet Kalle mit dem Schlagzeug. Durch die Mitte von irgendwoher plötzlich Constantin. Er springt über Kabel, über Verstärkerungetüme. Springt zum Mikrofon. Reißt es vom Ständer. Wirbelt es in die Höhe. Fängt, geht in die Knie, singt. Singt hoch. Dreht und windet sich. Weee don't care – if you on-ly love me. Weee don't care. . . Kalle stampft die Tonica von Klavier und Baß zu Brei. Jimmys Gitarre wie Glaskreischen darüber. Weeeeeee lllooo-ve youu. Weeeeee lllooo-ve youuu. A-Dur Subdominante moduliert zu G-Dur Subdominante. Aand wee ho-pe that you will lo-ve me tooo. Weeee lllooo-ve thee-y. Weeee loo-ve thee-y (Tonica-A-Dur Subdominante → G-Dur Subdominante). And wee wa-nt, that youu w-ill lo-ve they tooo.

Die Menge schreit. Jubelt. Klatscht im Takt. Tanzt. Einige stehen vor der Bühne. Hören andächtig.

Noch während der letzten Akkorde greift Nobs die Gitarre,

dreht an Knöpfen, schlägt gegen einen Verstärker, zupft eine Saite an, schlägt wieder gegen den Apparat, faßt in das Gehäuse, biegt Schnüre, drückt einen Selengleichrichter – und reißt die Saiten schließlich, daß sie brüllen wie Dampfsirenen. I can't get no-ho saa-tisfaac-tion, cause I try an' try an' try an', singt Ketzer. Get no, kreischt die Menge und rammt mit hundertfüßiger Wucht das Staccato in die Dielung. Nur das folgende Hey Jude rettet das Holz vor dem Bersten. Ketzer streicht das Mikrofonkabel wie einen Frauenleib. Der erste neue Titel nach dem Gefängnis. Zwei Wochen haben sie geprobt dafür. Auch Frieder spricht in seiner kurzen Ansprache davon. Und auch von den großen Plänen, die die Gruppe hat. Die Oberstufe wollen sie im nächsten Jahr vielleicht, und neue Verstärker ganz sicher. Alles ging ja erst richtig los. Nun, wo Conny wieder. Die Menge klatscht. Ruft Yeah und Stones und Musik! Die nächste Runde folgt. Drei Titel immer pro Runde. Ein paar Mal setzt Ketzer aus. Bei Proud Mary zum Beispiel. Das kann er noch nicht. Dann singt Nobs für ihn. Doch Nobs trifft nicht den kehligen Diskant Fogertys. Ketzer trifft besser. Er sitzt wo hinter der Bühne, greift an Gitti herum und singt leise mit. Proud Mary kieponn, rohhling, yeahH, yeahH. Um ein Uhr früh der letzte Titel dann. Die glühenden Verstärker werden ausgeschaltet. Kühlen ab, während die Gruppe zur Theke zieht. Durchspülen. Wegspülen. Ausspülen. Unterdes leert sich der Saal. Marktschluß! Wer ohne Fang geblieben geht allein. Die anderen ziehen die Netze über die Köpfe und verschwinden in Hausflure, Autos, Bushaltestellen, Zimmer und Betten. Wenige nur bleiben im Saal zurück. Ein paar trieseln ziellos durch die Tischreihen. Zwei liegen wie hingeschlachtet auf Stühlen. Andere hantieren mit Koffern und Mikrofonständern. Sie helfen abbauen. Sie sind die treuesten Gefolgsleute der Band. Die Trommeln, den LV 70, die selbstgebauten Lautsprecherboxen, die getrimmten Tonbandverstärker –

alles wie aus Glas. Von der Bühne hinunter auf die Straße in einen Barkas B 1000. Ein Barkas und kein Margarineauto. Dann noch schnell die Gage aufgeteilt. 420 durch 5. Macht? Noch ein Bier dann. Noch eine Zigarette. Dann die Abfahrt. Ketzer und Gitti folgen dem Transporter mit einem Moped. Verlieren ihn bald aus den Augen. Zwei rote Pünktchen irgendwo weit vor ihnen. Nach ein paar Kilometern spüren sie die Kälte, wie sie sich durch Hände und Beine in den Körper hineinfrißt. In Ziethen, vor dem Haus der Großeltern, steigen sie mit schmerzenden Gliedern von der Maschine und staksen ungelenk über den Hof. In der Küche, während das Grogwasser auf dem Herd zu sieden anfängt, umarmen und drücken sie sich. Sie juchzen leise. Auf Zehenspitzen steigen sie dann mit ihren Gläsern hinauf ins Dachgeschoß, in Ketzers Giebelzimmer. Sie trinken schnell. Ketzer knipst und dreht noch an einem Tonbandgerät. Dann ziehen sie sich aus. Lets spend the night together. Leise hämmert die Musik. Ketzer und Gitti ringen unter der Bettdecke. Sie prusten und lachen dabei. In Schüben breitet sich die Wärme vom Magen her in ihren Körpern aus. Schnell sind die wieder weich und biegsam. Sie wellen und krümmen schon. Wie Saugnäpfe kleben ihre Münder. Als sich hinterm See der Horizont hellt, liegen sie heiß und ineinandergewirrt. Ein Wecker schrillt. Ketzer fährt hoch. Schlägt auf den Knopf. Schiebt Gitti sanft von seiner Brust.

-- : Du, Gitti, mußt jetzt runter. Ist halb sieben. Meine Oma steht gleich auf.

Gitti sackt auf Ketzers Brust zurück. Er schüttelt sie.

-- : Wach auf, Mensch, du mußt nach unten!

Aber Gitti wacht nicht. Da nimmt Ketzer sie unter die Arme, zieht sie aus dem Bett und schwankt mit ihr die Treppe hinunter ins Wohnzimmer. Dort setzt er sie auf eine zu einem Nachtlager vorbereitete Couch. Gitti mauzt nur kurz, wittert den Bettgeruch und igelt sich augenblicklich auf dem Laken ein. Sie schlafen noch bis Mittag. Sie essen mit den Großeltern dann. Dann gehen sie wieder hinauf ins Giebelzimmer. Der Tag ist grau. Es nieselt auch. Was da anderes tun, als sich auf die Couch legen und Musik hören? This is the daw-ning of the age of A-qua-ri-us. The age of A-qua-ri-us. Dm. A-qua-ri-us. Dm. A-qua-ri-us. C7. Harmony and understanding, sympathy and.

-- : Was singen die da?

-- : Weiß nicht. Das sind die 5th Dimension. Das ist aus Hair.

-- : Ich denk, du kannst Englisch!

-- : Kannst Englisch, kannst Englisch! Was soll ich mit meinen zwei Jahren an der Penne schon anfangen?!

-- : Wie heißtn das?

-- : Aquarius.

-- : Aquarius? Istn das?

-- : Das istn Sternzeichen. Heißt Wassermann auf deutsch.

-- : Ach so.

-- : Du, Gitti, soll ich dir mal was sagen? Vielleicht gehe ich ab Herbst zur Volkshochschule und mach Englisch!

-- : Wirklich? Du, vielleicht haben wir in Gotha anner Fachschule auch Englisch. Dann können wir ja immer beide reden.

-- : Auja!

Sie liegen und rauchen. Streicheln sich. Kraulen sich.

-- : Deine Haare wachsen schon wieder, Conny.

-- : Hhm, wird auch Zeit.

Sie liegen und rauchen. Küssen sich. Umarmen sich.

-- : Gestern haben se n Bericht im RIAS gebracht, von John und Yoko Ono. Die haben am Donnerstag geheiratet. So ne doofe Kuh nimmt sich der Lennon!??

-- : N ganz schönes Euter hat se aber. Hhtssch.

-- : Oller Bock du!

Sie liegen und rauchen. Fühlen sich. Suchen sich.

-- : Wolln wir noch mal?
-- : Und wenn deine Oma kommt?
-- : Die kommt nich!
Sie zerdrücken die Zigaretten.
Ziehen die Kleider.
Stöhnen schon.
Am Nachmittag sitzen Ketzer und Gitti vor dem Fernsehapparat. Um halbvier im I. Programm Am Fuß der Blauen Berge. Zwei Stunden später im II. Programm Bonanza. Und zwischendurch einen halben Film mit Lex Barker. Dabei trinken sie Kaffee noch. Reden mit den Großeltern vom Wetter, vom Regen, vom Dorf. Hören zwischen Huftrappeln und Gewehrschießen das Klagen des Großvaters. Mit zweiundsechzig Jahren soll er noch einmal umsatteln. Er, ein altgedienter Eisenbahner, soll aufs Stellwerk nach Briesenow. Nur weil es den Herren da oben (er zeigt an die Decke) einfällt, den Bahnhof Ziethen stillzulegen. Die Großmutter zwinkert Gitti zu. Zwinkert: Laß den man reden. Legt ihr immer wieder nach von der Quarktorte.
-- : Näijmen Sie! Näijmen Sie nurr. Von drieben is. Hat mirr Schwester jeschieckt. Aus Köln. Janz neij is. Brraucht näch mehrr zu backen. Nurr in Kiehlschrank rrein (anständijes mädel, was conny da hat). Du, Conny, die Frau Blank haben se wechjebrracht. Nach Neiruppin.
-- : Nach Neuruppin, ja?
Bilder wischen durch Ketzers Kopf. Etwa wie ein Wald, ein Eisenbahnwaggon, eine Frau. Lex Barker kämpft gerade gegen einen Wüstenscheich. Ketzers Bilder versanden.
-- : Bei derr hast Schwiemmen jelernt, näch? Warrst noch janz kläijn. War Fienundfienfzich, näch? Haben noch in Kläijnrußland jewohnt. In Eijsenbahnwahjen. Wäijßt noch?
-- : Red doch näch. Sechundfienfzich warr das. Als unserr

Jerrad zurriekkam. Da warrn se doch schon in derrr Laube. Mit Marianne noch.

Die Großeltern streiten. Auf dem Bildschirm jagt Little Joe einen Banditen. So geht es bis sechs. Dann gehen Ketzer und Gitti wieder nach oben. Knipsen das Tonbandgerät. Legen sich wieder auf die Couch. Rauchen wieder. Grau fällt die Zeit in den Aschenbecher. Wird mit den Kippen zerdrückt dann.

-- : Was istn das für ein Buch?

-- : Wind Sand Sterne. Das ist von einem Franzosen. Hab schon im Knast von dem was gelesen.

-- : Schreibt der gut?

-- : Hab grad erst angefangen. Mußte selber lesen.

-- : Seitdem du ausm Gefängnis raus bist, liest du viel, nicht?

-- : Joh.

-- : Dr. med. Wolfgang Zinnert, 1058 Berlin? Das ist ja gar nicht deins!

-- : Das hab ich von diesem Wolfgang, weißt du, den ich. Der mir da geholfen hat. In Rüdersdorf. Als ich im Arrest war. Hab dir doch von erzählt.

-- : Machst wohl alles, was der dir sagt? Der ist doch viel zu alt für dich. Der ist doch schon dreißig! Und dann noch Arzt?!

: Du, der ist ganz anders. Wirklich! Der ist noch ganz jung. Was meinst du, was der für Pläne hat. Der will n Großfamilie aufmachen. In Mecklenburg.

-- : N Großfamilie? Sowas was die in Schweden haben?

-- : Ja. Er hatn Buch darüber. Der hat n Menge Bücher, was meinst du, do.

-- : Was denn? Da willste wohl mitmachen? Haaa! Die haben grad auf dich gewartet. Aufn popligen Schlosser aus Ziethen. Ha!

-- : Accch! Sei still!!

Gitti gehorcht. Aber die Nadel hat ihre Haut schon geritzt. Ein leichtes Stechen nur. So ein bißchen Eifersucht bloß, und die Stimmung ist vergällt. Sie will auf einmal nach Hause. Also bringt Ketzer sie bald. Mit dem Moped fahren sie nach Briesenow. Sie frieren wieder. Vereinzelt drehen Schneeflocken. Sie stehen im Hausflur dann. Trampeln von links nach rechts. Halten die Köpfe gesenkt. Du, sagt Ketzer endlich. Es ist das Du, worauf Gitti gewartet hat. Zärtlich, bittend, werbend. Sie umarmt ihn. Küßt ihn lange. Springt dann die Treppen hinauf.

-- : Bis Mittwoch. Du!

Doch am Dienstagabend kommen Frieder Grünwald und Norbert Greschke zu Ketzer. Holen ihn ohne viel Erklärung in die Kneipe, in den Seekrug von Ziethen. Frieder zapft Bier vom Hahn. Sie setzen sich in das Billardzimmer, auf ein letztes Plüschsofa. Sonst nur Sprelacart und Stahlrohr. Sie stürzen das erste Bier. Wischen den Schaum. Frieder holt neues gleich. Er greift nach Zigaretten. Greift nach einem Brief. Wird ernst plötzlich.

-- : Du, ich hab hier einen Brief gekriegt, Conny. Wir beide sollen am Donnerstag zum Rat des Kreises. Zu einer Aussprache. In die Abteilung Kultur. Hier, lies selbst.

Ketzer liest.

»Werter Herr... werden gebeten... Donnerstag, den 20. März... 14.00 Uhr sich zu einer... in... einzufinden... Chr. Buschkowsky, Referent für... bei der Abt. Kultur des...«

-- : Und was soll das?

-- : Hhm. Wissen tu ich nichts, aber ahnen viel.

-- : Meinst du... Verbot?

Frieder zuckt mit den Schultern. Hebt die Augenbrauen.

-- : Möglich wärs. Denk an die Geschichte mit unseren Dave Dee-Klamotten in Oranienburg.

-- : Und dann diese Fiedemann! Was die aus deinem Fall machen wollte, Brian. So ne Frau hat doch Einfluß! Wenn es nach der gegangen wäre, hätte die einen Schauprozeß draus gemacht.

-- : Ach ja, Catcherlotte Fiedemann. Das Betonweib! Aber Nobs, wenn sie oder die Kulturabteilung was gegen die Gruppe oder mich unternehmen wollten, dann hätten sies doch schon längst gemacht. Spätestens zu meiner Entlassung.

-- : Das sind eben auch bloß Büroknüppel. Bei denen dauert es eben n bißchen. Aber jetzt sind wir dran. Jetzt wollen se hinter Ketzerband hier Häkchen machen. Und erledigt ist der Fall.

-- : Öcch.

-- : Scheiße auch.

-- : Können wir denn nichts machen? Fritze, du hast doch, deine Eltern kennen doch n paar vom Rat. Einer hat doch auch seinen Bungalow am See.

-- : Ach, Conny! Das ist doch alles eine Clique. Die sind doch zusammengekocht wie Mus. Da findest du keinen mehr raus, der dir hilft.

Am Donnerstag sitzen dann Ketzer und Frieder im Kreishaus von Briesenow. Sie sitzen auf einer Bank in einem endlosen Flur. Sie sitzen und warten, umtrübt von milchglasigem Korridorlicht. Sie reden kaum. Ihre Linie ist festgelegt: verhalten argumentieren, alles versprechen, kein Risiko eingehen. Dann endlich.

-- : Bitte kommen Sie herein, meine Herren!
Darf ich vorstellen, Genosse Temme, Referent Klub- und Kulturhäuser, die Genossin Fiedler von der Abteilung für Innere Angelegenheiten, der Genosse Becher von der FDJ-Kreisleitung und meine Wenigkeit. Bitte setzen Sie sich!

Frieder schiebt umständlich mit dem Stuhl. Acht Augenpaare

fahren die Oberflächen ab. Registrieren. Verbuchen. Ketzer hat ein Gefühl. Er kann es aber nicht benennen. Versucht sich zu erinnern. Mit Manöver war es doch was. Er geht in Deckung. Das Match beginnt.

Eine Frage wird über den Tisch gekellt. Eine Antwort fliegt zurück. So geht es lange. Worte pinken hin. Worte ponken zurück. Und Frieder immer am Ball. Er ist Gruppenchef. Und besser reden kann er ohnehin. Er weiß, ist einsichtig, kontert auch, schneidet an, lenkt ein, kellt zurück. Aber immer stärker schmettern die Bälle herüber: Die entwickelte sozialistische Gesellschaft und so blühend schon/Musik aller Genres/Organe gewährleisten/Doch Parteilichkeit für/Und Parteinahme gegen/ Und lebensfroh obendrein/Und ein fröhliches Jugendleben allemal/Durch vielfältige Initiativen ganz sicher/Harmonischökonomisch sozusagen/Das geistige Antlitz/Selbst Walter Ulbricht hat/Entschiedene Abfuhr den Imperiologen/Die feindlichen Einflüsse von/Die Bonner Ultras da/Das Reifen der Keime/Das Keifen der Reime Kultur und Kunst der Partei der ArbeiterklasseKunstur der Kartei der Arbeiterplasse WerwendieFragedochvorallemdieMachtunddieSchlachtumdieMachtUndderSiegundderKriegdieserkaltegegendasAlte

Ketzers Trommelfelle wie Pauken. Darauf schlagen die Wortklumpen, bis sein Kopf dröhnt. Dröhnt. Dröhnt. Wo nur hin? In seinem Körper dumpft die Ohnmacht. Er sitzt wie gelähmt. Ich steck in einem Fahrstuhl, denkt er. Fühlt er. Weiß er. Die Seile sind gekappt. Der Fahrstuhl rast nach unten. Ketzer erwartet den Aufschlag. Doch da.

-- : Genossen, ich glaub, daß sich ein Auftrittsverbot für den Jugendfreund Ketzer negativ auf seine weitere Entwicklung auswirken würde. Denn diese Combo, dieses kleine Kollektiv, das gesamte Wirkungsspektrum als Laienmusiker bilden doch gerade die Grundlage, ja, die

Voraussetzung für einen Umdenk- und Lernprozeß. Zugegeben, wir befinden uns in einer Periode des verschärften Klassenkampfes, ganz ohne Zweifel. Die Ereignisse in der ČSSR sind ja noch in guter Erinnerung. Aber gerade weil es so ist, muß man im Einzelfall, am Menschen, vor Ort sozusagen, sehr behutsam vorgehen.

-- : Genosse Temme, die bisherigen Äußerungen des Jugendfreundes Ketzer haben doch eins deutlich gemacht, wie schwankend und labil er gerade in politisch-ideologischen Fragen ist. Es wäre deshalb unverantwortlich, ihn wieder auf die Bühne zu lassen, bevor er seinen Klassenstandpunkt nicht gefestigt hat.

-- : Es ist heutzutage schwierig, die komplizierten Vorgänge der Klassenauseinandersetzungen im Weltmaßstab zu durchschauen. Gerade für junge Menschen! Gerade für sie ist es nicht leicht, die Tricks und Versuchungen unserer Gegner an Rhein und Themse zu durchschauen. Schnell ist man verführt und von unserem richtigen Weg abgekommen. Mit Verboten und Strafen allein ist dann aber nicht viel getan!

-- : Genosse Temme, von Strafe kann hier überhaupt nicht die Rede sein. Es handelt sich lediglich um eine Erziehungsmaßnahme. Nicht mehr! Seine Strafe hat er verbüßt. Wir sind ja kein Gericht. Sein Fall ist abgeschlossen. Er ist wieder ein souveräner Bürger unseres Staates. Mit allen Rechten, aber auch mit allen Pflichten! Und zu diesen Pflichten gehört es, als Laienmusiker auf der Bühne von den Schönheiten und Freuden unseres Lebens zu singen und in einer dem Genre entsprechenden Form unseren Jugendlichen unsere sozialistischen Ideale und das Ideengut unserer Klassiker nahezubringen.

-- : Aber Sie sagen doch selbst, Genosse Buschkowsky, nicht

strafen, sondern erziehen ist unser aller Anliegen, dann...

-- : *Genosse* Temme, wir sind zu der Meinung gekommen, daß es für den Jugendfreund Ketzer das beste ist, er sucht sich andere Betätigungsfelder als die Bühne, um zu beweisen, daß er mit allen Kräften für unsere Sache eintritt. Diesen Beweis ist er uns noch schuldig! Hat er diesen erbracht, im Betrieb, in seiner Gemeinde oder im Jugendverband, wären wir die letzten, die einem Wiederauftritt im Wege stünden.

-- : Aber Genossen, ich mei.

Doch ein Aber gibt es nicht. Das Urteil ist gesprochen. Der Aufschlag erfolgt. Klein und grau schleifen Frieder und Constantin durch die Korridore. Noch trüber das Licht jetzt. Sie sind still. Sie sind leer. Worte haben sie keine mehr. Doch da ruft es plötzlich hinter ihnen, wartet mal, oder so ähnlich. Sie drehen wie zwei alte Männer. Temme kommt heran. Ganz munter dieser.

-- : Nun zieht nicht solche Gesichter, Jungs! Ich sag euch, da ist noch nicht das letzte Wort gesprochen.

-- : Ach! Das hat doch alles keinen Zweck!

-- : Aber natürlich hat das Zweck! Den Schwanz einkneifen ist immer leichter. Ihr müßt ein bißchen die Zähne zeigen.

-- : Ha! Und Sie meinen, davon läßt sich Buschkowsky einschüchtern? (wien geschlitzter kürbis sah der).

-- : Um Einschüchtern geht es gar nicht. Überzeugen muß man! Man muß kämpfen und darf nicht aufgeben. Vor allem nicht, bevor man überhaupt begonnen hat. Das ist doch keine Haltung sowas!

-- : (haltunghaltun) Reden kann ich auch.

-- : Nun steht doch nicht so da! Ich will euch doch nur helfen. Wie wärs, wenn wir bei einem Bierchen mal in Ruhe über alles reden, na?

-- : Geht nicht, Herr Temme. Ich bin mit dem Auto da, und außerdem warten zu Hause die andern.

-- : War ja auch nur ein Vorschlag. Aber gebt mir noch eure Telefonnummern. Damit wir in Verbindung bleiben.

-- : Wir haben kein Telefon zu Hause. Sie müßten bei mir in der Werkstatt anrufen. Die 2008. Oder aufm Bahnhof in Ziethen. Mein Opa arbeitet da. Ziethen die 36.

-- : Wird die Strecke nicht stillgelegt?

-- : Abm Sommerfahrplan, hm.

-- : Na gut, ich laß von mir hören. Und: immer schön die Ohren steifhalten!

Temme dreht ab. Frieder und Constantin stehen unschlüssig.

-- : Den kenn ich gar nicht. Der muß neu sein.

-- : Was meinsten, Fritze, ob wir was von dem erwarten können?

-- : Hh, vielleicht (nobs immer singen geht nicht sänger muß).

-- : (probe heute) Und?

Frieder versteht nicht. Fragt.

-- : Was und?

-- : (wenn die nun neuen) Na die Probe. Fällt die nun aus?

-- : Na klar proben wir!

Frieder schlägt Ketzer munter auf die Schultern. Ketzer atmet auf. Sie verlassen das Haus. Überqueren die Straße. Steigen ins Auto. Frieder schaltet den Anlasser, löst die Handbremse, kuppelt. Fährt. Ketzer drückt Tasten unterdes. Sucht im Autoradio. AFN nicht. RIAS nicht. SFB nicht. Aber hier! BFBS, 99 MHz etwa. Ketzer dreht den Kondensator bis zum Anschlag. Pictures of Lilly, The Who! Das dröhnen weghämmern. Die Leere weghämmern. Die Ohnmacht. Oder es versuchen jedenfalls. Sich zurücklehnen. Sich in die Sitzpolster drücken. Nichts mehr denken. Nichts mehr fühlen. Nur noch Geschwindigkeit sein. Mit hundert Stundenkilometer und mehr. Ein rasender Klumpen Materie sein, der über die Landstraße fegt. Doch plötzlich preßt Frieder das Bremspedal. Die Reifen schaben über den Asphalt. Ketzer rutscht nach vorn, stößt leicht gegen den Sonnenschutz.

-- : Was bremst du denn so, du Idiot? Ist doch alles frei!

Frieder ganz hektisch.

-- : Hör hin! Hör genau hin! Das ist unser Titel. Das ist unser Titel! Der ist seit Februar Nummer eins in den Top Twenty. Muhf heißen die, oder so ähnlich. Nobs hat se schon aufn Tonband. Du hast genau die Kopfstimme von dem Leadsänger. Der Titel ist unheimlich in. Hör dir das an! Irre. Gutt bai mäck blärrie mäh, Ei dohnt beat you, Ei dohnt ried you. Ist dasn sound was?

Frieder fährt langsam weiter. Klopft dazu den Takt auf das Armaturenbrett.

Am Abend steht er mit Constantin, Nobs, Jimmy und Kalle in der Kegelbahn, und alle proben Good bye, Blackberry way von den Move. Sie proben lange. Bis in die Nacht hinein. Immer wieder: Gutt bai mäck blärrie mäh, Ei dohnt beat you, Ei dohnt ried you. Sie haben den Text nicht. Und der Chorus macht auch Schwierigkeiten. Nach Mitternacht brechen sie schließlich ab. Sie sind müde. Sie sind gereizt. Ganz tief liegen die Augen. Noch in den Betten hören sie: Gutt bai mäck blärrie mäh, Ei dohnt beat you. Der Rat, Buschkowsky, das Verbot sind weggetrommelt. Sind weggesungen. Lichtern nur noch wo im Hinterkopf, wo kaum ein Gedanke hinreicht.

Eine Bühne. Ausgeschlagen mit Stoff. Grauer Stoff mit Falten. Daran genadelt Fahnen und ein Spruch: VORWÄRTS ZU NEUEN usw. An der Rampe, vor Wachsblumenrabatten Nobs mit dem Mikrofon. Ihm zur Seite Jimmy und Frieder. In einer Ecke ausgebreitet Kalle mit dem Schlagzeug. Durch die Mitte von irgendwoher.

Denn Ketzer springt nicht. Nicht über Kabel. Nicht über Verstärkerungetüme. Springt nicht zum Mikrofon.
Ketzer steht an der Theke und trinkt Bier. Er zählt die Gläser längst nicht mehr. Acht oder zehn, ist doch egal. Alles egal überhaupt! Die Gruppe, das Singen, Buschkowsky, die Leute, der Abend, egal doch! Das ganze Leben. Scheiß drauf! So egal alles! Ketzer bestellt wieder. Setzt an das Glas. Schüttet. Gitti kommt heran. Spricht zu ihm. Ketzer versteht nicht. Nur Rauschen um ihn. Gitti zerrt an seinen Armen. Ketzer dreht sich widerwillig. Sieht sie an mit gläsernen Augen. Raunzt etwas wie: Was? Oder: Willsten? Oder auch nur: Hau ab. Gitti nun ganz nah. Direkt unter seinen Augen. Sagt.
-- : Los komm, ich will mit dir tanzen!
Sie zerrt noch energischer an seinem Arm. Kneift fast. Ketzer spürt den feinen Schmerz. Er will grob werden, doch seine Beine trotten schon. Gitti zieht ihn in den Saal. Wie einen Ochsen. Sie tanzen. Gitti lacht. Sie freut sich. Sie tanzt gern. Sie kann nicht oft mit Ketzer. Eine Runde pro Abend nur, manchmal zwei. So nutzt sie ihre Chance. Kreist und flirrt um Ketzer. Und Ketzer jetzt wie ein Pfahl. Gerammt in das Parkett. Nur seine Arme schlenkern um ihn. Zwei lose Stricke. Gitti wirbelt immer toller. Proud Mary keep on rollin'. Nobs trifft wieder nicht den kehligen Diskant von Fogerty. Aber auch Ketzer trifft diesmal nicht. Er steht nicht mehr erhoben auf der Bühne. Erleuchtet. Er steht unten im Saal jetzt. Steht in der Menge. Ist Fisch unter Fischen nur. Ketzer treibt ab. Er sucht Gitti. Entdeckt sie nicht. Überall nur Fischleiber um ihn. Überall nur Dröhnen. Ketzer erinnert sich. Dieses Dröhnen! Das kenn ich doch! Das war doch! Da kam ich doch! Da hebelte doch! Ja. Die Rheinmetall. Schlitz-Schlatz-Schlüsselratsch. Schlaß-Schloß-Gitter-Schluß. EIN ENDE! Es muß doch mal ein Ende sein! Ich bin ja noch drin. Ich bin ja immer noch drin. Ich gehöre nicht hierher. Die wollen mich nicht. Nie-

mand will mich. Niemand. Nieman. Nie. Ketzer schert aus. Er stößt gegen Tanzende. Pflügt sich in Richtung Bühne vor. Erreicht das Treppchen, die Tür, den Garderobenständer, greift sich seine Kutte, die Handschuhe, pflügt zurück durch den Saal. Gitti pflügt rufend hinterher. Doch Ketzer hört nicht. Er ist schon an der Theke vorbei. Ist an der Tür. Ist draußen. Schwingt sich aufs Moped. Gitti schreit: Du kannst jetzt nicht fahren! Sie schreit: Du bist doch besoffen Mensch! Sie will ihn zurückhalten. Aber Ketzer wischt nur ihren Arm. Gitti stürzt in den Saal zurück. Sie will Leute holen. Die sollen verhindern. Doch Ketzer ist schon weit. Das hysterische Kreischen des Mopeds entfernt sich rasch. Ketzer fährt stur. Er sieht nicht links, nicht rechts. Er fegt bei Rot über eine Kreuzung. Aber kein Auto kommt. Nicht einmal ein Fahrrad. Ketzer ist enttäuscht. In ihm ist so eine Gier zu rammen. Zu zerstören. Einen Panzer bräucht er jetzt! MACHT KAPUTT, WAS EUCH KAPUTT MACHT! Woher kennt er das bloß? Er würgt am Gasdrehgriff. Sein Handgelenk schmerzt schon. Doch bei 62 bleibt die rote Tachometernadel stehen. Das Moped schrillt die Landstraße entlang. Alles dunkel ringsum. Bis auf den Scheinwerfer. Der schlitzt die Nacht. In zwei Hälften geteilt rauscht sie an Ketzer vorbei. Schlägt hinter ihm wieder zusammen. Plötzlich klemmt ein Tier in dem Schlitz. Ein Kaninchen oder Hase. Ketzer stürzt sich sofort. Er hat ein Opfer nun. Der Wettlauf beginnt. Immer näher schiebt er sich an das rasende Tier. Zehn Meter. Neun Meter. Acht Meter. Da schlägt es einen Haken und ist in der Dunkelheit verschwunden. Ketzer schlafft enttäuscht zusammen. Er ist ganz nüchtern mit einemmal. An einem Wegweiser dann liest er: 2 km bis Ziethen. Und stakst ein paar Minuten später bereits über den Hof. Er setzt sich in die Küche. Ißt. Von nebenan, durch die angelehnte Tür, hört er.

-- : Biest schon da? Kannst dirr Bulette nähm. Im Kiehlschrank is.

Die Großeltern sehen Das Wort zum Sonntag. Ketzer ißt Bouletten. Er nimmt sich eine Bierflasche dann, geht ins Fernsehzimmer, wirft sich in einen Sessel. Er antwortet nur mürrisch auf Fragen. Wartet auf den Filmanfang. Das Schweigen. Laut tickt in der Schaltpause die Buffetuhr. Schlägt die volle Stunde. Ding-dong, Ding-dong. Elfmal. Der Fernsehschirm dunkelt. Eine Bildleiste erscheint. Barfuß durch die Hölle, Teil fünf. Der Film beginnt.
Bis nach Mitternacht sitzt Ketzer noch. Er trinkt auch noch ein paar Flaschen Bier. Als er sich schwer genug fühlt, geht er hinauf in sein Zimmer und legt sich zu Bett. Wie ein Stein drückt sein Körper auf die Matratze. Ich komm nicht los, denkt er wie. Und schläft ein. Er träumt von einem Irrgarten. In diesem läuft und hetzt er umher, ohne den Ausgang zu finden. Als seine Verzweiflung am größten ist, erwacht er. Er schläft aber wieder ein. Träumt von einem Labyrinth nun. Erwacht wieder im Augenblick größter Verzweiflung. Schläft wieder ein. Träumt von endlosen Höhlengängen. Verzweifelt. Erwacht. Schläft ein. So die ganze Nacht hindurch. Erst gegen Morgen gelingt ihm ein traumloser Schlaf.

Es ist Sonntag, der 23. März 1969. Ketzer liegt bis Mittag. Er hat sich tief in Kissen und Bettdecke hineingegraben. Das Zimmer ist noch ungeheizt, so wagt er kaum einen Arm an die Luft. Nicht einmal einen Finger, um die Starttaste des Tonbandgerätes zu drücken. Er dämmert vor sich hin. Ein Traumtier in seinem Bau. Immer wieder sucht es den goldlichtigen Wassermann. Erst der Hunger treibt Ketzer aus seinem Versteck. So bricht er ab das Suchen und geht hinunter in die Küche. Die Großmutter deckt gerade den Tisch. Der Großvater ist schon zum Bahnhof. Zwölf-Stunden-Dienst. Die Großmutter verdreht vielsagend die Augen. Ketzer sagt jajja und wäscht sich gleich über dem Spülstein. Das Bad ist nicht geheizt. Furchtbar diese Kälte auch. Auch die Großmutter klagt. Ketzer setzt sich ohne zu hören an den Tisch. Ißt.

-- : Ende Märrz is schon und iemmer noch näch wärrmer. Was bloß los ist heitzutache mit Wetter?!

Die Großmutter schüttelt den Kopf. Sie setzt sich ebenfalls und beginnt zu essen. Ketzer beugt tief über seinem Teller. Die Zähne mahlen. Sonst nur Stille. Später fragt die Großmutter.

-- : Is was mit Gitti? Warrst so frieh da jestern.

-- : Was soll sein? Nichts ist! Kann ja wohl noch alleine nach Hause kommen. Wir sind doch nicht verheiratet oder was.

-- : Seijd doch sonst iemmerr zusammenjekommen.

-- : Na und? Nu sind wir eben nicht. Basta!

Sie stumpfen wieder über ihren Tellern. Erst beim Pudding wagt die Großmutter.

-- : Deijn Vater hat jeschrieben. Err und Jisela, se verrstehen sich näch mehrr beijde.

-- : So.

-- : Sie fährrt iemmer in Weltjeschiechte herrum. In Moskau warr se und in Budapest. Und keijne Zeit näch fier ihr Mann. In Parteij soller auch. Wejen dreiundfienfzich damals. Weijßt doch. Wär besserr fier ihn. Meijnt se. kannst läsen. Fier diech is auch Gruß dabeij.

-- : Ach?

-- : Hab doch iemmer jesacht, das is keijne Frrau näch fier unserrn Jerrad. Iemmerr so tacko auch und so herrisch. Wie Flientenweib in Rußland. Neij, unserr Jerrad braucht andere. Brraucht was Weijches, was Zarrtes, näch iemmerr eijne, die kommandierren tut. Is doch keijn Paslack keijner. Mecht doch mit Deijbel zujehn, wenn Jerrad eijnes Taches nich Koffer packt und wiederr zu uns zieht.

-- : Und mich? Wo steckt ihr mich diesmal hin? Damit ich euch nicht im Wege bin?

-- : Aber Connichen! Wie rrädst dann? Hast denn nurr, meijn Juungchen?

-- : Ihr habt mich immer bloß herumgeschoben. Schon von Berlin an. Ob in Kleinrußland oder in der Laube. Und nun auch noch hier! Was will er sich denn jetzt für eine nehmen? Ne Zwanzigjährige vielleicht? Soll ich zu der dann auch Mutter sagen? Wieder mal? Hhkk!

Ketzer wirft den Löffel. Vanillesoße spritzt über das Wachstuch. Keiner achtet. Unbeweglich die Augen. Und die Gesichter verkrampft. Schreckkrampf. Wutkrampf. Ketzer schleudert seine Worte wie kantigen Schotter. Er will wehtun. Will verletzen. Will Schmerz durch Schmerzen rächen. Die Großmutter weint sofort. Sie ringt die Hände und schlägt sie immer wieder vor den Mund. Ketzer wie betäubt. Er bricht ab, mitten im Satz und hastet zur Tür. Hastet auf den Flur, den Hof, die Straße. Er stampft die Dorfstraße hinauf, vorbei am Anger. Kürzt ab über den Friedhof. Ist in der Seestraße dann. Stampft zum Seekrug. Die Kreppsohlen seiner Schuhe prügeln die Erde. Ein lächerliches Pinken gegen einen krustigen Panzer aber nur. Bomben bräuchte er jetzt. Alles auslöschen! Alles wegsprengen! In die Luft jagen. MACHT KAPUTT, WAS EUCH KAPUTT MACHT. Woher hat er das bloß? Er geht an der braungebeizten Holzveranda des Seekrugs vorbei. Nimmt nicht den Haupteingang. Er biegt in den Garten. Geht unter kahlen Kastanienbäumen, hinunter zum See. Aber schon von weitem erkennt er an dem toten Spiegeln der Fenster: keiner da in der Kegelbahn. So geht er zurück. Betritt von hinten das Haus. Steigt über eine Kette. Privataufgang, blitzt ein poliertes Messingschild. Steigt die Treppe hinauf. Klopft an Frieders Zimmertür. Tritt ein. Frieder hantiert gerade an seiner Baßgitarre. Er zieht neue Saiten auf. Ketzer fragt. Steht herum. Sie sagen: Na? Und: Ausgeschlafen? Und wieder: Na? Frieder hantiert umständlich. Ketzer fragt: Helfen? Frieder nickt höflich. Und Ketzer reicht, Staubtuch, Poliertuch. Ketzer zerknüllt Papier. Wirft weg. Fragt wieder.

-- : Westsaiten? Wo hast dun die her?

-- : Von meiner Tante.

-- : Aha.

Frieder nimmt die Gitarre. Er zupft die Saiten. E-A-D-G.

-- : Nobs muß auch gleich kommen.

-- : Wann fahrt ihrn? (ihr)

-- : Um drei wollten wir los.

-- : Wann fangt ihr an? (ihr)

-- : Um vier.

-- : Fahrt ihr mit euerm Barkas? (ihr)

-- : Ja, wir wollen noch den neuen Hänger ausprobieren.

-- : Ach so, den (immerzu ihr und wir, warum nicht ich?).

-- : Montag ruf ich bei Temme an, der will...

-- : Jaja, mach man Fritze.

Ketzer sieht durch die Fenster über den See. Sieht, soweit er erkennen kann. Bis nach Kienwerder rüber. Bis ans andere Ufer. Bis dahin, wo alles grau wird. Wo alles zu Schlamm zusammenläuft. Zu ödem, langweiligem, grauem Sonntagsschlamm (sonntags konnt ich noch nie leiden, totentage, im knast am schlimmsten). Ketzer grübelt einen Augenblick. Holt sich dann ins Zimmer zurück. Erkennt zwischen den Fenstern ein Plakat. Are you experienced? Jimmy Hendrix klebt bunt und bauchig, wie über eine Glaskugel gezogen.

-- : Neu?

-- : Hm, auch von meiner Tante. Aus der Bravo. N bißchen zerknittert, aber Hauptsache, die Bullen habens nicht hochgezogen. Kommste mit runter jetzt, einladen?

Sie gehen hinunter zur Kegelbahn. Sie stapeln Kästen dort.

Schalten und prüfen noch an Verstärkern. Sie schrauben und löten auch. Unterdes kommt Greschke. Er beginnt gleich zu sticheln. Gitti und große Szene gestern, hat geheult, das arme Kind, und nirgendwo ein Tröster weit und breit. Frieder feixt. Ketzer hört ein paar Minuten zu. Beginnt bald zu knurren. Nobs kümmert sich nicht. Ketzer knurrt lauter. Nobs kümmert sich noch immer nicht. Da läßt Ketzer eine Lautsprecher fallen. Absichtlich. Bleibt stehen, wie er gestanden, zieht Rotz aus der Kehle und speit Greschke den Klumpen vor die Füße. Leckt mich doch, sagt er noch und trappt ohne sich zu wenden zum Haus zurück. Er tappt durch den gescheuerten Flur in die Gaststube. Ein Bier, ruft er dort und kippt gleich an der Theke das Glas. Ketzer sieht sich um. Fast alle Stühle sind besetzt. Rotköpfige Männer sitzen, lärmen, fluchen, fuchteln über den Tischen. Die rotköpfigsten sitzen noch vom Frühschoppen.
Ketzer prostet in die Runde.
Hallo, Conny, grölt es ihm zu.
Hallo, Jungs, ruft er zurück.
Ketzer bestellt wieder. Frieders Vater dreht die Hähne.
-- : Na heut nüch mit, Conny?
-- : Nee, keine Lust.
Draußen hupt es. Die laß warten, denkt Ketzer. Da reißt auch schon die Tür. Greschke steht auf der Schwelle.
-- : Was ist los, Brian? Kommste nu mit?
Ketzer kommt nicht. Lässig winkt er gegen Greschke. Stakst dann schwer und wiegend ins Billardzimmer. Die werden schon sehen, was die davon haben, trotzt er. Er nimmt ein Queue aus dem Stander, stößt an. Lockt mit dem Klatschen der aufeinanderprallenden Kugeln Mitspieler.
Ketzer spielt bis zum Abend. Als er sich nach sechs mit einem Tablett Biergläser zur Theke vordrängt, sieht er seinen Großvater dort stehen.

-- : N Abend Opa! Na, was macht der Deutsche Reichswahn? Liegen die Schienen noch?

Der Großvater lacht. Klopft Ketzer die Schultern.

-- : Nüch mehr lange Wilhelm, was? Bis Mai noch. Ja, ja, das Alte taugt heutzutage nüscht mehr. Was alt ist, muß abgeschafft werden. Schon aus Prinzip. Nur noch Junge sind gefragt. Uns Alte wollen se nüch mehr. Uns stecken se ins Altersheim, oder in die Klappsmühle. Wie ses mit der Blanken gemacht haben. Das ist die Dankbarkeit der Jungen.

-- : Na. Dreij Söhne hat se. Eijner sogar im Westen. Und keijner hat sich um se gekiemmert.

-- : Und was für ne anständige Frau auch! Sich nie was zuschulden kommen lassen. Und dann die Kinder noch! Und der Mann im Krieg geblieben.

-- : So was kriegt heute keijner mehr fertig. Ich weijß noch, wie ich mit ihr Stubben buddeln jegangen bin, siebenundvierzig. Zupacken wien Mann konnte die. So ne Frau war das! Und dann noch abends über die Biecher und Lehrer werden.

-- : Biste nüch auch bei ihr zur Schule gegangen, Conny?

-- : Hm, von der ersten bis zur dritten Klasse. Was hat se denn gehabt?

-- : Depressionen, sagen die Ärzte. Was Psychisches.

-- : Ist dasn Wunder? Iemmerzu alleijne, da kriecht mans schon im Koppe.

-- : Ferienspiele hat se auch gemacht. Mit Vater zusammen. War immer was los bei ihr.

Ketzer sinnt. Kinderzeit wo unten. Doch er holt nichts mehr herauf. Er ist müde mit einemmal. Hört nur noch halb zu.

-- : Heilig Abend ist se immerzu im Dorf rum. Schlimm so was.

Ketzer zahlt. Er ruft ins Billardzimmer und geht ab mit seinem Großvater. Sie gehen langsam. Überm Dorf steigt schon die Dunkelheit. Doch überm See ist der Himmel noch wie Glas. Blau und durchsichtig. Ketzer fühlt sich ganz weich plötzlich und auch hilflos irgendwie. Er möchte den Großvater an die Hand fassen, oder unter seinen blauen Eisenbahnermantel kriechen. Wie früher einmal. Auch ist da so ein Geruch. So ein seltsamer brennender Geruch. Woher kennt er den nur? Ketzer wittert. Etwas Vergessenes längst. Weit unten wo. Doch er holt nichts mehr herauf. Sie gehen die Seestraße, kürzen ab über den Friedhof. Ketzer und der Großvater. Und der Großvater einen halben Kopf größer. Am Anger fragt dieser.

-- : Spielt ihr denn heute jarnicht, Junge?

-- : Doch, doch, schon. Bloß. Weißt du, da.

Ketzer stottert und überlegt. Soll er sagen oder nicht. Er sagt.

-- : Ich, ich darf nicht mehr singen.

-- : Waas?

Der Großvater wundert herum. Sein graues Gesicht nah gegen Ketzers.

-- : Was haste denn jemacht?

-- : Gar nichts Opa. Das ist noch wegen meiner Sache da. Eine ›Erziehungsmaßnahme‹! Ist ja auch nicht für ewig.

-- : Und? Was sollste machen?

-- : Na FDJ, im Betrieb, Aufbaustunden und so was.

-- : Meijn Jott, was die alles mit euch anstellen. Sollen euch doch jungsein lassen, die.

-- : kannst ja nichts machen!

-- : Nee, Junge, kannste nich.

Der Großvater sieht Ketzer wieder an. Aber traurig nun, mit ganz schräggestellten Oberlidern. Sie schweigen nebeneinander her. Der Großvater denkt an einen Tag im Juni dreiundfünfzig, und sein Sohn Gerhard dabei. Und fünfzehn Jahre später der En-

kel. Und das Strafen find kein Ende. Er seufzt. Ketzer fragt nicht. Er hat ein Bild im Kopf: Pony, helle Augen, Mundandeutung: Gitti! Er macht sich Vorwürfe. Sucht Worte. Probt schon die Versöhnungsszene. Gleich morgen will er zu ihr. Oder noch heute? Mit dem Moped? Doch das Bier! Ketzer verwirft wieder. Morgen also.
Am Abend sitzt er mit den Großeltern vor dem Fernsehapparat. Sie schalten und drehen den Kanalwähler alle Viertelstunde. Im I. ein Langweiler, im II. ein Langweiler, im III. ein amerikanischer Stummfilm, und im Osten schon gar nichts. Ketzer wird müde. Er gähnt bald und sagt: Gute Nacht. Er klopft dem Großvater auf die Schulter und küßt der Großmutter flüchtig den Scheitel. Schlaf schön, Omimi, zärtelt er noch. Und die Großmutter versteht und hat längst vergessen. Oben, in seinem Zimmer, spannt Ketzer ein Langspielband in die Tonmaschine. MUSIK AUS HAIR steht auf der Schachtel. Er stülpt sich einen Kopfhörer über und verschwindet augenblicklich unter dieser Tarnkappe. When the moon is in the seventh house, and the. Nur noch blauer Zigarettenrauch schwellt durch den Raum. Von Ketzer keine Spur. Er hat sich fortgestohlen. Hat sich weggeträumt. Ist wieder auf Suche gegangen. In Hamburg sucht er und in Bremen, in London auch und in Liverpool. Doch selbst in New York hat er noch immer keine Spur. Erst in Kalifornien entdeckt er IHN. Unten in Monterrey. Zehntausend elektrische Gitarren spielen für IHN. Er ist wie aus Gold. Er ist wie aus Feuer. Alles brennt in seiner Nähe lichterloh. Ein Tal voll brennender Leiber. Sie leuchten wie Sonnen alle. Ketzer sieht das Licht. Let the sunshine in, spult die Bandmaschine. Das Zeitalter des Wassermanns ist angebrochen. Frühling überall. Auch in Ketzer. Auch noch am Morgen, als der Wecker schrillt. Schon am Dämmern erkennt er den Frühling. Riecht ihn dann unten im Hof. Schmeckt ihn. Und die Sonne erst! Ganz anders heute überm

See. Sommer wird. Ketzer jubelt. Er reißt den Kickstarter und schwingt sich aufs Moped. Am Horizont die Sonne wie ein Berg. Ketzer wendet und fährt hinauf.

Doch am Mittwoch schlechtert das Wetter wieder. Graupelschauer sind angesagt und Schnee sogar. Die Straßen sind vereist. Ketzer kann das Moped nicht benutzen. Er muß mit dem Bus nach Briesenow.

Am Abend sitzt er mit Gitti in den Fontane-Lichtspielen. Sie sehen Privileg. So einen Film gab es noch nie in der DDR, sagen alle, sagt Ketzer. Nach dem Film gehen sie noch in die Milchbar. Sie zippen einen Ginfizz dort. Bis elf haben sie Zeit. Sie halten die Hände. Sie sehen sich an. Darüber vergeht die Stunde. Am Busbahnhof, beim Abschied, gibt es noch einen kleinen Streit. Ketzer will am Sonnabend zu Zinnert nach Bernau. Allein. Gitti flunscht.

-- : Immer willste bloß alleine zu diesem Wolfgang.

-- : Nu komm! Bis jetzt war ich ja erst einmal da.

-- : Willst dich wohl in bessere Kreise einschleichen?

-- : Erzähl keinen Mist! Die wohnen doch noch bei den Eltern, bei Julianes. Soviel Platz ist da nicht.

-- : Du willst mich ja bloß nicht mithaben! Hast wohl Angst, du könntest dich mit mir blamieren, was? Dabei studier *ich* ab Herbst!

Ketzer tippt gegen seine Stirn. Gitti flunscht stärker.

-- : Und Beat-Club ist am Sonnabend auch. Letztes Mal haben wir schon verpaßt.

-- : Komm, Gitti, zick nich rum. Nächstes Mal fahren wir beide. Versprech ich dir!

Ketzer versucht sie zu küssen. Aber Gitti dreht weg. Zeigt ihm den Rücken. Da kommt der Bus. Ketzer winkt zum Fahrer. Grüßt rauh. Steigt ein. Er wendet noch einmal in der Tür. Doch von Gitti nirgends eine Spur mehr.

Zum Wochenende schlechtert das Wetter weiter. Es ist Winter wieder. Ketzer ist unterwegs. Er fährt über Falkensee, Birkenwerder, Blankenburg nach Bernau. Er muß dreimal umsteigen. Wenn er Platz findet, liest er. Wind Sand Sterne. Karl Rauch Verlags GmbH Düsseldorf. Die dritte Auflage. An der Seite 37 liest er lange. Ihn schauert ganz wohlig dabei. »Kameraden kann man sich nicht künstlich schaffen. Nichts wiegt den Schatz gemeinsamer Erinnerungen auf, nichts das gemeinsame Erlebnis so vieler böser Stunden, die Zerwürfnisse, die Versöhnungen und die Augenblicke, in denen das Herz warm wurde. Solche Freundschaften lassen sich nicht ersetzen. Wenn man eine Eiche pflanzt, darf man nicht die Hoffnung hegen, nächstens in ihrem Schatten zu ruhen.« Ketzer brennt die Kehle. Als hätte er Durst. Merkwürdig alles.

In Bernau muß er die ganze Stadt durchqueren. Vom Bahnhof zum Markt, an der Marienkirche vorbei, bis hin zur Ladeburger Chaussee. Eine halbe Stunde braucht er sicher. Ketzer stürmt los. Als er in die Bürgerstraße biegt, beginnt wieder Schneeregen zu klatschen. Ketzer flucht. Zehn Minuten später ist seine Kutte durchweicht. Die Naßkälte beißt sich in seinen Schultern fest. Ketzer stemmt durch das Matschen. Stemmt sich vor bis zur Stadtrandsiedlung, bis zur Ladeburger Chaussee. Er klingelt vor dem Haus Nummer 24. Zinnert kommt an die Tür.

Öffnet.

Schiebt ihn gleich ins Zimmer, in einen Sessel, an die Heizung. Er holt noch Gläser und kippt Whisky aus einer schwarzen Flasche. Ketzer greift dankbar. Der Schnaps kompensiert rasch die Naßkälte. Zinnert bringt einen Pullover und Hausschuhe. Er schimpft über das Wetter: In einer Woche Ostern schon! Wie soll da der Sommer erst werden? Seine Schwiegerelten kommen hinzu und schimpfen ebenso. Sie bitten dann ins Eßzimmer zum Kaffee. Ihre Gesichter nebeln schon vor Ketzers Augen. Als er

sich aus dem Sessel stemmt, kitzelt Wohlbehagen seinen Nacken hoch. Kitzelt bis zur Stirn vor.
Zum Abend hin hellt der Himmel. Zinnert und Ketzer wagen einen Spaziergang. Nach Ladeburg übers Feld. Keine Wandergegend um Bernau, sagt Zinnert. Überall Russen. Er zeigt rund. Sie gehen langsam. Frösteln. Blank vor Nässe stehen die Bäume. Himmel und Erde grau ohne Unterschied. Der Horizont ist an die Nasenspitze gerückt. So platt alles. Ganz ohne Weite. Auch ohne Töne ist die Welt. Manchmal nur Lokomotivpfeifen wo. Oder vereinzelt Autoknallen die Landstraße entlang. Ketzer und Zinnert sprechen wie in Tuff. Alles schwammig ringsum. Und die Feldwege nicht passierbar.

-- : Warum hast du Gitti eigentlich nicht mitgebracht?

-- : Ooch, die hatte keine Lust. Die muß pauken. Fürs Studium.

-- : Und wie bist du mit dem Exupéry vorangekommen?

-- : Ich bin erst beim zweiten Kapitel, bei den Kameraden (wenn man eine eiche pflanzt, darf man nicht hoffnung haben, nächstens in ihrem schatten zu ruhn). Ich kann nicht so viel lesen. Ich muß jeden Tag um fünf raus, da bin ich abends immer groggy. Und Gitti ist ja auch noch da.

-- : Ihr könnt doch zusammen lesen.

-- : Ach, sie interessiert sich nicht so. Sie ist da anders.

-- : Ahha. Wofür interessiert sie sich dann?

-- : So für Sachen, für Mode. Sie näht auch selber. Kannst ja auch nicht anziehen diese Ostklamotten. Na, und dann natürlich für Musik.

-- : Apropos Musik. Was ist denn nun mit deinem Singen?

-- : Nichts ist. Immer noch verboten.

-- : Und? Was habt ihr dagegen unternommen?

-- : Was denn ›unternommen‹? Dieser Mann da hat doch gesagt, er will sich wieder melden.

-- : Thh! Will der was von euch? Oder wollt ihr was von dem?

-- : Na, was willste denn machen? So alleine hats ja doch keinen Zweck.

-- : Mensch, wenn ich das schon höre! Woher willst du denn wissen, daß es ›keinen Zweck hat‹? Hast doch überhaupt noch nichts unternommen. Ja, gewartet! Das ist vielleicht ne Haltung! Wehren mußt du dich! Dich rühren! Und nicht auf irgendwelche Männer warten. Wenn du dir nicht hilfst, dann hilft dir keiner!! Das warn Merksatz, Kleiner!

-- : Was soll ich denn machen? Soll ich mich da vielleicht vor die Tür legen (redn, redn).

-- : Zu allererst solltest du deine eigene Haltung zu diesem Problem ändern. Du mußt dir ein anderes Problembewußtsein beibringen. Ein offensiveres. Du bist doch kein dressierter Affe. Du hast doch einen Kopf und Hände und Beine. Tu was damit! Stemm dich gegen! Probier deine Kraft! Die kalkulieren doch von vornherein mit deinem Schiß! Daß du dich nichts traust. Das macht denen doch das Arbeiten leicht! Ach, Conny, ich red so scheißklug mit dir, aber.

Zinnert bleibt stehen. Sieht Ketzer an. Dieser aber geht weiter. Mit steifem Hals. In seinem Kopf fetzen die Gedanken. Nicht einen kann er fassen. Komm, sagt Zinnert rauhig und versucht ihn zu buffen.

-- : Denk an Rüdersdorf, als du im Arrest warst. Da gabs nur einen Grund, warum du nicht vor die Hunde gegangen bist. Nämlich – du! Du selbst warst das! Dein Wille, deine Kraft, dein Widerstand und das alles. Wenn man aufgibt, ist man verloren! Dasdas ist wie bei dem Guillaumet da, in Wind Sand Sterne. Hätte der den Widerstand aufgegeben, gegen die Dinge, gegen die Felsen, die Kälte, den Schnee, dann wäre er draufgegangen. Dann hätten die Dinge ihn erledigt. Aber da er durch seinen Willen immer Subjekt geblieben ist, also niemals Objekt war – hat er gesiegt. Und so ähnlich ist das bei dir auch. Nu sieh mich nicht so an, Kleiner. Vielleicht wars etwas kauderwelschig, aber der Kern stimmt.

Ketzer sagt kein Wort. Er sieht in Zinnerts Gesicht. Ganz groß dieses Gesicht vor ihm. Das breite Kinn, der energische Mund, die scharfgekerbten Furchen von den Nasenflügeln schräg, die Stirn, die hochmütigen Brauenbögen, die Augen. Vor allem die Augen! Granitaugen, nennt Ketzer. Sie hellen noch bei Erregung und dunkeln leicht bei Niedergeschlagenheit. Ketzer liebt diese Augen. Wenn er sie auch manchmal fürchtet. Grad wie jetzt, als ein plötzliches Aufleuchten in der Ferne vor Zinnerts Iris zu einem harten Blitzen kristallisiert. Zinnert zeigt weit nach Westen. Berlin dunstet dort. Dort kleben Himmel und Erde auch nicht mehr zusammen. Wie ein Riß klafft der rote Horizont. Zinnert versucht einen Schlenker.

-- : Wie war das mit dem Abendrot gleich? Abendrot, Schlechtwetter droht, oder wie?

-- : Hö! Abendrot – Schönwetterbot! So mußt du das sehn! Dir fehlt einfach ein ›positives Wetterbewußtsein‹, Wölfchen Zinnert.

Zinnert schlägt nach Ketzer. Ketzer setzt zur Seite. Sie lachen und rempeln mit den Schultern. Dann schweigen sie und lächeln in die Landschaft. Wie verwandelt diese jetzt. Die umgebrochenen Äcker schwarz und fruchtgeil. Die Knospen an den Zweigen zum Bersten prall. Und die Luft ganz borstig. Sie striegelt die Häute alle, damit die Drüsen harzen.

In Ladeburg dann, in Höhe der Dorfkirche biegen sie links. Zinnert will doch einen Feldweg versuchen.

Unterwegs springt Ketzer noch rasch in eine Kneipe. Zigaretten holen.

-- : Wieviel rauchst du eigentlich am Tag?

Ketzer versucht zurückzuschlenkern.

-- : Achtzig bis hundert, Herr Doktor Pillermann! Was geht Sie bloß mein Bimmel an?

Sie lachen wieder.

-- : Aber im Ernst. Draußen rauch ich weniger als drin. Bloß beim Spielen wirds viel. Da können schon zwei Schachteln zusammenkommen.

-- : Waas? Vierzig Zigaretten? An einem Abend?

-- : Das hört sich bloß so viel an. Aber das ist nicht viel. Weißt du beim Spielen (velten heute), das ist eine ganz andere Welt, da herrschen andere Verhältnisse. Da ist man nicht mehr wie sonst (nobs singt). Da ist alles anders (fogerty triffter nie).

-- : Wo spielt ihr, äh, ich meine, wo spielen deine Leute denn heute?

-- : In Velten, in der Schütteltenne.

-- : Schütteltenne?

-- : Ja, so heißt die Kneipe da, das Volkshaus.

Zinnert schmunzelt. Schweigt. Nimmt Anlauf. Fragt schließlich.

-- : Du, Constantin, wie verkraftest du das eigentlich? Ohne Singen, meine ich. Könntest du dir vorstellen, einmal nicht mehr Musik zu machen?

Ketzer hat diese Frage erwartet. Trotzdem erschrickt er. Langsam, fast vorsichtig antwortet er.

-- : Ohne Musik, das kann ich mir überhaupt nicht vorstellen. Das kann ich nicht mal denken. Ich hätt dann auch nichts. Dann wär alles aus. Zappenduster. Weißte, wenn man auf der Bühne steht, das ist ein ganz irres Gefühl. Du

wirst richtig high von. Alle sehen dich an, du bist richtig dran an den Leuten. Ich meine, was von dir über die Rampe kommt, das spüren die, und was von denen hochkommt, das spürst du. Das geht alles zusammen. Das wird alles eins. Richtig eins! Du bist irgendwie nicht mehr allein. Die haben dich alle gern. Unduund, du hast sie auch gern. Das ist wie. Naja, du bist ganz besoffen von. Die verstehen dich eben. Und du verstehst sie. Du kriegst was spendiert, die grüßen dich alle. Da möchteste am liebsten jeden umarmen. Und dann in der Gruppe, das ist auch ganz doll. Das ist so eine kleine Gemeinschaft, so, das ist ganz irre. Du kannst gar nicht das Wochenende abwarten. Auch wenn du weißt, es gibt wieder Krach und Streiterei. Du brauchst die Leute einfach. Und die brauchen dich. Du bist nicht mehr alleine.
Du weißt, wo de hingehörst und so.
Im Sommer, da wollen wir zelten alle. An der Ostsee. Ich freu mich schon heute drauf. Wien kleines Kind. Ach, Mensch, doll. Einfach doll alles.

Ketzer hält den Kopf gesenkt. Er ist sogar stehengeblieben. Er ist sogar rotgeworden. Er schmiert mit den Schuhsohlen im Schlick. Zinnert schmiert mit. Senkt auch den Kopf. Dann gehen sie weiter. Stummen vor sich hin. Einmal bleibt Zinnert stehen und zeigt in die Dämmerung. Ein paar Lichter zucken dort.

-- : Da drüben liegt Lobethal. Da ist eine psychiatrische Anstalt. Mußt dir vorstellen, ein ganzes Dorf als Krankenhaus. Vielleicht fang ich da an. Psychiatrie hat mich schon immer interessiert. War zwei Semester mal Gasthörer.

-- : Aber, ich, denke, ihr, ihr wollt nach Mecklenburg (ichmitbei)? Juliane ist doch schon in Anklam, wegen einem Engagement.

-- : Das ist doch nur pro forma. Das, wegen des Engagements.

-- : Pro forma? Wie meinst du das?

-- : Ich meine nur zur Information. Wie es da am Theater aussieht. Als Schauspieler muß man aufpassen. Von Anklam zur Volksbühne ist ein Weg – aber von der Volksbühne nach Anklam eine Sackgasse!

-- : Das versteh ich nicht.

-- : Wirst du auch noch kapieren, Kleiner.

Zinnert grinst wieder. Schlenkert leichthin zu Ketzer. Doch Ketzer fängt den Klaps ab.

-- : Und was ist mit der Großfamilie? Mit deinen Plänen? Deinen ganzen Briefen? (du, ich, wir zusamm).

Ketzer schluckt. Enttäuschung kleistert in seiner Kehle. Sie gehen weiter. Es dunkelt rasch. So kann Ketzer nicht sehen, wie Zinnerts Gesicht verhärtet. Ganz hohl dieser dann.

-- : Das ist alles so kompliziert, weißt du. So viele Dinge spielen da rein. Ich kann das nicht erklären. Du würdest es sowieso nicht verstehen. Das ist so eine schwere Entscheidung, wo man sich festsetzt. Man muß die Leute gut kennen. Das kann man nicht übers Knie brechen. Undund, dann, und dann die Russen da und die Chinesen! Das spielt doch alles mit rein. Ich kann mir doch nicht meine Paradiesgärtchen anlegen, wenn morgen der Dritte Weltkrieg ausbricht! Wußtest du, daß die Volksarmee in erhöhte Alarmbereitschaft versetzt worden ist? Seit den Grenzzwischenfällen am Ussuri? Es riecht brenzlig in der Welt. Und wenn es in Asien brennt, wird es auch in Europa heiß!

Australien wäre vielleicht noch n Möglichkeit. Aber.

Zinnert bricht ab. Ketzer ganz verwirrt. Wieder fetzen die Gedanken. Wieder faßt er nicht einen. So schweigt er also und versucht mit den grimmigen Schritten Zinnerts mitzuhalten. Sie erreichen Bernau bald. Sind in der Ladeburger Chaussee wieder. Stehen vor dem Haus Nummer 24. Dann. Dort.

-- : Mir erzählst du was von Willen und Wehren und was von Kraft und son Kram. Und du? Wo ist das bei dir? A-l-t-e-r!!

Zinnert fährt herum. Schreckt vor diesem furchtbaren Wort zurück. Sieht Ketzers Gesicht. Sah es noch nie so glatt und hart. Stottert verwirrt.

-- : Was, was soll das, Kleiner? Was hast du denn? Hab ich.

-- : Ach, laß das, Kleiner!!

Die Verblüffung sperrt Zinnert den Mund. Er sucht in Ketzers Augen. Dringt aber nicht durch die von Straßenlaternen geworfenen Schatten. Plötzlich fällt er zusammen. Wird kleiner gar. Läßt die Arme hilflos hängen. Müde sagt er.

-- : Schon gut, Conny. Ich versteh dich ja. Du mußt mir verzeihen. Dann.

Zinnerts Augen sind ganz dunkel jetzt. Ketzer sieht es im Treppenlicht. Mitleid wellt hoch in ihm. Und der Drang zu berühren, zu trösten. Viel später erst bemerkt er dieses Wörtchen »Dann« und beginnt darüber zu grübeln. Doch er wird immer wieder abgelenkt. So viele Leute sind gekommen. Freunde von Juliane und Zinnert aus Berlin. Ketzer muß Hände drücken. Schlaffe, harte, weiche Hände. Er sieht in Gesichter. Spürt Blicke an sich abfallen. Neugierige darunter, ein paar geringschätzige und viele gleichgültige doch. Nach Jule wird gefragt. In Anklam, so? Gelacht wird. Viel getuschelt auch. Weinflaschen werden gereicht. Stühle gerückt. Kissen und Sessel geholt. Die Menge lagert sich. Ketzer irgendwo am Rande. Niemand fragt ihn. Niemand bemerkt ihn. Und er ist froh darüber. Was hätte er auch sagen sollen? Stottern würde er. So sitzt er lieber still auf seinem Kissen neben einem Bücherschrank und sieht nach Zinnert manchmal.

Der aber immer wo über der Menge. Kerzen anzündend, Weingläser balancierend, Bücher holend oder Zigaretten, oder Gebäck, oder, oder. Ketzer schluckt den herben Wein. Noch nie hat er Wein. Bier könnte er jetzt. Aber nach dem dritten Glas ist seine Kehle glattgeschliffen. Ohne Widerstand kann er schlucken jetzt. Er fischt sich eine Flasche und gießt nach. Auch die anderen fischen. Zinnert muß neue Flaschen holen. Immer hitziger wird das Reden nun. Wie Schleier wirren sich die Sätze. Vernebeln Ketzer den Kopf. Er versteht nicht. Adorno und Marcuse, Cohn-Bendit und Timothy Leary. Auch Zinnert versteht nicht. Teilt mit seinen Fragen immer wieder diesen Nebel. Läßt sich erklären. Entschuldigt sich. Zweieinhalb Jahre! Da muß er nachholen. Er steht an einer Musiktruhe dann. Legt eine Platte. Schwenkt einen Tonarm. Plötzlich donnert aus goldvergitterten Lautsprechern eine Stimme. Ketzer erschrickt. An den Gesichtern sieht er: alle kennen. Er kennt nicht. Hört nur rüber zu dem goldbeschlagenen Schrank. Hört die Stimme, die Gitarre, das Krächzen, das Juchzen. Das Schreien. Biermann, sagt Zinnert ihm leise. Das Land ist still. Noch!

Wie ein Stromschlag dieses Noch. Ketzer prickelt die Kopfhaut. Er möchte mehr hören, doch da schaltet Zinnert schon. Ein Schnauzbärtiger liest mit bayerischem Akzent aus einer Zeitung: »Ich habe eine Botschaft für alle, die daran denken, Jans Beispiel zu folgen und so zu handeln wie er. Es hat keinen Sinn! Jan hat kurz vor seinem Tode gesagt, daß es wichtig ist, am Leben zu bleiben! Daß wir uns bereithalten müssen!« Der Schnauzbärtige faltet die Zeitung. Süddeutsche Zei, liest Ketzer noch.

Prag nun. Und Jan Pallachs Selbstverbrennung. Diskutiert wird Sinn und Nichtsinn. Eine sagt, in Vietnam hat es geholfen. Der Schnauzbärtige sagt, nicht Menschen! Werkzeuge der Repression müssen brennen. Zeitungen, Medien! So geht es hin. So geht es her. Vom Establishment wird geredet. Von der Macht der

Großen überall. Von den Niederlagen in Prag und Paris. Die Funktionismen der Massengesellschaft werden analysiert. Die gigantische Verapparatung allen Lebens quasi. Oder die paralytische Katalysation einer Sozio-Fusion etwa? Segregation das Stichwort, Freunde! Also Alternativen suchen! Aber Äquivalente welche? Und Kreativitäten wodurch? Erst die Artikulation der tabuierten Es-Erlebnisse! Die Prioritäten, Kinder!! Die sexuelle Emanzipation aber vor allem, Wolfgang! Zerschlagung hierarchischer Familienstrukturen dann! Durchbrechung von kausalen Frustrationszyklen unbedingt! Motivation durch Aktion! Unsinn! Aktion durch Motivation!! Impuls. Expuls. Summarische Reflexion sozusagen. Replex. Perplex. Ketzer sitzt und staunt. Ganz groß seine Augen. Nach elf brechen der Schnauzbärtige und ein paar Frauen auf. Bis Mitternacht müsen sie an der Grenze sein, sagen sie. War sowieso schon riskant genug, in die Zone zu kommen. Wenn die Vopos nun? Aber sie lachen nur und kichern ab. Die anderen lagern noch lange. Reden. Reden sich müde. Hören Musik dann. Biermann. Degenhardt. Dylan. Ketzer liegt und wendet die Plattenhüllen.
4 NEUE LIEDER (WAGENBACHS QUARTPLATTE)

Drei Kugeln für Rudi Dutschke
Ermutigung
Es senkt das deutsche Dunkel
Noch

Nach zwei gehen die anderen auch. Zur letzten S-Bahn nach Berlin. Ketzer und Zinnert räumen noch Flaschen, leere Gläser, kippen Aschenbecher. Ketzer fragt dabei.

-- : Was waren das für Leute eigentlich?
-- : Die meisten waren vom Theater. Der mit der Latzhose war Maler.

-- : Und der mit dem Schnauzer?
-- : Der ist aus München. Lebt aber in West-Berlin jetzt. Wegen der Armee. Hat mal n paar Semester Medizin studiert. Daher kenn ich ihn.
-- : Und die Frauen?
-- : Politologiestudenten, glaub ich. Hab sie auch noch nie gesehen.
-- : Ach so.
Zinnert und Ketzer gähnen.
-- : Wo soll ichn penn?
-- : Hier! Neben mir!
Zinnert klappt eine Couch. Zieht Betten aus einem Schrank.
-- : Bist meine ›Süße‹ heute.
Ketzer schmunzelt. Er denkt, Ehebetten! Wie die Schwulen in Rüdersdorf. Zinnert wirft ihm ein Handtuch zu. Zeigt ihm das Bad im ersten Stock. Ketzer geht hinauf. Zinnert wäscht sich gleich unten im Klo. Zehn Minuten später liegen sie. Gähnen. Knacken mit den Gelenken. Schlafen ein.
Ketzer erwacht früh. Im Haus ist es noch still. Neben ihm liegt Zinnert und schnarcht leise. Sein Mund klafft offen. Ganz blöd das Gesicht dadurch. Ketzer grinst. Er mustert Zinnert. Die Arme, die Hände, den Kopf. Ohne Augen ist so ein Kopf nichts, denkt er. Ein Kürbis bloß. Er grinst stärker. Die Haare hat Zinnert noch immer kurz. Wie in Rüdersdorf. Sieht aus wien Boxer bald. Der Blonde Bomber aus Bernau! Ketzer unkt in sich hinein. Er sieht sich dann im Zimmer um. Ein gewaltiger Schreibtisch, ein Bücherschrank bis an die Decke hoch, schwere Stühle mit Lederpolster, die Musiktruhe, Bilder noch. Vielleicht mal n Arbeitszimmer gewesen, rätselt er. Er versucht von der Couch aus Buchtitel durchs Bleiglas zu entziffern. Goethe und Schiller erkennt er an den goldgeprägten Lederrücken. Die anderen Reihen Kant vielleicht, und irgendwas mit Schell oder Schill. Dar-

unter Heine bestimmt. Auch in Gold. Und daneben, acht blaue Bände in einer Reihe. Das ist doch! Ketzer gleitet von der Couch, tippt zum Schrank, dreht vorsichtig den Schlüssel, öffnet langsam die knarrende Tür, nimmt einen blauen Band. Blättert. Nimmt noch einen anderen. Schlüpft auf die Couch zurück. Zinnert schläft weiter. Ketzer blättert, liest stellenweis. DEMIAN. *Das Buch einer Jugend.* Von HERMANN HESSE. Und. DER STEPPENWOLF. Ketzer merkt nicht mehr die Zeit. Merkt nicht, wie Zinnert erwacht. Wie dieser ihn beobachtet.

-- : Möchtest wohl den Hesse mitnehmen, Kleiner?

Ketzer schreckt auf. Sieht zu Zinnert. Verquollen noch dessen Gesicht.

-- : Klar! Wenn ich darf?

Zinnert reibt die Augen. Reibt Blut in die Wangen. Überlegt.

-- : Lies erstmal den Exupéry zu Ende. Die blauen Hesse sind von meinem Schwiegervater. Der istn bißchen komisch mit Büchern. Ich geb dir meine dann. Wenn wir unsere Sachen aus Berlin hier haben.

Es klopft. Die Schwiegermutter schiebt herein. Sie grüßt munter, öffnet alle Fenster und treibt mit Händeklatschen die beiden von der Couch. Das Frühstück ist fertig, sagt sie. Es ist fast elf! Zinnert und Ketzer springen ins Bad hinauf. Zinnert duscht. Ketzer mäkelt über dem Waschbecken. Zinnert schimpft. Ketzer hört nicht hin. Zinnert agitiert. Ketzer hackt zurück.

-- : Du quatschst wie mein Vater. Gesunde Lebensführung und son Kohl! Mit fünf hat er mich ans Reck geprügelt! Stell dir das mal vor! Mit fünf!? Gott sei Dank war er bloß immer in den Ferien zu Hause. Fußball mußte ich spielen und wettschwimmen, und Liegestütze und Köpper von drei Meter! Und wenn ich nicht der Erste war, gabs Backpfeifen. Dresche!! Wegen ein paar Sekunden!? Ist das vielleicht gesund? Hh! Außen so!

Ketzer winkelt den rechten Ellenbogen, wellt mit der linken Hand über die Brust.

-- : Und innen Scheiße!

Er winkt ab. Rührt mit einer Zahnbürste im Mund. Zinnert will etwas entgegnen, hält aber zurück und frottiert nur nachdenklich seinen Rücken. Sagt dann.

-- : Ich möchte deinen Vater mal kennenlernen.

Ketzer gluckst. Rotzt Zahnpastaschaum in das Becken.

-- : Wozu solln das gut sein?

-- : Weiß nicht. Nur so.

-- : Thh. Kannst ja im Mai hinfahren. Wird er vierzig.

-- : Fährst du denn nicht?

-- : Ich? Was soll ichn da?

-- : Ach so ist das.

Ketzer und Zinnert gehen frühstücken. Gehen eine Stunde später Mittagessen. Gehen am Nachmittag in den Garten. Frühjahrsarbeiten! Es ist höchste Zeit, sagen die Schwiegereltern. Sie graben, hacken und hauen schon seit dem Morgen. Sie sagen es ohne Vorwurf. Ketzer wundert sich. Zinnert greift eine Axt. Splittert ein dünnes Kirschbäumchen. Gräbt und zerrt dann mit Ketzer an den Wurzeln. Jung Siegfried, ulkt Ketzer immer wieder. Die Schwiegereltern ulken mit. Sie lachen alle. Sie schwitzen, fluchen und stöhnen. Ketzer kämpft gegen Brombeergestrüpp dann. Er schwingt das Beil, haut und schlägt – und ist ganz glücklich plötzlich. So frühlingstoll irgendwie. Die aufgeworfene Gartenerde dünstet. Krähen schreien. Der Himmel hängt wie eine blaue Glasmurmel. Zinnert singt und verschneidet Bäume. Die Schwiegereltern harken Wege. Ketzer ist, als kenne er das alles schon. Als wiederholten sich die Bilder nur. Als habe er sie anderswo schon einmal gesehen. Im Film vielleicht. Oder? Wo war das nur? Irgendwo unten wohl. Ketzer gräbt. Aber er holt nichts mehr herauf. Er hat bald Durst. Auch die anderen haben.

So holt Zinnerts Schwiegermutter Bier. Endlich Bier! Ketzer stülpt gierig die Flasche. Und dann noch eine. Aber ein bißchen Durst bleibt. Oder wenigstens so ein Brennen die Kehle runter. Oder doch so ein leichtes Ziehen.

Merkwürdig auch alles.

Später werfen Zinnert und Ketzer Laub und Äste und Gestrüpp zu einem Haufen. Zinnerts Schwiegervater zündet an. Blaugelb beult alsbald der Rauch. Dann schlagen die Flammen durch. Die vier stehen im Kreis und sehen ins Feuer. Ketzer schnuppert. Da riecht doch was?! Da riecht doch was?! Das ist doch?! Woher kenn ich bloß? Ketzer füllt die Lunge. Riecht. Schnüffelt. Sucht. Auch die anderen suchen. Zinnert findet zuerst.

-- : Das riecht wie früher irgendwie. Findet ihr nicht? Als man noch Kind war und die Feuer im Frühjahr das sicherste Zeichen für Sommer waren.

Kindheit! Das war es! Jetzt holt Ketzer hoch. Holt hoch mit vorsichtigen Händen. Den Eisenbahnwaggon der Großeltern, das Birkenwäldchen, die Sandeberge, das Budenbauen, die Mühle, das Dorf, die Laube. Die Laube dann! Ketzer stöbert. Zwei Jahre waren es vielleicht zusammen. Nicht mehr. In die Schule ging er schon. Also siebenundfünfzig, achtundfünfzig etwa. Diese zwei Jahre also! Dann ging Mama wieder nach Berlin. Ketzer schluckt. Greift nach einer neuen Flasche. Wischt weg. Wischt weg mit Bier und einem Witz.

-- : Geht ein Mann zum Bäcker und verlangt Brötchen. Zweimal zehn Brötchen, sagt der Mann. In extra Tüten? fragt die Verkäuferin. Kann zusammen, antwortet der Mann. Na, warum sagen Sie dann nicht gleich, Sie wollen zwanzig?! Neeeiiin!! brüllt da der Mann. Ich kann diese Zahl nicht mehr hören!

Alle lachen und frozzeln über den XX. Jahrestag. Sogar Torten gibts schon mit Geburtstagssprüchen, sagt Zinnerts Schwiegermutter.

-- : Hhm, und im Kindergarten machen die Kinder Preiskacken. Wer die schönste XX kann, kriegtn Lutscher!

-- : Aber Wooolfgang!?!

Zinnert nun ganz übermütig. Er greift seiner Schwiegermutter unter die Arme. Dreht sie. Trägt sie ohne Mühe bis vors Haus. Die Frau japst und juchzt und flüchtet lachend die Treppe hinauf. Kurze Zeit später ruft sie aus dem Küchenfenster, Abendbrot, Männer! So sammeln die Männer die Geräte, waschen sich grob unterm Gartenschlauch und steigen ins Haus. Ketzer beeilt sich mit dem Essen. Er will die S-Bahn 19.05 noch erreichen. Dann hat er in Falkensee gleich Anschluß nach Ziethen. Als Ketzer dann aufbricht, kommt Juliane gerade. Sie treffen in der Veranda aufeinander. Juliane sagt, schade, kannst du nicht noch? Morgen fährt doch wieder ein Zug. Aber Ketzer wehrt ab, schüttelt den Kopf, reicht rasch die Hand und verabschiedet sich. Er dreht noch zweimal zum Haus. Winkt. Zinnert und Juliane stehen auf dem Treppenabsatz. Sie winken zurück. Da wetzt es rauh in Ketzers Brust. Etwas wie Neid wetzt da. Oder wie Eifersucht. Oder wie Liebe. Oder wie. So merkwürdig auch alles.

Ketzer erreicht die S-Bahn, erreicht Blankenburg, Birkenwerder. Falkensee. Steigt dreimal um. Hat im Zug nach Ziethen einen Wagen für sich. Er turnt, singt, tanzt. Tanzt mit dem Wassermann. Singt mit ihm. Let the sunshine in. Ketzer öffnet alle Fenster. Atmet Nacht, Frühling. Welt. Glück.

In der Osterwoche bricht ganz unerwartet der Sommer durch. Übergangslos. Von einem Tag auf den anderen. Ketzer kann wieder mit dem Moped zur Arbeit. Eine halbe Stunde Schlaf gewinnt er dadurch. Und pünktlicher ist er obendrein. Immer um sechs steht er in der Halle. Schiplack hat ihm zugesteckt, da waren welche, haben sich erkundigt. Pünktlichkeit und Normerfüllung, gesellschaftliche Arbeit und so. Verstehste? Und Ketzer versteht. Auch Temme ruft manchmal an. Macht Wind jedesmal. Macht aber auch Mut. Durchbeißen, sagt er, und reinhauen. Und Ketzer haut. 100 % rechnet er immer ab. Jeden Tag. Ketzer überzieht auch keine Pausen mehr. Eine Viertelstunde Frühstück und eine halbe Stunde Mittag. Ketzer geht auch weniger schwatzen. Kaum noch zu Schorsch in die Werkzeugausgabe und überhaupt nicht mehr zum langen Arndt in die Schmiede. Ketzer wird auch Kassierer der FDJ. Er geht jetzt zu Versammlungen regelmäßig. Studienjahr und Gewerkschaft, Zivilverteidigung und Neuerergruppe. Kaum ein Nachmittag ist noch frei. Ketzer trägt auch ein blaues Hemd am 1. Mai und schwenkt die Fahne rot. Ketzer protestiert. Die Militärjunta in Athen. Und Amis raus aus Vietnam! Ketzer verpflichtet sich zum XX. Jahrestag der Republik: Eine Ikarus-Generalreparatur über den Plan! Ketzer ist vorn. Ketzer wird fotografiert. Ketzer wird Monatsbester im Mai. Sein Bild hängt im Schaukasten groß. Da steht, stolz der Parteisekretär, so erziehen wir unsere Menschen um!

Ketzer hat bewiesen. Ketzer hat gezeigt. Ketzer hat sich bewährt. »So kann die Abteilung Kultur beim Rat des Kreises Briesenow mitteilen, daß« Ketzer atmet auf. Endlich! Er liest noch einmal den Brief. Reicht ihn Temme dann. Schluckt. Schluckt runter. Fragt.

-- : Und ab wann kann ich wieder singen?

-- : Wenn Sie wollen sofort. Hier in der Halle. Auf der Stelle.

Ketzer grinst. Er sieht Frieder an. Dieser.

-- : Am 1. Juni spielen wir in Nauen. Da singste dann wieder.

-- : Also übermorgen, ja?

-- : Vorher müssen aber noch einige Modalitäten geklärt werden. Ich schlage vor, das bereden wir diesmal aber doch bei einem Glas Bier. Wann haben Sie Feierabend, Constantin?

-- : Inner Stunde. Aber ich frag mal meinen Meister.

Ketzer fragt Schiplack. Und Schiplack erlaubt. So sitzt er wenig später mit Frieder und Temme im Ratskeller.

-- : Prost, meine Herren! Ich heiße Ronald. Auf gute Zusammenarbeit dann!

Sie stoßen die Gläser. Trinken. Stemmen sich behaglich auf den gescheuerten Tisch. Temmes Modalitäten sind schnell ausgehandelt. »Die Ketzerband verpflichtet sich... drei Freikonzerte bei den Sommerfilmtagen in Briesenow, fünfzig Aufbaustunden für das neue Jugendklubhaus, strenge Einhaltung der AWA-Vorschriften...« Dann noch dies. Und auch noch das. Frieder unterschreibt als Gruppenchef. Temme bestellt die nächste Runde. Die Kellnerin bringt. Ketzer kippt. Herrlich doch so ein Bier! Es dauert nicht lange, da dumpft Seligkeit sein Brustbein hoch.

Ab Juni dann steht Ketzer wieder auf der Bühne. Er hat sein altes Leben wieder. Lebt es den heißen Sommer lang. Lebt es den Herbst. Lebt es mit der Band, mit Gitti, mit Zinnert, mit Juliane. Lebt so unbändig wie noch nie. Brennt. Leuchtet. Ist wie Feuer. Von Juni bis Oktober. Fünf Monate des goldenen Wassermannzeitalters.

In diesen Monaten machen die Mondlandung von Apollo 11 und die Massaker von Song My Schlagzeilen. Brian Jones stirbt. Die Rolling Stones geben ihr legendäres Hyde-Park-Concert. Die IRA terrorisiert Londonderry. Tote gibt es auch in Prag zum Invasionsjahrestag. New York erlebt die Weltpremiere von Easy Rider. Erika Mann stirbt in Zürich. Ho Chi Minh in Hanoi. Die DDR führt ein 2. Fernsehprogramm ein. John Lennon gibt seinen Empire-Orden zurück. Thor Heyerdahl startet seine RA-Expedition. In Bonn wird Willy Brandt zum Kanzler gewählt. Fußballer des Jahres wird Gerd Müller. Die amerikanische Her-

mann-Hesse-Flut erreicht Europa. Über Woodstock rieselt der Sternenstaub. In the Year 2525 wird der Sommerhit des Jahres 1969.
In diesen Monaten touren auch alle Ämter und Organe der DDR ganz außerordentlich. Der XX. Jahrestag der Republik. Kein Apparat, der nicht klappert. Kein Rädchen, das stille steht. Hämmern, kleben, binden/Plakaten, drehen, winden. Die Republik legt ihr Festkleid an, schlagzeilt jeden Tag das ND. In Berlin treffen sich die Jungen Sozialisten. Vom 5. bis 7. Oktober färben sie die Stadt mit ihren leuchtenden DEDERON-Anoraks ein. Lachsrot oder kornblumenblau oder lachsblumenrot oder blublaumenlachs. Der Eulenspiegel bringt auf der Titelseite des 1. Oktoberheftes zwei langhaarige FDJ-Hippies, die sich auf einem Bahnhof treffen. Ganz erstaunt zeigen die beiden aufeinander: Wat denn? Du ooch delegiert zum Treffen nach Berlin? fragt der eine. Na und du? wundert sich der andere. Ick dachte, du wärst n Gammler?
(Anmerkung: Dieses Titelblatt ist nach dem ersten Probedruck gründlich redigiert worden. Die endgültige Fassung war dann: Zwei üppige Klamann-Püppchen in Betrachtung eines neuerbauten Hochhauses. Fragt die eine: Von wo hat man die beste Aussicht? Antwortet die andere: Vom zwanzigsten! Und alles schön aus der Froschperspektive. Wegen der Dimensionen, und der Mädchenbeine.)
In diesen Oktobertagen sprießen auch die Gerüchte ungemein. Überall blüht es in den Mundwinkeln. Von Generalamnestie tuscheln einige, von Umbenennung in Deutsche Sozialistische Republik (DSR) viele, von den Rolling Stones alle. Sie sollen in West-Berlin spielen, heißt es. Auf dem Springer-Hochhaus in der Kochstraße. Unweit des Spittelmarktes. Verleger Axel hat engagiert, wird gemunkelt. Als Gegenfestival sozusagen.

Am 7. Oktober ist Berlin dann Festung!

Auf allen Bahnhöfen Polizeistreife!

Die Ausfallstraßen werden bewacht!

Alle Zufahrtswege kontrolliert!

Stadtnahe Panzereinheiten stehen gefechtsbereit!

Die Tore sind geschlossen.

Ketzer sitzt am 7. Oktober mit Gitti im Bus. Sie wollen nach Lobethal. Zu Zinnert und Juliane, Ketzers 20. Geburtstag feiern. Es ist ein schöner Tag. Die Mittagssonne heizt wie im Sommer. In Falkensee sehen sie schon vom Bus aus die vielen Polizisten auf dem Bahnhof. Trapo, sagt Gitti und zieht die Stirn kraus. Sie ahnen. Ketzer streicht die Haare aus dem Gesicht. Zerrt sie hinter die Ohren. Stopft sie an den Hemdkragen dann. Gitti prüft. Sie steigen mit steifen Hälsen aus dem Bus. Gehen an der ersten Polizeistreife vorbei. Sie gehen wie über Watte. Gitti kauft Fahrkarten. Zweimal siebzig, sagt sie. Ketzer steht daneben wie ein Klotz. Wieder streifen Polizisten. Äugen. Ketzer steht mit undurchdringlichem Gesicht. Er passiert mit Gitti die Sperre dann. Ist auf dem Bahnsteig. Er will zum anderen Bahnsteigende. Will bis hinter die Toiletten. Den Bullen nicht unter die Augen kommen, raunt er. Aber schon schrappen hinter ihm Stiefelabsätze (tür auf marke sind sie bürger ziehen sie sich sind verhaf). Ketzer krampft zusammen. Da packen die Stimmen zu.
-- : Sie da! Ihre Ausweise bitte!
Ketzer und Gitti bleiben stehen. Drehen herum. Zwei Transportpolizisten tippen gegen die Mützen.

Gitti wühlt in ihrer Lacktasche. Ketzer greift in seinen Parka. Reicht.

-- : Wohin wollen Sie fahren, Herr Ketzer?

-- : Was geht Sie da.

Doch Gitti kommt ihm zuvor. Dreht die Augen. Blümelt.

-- : Nach Henningsdorf wollen wir.

-- : Sieh mal einer an. Sie haben ja Geburtstag heute! Herr Ketzer.

-- : Ja. Na deswegen, wir wollen zu seinem Bruder. Die sind Zwillinge. Der wird auch zwanzig. In Henningsdorf.

Gitti plappert. Der zweite Polizist kreist mißtrauisch um Ketzer. Tastet immer wieder hin zum Kragen. Doch der erste Transportpolizist sagt schon, gut, in Ordnung, und dreht ab. Der Zug kommt. Ketzer und Gitti steigen ein. Im Abteil holt Ketzer wieder seine Haare hervor. Drückt gegen Gitti, sagt danke und feixt. In Falkenhagen gibt es plötzlich Geschrei auf dem Bahnsteig. Neugierig lehnt Gitti aus dem Fenster. Prallt aber sofort zurück. Die kommen! sagt sie, weiß im Gesicht. Mit Hunden! Da schlagen auch schon die Türen. Ketzer stopft eilig seine Haare. Sitzt wieder steif. Polizisten laufen durch die Wagengänge. Zeigen wahllos in die Abteile. Sie! Sie! Sie da! Ja, und Sie auch! Kommse, kommse! Sie mein ich! Wolln se n Extraeinladung? Dalli! Ich mach Ihnen Beine! Kleine Grüppchen kleckern aus den Eisenbahnwagen auf den Bahnsteig. Hunde bellen heran. Los! Ins Bahnhofsgebäude! wird gebrüllt. Die Grüppchen trotten. Keiner wagt. Gitti klammert an Ketzer. Schneeweiß vor Angst. Sie sieht um sich. Sieht die Gesichter. Die Münder. Diese entsetzlichen Münder! Gelähmt alle. Auch Ketzers. Sie werden in einen Warteraum getrieben. Zehn oder zwanzig schon darin. Und immer wieder klappt die Tür. Schlägt scheppernd hinter den Jugendlichen zu. Nur Jugendliche. Ketzer sucht. Bekannte oder irgendwen. Ein paar haben noch Zigaretten. Die Ausweise sind abgenommen. Nach Streichhölzern wird gefragt. Hat einer vielleicht? Sie stehen. Warten. Bewegen sich vorsichtig. Als schmerzten die Beine. Da rumort es an einem Fenster. Ein Kraushaariger biegt mit einem Schlüssel am Rahmen. Willst springen? fragen welche. Viel zu hoch, sagen andere. Winken ab. Einige lachen schon wieder. Bier fehlte bloß, gähnen sie. Und Skatkarten! Der Kraushaarige schrammt noch immer mit dem Schlüssel. Unten bellen Hunde. Der Bahnhof ist umstellt. Zwecklos, Mann. Von Ferne, drohend, böse, das Röhren von Lastkraftwagen. Sie röhren heran. Befehle donnern. Klappen schlagen. Stiefel knallen. Die Tür wird aufgerissen. Das Verladen beginnt. Die Stiefel knallen lauter. Dalli! In einer halben Stunde schon der nächste Zug. Dalli! Die Uniformierten treiben das Vieh. Und kein Maul blökt. Es muht nicht eins. Wieder Klappenschlagen. Befehlsdonnern. Motorröhren. Die Lastkraftwagen schaukeln einen Waldweg entlang. Spaziergänger biegen zur Seite. So ein schöner Tag. Die goldenen Blätter erst! Sieh nur, Friedel! Wie schööööön!

Die Autoreifen fassen bald Kopfsteinpflaster. Schmirgeln die Friedrich-Engels-Allee hinunter. Verlangsamen in der Kochstraße. Halten vor dem Polizeirevier Falkensee dann. Wieder schlagen die Klappen. Wieder Befehlbrüllen. Wieder Stiefelknallen. Die Herde wird in einen Keller geleitet. Wird in einen Keller getrieben. Wird in einen Keller gepfercht. Türen schlagen zu. Schlitz. Schlatz. Ketzer erwacht nicht. Türen schlagen auf. Schlüssel. Ratsch. Ketzer erwacht noch immer nicht. Schlaß. Schloß. Ketzer im Koma. Gitter. Schluß. Ketzer ohne Herzschlag.

– – : Ihre Freundin gibt an, Sie wollten zum Geburtstag Ihres Bruders nach Henningsdorf?! Wo wohnt denn dieser Bruder?

Ketzer nennt mit lederner Zunge einen Straßennamen.

-- : Ihre Freundin hat aber eine ganz andere Adresse angegeben.

Ketzer quält seine Zunge (schlafen).

-- : Und wofür haben Sie eine Fahrkarte Preisstufe 4 gekauft? Bis Henningsdorf brauchen Sie doch nur Preisstufe 1.

Ketzer versinkt. Nur noch Nebel um ihn (schlafenschlaf).

-- : Ich werde Ihnen sagen, was Sie mit der Karte wollten. Nach Berlin fahren! Zum Spittelmarkt! Dazzz wollten Sie!

Ketzer sinkt tiefer. Sirenen heulen über ihm (schlafenschlafto).

-- : Sie fahren jetzt auf dem kürzesten Wege in Ihren Heimatort zurück und melden sich dort noch heute bei Ihrem Abschnittsbevollmächtigten!

Ketzer verschwunden. Schlafenschlaftot. Tot sein doch! Ketzer und Gitti fliehen. Sie hetzen über die Landstraße. Ohne Ziel. Nur bewegen. Bewegen! Nicht stillstehen. Weg! Weg! Nicht nachdenken. Nur vorwärts! Vorwärts! Davonlaufen. Schneller. Schneller doch! Der Wahnsinn holt auf.

Ketzer zerrt Gitti. Gitti weint. Brammelt. Jammert.
Immer wieder: wenn die das melden zur Schule.
Immer wieder: die exen mich bestimmt.
Immer wieder: in Gotha sollten wir marschieren alle.
Immer wieder: wir hatten gar keine Heimfahrt heute.
Immer wieder: hätten wir doch bloß bei dir gefeiert.
Da stoppt Ketzer plötzlich. Reißt herum. Ballt die Fäuste.

UND SCHREIT.

UND SCHREIT.

UND SCHREIT.

Er möchte zuschlagen. Er möchte in Gittis Gesicht schlagen. Auf diesen brammelnden Mund. Möchte schlagen, schlagen, schlagen. Doch da dämmt schon wieder Lähmung seine Wut. Rasch ist die Ausbruchstelle verkrustet. Ketzer steht und zittert. Nicht einmal Tränen dringen durch seinen Panzer. Abgestorben schon alles. Nur die Beine funktionieren noch. Scheren. Holen aus. Laufen.

Ein Bus kommt heran. Bremst. Der Fahrer lehnt aus dem Fenster. Ruft zu Ketzer. Ketzer ächzt über die Straße. Steigt ein. Wartet noch auf Gitti. Der Busfahrer redet: in Berlin doll was los heute. Der Busfahrer redet: Im Treffpunkt haben se grad gebracht, große Prügelei am Spittelmarkt. Der Busfahrer redet: Muß ja mächtig gefunkt haben da. Ketzer sieht aus dem Fenster. Sieht über die Felder. Sieht nichts.

In Ziethen steigt er aus. Gitti fährt weiter nach Briesenow. Ketzer macht einen Umweg. Leutnant Schulz, der Dorfsheriff! Er muß sich ja noch melden. Zu Hause, vor den Großeltern, täuscht er dann Krankheit vor. Sein Magen! Die Großmutter brüht Kamillentee. Ketzer nimmt die Kanne, steigt in sein Zimmer hoch. Schließt ab. Legt sich. Liegt wie ein Stein. Kein Raum um ihn. Und keine Zeit. Nur noch Nichts. Ketzer versucht zu weinen. Doch der Stein bleibt trocken.

Am anderen Tag in der Halle. Schiplack steigt zu ihm hinunter in die Arbeitsgrube. Fragt beiläufig, was warn gestern los? Er sucht in Ketzers Gesicht. Aber Ölschmiere verwischt alle Spuren. Ketzer antwortet schwerfällig. Seine Zunge ist noch immer ledern.

-- : Ich solln Bericht schreiben über dich, Conny?!

-- : Schreib.

Ketzer dreht müde weg. Schraubt an einer Ölwanne. Schiplack steht noch unschlüssig. Geht dann seufzend ab.

Am Donnerstagabend in der Kegelbahn. Ketzer, Nobs, Frieder und Kalle warten auf Jimmy. Jimmy kommt nicht. Jimmy wollte am 7. nach Berlin, weiß Nobs. Zum Spittelmarkt! Ob er etwa? Frieder tobt. Dieser Idiot! Glaubt jeden Hundedreck! Die Stones vom Springerhochhaus! Scheißhausparolen alles!

Am Freitag gehen Ketzer und Frieder zu Jimmys Eltern. Gleich nach der Arbeit. Jimmys Mutter öffnet. Quittengelb ihr Gesicht. Da wissen sie. Jimmy ist! Die Mutter schleppt in die wrasige Küche. Setzt. Wringt die verlaugten Hände. Mein Ulli! Mein Ulli! Hat doch keinem was getan! Mit Gabi is er. Gleich früh. Ketzer und Frieder starren auf den Stühlen. Stückeln den 7. Oktober zusammen. Bis sie verstehen. Jimmy mit seiner Freundin Gabriele nach Berlin; Verhaftung in der Breiten Straße; Schnellverfahren; ein Monat Jimmy; zehn Monate Gabriele; Jimmy in Rummelsburg; Gabriele im Frauengefängnis Niederbarnimstraße.

PÄÄNGG!

Das Bläschen Zukunft ist geplatzt! Am Sonnabend kein Auftritt in Nauen. Im November keine Einstufung in Velten. Und alle anderen Pläne auch über den Haufen. Frieder wütet. Ketzer versucht zu kleben. Wir könnten doch. Als Quartett. Über sechs Wochen noch Zeit. Jeden Tag üben! Gitarre bring ich schon. Aber kein Flicken dichtet. Zwecklos doch alles! Wir müssen beraten, sagt Frieder. So sitzen sie mit Nobs und Kalle die halbe Nacht. Sie räuchern das Billardzimmer und reden und streiten und öden. Und gehen auseinander schließlich in großer Ratlosigkeit.

Ketzer bei Zinnert in Lobethal. Sie wandern um den Meche-See.
-- : Da drüben arbeite ich.
Zinnert zeigt ein Haus. Ketzer sieht.
-- : Und das da ist unser ›Bungalow‹.
Zinnert zeigt wieder. Ketzer hört George Harrison. Hey, Bungalow Bill, what did you kill. Das Weiße Album. Er fragt. Zeigt.
-- : Arbeitet Juliane auch da?
-- : Nee. Die Kinderstation siehst du von hier nicht.
-- : Wo ist die eigentlich hin heute?
-- : Nach Leipzig.
-- : (immerzuleipzig, ausländer) Fährt oft hin, nicht?
-- : Jahh.
In Zinnerts Kieferwinkel biegen abweisend die Muskeln. Ketzer sieht. Fragt nicht mehr. Sie gehen weiter um den See. Sie schweigen. Bald reibt die Stille zwischen ihnen. Da versucht Zinnert.
-- : Na, wie hat dir der Zarathustra gefallen?
-- : Hhff... wie... soll, ich dir das sagen? Es ist nicht leicht. Irgendwie. Das ist alles so, der Nietzsche behauptet da was, irgendwas, und du kannst bloß noch schlucken. Maul auf und rein! Ich weiß gar nicht, was ich da fresse. Mir bleibt irgendwie keine Chance, für eigene Gedanken und so. Der macht alles so absolut. Als wenns nichts anderes gibt. Und dann. Vor allem, irgendwie bin ich betroffen. Ich meine, der zielt doch auf mich. Ich bin doch auch einer von den ›Zuvielen‹, den ›Überflüssigen‹. Ich bin doch ganz normal. So beschissen normal! Ich bin doch kein ›Ausnahmemensch‹! Mich würde der abknallen. Glattweg. Der ist fa.
-- : schistisch. Jawohl! Auf dieses Wort habe ich gewartet. Dabei bist du! was du dem Nietzsche vorwirfts.
-- : Iiich?
-- : Ja, du! Mit deinem typischen Minderwertigkeitssyn-

drom, das alle Proleten haben. Denn faschistisch nenn ich eine Denkweise, die von vornherein Ungewöhnliches und Fremdartiges ablehnt, es verketzert oder als untauglich und gefährlich diffamiert! Ob das nun Gedanken, also Abstrakta oder Konkreta, Malerei, Menschen, Technologien usw. sind. Nietzsche ist nicht deshalb faschistisch, weil die Nazis ihn benutzt haben! Die haben noch ganz andere Leute benutzt! Die Nazis haben auch einen Herrn Beethoven gespielt und den Faust aufgeführt! Das vergißt man heute allzugern. Weil nämlich kein ›Natiönchen‹ ohne sein ›Götterthrönchen‹ auskommen kann.

-- : (scheißgoethe, kotzt mich) Aäch! Wir quatschen hier von einem Zeug! N Dreck interessiert mich das! Ich, ich hab. Mir ist das doch vollkommen piepe, ob die Nazis Binna-von-Marnschelm aufgeführt haben oder nicht (herschiebenherschie). Wir schieben das doch bloß vor uns her. Weil es nicht mehr so klappt.

-- : Was ›nicht mehr so klappt‹?

-- : Ach. Alles.

Ketzer stößt die Arme in den Parka. Knirscht über den Strandkiesel.

-- : (schlitzschlatzhundeschlüsselratschfahrensie) Mensch, am 7. Oktober!! Weißt du, was da los war in Berlin??!! Weißt du das? Wie Vieh haben die uns eingefangen! Wie Viehhh!! Mein, Gott! Ich vergeß das nicht mehr. NNiiiemehr! Was die mit uns gemacht haben! Was die mit uns machen können! Können!! Ich begreif das nicht! Ich begreif das nicht! Das, das. Ich hab es versucht, aber es rutscht weg. Immer wieder weg! Ich halt das nicht. Es ist so glatt. Es glitscht mir aus den Händen. Es ist so. Ach. Wozu. Niemand.

Ketzer stöhnt.

Er sieht zu Zinnert. Versucht seine Blicke in dessen Gesicht zu verhaken. Rutscht aber immer wieder ab von den scharfgekerbten Wangen. Verfängt nicht in dem harten Glitzern der Iris.

Ketzer sitzt in seinem Zimmer. Macht Englischhausarbeiten. Is this a boy? Yes, it is. Is that a cat? No it isn't. Ketzer lernt. A lamp gleich Lampe. A pencil gleich Bleistift. Ketzer füllt seinen Kopf mit Vokabeln. Stopft ihn voll bis unter die Schädeldecke. Kaum Platz noch für anderes. Ketzer schreibt auch einen Brief. Nach Gotha. Schreibt, wie er sich freut aufs Wochenende, und ähnliches. Zwanzig Zeilen zwingt er immerhin.

Oktoberabend. Berlin-Weißensee, Albertinenstraße. Viel Volk drängt in einen Saal. Heinrich Böll liest. Zum ersten Mal in er DDR! Auf Einladung der Kirche. Keine Ankündigungen. Keine Pressenotiz. Keine Plakate. Aber unübersehbar die Menge. Viele stehen im Hof, in den Gängen. Sitzen auf Simsen und Treppen. Hören auf Lautsprecher. Und Böll liest. Und Ketzer sieht. Böll steht an einem Pult, auf einer Bühne. Die hängenden Wangen schlappen. Plaudertaschen, denkt Ketzer. Daher wohl. Ketzer hockt auf einem Heizungskörper. Juliane hockt neben ihm. Sie stützt sich von oben auf Zinnert.
Lesung.

Diskussion.

Zwei Stunden sind nichts.
Zögernd leert sich der Saal. Zinnert und Juliane grüßen immer wieder. Drücken Hände. Nicken wohin. Ketzer im Hintergrund. Die Menge flutet. Im Foyer wird Juliane angesprochen. Von einer blonden Frau mit auffällig breiten Kieferbögen, von einem kleinen Mann mit großem Schnauzbart.

Frau: Habt ihr euch doch reingetraut, Jule?

Juliane: Wann kriegste im Osten schon mal Böll zu hören?

Mann: Du bist seit einem Jahr ausm Knast, Jule, und warst noch nich mal bei mir?

Juliane: Ha! Zu dir in die Chausseestraße!! Da kann ich ja gleich meine Visitenkarte zur Stasi schicken.

Frau: Wie bekommt dir denn deine Kindergärtnerei?

Juliane: Ach, es geht. Man muß sich gewöhnen.

Frau: Versuchs doch noch mal bei der Volksbühne. Die haben n neue Leitung jetzt. Benno macht die Intendanz. Wenn du willst, red ich mal mit ihm.

Juliane: Wenn du meinst.

Frau: War ja nur n Vorschlag. Seh ich dich nächste Woche bei Claudia? Die Holländer aus Leipzig sind auch wieder da.

Mann: Tschüüß, Jule. Vielleicht wagst dus doch mal. Wenn du wieder ›vollwertiger‹ Bürger bist.

Frau: Tsschüüühüss.

Der schnauzbärtige Mann zieht die Frau zum Ausgang.
Ketzer fragt.

-- : Wer warn das?

Zinnert und Juliane drehen verwundert zu ihm.

-- : Das war die Eva-Maria Hagen.

-- : Und der Mann?

-- : Hast du den nicht erkannt? Das war Biermann.

-- : Ws??

-- : Den kennt die Juliane noch von früher, aus der Belforter Straße. Da hat das liebe Julchen die ›Harfe gespielt‹. Und Biermann hat drauf geklimpert.

-- : Was istn die Belforter Straße?

-- : Kennst du nicht, Kleiner? Das ist n dunkler Verschlag im

Prenzlauer Berg. Da hat sich Biermann vorn paar Jahren n Schwarm Tauben gehalten. ›B. A. T.‹. Das heißt ›Biermann als Täuber‹!

-- : Hör auf Wolfgang! Das ist großer Mist, was du da erzählst. Das ist über fünf Jahre her. Damit hast du nichts zu schaffen!

Zinnert und Juliane streiten. Ketzer steht daneben und greift und greift. Biermann! Aber er faßt nicht. Das Krächzen. Das Juchzen. Das Schreien. Die Gitarre. NOCH! Dieser Mann also! Leibhaftig! Unglaublich alles. Unheimlich irgendwie. Un. Un. Un.

Proben in der Kegelbahn. Nobs und Frieder geraten aneinander. Frieder.

-- : Los, Jungs! An die Geräte! Abends in der Stadt noch mal.

-- : Scheiß Ostplärre!

-- : Was willste denn machen, Nobs? Hast doch gehört, was Temme gesagt hat. Sollt mich überhaupt wundern, wenn wir zur Einstufung zugelassen werde.

-- : Und womit? Mit Frank Schöbel und Alfons Wonneberg!

-- : Meensch! Wir müssen das doch diplomatisch machen. Die haben uns doch aufm Kicker. Mit Underground kommen wir da nie durch.

-- : Ha! Underground!? Du meinst doch nicht etwa Something?

-- : Womit wir später mucken, ist doch dann wieder was ganz anderes. Man muß das ausbalancieren. Mit Underground kriegste doch keine einzige Mucke!

-- : Mucke, Mucke! Ich will Musik machen und keine Geschäfte!

-- : Au ja, Nobs. Edle Einfalt, stille Größe! Und womit willste deine Schulden abbezahlen? Für deinen Verstärker und dein Mikro? Hh?

-- : Das, das weiß ich nicht. Ich weiß nur, daß es so nicht weitergeht! Wir rammeln immer noch wie vierundsechzig rum! Kloppen immer noch die gleiche Kelle. Hitparade rauf und Hitparade runter. Stones und Bee Gees und was alles kommt. Wir würden auch noch Karel Gott und Heintje spielen, wenn das verlangt wird. Wir sind doch soso, so schissi! Was machen wir denn? Beat oder Soul oder Underground oder Trallala oder was? Wir haben doch überhaupt kein Profil! Keine Linie! Wir sind doch, absolut Scheiße! Mensch, meinste, mich kratzt das noch, wenn n paar Bauernklunten kreischen? Den kannste doch alles hinknallen. Die merken doch nicht mal, wann n Titel aufhört und der nächste anfängt.

-- : Was willste denn anderes machen?

Pause. Dann ganz langsam Greschke.

-- : *Profi* werden. Nur noch Underground machen. Oder Blues.

Ketzer kommt von der Arbeit. Findet in der Küche einen Brief. Aus Lobethal, von Zinnert. Er bricht das Kuvert. Liest gleich über dem Küchentisch. Entziffert die paar Zeilen:

Keine Zeit – Nicht kommen – Keine Telegramme und Postkarten mehr – Auch keine Briefe wenn möglich – Man weiß nie, wer alles mitliest.

Hhm?! Ketzer steht und grübelt.

Wieder das Billardzimmer. Wieder das Räuchern. Ein fünfter sitzt am Tisch. Temme. Er.

-- : Ihr kommt um eine Umbenennung nicht herum, Jungs. Mit euerm alten Namen setzt euch die Kommission nicht auf die Liste. Garantier ich euch!

-- : Dann nennen wir uns doch um! Dritte Formation war

mein Vorschlag. Ronald hat recht! Los kommt! Nobs! Kalle! Conny!

-- : So, Fritze? Und was machen wir mit Jimmy?

-- : Der kommt ja bald raus. Den fragen wir dann.

-- : Über seinen Kopf weg also?

-- : Mann, bis zum 31. müssen die Anträge für die Einstufung abgegeben sein!

-- : Ich bin jedenfalls dagegen!

-- : Jungens, setzt euch nicht selbst Steine in den Weg! Der Jimmy kann doch nach entsprechender ... Übergangszeit wieder bei euch einsteigen. Ich wär auch für Frieders Vorschlag. Dritte Formation hört sich auch nicht so englisch an.

-- : Mensch Conny, komm! Das ist unsere letzte Chance.

-- : Das ist keine Demokratie so was!

Der 6. November. Abends. Jimmy ist entlassen. Ketzer, Greschke, Frieder und Kalle sitzen bei ihm. Sie sitzen in der wrasigen Küche. Immer wieder kommt die Mutter. Streichelt mit verlaugten Händen den Sohn. Blitzt gegen die anderen. Diese fragen. Aber Jimmy antwortet nur kurz. Speit die Satzstücke über den Tisch. Seine Augen haben sich in die Höhlen verkrochen. Zwei verängstigte Tierchen nur noch. Will nie mehr spielen, speit Jimmy. Will nicht mehr. Kann nicht mehr. Aus alles. Alles!

Ein Haus. Groß wie ein Palast. Viele Treppen, Flure und Gewölbe. Menschen gehen, flanieren, fluten. Plötzlich. Schüsse! Schreie dann. Panzer haben das Haus umstellt. Panik strudelt augenblicklich dic Menge. Der Wahnsinn rast. Wieder Schüsse. Fenster splittern. Wände brechen. Tote. Tote. Ketzer will fliehen. Hetzt einen Gang. Aber da bricht die Decke. Er wird begraben unter einem Berg von Leibern. Leichname alle schon.

Silvester inzwischen. Die Band feiert. Kalle, Nobs, Frieder und Ketzer. Sie feiern im Seekrug. Sie feiern den Abschied. Die sechziger Jahre! Nur ein paar Stunden noch. Auch Jimmy ist geladen. Auch ein paar Freunde. Und Mädchen sowieso. Auch Gitti ist von Briesenow herübergekommen. Sie sitzen im Schankraum alle. An langen Tischen. Sie sitzen noch steif anfangs. Sitzen hinter Deichen aus Haarlack, Kölnisch Wasser und Wäschestärke. Achten noch auf die blankgewischten Schuhe. Keine Schramme nur nicht! Aber dann. Bier spült gegen die Lackfestungen. Gegen die Stärkewände. Spült Welle um Welle. Schwemmt weg schließlich auch den letzten Damm.
24.00 Uhr endlich.
Das neue Jahr.
Das neue Jahrzehnt. Und die Harzer Knaller krachen.

BLONGG! Frieder gibt die Verlobung mit seiner Freundin Christa bekannt. Im Sommer wollen sie heiraten.

PÄÄNGG! Greschke will ab September nach Berlin. An die Musikschule Friedrichshain. Seinen Berufsmusikerausweis machen.

WUMM! Kalle verkündet, ab 1. Juni spielt er bei den Luniks in Potsdam. Eine Profi-Gruppe.

KKRAACKK! Gitti gesteht Ketzer, daß sie ihn nicht mehr so lieben könne wie früher. Alles sei so verändert. Er. Sie. Die Verhältnisse überhaupt. Auch gäbe es da einen in Gotha.

Ketzer torkelt betrunken durch die Neujahrsnacht. Er torkelt zum See. Etwas drängt ihn zum Wasser. Ein Trieb. Ein Instinkt vielleicht. Er stürzt hinunter ans Ufer. Stürzt ins Wasser. Doch das Wasser ist Eis. Ist gefroren mitten im Sommer. Woher kennt er das nur? Das war doch. Ach weg! Er weht über den See. Jesus was a sailor when he walked upon the water and he spent a longtime watching from his lonely wooden tower. He said: All men shall be sailors then, until the sea shall free them. But he himself was broken, long before the sky would open. For saken, almost human, he sank beneath your wisdom like a stone. Ketzer singt. Ketzer schreit. Schreit gegen den Himmel. Gegen die springenden Schneeflocken. Schreit gegen die Düsternis.

Die Halle des Kraftverkehrs Briesenow. Ketzer kriecht aus dem Fahrerhaus eines Ikarus-Busses. Wäscht sich die Hände. Geht zum Meisterbüro. Er will telefonieren. Er fragt. Schreibt sich ein in ein Heft.

PRIVATGESPRÄCHE SIND MELDEPFLICHTIG

mahnt rot ein Etikett. Er wählt die 07. Verlangt Bernau die 2008, die Hoffnungsthaler Anstalten in Lobethal. Es knackt im Hörer. Das Freizeichen fiept. Eine Stimme dann.

-- : Den Dr. Zinnert wollen Sie sprechen? Wer sind denn Sie?
-- : Ich bin ein Freund. Ein Bekannter. Mein Name ist Ketzer. Constantin Ketzer.

Pause.
Nur Rauschen im Hörer.
Dann.
-- : Und da wollen Siie den Dr. Zinnert sprechen?
In Ketzers Ohren klirrt dieses Siie.
-- : Ja, bitte. Wenns möglich ist.
-- : Wissen Sie denn nicht?!
Wieder nur Rauschen. Ketzer ruft.
-- : Hallo! Sind Sie noch dran?
Es knackt in der Hörmuschel. Eine andere Stimme dann.

-- : Also hören Sie mal zu, junger Mann. Wenn Sie den Dr. Zinnert sprechen wollen, dann müssen Sie schon nach Gießen anrufen.
-- : Nach Gießen? Haben Sie vielleicht da die Num.

Doch da fiept schon das Besetztzeichen. Ketzer legt den Hörer in die Gabel. Sinnt. Gießen, hh? Was soll das alles? Er vermutet und fragt ins Büro.

-- : Weiß jemand, ob Gießen bei Leipzig liegt?
-- : Gießen?
-- : Gießen?
-- : Wieso Gießen?
-- : Conny, das ist doch.

Alle sehen Ketzer an.
Starren fast.
Schiplack endlich.

-- : Mensch, das ist doch drüben! Das ist in Hessen! Bei Frankfurt am Main.

Ach so, sagt Ketzer da nur und geht wieder an die Arbeit.

In einer Stadt ein Haus ein Saal. Menschen wieder wie Gewürm darin. Stoßen. Schieben. Drängen. Backen zusammen, zerfallen wieder. Auf der Bühne großmäulige Lautsprecher. Prügeln wie eh. Auch kocht der Sud wieder aus Bierdunst und Schweiß. Der Bedarf ist groß. Und berauscht bald ein jeder. Fischmarkt. Liebesmarkt. Ein wenig zappeln. Ein wenig bluten. Und Schuppen lassen allemal. Große Pause dann. An die Oberfläche schwimmen. Luftschnappen in der märzkalten Nacht. Den Fang begutachten. Kosten. Fühlen. Tasten. Oder tasten lassen. Alles wie eh. Wiederholung ja nur. Und doch. Etwas ist anders in diesem Saal. Als würde lauter gelacht, wilder getanzt, hemmungsloser getrunken. So eine nervöse Ausgelassenheit überall. Vom Frühjahr etwa? Von den längerwerdenden Tagen vielleicht? Auch die

Band ist angesteckt. So, als hätte sich der Erreger selbst infiziert. Frieder versucht zu dämpfen. Versucht zu beruhigen. Doch das Fieber wütet schon.

ENDSTIMMUNG – Schwarz wird der Sabbat werden!
Die Fassaden schwanken längst. Die Tünche reißt schnell. Immer größer klaffen die Risse. Auseinanderbrechen. Umstürzen. Auflösen. Der Niedergang dickt die Luft. Wie Dynamitstaub ziehen die Schwaden. Und die übersteuerten Verstärker glühen schon. Sie werden zur Lunte. Sie zünden das Feuer endlich. RACE WITH THE DEVIL. Ketzers Gitarre heult. Kreischt. Plärrt. Wimmert. Stöhnt orgastisch. Kalle schleudert Trommeldonner über die Köpfe. Er wirbelt wie ein vielarmiges Ungeheuer. Er hämmert, stampft, klopft. Nobs am Klavier. Quält die Tasten. Schlägt mit den Ellenbogen. Mit den Handkanten. Schleudert eine Klappe. Reißt mit gekrallten Fingern die Saiten. Drückt ein Mikrofon gegen den Rahmen. Die Rückkopplungen überschrillen den Saal. Satanisch grölen die Lautsprecher. Dann Whole lotta love. Led Zeppelin. Ketzer steht an der Rampe. Weiß sein Gesicht. Kalkig. Die Stirnhaare bis auf die Lider herunter. Weit hinten im Kopf wo, das wirre Flackern der Augen. Ketzer singt. Schreit. Brüllt. Springt über die Bühne. Wirbelt an der Rampe entlang. Peitscht hoch. Kreischt. Stampft. Deep Purple dann. Black Sabbath. Uriah Heep. Die Erde, ein dröhnendes Tollhaus. Ein blaues Narrenschiff. Rast durch das All. Niemand weiß. Niemand sagt. Ohne Antwort alle. Kreaturen bloß. Gemeines Gewürm. Zertreten. Zerstampfen. Macht kaputt, was euch kaputt macht. Es lebe der Untergang! Es lebe der Wahnsinn! Es lebe der Rausch! Berauscht euch doch, Freunde! Rausch ist Leben. Brennt. Lodert. Werdet zu Sternen. Werdet Sternenstaub. Macht euch auf den Weg. Worauf wartet ihr noch? Der Wassermann kommt nicht mehr. Der Wassermann ist tot!

Ketzer schleudert seine Gitarre. Zersplittert sie auf dem Fußboden. Rammt sie in die Dielung. Doch die Gitarre grinst nur dazu. So furchtbar dieses Grinsen auch. Zinnertgrinsen. Muttergrinsen. Vatergrinsen. Ketzer heult auf. Wie eine Bestie. Entsetzt starrt die Menge. Ketzer stürzt über die Bühne. Reißt Mikrofonständer. Stößt Greschke aus dem Weg. Stürzt nach hinten, hinter die Bühne. Greift eine Wodkaflasche dort. Schleudert die Kappe. Preßt den Halsrand gegen die Oberlippe. Trinkt. Giert. Verschluckt sich. Hustet. Wehrt gegen Kalle und Greschke immer wieder. Leert die Flasche bis auf den Grund. Zerschlägt sie auf dem Fußboden dann. Aber wie zufällig bleibt der Flaschenhals kleben in seiner Hand. Hebt sich mit der Hand. Streicht mit der Hand über das Hemd, die Brust, bis hoch zur Kehle. Rötet sich dann mit der Hand.
Frieder zieht den Vorhang.
Kalle läuft nach einem Arzt.
Nobs drückt Ketzer die Wunde.
– Und die Menge steht wie vereist.
Noch am selben Abend löst sich die Dritte Formation auf. Ketzer wird mit einer schweren Alkoholvergiftung in ein Krankenhaus eingeliefert. Die Halswunde ist unerheblich. Eine Schramme nur. Nicht mehr. Doch die Gerüchte wuchern. Wuchern bizarr und wild. Versteinern bald zur Legende. Da war doch mal einer, wißt ihr noch?

Niedergang

Ketzer wohnt nicht mehr in Ziethen.
Er hat ein paar Wochen in einem Wohnheim gewohnt. Dann ist er nach Berlin gezogen. Zur Untermiete. Dann ist er in der Mulackstraße untergekrochen. Schwarz. Dann hat er Emmy kennengelernt.

Ketzer arbeitet nicht mehr als Autoschlosser.
Er hat ein paar Wochen in einem Stahlwerk gearbeitet. Dann ist er Kohlefahrer geworden. Auf Probe. Dann hat er bei der Stadtreinigung gearbeitet. Nachts. Dann hat er Emmy kennengelernt.

Ketzer singt nicht mehr in einer Band.
Er hat nie wieder ein Mikrofon anfassen wollen. Dann hat er ein Angebot bekommen. Ganz zufällig. Dann hat er mit der neuen Gruppe geprobt. Sporadisch. Dann hat er Emmy kennengelernt.

Ketzer liest nicht mehr in Büchern.
Er hat sie alle zu kleinen Stapeln gebündelt. Dann hat er sie auf einen Haufen geworfen. Wie Müll. Dann hat er den Haufen angezündet. Eiskalt. Dann hat er Emmy kennengelernt.

Es war beim Fischen gewesen. Ketzer hatte sich ans Parkettufer gestellt und. War ins Netz gegangen, noch ehe er das eigene ausgeworfen.

1 Emmy sagt: Ich bin da. Also frage nicht. Ich komme von Nirgendwo. Und ich gehe nach Nirgendwo. Aber du mußt doch Vater und Mutter haben: wundert Ketzer. Antwortet Emmy nur: Der Wassermann hat mich gezeugt. Und das Meer hat mich geboren.

2 Aus Wasser sind wir geworden. Zu Wasser wollen wir werden: spricht Emmy. Und fährt mit Ketzer ans Meer.

3 Das Meer ist meine Mutter: sagt Emmy. Und streicht hin über Gischtlocken.

4 Es ist langweilig bei deiner Mutter: sagt Ketzer. Wir wollen lieber in die Stadt gehen.

5 Und sie gehen in die Stadt. Nach Strela am Sund.

6 Die schrille Sonne heizt die Stadt. Wie Herdplatten liegen die Marktplätze. Autolack, Menschenhaut, Taubenfedern, Hundekot und Eispapier schmoren zu stinkendem Brei.

7 Steigt einer auf eine Bank. Breitet die dürren Arme und ruft gegen die braungekohlten Köpfe: Haltet ein, ihr Sünder alle! Eine schreckliche Zeit wird kommen. Jehovas Zorn ist furchtbar noch!

8 Kommt ein Hund gelaufen. Hebt das Bein und spritzt scin Wasser gegen die Bank.

9 Tak: sagt der Schwede da. Und lächelt blond.

10 LSD ist eine Säure und heißt Lysergsäurediäthylamid.

11 grün tanzt musik im nachtweiß ein G geht splitternackt über die straße silbern schwärmen die silben ein F moll accord bäumt sich zum regenbogen emmy sitzt an der harfe und zupft die notenlinien schwarzgolden winkt sie vom lilaberg sie schüttelt den kopf ketzer badet in ihrem wasserhaar phallisch wirft er sich in eine wellenscheide schwedisch schwingt der schwede sein schwert granitäugig zinnert göteborg herüber göthe ist eine kröte die er tötet in der morgenröte geil rammt ein leuchtturm sein glied zwischen zwei wolkenschenkel weißfädig spritzt samen in die nacht gelbe bananenglieder hängen und tropfen tausend gewehre schießen der regen zielt auf das dach bis zum dritten stock liegen seine glasmurmeln schon murmelalarm! die sirenen heulen murmelbagger schaufeln ölig schillert der murmelberg ketzer hockt auf der spitze und kotzt glasbrei.

12 Sorry: sagt der Schwede da. Und lächelt verregnet.

13 Vergiß ihn: murmelt Emmys Magen noch. Und zwackt das Herz.

14 In Rostock ist Messe: tröstet Ketzer schon. Und startet die Maschine.

15 Rostock ist ein See. In breiten Wellen rollen die Wasserköpfe. Wie Bojen ragen die Turmspitzen. Und St. Marien ist eine Insel gar.

16 Es ist kein Geld mehr: sagt Emmy. Dann werde ich singen: antwortet Ketzer. Du hast kein Instrument: zweifelt Emmy. Ich werde eins kaufen: antwortet Ketzer. Aber es ist doch kein Geld mehr: wiederholt Emmy. Es liegt auf der Straße: antwortet Ketzer.

17 Ketzer und Emmy nehmen aus Ecken und Winkeln. Sie heben Flaschen vom Rinnstein, stülpen Papierkörbe nach Zeitungen. Wühlen in Mülltonnen auch. Die Stadt ist ein Afterloch. Unaufhörlich klackst der Kot.

18 Von einem Trödler kauft Ketzer eine Wandergitarre aus billigem Holz. Er setzt sich vor die Universität und singt. Emmy tanzt dazu.

19 Viele Ohren hat die Menge und ein paar Brieftaschen nur. Spärlich klimpern die Münzen auf das Seidentuch.

20 Polizisten kommen und mustern grünäugig das Paar. Aber es ist ja Messe in der Stadt: denken die Tellermützen. Viel ausländisches Volk überall. Und englisch spricht Ketzer zu Emmy: Are you a cat, in this a pencil.

21 Junge Leute kommen. Lachen herüber. Schenken Wein. Alte Leute kommen. Grölen herüber. Torkeln zum Wein. Oder. Alte Leute. Lachen herüber. Schenken Wein. Junge Leute. Grölen. Torkeln. Wein. Oder.

22 Zum Abend kommt ein Mann. Umlauert erst das Paar. Zieht dann immer enger seine Kreise. Mit glänzenden Augen hocken Ketzer und Emmy. Graumeliert lächelt der Mann zwischen den Koteletten. Wiegt sich weich in

seinem Blazer. Faßt nach Zigaretten. Zwischen seinen Händen blitzt Etuigold. Spielt ihr? tönt er mit gesenkten Lidern. Zu einer Party? Heut abend?

23 Ketzer und Emmy fahren mit dem Mann. Weich schleift das Auto hinaus zum Stadtrand. Der Mann tönt. Blitzt wieder mit seinem Etui. Zollfrei: sagt er. Gute Ware.

24 Vor einem schiefergedeckten Bungalow stoppt das Auto. Der Mann hupt. Zwischen seinen Koteletten hängt wieder ein Lächeln. Bitte: sagt er. Auf der Terrasse steht eine Frau. Bitte: sagt auch sie und weist ins Haus.

25 Tom Jones stöhnt in einem Lautsprecherkäfig. Mögen Sie den? fragt die Frau. Nicht sehr: antwortet Ketzer und zählt die Augenfalten. Sie tanzen über weiche Teppiche. Sie trinken. Sie tanzen eng bald. Sie trinken mehr. Sie tanzen enger noch. Die Körper reiben aneinander. Reiben sich warm. Reiben sich Lust. Ist Ihnen auch so heiß? fragt die Frau. Vielleicht: gurrt Ketzer.

26 Auf der Terrasse wiegt Emmy mit dem Mann. Zärtlich quietscht die Schaukel. Sie halten Gläser. In einem Kübel steckt eine Flasche. Bis zum Hals steht das Eis den beiden Etikettbunden. Duty-Free-Shop: tönt der Mann. Gute Ware alles.

27 Ketzer sinkt mit der Frau auf ein Bett. Er biegt sie nieder. Rührt mit praller Zunge. Sie streifen die Kleider. Staunend fühlt Ketzer die festen Brüste. Die Frau schrammt mit dem Gesicht an seinem Körper hinunter. Ketzer quetscht ihren Kopf. Die Frau schluckt und stöhnt.

28 Im Nebenzimmer krümmt der Mann über Emmy. Zitternd flackt Licht in großen Spiegeln.

29 Jetzt haben wir Geld: sagt Emmy am Morgen und geht zum Trödler. Zweihundert Mark zahlt dieser für die Uhr. Schweizer Fabrikat. Gute Ware alles.

30 Wir brauchen ein Zelt: sagt Emmy in Graal-Müritz. Das Wettert schlechtert. Nehmen wir dieses dort: antwortet Ketzer. Es steht ja leer.

31 Die Welt ist unser: spricht Emmy. Also nehmen wir von unserem Eigentum.

32 In Prerow lagern Ketzer und Emmy am Meer. Weitab Menschen irgendwo. Sonst nur Stille und Waldgeschrei. Der Seewind striegelt die Kiefern, bis sie stöhnen. Ketzer und Emmy liegen am Strand und blößen ihre Haut. Feiner Kiesel schmirgelt Wohlbehagen in ihre Körper.

33 Grün ducken zwei Uniformen durch den Wald. Polizeisterne funkeln im Unterholz. Ängstlich ächzen die Kiefern oben.

34 Zehn Mark Strafe wegen unerlaubten Campierens im Wald: grünelt die eine Uniform. Zehn Mark Strafe wegen unerlaubtem Aufenthalt im Grenzgebiet: grünelt die andere Uniform.

35 Die Stadt Barth ist kein Grenzort mehr. So wagen Ketzer und Emmy in der Stadt Barth einen ersten Halt.

36 Wir brauchen Geld: sagt Emmy. Zu Hause habe ich welches: antwortet Ketzer. So telegrafiere doch: fordert Emmy. Und Ketzer telegrafiert.

37 Ketzer und Emmy sitzen im Kino. Draußen klatscht Regen. Auf der Leinwand meutert Marlon Brando gerade. Emmy weint herzlich dazu.

38 Ketzer und Emmy sitzen im Störtebecker. Sie nippen an einem Glas Bier. Sie warten auf Spendierer. Doch die übrigen Stühle am Tisch bleiben leer.

39 Spät gehen Ketzer und Emmy zum Markt. Sie wollen Zelt und Moped holen. Wie nasse Kröten hocken die Autos in den Rinnsteinen. Von einem Moped aber keine Spur nirgends.

40 Wir haben genommen, und wir haben gegeben: spricht Emmy. Die Welt ist gerecht.

41 Ohne Lichter ist die Nacht. Ketzer und Emmy tasten durch das Dunkel. Am Stadtrand finden sie endlich Unterschlupf. Sie erkennen kaum, ein Dach wo oben. Aber ein trockenes Lager immerhin.

42 Ketzer und Emmy haben wenig noch. Pullover, Hemd, Bluse. Sie ziehen alles. Aber ihre Körper kühlen rasch. Am Morgen liegen sie blau und knittrig.

43 Das Barther Ehrenmal für die gefallenen Sowjetsoldaten ist ein flacher Marmorquader, der von vier Säulen und einer aufgelegten Granitplatte umschützt wird.

44 Ketzer erkennt zuerst den unmöglichen Ort. Roh schlägt das Entsetzen in seine Magengrube. Ketzer stößt gegen Emmy. Mit zitternden Händen klauben sie ihre Sachen und fliehen. Sie drehen immer wieder die Köpfe. Doch kein Polizeistern blinkt in der Tagdämmerung.

45 Die Stadt räkelt sich und stöhnt mit Fabriksirenen. Aktentaschen huschen über den Markt. Sie schielen mit dumpfen Augen zum Brunnen hinüber. Emmy wäscht dort. Sie grüßt rund. Die Aktentaschen ledern zurück. Ketzer sucht das Moped noch. Doch er sieht nur Kröten hocken.

46 Zur Amtszeit holen Ketzer und Emmy Geld vom Postamt. Und setzen gleich über mit einem Dampfer nach Hiddensee. Kalkweiß winkt Neuendorf in der Ferne.

47 Ketzer und Emmy wandern am Strand. An ihren Mündern trocknet Rotwein. Sie fragen Leute. Wo geht es hier nach Woodstock? wollen sie wissen.

48 Da nehmen Sie zuerst die IND Eight Avenue Subway: erklären die Leute. Bis zur George Washington Bridge Station. Da gibt es eine Rolltreppe direkt zum Busbahnhof. Und dann nehmen Sie sich einen Greyhound Richtung Albany. Bis Kingston müssen Sie. So n winziges Nest in den Catskills. Und von da aus dann immer nach Westen. Den 375-Highway entlang.

49 Was ist Wahrheit? fragt Ketzer.
Mangel an Fantasie: antwortet Emmy.

50 Hinter Kloster schichten sie Steine. Hoch bauen sie die Paradiesmauer. Sie binden sich Seetang um die Hüften und versuchen Quallen zu zähmen.

51 Qualle! Du bist im Paradies: ruft Ketzer. Also sei glücklich! Aber die Qualle wischt nur durch einen Spalt ins Meer. Ruft Ketzer da: Qualle! Wegen Paradiesflucht wirst du erschossen. Und wirft einen Stein.

52 Was ist Liebe? fragt Ketzer.
Der Blinddarm der Sehnsucht: antwortet Emmy.

53 Und was ist Sehnsucht? fragt Ketzer.
Die Schlange des Paradiesgartens: antwortet Emmy da.

54 Wo willst du hin? fragt Ketzer wieder.
Ich will meine Schlange suchen: antwortet Emmy.

55 Warum die Schlange suchen: lacht Ketzer.
Um sie zu töten: bittert Emmy.

56 Warum nur töten: wundert Ketzer.
Weil sie mich sonst tötet: zischt Emmy und sucht den Tag und die Nacht mit der Weinflasche in der Hand.

57 Hast du deine Schlange gefunden? fragt Ketzer am anderen Morgen. Nein: knirscht Emmy und dreht sich eine Zigarette aus indischem Tee.

58 In Vitte nehmen sie einen Dampfer nach Breege auf Rügen.
Rügen ist groß: sagt Emmy. Da gibt es viele Schlangen.

59 Siehst du New York da drüben? fragt Emmy und zeigt weit.
Nein: antwortet Ketzer und sucht übern Bodden. Sieh der Zigarette nach: rät Emmy. Und Ketzer zieht an dem ätzenden Tütchen und sieht. Steil kantet die Skyline von Manhattan.

60 Die Passagiere des Economy-Decks werden gebeten, die Gangway Nr. 3 zu benutzen! trichtern die Lautsprecher. Wir hoffen, Sie hatten eine angenehme Überfahrt an Bord unseres Schiffes: trichtern die Lautsprecher weiter. Der Kapitän und die Mannschaft wünschen allen Passagieren einen erlebnisreichen Aufenthalt.

61 New York ist ein Berg: haucht Ketzer. Wir fahren mitten hinein: sagt er noch. Und er zerdrückt die Kippe.

62 Das Schiff legt an, an Pier siebenunddreißig. Ketzer und Emmy tippen vorsichtig über die Gangway.

63 Sie finden die IND Eight Avenue Subway rasch und fahren sofort bis nach Glowe. Sie steigen aus und stehen am Strand.

64 In dichter Packung liegen Leiber dort. Eine Robbenkolonie. Nacktrobben: identifiziert Emmy und zeigt auf einen schwartigen Bullen.

65 Der Bulle wälzt heran. Schwer schlägt es gegen seine Schenkel. Aus-ziehen: raunzt der Bulle. Ketzer und Emmy laufen unbekümmert.

66 Der Bulle wälzt zurück. Brüllt in das Leibergeschiebe. Einzelne Herdentiere schieben heraus. Scharen sich um das Leittier.

67 Ketzer und Emmy hören hinter sich das Robbengegrunz. Heiser und rauh schlägt es in ihre Nacken. Auz-ziehe. Auz-ziehen! Aber steif laufen sie weiter.

68 In die Robbenkolonie kommt Bewegung. Glatte Ölköpfe recken sich. Weitgestellte Nüstern nehmen Witterung auf. Sie wittern Ketzer und Emmy. Wie diese so fremdartig und unerlaubt durch das Territorium hasten.

69 Sechs, acht Robben platschen in den Weg. Fließen augenblicklich zu einem Wall. Ketzer und Emmy kommen nicht drüber. Sie springen zurück. Doch von hinten wälzt der Leitbulle schon.

70 Braun und schwartig glitscht es auf Ketzer. Er trägt drei Nacktrobben. Es glitscht weiter. Ketzer bricht zusammen. Die Robben triumphen heiser. Ketzer schlägt über ein paar borstige Mäuler. Doch die Herde wälzt mit ihm nur weiter ins Meer.

71 Grün und blasig tanzt das Entsetzen vor Ketzers Augen. Ich bin der Tod: gurgelt das Meer. Der Wassermann läßt dich grüßen.

72 Ketzer versucht das Meer zu verschlingen. Riesenhaft sperrt sein Rachen. Wie Bier schmeckt das Meer und wie Wein. Betrunken taumelt er durch Musikglas.

73 Ketzer sinkt und sinkt. Und kein Halt nirgendwo. Nur ein Strick da weit über ihm. Ketzer reckt hoch und greift. Und greift fest. Wie Eisenklauen klammern seine Hände.

74 Ketzer schleift zwischen den Schenkeln des Leitbullen zu den Dünen hin. Der Bulle rast schrecklich. Weit übers Meer dröhnt sein Schmerzbrüllen. Aber Ketzer klaut fest an seinem Strickende. Es ist sein Leben immerhin.

75 Emmy steht auf einer Sandhöhe und schreit gegen das Bullenbrüllen. Da erwacht Ketzer und läßt den Strick fahren.

76 Ihr Tiere: schreit Emmy.
Ihr Ungeheuer: schreit Emmy.
Ihr schwartigen Bestien: schreit Emmy. Und schreit und schreit und schreit und schreit.

77 So euch die Welt haßt, wisset, daß sie mich vor euch gehaßt hat: flüstert ein Bärtiger zu Emmy und verschwindet übers Meer.

78 Löst diese Tabletten in heißem Bier: rät ein Barfüßiger in Binz auf der Strandpromenade. Dann werdet ihr die Welt schon wieder lieben.

79 Ich. Constantin Ketzer. Erdbewohner. Im einundzwanzigsten Lebensjahr. Paradiessucher. Weltflüchter. Schlangentöter. Ich. Dieses furchtbare Etwas. Ich.

80 Sie sind hier falsch junger Mann! Das ist bloß die Washington Bridge. Ohne George davor. Die hier geht zur Bronx. Sie müssen auf die West-side rüber. Zum Hudson.

81 Wir wollen nach Baabe trampen: sagt Emmy. Dort spielt Renft heut abend. Ich kann nicht: antwortet Ketzer. Ich muß diesen Toten hier erst begraben. Und blättert einen Igelleichnam vom Asphalt. Es ist meine sechste Beerdigung: sagt er noch. Drei Igel. Ein Huhn. Ein Hund und eine Katze.

82 Er lief entlang der Landstraße, und die Leute hielten und fragten nach seinem Weg. Da sagte er: Ich bin Sternenstaub. Ich bin Mondglanz. Ich bin auf der Reise. Ich bin unterwegs zum Paradies.

83 Ja, dort drüben, das ist der Hudson. Und das ist auch die George-Washington-Bridge. Und das am Ende da, was da so aussieht wie ein Schmetterling, das ist das Dach des Busbahnhofs.

84 Habt ihr Emmy nicht gesehen? Sie sucht ihre Schlange.
Geh zur Hölle mit deinem Schlangenweib!

85 Ich suche ein Mädchen. Wißt ihr nicht?
In Reddevitz spielt Zappa heute. Da sind viele Mädchen.

86 Ich suche Emmy. Habt ihr keine Ahnung wo?
Zieh dir ein paar Tabletten rein Bruder, dann brauchst du keine Emmy mehr.

Aber

Ich

Wohin

Nieman

Schlitz

Schlatz

Tollhaus

Blaues Dröhnen

Gelbe Monde drehen ihre Kreise

Schwarze Vögel fliegen unterm Himmel

Schrammen Trauer in unsere Augen

Tak: sagt der Schwede. Und lächelt blond. Emmy war vor Tagen hier. Oder vor Wochen. Oder vor Jahren. Wer kennt schon die Zeit. LSD ist eine Säure. Strela liegt am Sund. Wie Herdplatten die Marktplätze. Ein dürrer Alter ruft ohne Stimme. Jehova hat alle Zähne verloren. Hunde heben ihr Bein. Splitternackt geht ein G über die Straße. Silbern schwärmen die Silben. Emmy sitzt an der Harfe und zupft die Notenlinien. Blau ist sie an das gelbe Schwedenkreuz geschlagen. Göteborg liegt hinterm Meer. Jesus was a sailor, when he walked upon the water und er schreit von seinem hölzernen Turm ohne Hilfe alle die Türen sind vernagelt

draußen schaben die

Schlangen unterm Brustbein

Still!

Stille

Stille endlich

Nur schlafen

Schlafen

Schlafen

Totsein doch

Komm, großer schwarzer Vogel

Erstes Tagebuch
Zweites Tagebuch
Ketzers Versuche
Wende
Endzeit

Simon & Garfunkel haben sich getrennt
Die Cream gibt es nicht mehr
Die Beatles sind auseinander gegangen
Jimmy Hendrix ist gestorben
Janis Joplin ist gestorben
Nur ich lebe und lebe und lebe

Ich bin doch alt. Wie lange dauert das Sterben nur?

Ich soll meine Gedanken aufschreiben, sagt der Arzt. Aber ich habe keine. Ich bin leer.

Ich sitze immer am Fenster. Ich sehe den Regen, den Herbst, das Verenden. Ich warte.

In der Analyse soll ich immerzu von meinen Ängsten und meinen Vorstellungen von Glück reden. Dabei habe ich keine Angst. Ich habe auch keine Vorstellung von Glück. Ich weiß auch nicht, was Liebe ist. Ich habe alles vergessen.

Heute habe ich dem Arzt einen Traum erzählt. Ich stand in der obersten Etage eines Hauses. Doch das Haus hatte keine Wände. Nur Decken. So wie bei einem halbfertigen Neubau. Ein Mann kam und hat mich hinuntergestoßen. Ich fiel auf die nächste Etage. Dort kam wieder ein Mann. Auch er stieß mich hinunter. Ich fiel auf die folgende Etage usw. Der Arzt hat mit mir den Traum analysiert. Ich hätte keine Widerstandskraft, sagte er. Daß ich mir den Traum nur ausgedacht habe, hat er nicht gemerkt.

Die Polizei war da. Sie kam wegen Emmy. Gott sei Dank bin ich krank.

Der Arzt möchte, daß ich jeden Tag was schreibe. Alles, was mir einfällt. Er will mit mir darüber sprechen. Es gehört zur Therapie. Also werde ich schreiben.

ES IST FREITAG, DER 16. OKTOBER 1970

Ich bin in der Bezirksnervenklinik in Neuruppin. Ich bin freiwillig hier. Ich liege im Haus 12. Wir sind zu zweit in einem Zimmer. Mein Bettnachbar heißt Bernd. Er ist neunundzwanzig und Architekt. Er dreht öfter mal durch. Er faselt dann schwachsinniges Zeug. Er hat wohl Wahnideen oder sowas. Sonst ist er aber in Ordnung. Er ist unheimlich schlau.

Wieder war die Kripo da. Sie hatten ein Bild von dem schwedischen Monteur aus Stralsund. Ob ich ihn kenne, haben sie gefragt, wie oft ich ihn getroffen habe usw. Von dem LSD wissen sie auch. Sie wissen alles. Man ist wie aus Glas. Nur die Klinik schützt mich noch. GRAUENVOLL!

19. OKTOBER

Ich komm nicht los. Es hält mich fest! Es hält mich fest! Ich bin mit einem Bein noch drin. Oder schon wieder? Ich falle und falle!

MITTWOCH, 21. OKTOBER 1970

Herr Ketzer? Kriminalpolizei! Wir hätten ein paar Fragen an Sie ... So geht das nun schon seit einer Woche! Sie wollen wissen, wo und bei wem ich mich von Mai bis September aufgehalten habe, wovon ich gelebt habe, mit wem ich mich getroffen habe usw.

EBENSO

Sie drehen ihren asozialen Strick, und ich spür schon die Schlinge um meinen Hals.

22-10-70

Was ist ein Mensch gegen die Macht? Staat und Bürger! Klingt das nicht wie Wolf und Schaf?

FREITAG

Wieder keine Post von Mama.

SONNTAG, 25. OKT., ABENDS

Vater war da. Wir haben einen langen Spaziergang am Neuruppiner See gemacht. Er war ganz still und ohne jeden Vorwurf. Ich hatte keine Hemmungen, über alles zu sprechen, auch über meinen Selbstmordversuch. Es war sehr merkwürdig alles. Am 8. November will er wiederkommen.

NOCHMAL SONNTAGABEND

Ich habe entdeckt, daß ich die gleichen Hände habe wie mein Vater. Irgendwie haut mich das um.

DIENSTAG, DER 27. X. 70

Ich soll aufschreiben, was ich a.) liebe/gernhabe und was ich b.) einmal geliebt/gerngehabt hatte.

Zu a. *Ich liebe nichts.*
Zu b. *Ich habe meine Kindheit geliebt.* Da war mein Leben in Ordnung. Es gab Oben und Unten, Ende und Anfang. Alles hatte Sinn. Jeder Tag, jede Stunde. Jede Frage hatte eine Antwort. Ich stand auf festem Boden. Ich hatte eine Heimat und ein Zuhause. Heute steht nichts mehr fest. Ich torkele zwischen Himmel und Erde, zwischen Ost und West. Das Niemandsland ist meine Heimat heute.

Ich möchte einfach sein wie ein Baum.
Mit Wurzeln könnte ich leben.

FREITAG, NACH D. GRUPPENGESPRÄCH

Ich lebe in einem Urwald. Nur
Affen
um
mich.

Oma und Opa waren heute da. Post von Mama hatten sie keine. Sie sagten, ich sähe gut aus. Aber es war gelogen. Sie wollen mir helfen und sind selber hilflos. Je hilfloser sie werden, um so mehr Sachen zum Essen schleppen sie ran. Sie sind sehr rührend. Sie haben wieder Post von Zinnert mitgebracht. Eine Karte aus Tel Aviv. Dabei wissen sie, daß ich diese Briefe und Karten nicht lese. Aber sie bringen sie immer wieder mit. Sie haben auch erzählt, daß sich zwei Ziviler im Dorf nach mir erkundigt hätten.

Wie Diebe schleichen sie um mich herum!

Wen suchen sie?
Wen wollen sie finden?
Mich?
Und wer ist das schon: ICH?
Diese Gestalt etwa von 1,74? Suchen sie die? Oder nur meine Nase? Oder meine Augenfarbe bloß? Hätte ich braune Augen, wäre ich für sie nicht mehr Constantin Ketzer. Dann stimmte nicht mehr ihre Aktenwirklichkeit.

NACHT ZUM MONTAG

Die Welt ist ein Irrenhaus. In der DDR hat man das *zuerst* erkannt, und hat fix eine Mauer um das Land gebaut. Nun bedrohen wir nicht mehr die tschechischen Irren oder die polnischen oder die westdeutschen.

Ich möchte von mir weglaufen wie von einem Haufen Dreck

MITTWOCH, DER 4. NOVEMBER

Es hat zum ersten Mal geschneit. Ich habe am Fenster gestanden und zugesehen.

Ich habe einen Wunsch. Ich möchte, daß es unendlich schneit, bis alles unter Schnee begraben ist.
Dann wäre Ruhe …

Versinken einfach.
Wie ein Schiff!

Ich habe Angst vor jedem neuen Tag.
Ich wünsche mir einen Traum, aus dem ich nie mehr erwachen muß!!

SONNTAG

Dad ist wirklich gekommen. Es hat auch wieder geschneit. Wir haben viel von früher erzählt, von dreiundfünfzig, als sie ihn von der Uni geext haben, und von der Zeit in Mecklenburg danach, er sagt Verbannung dazu.
Komisch, da ist das nun mein Vater, und ich weiß fast nichts von ihm.

–––

Wir sind Krustentiere auf krustigen Planeten, die ein lebenlang Sehnsucht haben nach Krustentieren auf krustigen Planeten.

14. 11., ERSTES HEIMFAHRTSWOCHENENDE

Zu Hause lag ein Paket aus Israel. Ich wollte es erst nicht aufmachen, aber Oma hat gedrängelt. Ich war ganz lässig, keiner hat was gemerkt.

14. 11. ABENDS

Ich war bei Nobs. Er wohnt jetzt in Berlin, gleich neben seiner Musikschule. Wir sind über das Weißte-noch-damals nicht rausgekommen. Schade.

SONNTAG, 22. 11., 2. HEIMFAHRTSWO.

Irgendwie komme ich zu Hause nicht mehr zurecht. Ich gehöre hier einfach nicht mehr her und so. Es ist irgendwie alles tot hier. Ich bin kaum durch die Tür, da langweile ich mich schon, obwohl ich mich die ganze Woche auf zu Hause gefreut habe. Es ist schon komisch.

EBENSO

Oma hat mir Haus und Zimmernummer von Frau Blank gegeben. Ich soll sie besuchen. Sie ist schon fast zwei Jahre in Neuruppin.

WIEDER IN NEURUPPIN

Ich flechte Körbe jetzt. Die Arbeit macht mir Spaß. Das ist fast schon Kunst, was wir hier machen.

MI. 18. 11.

Mir ist eine komische Sache passiert. Ich war auf dem Weg zu einem Klavierkonzert ins Kulturhaus, als ich zufällig ein Stück hinter zwei Mädchen herlief. Sie hatten drollige Kostüme an, wahrscheinlich für eine Weihnachtsaufführung. Die beiden haben sich gegenseitig Lieder vorgesungen, vielleicht waren es ihre

Programmnummern, jedenfalls war mir ganz merkwürdig davon, denn mit einemmal wußte ich – *wie unentrinnbar erwachsen ich war*! Ich war wie erschlagen von diesem Gedanken. Ich bin dann ins Konzert gegangen, habe die Musik gehört und habe mich dann doch nicht täuschen lassen, wie sehr alles Ersatz war, künstlich eben, gezüchtet und synthetisch.

EBENSO

Es ist komisch, da lebe ich schon seit über einem Monat hier und weiß nicht, was für eine schöne Stadt Neuruppin ist. Hauptstadt der Grafschaft Ruppin, hieß das früher mal. Und was Gräfliches hat Neuruppin heute noch! Alles ist ein bißchen feudaler und großzügiger, wie eine Großstadt bald.

26. 11. 70

Heute war ich endlich bei Frau Blank. Ich habe sie kaum wiedererkannt. Eine alte, unförmige Frau saß da auf dem Bett. Es war zum Angstkriegen. Sie hielt mich für einen ihrer Söhne und wollte mich immerzu küssen. Grauenvoll alles!

26. 11. 70

Heute kam auch Post von Mama. Endlich!!! Ein Paket und drei Briefe auf *einmal*! Auf einem Brief vom Oktober (!!!) stand: Empfänger nicht zu ermitteln. Ich möchte wissen, wer da »ermittelt« hat. Die Post bestimmt nicht!

SA. 28. 11. AM BRIESENSEE

Ich mache einen Spaziergang um den See. Ich warte auf etwas, auf ein Gefühl, das früher immer kam – aber es kommt nichts. Ich bin leer.

-»-, ABENDS

Der Ersatz für Gefühl beim Erwachsenen ist Sentimentalität.

-»-, ABENDS

Ich habe in alten Schulheften und Kinderbüchern geblättert. Ich hielt sie wie taubes Gestein in den Händen, wie Mondgestein von Apollo 12. Alles ist so weit weg.

-»-, ABENDS

Ich mache mir nichts vor, zwischen Gestern und Heute gibt es keine Brücken. Nicht einmal Träume können da rüber. Es ist wirklich schon alles, alles weit weg.

AM MORGEN IM BETT

Wer sagt denn, daß wir nur einen Tod sterben? Viele Tode hat das Leben. Dutzende. Im Sommer bin ich meinen dritten Tod gestorben. Oder meinen vierten, oder fünften?

– » –

Die Leichen lassen wir in der Erde ruhen, also lassen wir unser gestorbenes Leben auch dort und holen es nicht immer wieder mit viel Wehgeschrei herauf.

29.11.70

Es gab wieder eine Verbrennung im Hof. Ich habe alle Poster und Plakate von den Wänden abgemacht, auch das Klo-Bild von Zappa, und hab sie verbrannt. Sie waren auch noch aus dem anderen Leben, also gehörten sie unter die Erde! Nur keinen Totenkult nur nicht.

ABENDS

Ich war bei Fritze. Er steht jetzt an der Theke und scheffelt Geld, als Wirt des Seekrugs! Im Garten will er Bungalows bauen lassen und ganz groß ins Berliner Datschengeschäft einsteigen. Die Kegelbahn ist schon abgerissen ...
Der ist eben auch gestorben, und in sein neues Leben gehörte die Kegelbahn eben nicht mehr mit rein.

NOCHMALS ABENDS

Aus den Flowerpeople sind Trauerpeople geworden. Und die verwelkten Blumen haben sie sich an die Kränze gesteckt.

AMEN

– " –

Morgen schneide ich mir die Haare ab, diese Zeit ist auch vorbei!

2.12.70

Ich muß mich wieder umkrempeln! Ich muß es schaffen. Das neue Jahr wäre ein Anfang dafür.

4.12.70

Ich mache mir Gedanken, was nach meiner Entlassung wird. Was soll ich machen, wo soll ich hin, bei wem wohnen??? Wovon leben? Oder besser WOFÜR???
Immer gibt es mehr Fragen als Antworten!

5.12.70 i. ZIETHEN

Als Schlosser arbeite ich nicht mehr, das steht fest. Irgendwas anderes muß es sein, was mich ausfüllt, was mir Spaß macht.

WIEDER IN NEURUPPIN

Weiter kann mir die Klinik jetzt auch nicht mehr helfen. Sie hat mich wieder auf die Beine gebracht, laufen muß ich jetzt allein.

DI. 8.12.

Vielleicht meine letzte Woche in Neuruppin!?

12.12. IN ZIETHEN

Ich muß doch noch in Neuruppin bleiben, vor Weihnachten werde ich aber noch entlassen.

EBENSO

Ich habe Oma und Opa auf meine Entlassung vorbereitet, Oma hat geheult vor Freude. Ich hab mich nicht getraut zu sagen, daß ich nicht mehr nach Ziethen zurückkommen werde.

SONNTAG 13. 12.

Vater und Gisela sind gekommen. Sie wollen bis Silvester bleiben. Sie spielen dauernd Komödie und glauben, keiner durchschaut ihr Spiel. Es ist lächerlich und peinlich.
Ich möchte niemals *so* verheiratet sein, wenn überhaupt!

MEINE LETZTEN TAGE IN NEURUPPIN!

Ich weiß immer noch nicht, was ich nach der Entlassung machen soll. Offiziell habe ich die LEW in Hennigsdorf angegeben, damit die Büroknüppel was in ihre Akten schreiben können. Vielleicht gehe ich zum Theater. Ich will was Sinnvolles machen, was mich ausfüllt irgendwie, was mich befriedigt. Taube Sachen habe ich lange genug gemacht.

EBENSO

Ich habe mit Bernd über meine Pläne gesprochen. Er ist für Berlin, Berlin bietet die meisten Möglichkeiten, meint er. Aber Berlin ist so nah!
Ich will am liebsten weit weg. Je weiter desto besser. Ich will da neuanfangen, wo alles neu für mich ist, wo ich noch niemals war, wo mich keiner kennt.
Kanada wäre das beste.

EBENSO

Ich könnte auch an die Küste gehen, nach Rostock vielleicht. Da würd ich schon hinpassen, ich bin ein Nordmensch. Aber in Rostock wäre überall Emmy. Es ist noch alles zu frisch. Leipzig wäre auch eine Möglichkeit, aber da hab ich Vater am Hals. Was bleibt da noch groß? Dresden vielleicht.

16. DEZEMBER 1970

Heute habe ich das erste Mal seit langer Zeit wieder Zeitung gelesen. Ich hatte keine Ahnung von den Unruhen in den polnischen Hafenstädten.
Wo war ich nur gewesen?
Ich war wohl wirklich krank.

EBENSO

Eines Tages wundere ich mich noch über die vielen Chinesen auf der Straße und habe keine Ahnung, daß sie längst den 3. Weltkrieg gewonnen haben.

17. 12.

In Danzig gab es Tote. Unsere Zeitungen bringen darüber nichts. Sie flicken wieder mit »konterrevolutionären Umtrieben« und »aufgeputschten Jugendlichen« ihr sozialistisches Hemdchen. Unsere Zeitungen sind so miserabel, nicht einmal für ein Irrenhaus taugen sie.

EBENSO

Ich habe monatelang irgendwo gelebt, auf einem Stern oder sonstwo. Ich war nicht *da*!, war nicht *anwesend*, war geflohen irgendwie, hatte eine geistige Republikflucht begangen, und niemand hat sich daran gestört. Es ist nicht einmal aufgefallen! Für alle war mein Körper genug. Der war *da*! Das reichte, um hinter Anwesend ein Häkchen zu machen. Das bißchen Haut, Muskeln und Knochen.

Immer interessiert nur die Maschine im Menschen!

Die Seele hat keinen Wert. Für sie lohnt es nicht, Mauern zu bauen und Stacheldraht zu ziehen.
Wo gibt es für diesen Irrsinn Heilanstalten?

FREITAG 18. DEZEMBER 1970

Ich bin als geheilt entlassen. Ich darf wieder in die Gesellschaft einrasten. Ich darf wieder Rädchen sein und schnurren. Ich freue mich darauf, und ich habe auch Angst davor!

Da – Welt, öffne deine Arme.

Ein Sohn ist dir wiedergegeben.

Erstes Tagebuch
Zweites Tagebuch

1971 Na ja, dann eben so.

Ziethen am 4. 1. 1971
Eine notwendige Rückschau. Ich habe Silvester mit meinem Vater, mit meiner Stiefmutter und meinen Großeltern gefeiert, und ich muß sagen, daß ich selten soviel gelacht habe wie in dieser Nacht. Ich habe getanzt, ich habe gesungen, ich habe geküßt (meine Stiefmutter sogar mit Zungenschlag), und ich war glücklich. Oder so etwas ähnliches jedenfalls. Ich kam zu folgender Feststellung: Unsere Körper haben die Aufgaben von Zwangsjacken. Wir sind wandelnde Gefängnisse. Unter unserer Haut halten wir unsere Seele gefangen. Nur Krankheit holt sie hervor oder Alkohol.

5. 1. 71
Ich habe eine Annonce in der Zeitung aufgegeben: Junger Mann sucht interessante Arbeit. Mal sehen, vielleicht beißt einer an.

o. D.
Ich bin als Fremder zurückgekommen. Ich erkenne das Dorf nicht wieder, nicht die gepflasterten Bürgersteige, nicht die neuen Neonlampen, nicht den Seekruggarten – und das Dorf erkennt mich nicht wieder.

Ein Spaziergang
Ich bin bei der Mühle, sie steht nicht mehr. Man hat sie umgerissen. »Wegen der Unfallgefahr«, wie es heißt. Sie liegt da wie das Gerippe eines Walfisches. In einen Balken geritzt habe ich gefunden: Ich war am 18. 7. 1960 hier! C.K.
Ich könnte heulen.

– " –

Ich bin auf dem Bahnhof. Ich stehe vor einer Ruine, alle Fenster sind rausgeschmissen, auf dem Bahnsteig steht vertrocknetes Unkraut. Die Uhr ist stehengeblieben. Fünf Minuten vor zwölf, ausgerechnet.
Alles ist nur noch Gestern.
Wenn ich nicht hierher gehöre, wohin dann?

– " –

In den Sandebergen habe ich keine Bunker mehr gefunden. Wo spielen die Kinder heute?

– " –

Zu unserem Eisenbahnwagen und unserer Laube traue ich mich nicht. Es ist nicht gut, soviel in Vergangenem zu wühlen, es macht so traurig.

14. 1. 1971
Ich war im Seekrug. Es sitzen jetzt andere da. Andere spielen Billard, Jüngere. Ich habe alles verlernt, das Trinken, das Reden, das Spielen, nichts ist mehr wie früher.

Sonntag
Vater ist aus Leipzig gekommen, allein. Er will mit mir über meine Zukunft sprechen, als wenn ihn die jemals interessiert hätte. Sein Interesse an meiner Person macht mich stutzig.

Vater redet immerzu von neuanfangen, alle Möglichkeiten ausschöpfen, aus den Fehlern lernen und son Kram, dabei weiß ich von keinem Fehler. Ich weiß auch nicht, was falsch gewesen ist. Alles kam, wie es kommen mußte. Das Wort Schicksal gibt es für Vater nicht, er hat es vergessen. Jeder zweite Satz bei ihm ist: vernünftig werden und jeder dritte: den Realitäten ins Gesicht sehen. Er fragt überhaupt nicht, wie *ich* mir meine Zukunft vorstelle. Er ist eben bloß ein verdammter Pauker, mit einem verdammt vernagelten Paukerhorizont.

Merksatz: ELTERN SIND ERZEUGER –
KINDER IHRE PRODUKTE!

Mo
Opa und Oma verstehen auch nicht, daß ich woanders hinwill. Für sie bin ich immer noch der kleine Conny, der behütet werden muß. Aber ich gehe weg! Mein Entschluß steht fest!

31.1.
Auf die Annonce hat keiner geantwortet.

WERD ICH DENN NIRGENDWO GEBRAUCHT?

9. Feb., ein Dienstag
Dresden ist das neue Ufer! Ich lege an mit einem D-Zug. Es ist 10.49 Uhr, von hier ab beginnt eine neue Zeit.

– " –

Dresden ist wie ein Maul, dem man die Zähne reihenweise rausgeschlagen hat. Die gebliebenen Häuser stehen kahl und öde wie Zahnstümpfe, und die neue Prager Straße ist auch bloß eine Betonprothese, die eilig zwischen die Reste gedrückt wird.

– " –

Staatstheater Dresden. Großes Haus! Große Zukunft!

im Zug nach Berlin
Ich kann sofort anfangen, sogar als Beleuchter. Das mit den Werkstätten konnte ich mir gleich abwimmeln, geschlossert habe ich lange genug, ob nun Autos oder Kulissen, Scheißarbeit bleibt es immer. Ich will anderen Wind um die Nase, Bühnenluft scheint mir die beste zu sein. Bloß ein Problem gibt es: WOHNEN! In Dresden wären die Aussichten wegen der vielen Studenten gleich Null, da muß sich Conny halt selber kümmern.

Mi, Do, Fr
Jeden Tag bin ich unterwegs nach Adressen. Fritze hat einen Onkel in Dresden, und Jimmy kennt noch einen Kumpel von der Armee.

Mo 22. 2. wieder in Dre.
Alles Fehlanzeige. Fritzes Onkel hat selbst keinen Platz, ein Kumpel von Jimmy hat geheiratet, der andere ist unbekannt verzogen, nun sitz ich da!
Mein Gott, in dieser verdammten Stadt muß es doch ein trockenes Loch geben, in das ich unterkriechen kann. Ich will ja nicht viel, ein Bett bloß und fertig.

– " –
Die am Theater können bloß freundlich grinsen. Eine Annonce soll ich aufgeben, wieder mal eine.

immer noch Dresden
Ich war im Rathaus, Abteilung Wohnungswesen. Die hat überhaupt nicht hingehört, was ich gesagt habe. Telefoniert hat die dabei. Morgen soll ich wiederkommen, dienstags wäre Sprechstunde, also muß ich hier übernachten. Für draußen ist es zu kalt, bleibt also bloß Hotel.

Mo-Abend, Hotel Bastei
17 Mark für ein Einbettzimmer! Und auch noch preisgesenkt wegen Bauarbeiten!! Meine Dresdenzeit fängt ja nobel an, schlafen tue ich im Interhotel und frühstücken in der Mitropa im Hauptbahnhof.

DIENSTAG, der nationale Behördentag!
Ich warte seit zwei Stunden. Einer meinte, ich solle bei der Begrüßung einen 50-Markschein auf den Schreibtisch fallen lassen, wie zufällig müßte das aussehen. Bei mir müßte aber nichts! Ich habe nämlich weder einen 50-Markschein noch sonst einen. Ich habe nicht mal mehr Geld für die Rückfahrt, meine Freifahrtscheine sind alle verbraucht.

DIENSTAG, der nationale Katastrophentag!
NICHTS!! Ich habe keine Papiere, keine Empfehlungen, keine offiziellen Schreiben, also bin ich für die überhaupt *keiner*! Sich bloß was wünschen, reicht für die Büroknüppel nicht aus. Die sind ja schließlich keine »Wunschbehörde«!

Di., an d. Autobahn
Überall sind Wände.
Und nirgends Türen.
Alles macht Mühe in diesem Land. Jeder Nagel, jeder Schnürsenkel, jede Kleinigkeit.

Fr, 26. 2.
Ich habe eine Feststellung zu machen! Ich stehe am Rande dieser Gesellschaft!
Irgendwie bin ich dahingekommen, ich weiß nicht wie und wodurch, ich weiß nur, ich bin Randbewohner!

Mo
Ich schreibe jeden Tag Karten. Ich suche mir einfach Adressen aus dem Telefonbuch und schreibe nach Dresden.
Es ist ein verdammtes Glücksspiel.

Mo, 15. 3.
Ich schreibe und schreibe, und niemand antwortet. Sinnlos alles. Ich werfe die Karten durch den Briefschlitz in ein riesiges Loch. Ich könnte bis an mein Lebensende Karten hineinwerfen, das Loch würde niemals voll. Wie mühselig alles ist.

– " –
Ich bin wie begraben in diesem Dorf!

Di, 16. 3.
Ein Lichtblick! Post ist gekommen, von Mama. Sie will mit mir im Sommer nach Bulgarien fahren, sie bezahlt alles. Eine Nekkermannreise, im Juni. Ich freue mich verdammt sehr darauf. Ich soll sie anrufen, von Berlin. Seit Januar hat der Osten zehn Leitungen nach Westberlin freigegeben.
Auf einmal ist die Welt wie verwandelt.

ebenso
Ich habe eine Idee, ich werde in Dresden eine Plakataktion starten, Publicity ist alles! Ich werde auch an Vater schreiben, vielleicht hat er eine Adresse in Dresden.

Sa, 20. 3. Neustädter Bahnhof
Ich habe meine Plakate verteilt. Ich war ganz schlau, ich habe sie besonders vor den Kirchen in Neustadt angeschlagen. Olle Muttels haben immer ein Bett frei, mal sehen, ob so eine alte Dame anbeißt. Außerdem werde ich eine Annonce wegen einer Laube aufgeben. Nach dem Krieg hat die halbe Welt in Lauben gewohnt, warum ich dann 1971 nicht auch?!

Sa, zu Hause
Oma und Opa haben wieder gejammert, was aus mir werden soll und so'n Kram, im Dorf reden schon alle von mir, seit einem Vierteljahr zu Hause und arbeitet noch immer nicht!

Mo 22. 3.
Ich gehe wieder arbeiten. Ich baue Bungalows am Briesensee. Eine Privatbude, ich kann jeden Tag aussteigen.

Do. 8. 4.
Vater hat geantwortet, er würde das ja verstehen, das mit dem eigene Wege gehen, aber ich würde mich im Kreise drehen, ich weiß nicht was ich will. Vor einem Jahr hätte ich auch schonmal eine Menge angefangen und wieder hingeschmissen. Er hat mit einundzwanzig gewußt, was er wollte.
Ja er, er! Er ist nicht Ich! Verdammt noch mal!

Ostern 71

ICH BIN ALLEIN!

ICH SITZE IN EINEM LOCH!

UND ICH KOMME UND KOMME DA NICHT RAUS!

16. 4. in Bln.
Bei einem Freund von Nobs konnte ich nach Westberlin telefonieren, zum ersten Mal! Abends nach zehn kommt man leichter durch. Mama hat schon den Reisescheck. Am 1. Juni soll es losgehen. Wir treffen uns in Varna.

Sonnabend morgen bei Nobs
Irgendwie ist alles verrückt! Es ist unglaublich! Nicht vorstellbar. Es ist wie Horror, wenn man sich richtig reindenkt. Ich telefoniere nach drüben, meine Stimme kraucht durch dünnes Kupferkabel, jeder sitzt am anderen Ende der Leitung, im gleichen Augenblick, zur gleichen Zeit – und ist doch Lichtjahre voneinander entfernt. E-s i-s-t n-i-c-h-t z-u f-a-s-s-e-n!

ebenso
Ein winziges Loch ist in die Mauer gekratzt, da kann man die Nase gegendrücken und ein bißchen Welt schnuppern. Es ist irre! Es ist un-un-unvorstellbar. Ich könnte bei Karstadt auf dem Kudamm anrufen und fragen, ob sie schon die neue LP Imagine von Lennon haben, oder das Fireball-Album von Deep Purple, ich könnte auch bei SFBeat anrufen und mit Hippiekresse quatschen. Ich könnte, ich könnte ...

abends
Ich war mit Nobs zum dance, Eisenbahner heißt der Schuppen, irgendwo so ein Kulturhaus in Karlshorst. Panter Rai hat gespielt, eine ganz neue Truppe. Die Sängerin war toll, die drehte auf wie Janis Joplin. Aus Dresden soll sie kommen. Von irgendeinem Dresdensextett. Ich kenne keinen.

Der 20. April, Tag der Büroknüppel
Ich habe in Briesenow meinen Visum-Antrag für Bulgarien abgegeben. Antwort aus Dresden gab es keine.

23. 4.
Dresden ist wie tot.

27. 4.
Wieder war der Briefkasten leer.

28./29./30. 4.
Jeden Tag das gleiche: keine Post aus Dresden!

1. Mai – Mampftag der Arbeiterklasse
Sie feiern sich und ihre Reden!

Abends in Berlin
Im Eisenbahner spielt die Stern-Combo Meißen. Die machen einen auf Pink Floyd jetzt. Nobs und ich wollen hin.

Sonntag, 1.00
Ich habe wieder mit Mama gesprochen, die Verbindung klappte auf Anhieb. Drüben hoffen alle auf die 4-Mächte-Verhandlungen. Ich habe Mama bald schon sechs Jahre nicht gesehen, das letzte Mal war es Dezember 65 zu den Passagierscheinabkommen. Mein Gott, ist das schon wieder weit weg.

DIENSTAG – Der Katastrophentag
Heute sollte ich mein Visum abholen. SOLLTE! Denn es wurde abgelehnt! Begründung gibt es keine.
»Es läge im Ermessen der zuständigen Organe, ob einem Visum-Ersuchen stattgegeben wird oder nicht.«
Wer sind diese Gott-Organe?
Wo sitzen sie?
Wer bestimmt da über mich?
Wessen Eigentum bin ich?
Wer?
WER????
Wohin nur seine Ohnmacht tragen? Wohin mit seiner Wut.
Seiner Wut, Wut, Wut
ICH MÖCHTE ALLES ZERSTÖREN –
WEIL MICH ALLES ZERSTÖRT!

Dieser 4. Mai ist wie ein Erdbeben, alles steht wieder Kopf, was fest schien, ist eingestürzt. Alles ist aufgerissen und umgewühlt. Ich weiß nichts mehr. Alles liegt kreuz und quer. Kein Weg hat mehr ein Ziel, kein Gedanke ein Ende. Ich gehe unter, ich breche auseinander.

Dormotyl soll ich schlucken. Die Psychologen machen sich ihre Arbeit leicht, sie lösen alle Probleme nur noch chemisch. Ich bin ein Apparat, die verschlissenen Teile werden regeneriert!
Weggehen müßte man. Einfach weggehen! Wenn man den Sumpf nicht trockenlegen kann – muß man ihn verlassen!!
Ich werde meinen Sumpf verlassen.
Wie ein Samenkorn, so keimt bei mir ein Entschluß. Ich lasse das Korn wachsen und reifen. Und dann ...

20. 5.
Gestern haben sie wieder einen an der Mauer erschossen, in Berlin ist kein Durchkommen mehr. Über die Mauer rüber ist Wahnsinn! Mein Korn wächst in eine andere Richtung, eine nördliche.

25. 5.
Meine Pflanze gedeiht prächtig. Sie ist schon groß und stark. Jeden Tag trainiere ich im Briesensee, trotz der Kälte. Ich schwimme mich frei.
(geschrieben an einem winterkalten Spätfrühlingstag)
In meinem Innern hat sich mein Weg geformt, wie ein Stein sich in der Erde formt. Er ist da! Wir laufen über ihn hinweg, ohne von ihm zu wissen. Aber mit einemmal, nach einem Erdbeben, ein Riß – und der Stein liegt frei.
Das andere Ufer! Ich werde es erreichen, soweit ist Lübeck *nicht*!

Pfingsten
In Berlin schlagen sich die Leute wegen ein paar Levis die Köpfe ein. Wie erbärmlich! Sie sind wie Schafe, die ohne ihren Wolf nicht leben können!
Ich habe anderen Stimmen zu gehorchen.

Und nun ist Juni, und eine Karte steckt im Briefkasten: Biete Ihnen ein Gartengrundstück in Dresden-Kemnitz. 750 qm. 1.000 Mark, Licht- und Wasseranschluß vorhanden.
WAS NUN??

Gestern nach Lübeck und heute nach Dresden? So schnell? *So* stark war das Pflänzchen?
Ich habe viel zu überlegen.

Sa, 5. 6.
Entscheidungsreiche Tage, diese Tage im Juni.

ebenda
Es fällt mir plötzlich schwer, noch so zu denken und zu planen wie vor ein paar Wochen.

Morgens ist es am schlimmsten, dann habe ich immer so eine merkwürdige Angst, dann will ich nicht raus aus dem Bett, aus der Wärme und der Geborgenheit, dann fürchte ich mich vor dem Tag, an dem ich ins Wasser muß, in das kalte.
Vielleicht bin ich auch nur ein Lamm, das sich nach der Wärme der Herde sehnt.

Montagmorgen im D-Zug
Ich fahre nach Dresden, um mir das Grundstück anzusehen. Ansehen verpflichtet ja zu nichts.

Montagabend im D-Zug
Ich werde Grundstücksbesitzer!

Dienstag, 8. 6.
Zum Freitag habe ich gekündigt. Am 18. muß ich wieder nach Dresden, wegen der Grundbuchübertragung.

18. 6. Dre.
Nun habe ich einen Garten, aber auch Schulden. Ich werde ein paar Jeans verkaufen und ein paar alte LP's. 500 Mark kriege ich so vielleicht zusammen.

im Theater
Ich bin erst für die Spielzeit 71/72 eingestellt. Ich hab' denen die Hucke vollgesponnen, wo ich wohne, und daß meine neue Adresse noch nicht im Ausweis steht. Sie haben alles geschluckt, der Arbeitsvertrag ist unterschrieben, da kann mir keiner mehr was.

1 Zelt gebraucht	600.00	Mark
1 Schlafsack	118.45	»
1 Campingliege	55.00	»
1 Zeltlampe	11.10	»
1 Spirituskocher	22.75	»
	807.30	Mark

Schulden, Schulden, Schulden – aber dafür ist endlich Sommer!

1. Juli 1971
Ich ziehe nach Dresden um. Oma und Opa hab ich was von einer Laube erzählt. Sobald kommen die mich bestimmt nicht besuchen.

abends
Die 1. Nacht in der Meißener Landstraße!
Die 1. Nacht auf eigenem Boden!!
Die 1. Nacht vom neuen Leben!!!

– " –

Im Radio kriegt man hier nichts rein, Deutschlandfunk ist alles, sonst nur Osten. Mein Gott, was war man doch verwöhnt in Berlin und Umgebung.

2. Juli
Ich lerne meine neue Umgebung kennen. Links und rechts nur artige Bürgerhäuser – und ich mittendrin. Das wird neugierige Gaffer geben. Aber wenigstens ist eine Kneipe gleich um die Ecke, und bis zur Elbe ist es auch nicht weit. Aber baden kann man da nicht, alles Jauche! Der Briesensee wird mir fehlen! In die Stadt rein braucht man über eine halbe Stunde. Das ist lange, und eine Linie fährt auch bloß, und die ältesten Wagen dazu!

3. 7.
Heute haben sie aufn Deutschlandfunk gebracht, daß Jim Morrison in Paris gestorben ist. Nun sind die Doors auch hin.

4./5. 7.
Ich bin wieder zu Hause, Sachen nachholen. Was man plötzlich alles so braucht, wenn man alleine lebt. Da wird jede Büchse, jedes Messer und jeder Teller wichtig.

8./9./10./11. 7.
Ich pendele zwischen Dresden und Ziethen hin und her. Immerzu fehlt noch was, ich kann kaum was kaufen, ich habe kein Geld. Ich muß alles von zu Hause ranschleppen. Ohne Omas Freifahrtschein wär' ich erledigt.

wieder in Dresd.
Es ist richtig Sommer. Ich laß mich in meinem Garten zuwachsen. Ich lebe wie ein Wilder im Urwald. Es ist herrlich. Das Unkraut steht mir bis zum Kinn. Ich kann nackend im Gras liegen, und kein Spießer wird geil an mir.

– " –
Musik fehlt mir sehr. Deutschlandfunk ist wirklich der allerletzte Sender.

16.–28. 7.
Ich fahre, trampe und laufe viel in der Gegend umher. Ich war schon in Meißen, in Radebeul (Indianermuseum), in Moritzburg, in Heidenau (Barockgarten), im Elbsandsteingebirge (Rathen, Wehlen, Bad Schandau), ich war auf dem Königsstein, auf dem Lilienstein – nur in Dresden direkt war ich noch nicht. Bei dieser Hitze hält man es einfach nicht in dieser Stadt aus. Es macht einen krank dort.

29./30. 7.
Ich bin nochmal in Ziethen, Arbeitskittel holen, frische Wäsche, Konserven und sowas.

Sonntag, Autobahnauffahrt Alt-Glienicke
MORGEN BEGINNT DIE WELT!

Montag, der 2. August 1971
Die große Überraschung im Großen Haus, auf einer Versammlung erfuhr ich, daß wir einen neuen König haben, Erich I. heißt er. Ulbricht ist gegangen worden, schon im Mai. Ich hatte von allem keine Ahnung. Ein neuer Parteitag soll auch gewesen sein. Ich weiß nichts!

Großes Haus
Das sind also die Bretter, die die Welt bedeuten sollen. Naja... irgendwie ist alles anders hier, aber auch anders, als ich es mir vorgestellt habe. Es ist eben Theater, vor der Bühne und hinter der Bühne.

– » –

Wir sind neun bei den Beleuchtungstechnikern. Ich habe denen erzählt, ich wäre Kfz.-Elektriker, vielleicht habe ich so einen besseren Start.

– » –

Hier laufen n Menge interessanter Typen herum. Auch Mädchen. Ich werd mich mal an eine ranmachen.

– » –

Irgendwie anders sehen die Leute hier schon aus. Die haben so andere Gesichter irgendwie. Die laufen auch alle anders, irgendwie auffälliger.

– » –

Mein Chef scheint in Ordnung zu sein. Er ist erst fünfunddreißig. Malen tut er auch. Irgendwie erinnert er mich an Zinnert. Mal sehen, was bei rauskommt. Die anderen sind sonst brave Papis mit Aktentasche, Stullenbüchse und mamagemachten Bemmen. Mit einem könnte ich vielleicht was anfangen, der macht einen auf John Lennon, mit Nickelbrille und so. Kuno heißt er auch noch.

2. 8. 71, nachts
Ich war mit diesem Kuno einen trinken. Kein übler Typ. Schreiben tut er auch, Gedichte und so. Ich werde mich an ihn halten.

5. 8. 71
Für die von der Technik bin ich der Berliner, überhaupt, wie die von Berlin reden, als wenn der liebe Gott da seine Paradiesdatsche hätte. Ich hab' einen richtigen guten Stand bei den Leuten hier. Auch mit Kuno geht es verdammt gut, der bringt mich mit unheimlich irren Typen zusammen.

6. 8. nachts
Grad hör' ich im Radio, daß George Harrison eine großes Konzert für Bangladesch im Madison Square-Garden organisiert hat. Ringo war auch mit bei und Bob Dylan und eine Menge unheimlich guter Leute. Eine Plattenkassette soll es später auch geben, da muß Mama wieder ran. Wenn sie jetzt in den Osten darf, kann sie ruhig ranschaffen, mit den Platten bin ich hier der King.

8. 8. 4.00 früh
Kuno hat mich in eine Milchbar mitgenommen. Barbarine heißt der Laden, direkt in der Prager Straße. Es war irre, hundert Leute hab in an diesem Abend kennengelernt. Sascha und Onkel Albert und Tina und Columbiaengel und wie die alle hießen. Einfach irre.

11. 8. 5.00 früh
Ich war bei einer Fete bei Sascha, sie wohnt in Neustadt. Heute nachmittag treffen wir uns im Szeged-Esso. Die Sascha ist ein ganz ausgeflippter Typ.

– » –
Ich muß unbedingt nach Hause, meine Platten und das Tonband holen.

Freitag, der 13. August
1 0 J A H R E M A U E R !
Ich erinnere mich noch genau an den Sonntagmorgen, als Oma in mein Zimmer hochkam und sagte, Berlin ist zu. Am Montag wollte sie mich zu Mama nach Tempelhof bringen. Ich schrieb dann einen Brief an Mama, daß ich bestimmt in den Herbstferien kommen würde, bis dahin würden die Grenzen ja wieder offen sein.

Sonnabend i. Ziethen
Eine Menge Post war für mich da, von Mama und ihrem Freund, von Zinnert wieder (diesmal aus Sydney), von Fritze und Christa (eine Karte aus Varna, ha, ha) und ein Brief von Vater. Er ist jetzt in Berlin, an der Uni. Er will später ganz nach Berlin ziehen, Gisela bliebt noch in Lpz. Das riecht mir doch verdammt nach Scheidung.

Mi 18. 8.
Heute ist Spielzeiteröffnung mit der »Zauberflöte«.
Ich komme mir vor wie in Neuruppin, nur mit dem Unterschied, daß es in der Klapsmühle ruhiger war.

Mi 18. 8.
Es gab das erste Mal Geld! Endlich Geld.
Beim Nachrechnen stelle ich fest, daß fünf Mark fehlen, Nanu?!

Do 19. 8.
Ich habe mich nach den fünf Mark erkundigt. Das war eine Spende für das Solidaritätskonto für Angela Davis!
Kuno nennt das: die Diktatur des Solidariats!!

So
Gestern waren wir im Bärenzwinger, anschließend sind wir mit Kuno und Sascha noch zu einer Fete. Das waren alles Maler und wilde Undergroundtypen, kaum zu glauben, daß es so was in Dresden gibt. Am Tage sieht die Stadt so brav und so hübsch öde aus.

– " –
Die Sascha poppt unheimlich.

Montag
Nach der Vorstellung bin ich mit Sascha noch zu einem kaputten Typen in sein Atelier, Fotograf oder so was, schon ein alter Knüppel, fünfzig mindestens. Als der voll war, zog der sich nakkend aus und begann vor uns zu tanzen. Mein Gott, gibt es n Menge perverser Typen.

Dienstag
Sascha war bei mir draußen in Kemnitz. Sie war von dem Garten und dem Zelt ganz angeturned. Sie hat eine unheimlich ausgeflippte Idee. *Wir machen eine Kommune auf!!*
Sascha, ich, Kuno, Tina, Onkel Albert und Tante Erna erstmal, mit einem Ponyzelt fangen wir an.

Mittwoch, nach Wozzeck
Heute abend bereden wir alles über die Kommune. Onkel Albert kennt einen Architekten, der uns die Bauzeichnungen machen kann.

23. 8. bei Lohengrin
Mein Gott, was sitzen da nur für Leute im Saal?!!!
Eisern in Seide und Brokat!!! Die Weiber wie US-Muttis in den fünfziger Jahren, garantiert echter Kitsch alles, und abwaschbar dazu! Einlaufen tut da nichts, auch wenn den Papis schon der Samtarsch kocht!
Merksatz:
In Dresden scheint der Kitsch den Leuten angeboren zu sein!

Do 26. 8.
Ich war mit Sascha und Tante Erna in Hellerau, im Lindengarten, Modern Soul hat gespielt. Morgen soll Renft spielen, aber ich hab' Dienst! Scheißtheater irgendwie, man kann sich verdammt schlecht die Zeit einteilen, am Tage, wenn die anderen arbeiten, hat man frei, und abends, wenn andere freihaben, muß man an die Lampen.

29. 8.
In der Milchbar haben wir einen Bauingenieur kennengelernt. Den kotzt sein Job an, er will aussteigen, vielleicht kommt er auch ans Theater. Er hat auch Beziehungen zu Zement und solchen Sachen, das ist wichtig, später fürs Bauen.

31. 8.
Sascha hat heute zwei Teppiche gekauft, gebrauchte, ganz billig, aus einem An- und Verkauf in der Bautzener Straße, schon fürs Haus.

31. 8.
Tante Erna hat die Skizze für das Haus fertig. Wir haben uns für Fertigteile entschieden, das geht schneller mit dem Bauen.

1. September
Langsam wird es mir zu kalt in meinem Zelt. Was mach ich im Winter?

2. September
Netter Besuch war da, P-o-l-i-z-e-i!! Die feinen Nachbarn machen sich Sorgen, die b-e-s-o-r-g-t-e-n!

4. September
Wieder war die Polizei da, mit einer Vorladung zum Polizeirevier Katharinenstraße. Zwecks Klärung eines Sachverhalts. Am Montag soll ich (er)klären.

Montag, 6. 9.
Ich soll sofort das Grundstück räumen, keine polizeiliche Anmeldung, kein Wohnsitz, kein Überhaupt usw.
Was machen?

abends bei Sascha
Tina hat eine Idee, ich melde mich bei ihr als Untermieter an, sie ist die einzige mit einer legalen Wohnung. Kuno wohnt schwarz, Tante Erna im Internat, Onkel Albert bei seinem Vater und Sascha unter falschem Namen.

Dienstag, Büroknüppeltag
Nun wohne ich in 806 Dresden, Fichtenstraße 16. Und die Bullen sind Neese. Aber ein Problem bleibt: Die Nächte werden immer kälter und mein Zelt immer dünner, und unser Haus steht noch lange nicht.

Freitag, nach dem Bärenzwinger
Wir haben Tante Ernas Grundrißplan wieder geändert. Kuno besteht unbedingt auf einem Meditationsraum, also brauchen wir mindestens neun Räume, das ist viel.

12. 9. bei Sascha
Ich bin zu Sascha gezogen, in den Bischofsweg. Im Zelt erfrier ich noch.

15. 9.
Bei Sascha ist es zu eng. 9 m^2 sind einfach zu wenig für zwei!

18. 9.
Das Herumziehen von Kuno zu Tina und von Onkel Albert zu Fürchtegott macht mich noch ganz krank. Ich brauche was, wo ich hingehöre.

19. 9. bei d. Bauingenieur
Der Typ hat Beziehungen, der könnte mir einen alten Bauwagen besorgen, mit einem Ofen!!! Das wäre *die* Lösung! Hoffentlich war der Typ nicht bloß blau.

20. 9. wieder bei dem Bauing.
Der Typ hat gestern nicht bloß besoffenes Zeug gequatscht, er hat wirklich einen Wagen!! Für 4.000 Mark. Ich muß sofort nach Hause und Geld auftreiben.

23. 9. i. Ziethen
Von Fritze habe ich 2,5 Mille geborgt gekriegt. Fritze ist zwar ein verdammter Kapitalist, aber Kumpel ist er trotzdem noch. 1.000 Mark krieg ich von Oma und Opa, ich hab' erzählt, es ist für die Renovierung der Laube. Hundert Mark krieg ich von Jimmy und für den Rest muß ich wieder ein paar Sachen verkaufen oder das Zelt.

1. Oktober 1971

GROSSER HERBSTBALL IN
DER MEISSNER LANDSTRASSE

Der Saal ist geheizt

Ich bin in meinen Wagen eingezogen! Dieser Ingenieurtyp hat Wort gehalten. Nun brauch ich das Grundstück bloß noch von amtswegen als bebaut bestätigen lassen, und mir kann nie wieder einer was.

2. X.
Heute spielt in Hellerau wieder Renft, und ich sitz hier im Theater fest! Scheiße auch! Wenn ich so meinen Dienstplan sehe, kann ich nicht mal zum Zwiebelmarkt nach Weimar. Alle fahren hin, nur ich muß mir das Eunuchengewimmer der Operngröler anhören.

7. Oktober 1971
Happy birthday – Birthday allein reicht auch.

Sa 9. X.
Mir ist immer noch schlecht von meiner Geburtstagsfete. Ich möchte wissen, was Kuno mir da in den Schnaps gemixt hat, das war bestimmt nicht bloß Faustan.

Mo 11. X.
Am 11. November ist Wahl!
Im Theater überschlagen die sich deswegen noch, die hängen auch noch Plakate aufs Klo.

15. X.
Im Bärenzwinger war heut so'n kaputter Typ, der hat immerzu aus der Bibel vorgelesen. Nun hat Jesus auch einen People in Dresden. Ein sächsischer Jesuspeople, das hört sich vielleicht an?!

– " –
Wir haben wieder unseren Hausgrundriß verändert. Sascha und Onkel Albert wollen noch einen extra Kreativitätenraum, wo man malen, musikmachen, fotografieren und so was kann. Der Gruppenraum soll jetzt Kommunikationsraum heißen.

17. X.
Tante Erna hat wieder eine Änderung beantragt. Sie kann im Kreativitätenraum nicht malen, wenn andere da Musik machen. Sie will, daß die Pärchenzimmer vergrößert werden und dann in eine Arbeits- und eine Schlafsektion geteilt werden. Ich glaub, die Kommune wird nie was, wir spinnen alle schon.

18. X.
Schon wieder war die Polizei da! Aber diesmal lasse ich es darauf ankommen, mich kriegt keiner mehr vom Grundstück. Da müssen die Bullen schon mit Panzern kommen.

nochmal 18. X.
In der Schule hat man uns ein Ein-Fronten-Denken beibringen wollen, dabei gibt es drei, vier, zehn, hundert Fronten. Die Eltern, die Schule, der Betrieb, die Gesellschaft, der Staat – alles sind Fronten, gegen die man kämpfen muß.

21./24. X.
Ich träume wieder viel vom Knast, ob das was mit der Polizei zu tun hat?

o. D.
Sascha und Tina flippen total aus. Irgendwoher haben sie Stoff gekriegt. Sascha war auf'n Friedhof und hat da eine Trip geschmissen. Die ist verrückt, die faselt immerzu was von im Herbst wären die Farben so toll, so überbunt, und so 'n Kram.

Sonntag, 14. 11. 71
Endlich mal n 101 % Wahl, unsere kandierten Kandidaten! Ich war mit Kuno in einem Org.-Büro gewesen, wir wollten wissen, wo wir unsere Kandidaten kennenlernen könnten, die waren richtig angeturned von uns. Mit so einer Frage kam denen noch keiner. Es hat über eine Viertelstunde gedauert, bis die uns zwei Wahlveranstaltungen nennen konnten. Die haben deswegen wie irre telefoniert. Wir sind dann auch wirklich zu so einer Veranstaltung hin. Und was war das? Eine: g-e-s-c-h-l-o-s-s-e-n-e-Gesellschaft! Nur geladene Gäste! Die haben geglotzt, als wenn wir von der CIA kommen würden. Woher wir denn unsere Informationen hätten, wollten sie wissen. Nun weiß ich wenigstens was *geheime* Wahlen sind.

26. 11. 1971
Im Bärenzwinger habe ich einen unheimlich poppigen Typ kennengelernt. Sie ist Studentin an der Kunsthochschule und kommt auch aus Berlin, Monika heißt sie.

28. 11.
Mo ist irre, ganz wahnsinnig kaputt. An der Schule malt sie so scheiß Bauarbeiter und Prolet-Athleten, aber für sich, da malt sie unheimlich futuristische Sachen, so große kahle Flächen mit irren Lichteffekten.

4. Dezember
Mo ist unheimlich poppig, aber auch unheimlich geschlechtskrank. Jetzt hab' ich einen Tripperverdacht am Hals und muß jede Woche zum Abstrich in die Poliklinik Leninallee.

9. Dezember
Poliklinik
Leninallee
Mein Gott, wen man hier alles trifft im Warteraum?! Die halbe Milchbar und den halben Bärenzwinger!
Ich hab' einen Verbesserungsvorschlag zu machen: Zu jedem Glas Bier wird in diesen Läden ein Penicillinjoint ausgeschenkt.

ebenso
Wie lange man hier warten muß?! Das gehört wohl mit zur Therapie! Dann sollen die verdammten Quacksalber uns doch gleich vor allen Leuten auf dem Altmarkt verarzten.

17. Dezember, im D-Zug
Ich mache meine Studien. Denn wenn der Spießer verreist, dann kann man was erleben. Das sind alles Leute, die ihre Sonntagssachen wie Uniformen tragen. Ich werde das mal alles aufschreiben, Kuno meint sowieso, ich hätte beim Schreiben was drauf.

Dritter Advent in Ziethen
Vater ist hier. Gisela hat die Scheidung eingereicht. Ich war mit ihm bei Fritze im Seekrug, ich muß sagen, mein Alter ist schon ganz schön kaputt. Er wohnt jetzt in einem Neubau in Pankow, da kann er ja wieder einen auf attraktiven Junggesellen machen.

Montag, wieder in Dre.
Kuno hat zum 1. Januar gekündigt. Theater kotzt ihn an. Er hat jetzt einen Psychotick, er will mit Fürchtegott Pfleger in einer Klinik für geistig behinderte Kinder werden.

– " –
Theater ist auch irgendwie verdammte Kacke. Das geht nicht richtig los. Überall arrogante Cliquen, und eine macht Kleinkrieg gegen die andere. Alle sind auch irgendwie kaputt und gestört, Psychos und Schwule und intellektuelle Angeber und verkrachte Existenzen, alle hoffen auf was, auf das große Ereignis, den großen Knall, die große Entdeckung, aber keiner macht was. Alle sitzen bloß rum, saufen Rotwein, schlucken Stoff oder Tabletten und quatschen blöd. Alles bloß Seifenblasen, schön groß, schön bunt und dann bumm! Euphoria ist geplatzt. Irgendwie ewig bleib ich auch nicht hier.
Aber was dann?
Immerzu dieses elende WAS DANN!

– – –

Heilig Abend zu Hause, Weihnachten Dienst, Silvester mit Mo nach Thüringen – und das Jahr ist rum. Hinter 71 kann ein Häkchen, auch geschafft. Basta!

– – – ——————————————— – – –

1972 im Januar
Ich habe Kuno gesprochen, er erzählte, daß Sascha und Tina in Halle sitzen würden. R-Flucht. 1½ Jahre beide.
Irgendwie ist alles, alles große Scheiße.

TRAUM I

Eine Wiese ist zu sehen, ich renne an aufgescheuchten Pferden vorbei. Ich renne, ohne zu sehen, erfüllt mit unbestimmbarer Angst. Plötzlich sind Mauern um mich, ich renne in sie hinein, sie nehmen mich gefangen. Da kommen plötzlich WESEN, so eigenartige Ungetüme mit weißen Köpfen, die ganz kahl sind wie aufgeblasen, ihre Körper sind wie Plastikröhren, ihre Arme und Beine auch, nur an den Gelenken sind sie knollig vergrößert. Ich stelle mich tot. Die Wesen, die inzwischen herangekommen sind, entdecken mich und befühlen mich. Ich bin wie tot, dadurch lassen sie sich täuschen und gehen weiter. Ich glaube schon gerettet zu sein, da kommen plötzlich Hunde angerannt. Sie riechen sofort, daß ich lebe – und bellen. Da kommen die Wesen zurück und schießen.

TRAUM II

Durch eine Wiese führt ein Graben, der in einen See mündet. Über dem Graben liegt ein schmales Brett, es ist schon sehr morsch, wie lange nicht benutzt. Auf der einen Seite ist Osten, auf der anderen Seite ist Westen. Ich habe mich bis zu diesem Graben und diesem Brett vorgerobbt, die Grenzposten haben mich nicht bemerkt. Ich erhebe mich, sehe mich vorsichtig um und will über das Brett hinübergehen. Aber sobald ich das Bein zum Schritt habe, ist die Luft wie Gummi. Ich kann das Brett nicht betreten, das Einfache wird zur Unmöglichkeit.

Prag im März 1972
Ich bin mit Mo und ein paar Leuten aus Berlin in Prag, seit Januar visafrei zu bereisen. Das könnte ein Anfang sein für die DDR, der neue König regiert nicht schlecht, wie es sich anläßt. Dieses Jahr Polen und die ČSSR, nächstes Jahr Ungarn und Bulgarien, dann Jugoslawien, vielleicht bald auch Frankreich und Westdeutschland.
Geht es aufwärts mit der Volksrepublik Preußen?

ebenda
Prag ist fantastisch.
Prag ist ein Traum.
Prag ist unvorstellbar.
Alles ist nicht so klein und kleinlich wie bei uns, so spießig und eng, weiter irgendwie, internationaler.

ebenda
Wenn Europa mal irgendwie vereint ist, wird vielleicht Prag die beliebteste Wohnstadt.

ebenda
Schlimm ist nur dieses ewige Fragen: westdeutsch oder ostdeutsch! Da wir die falschen Ausweise haben, sind wir Deutsche zweiter Klasse, das heißt, wir sind auch gleich Menschen zweiter Klasse, oder werden wenigstens dazu gemacht.

TRAUM III

Mir träumte, ich tötete einen Menschen!
Mit einem Messer. Ich hieb den Dolch in den Körper, zwei-, dreimal. Und diese wenigen Augenblicke waren wie eine große Ewigkeit. Es gab nur das Messer und die drei Einstiche, aus denen fast widerwillig das Blut floß. Diese Dinge waren übergroß, wie unter einem Vergrößerungsglas, und es schienen andere Gesetze in Raum und Zeit zu herrschen. Es war still, stiller als in einem Leichenhaus, zwischen den Sekunden verging die Zeit ewig lange... und ich mordete und mordete in dieser entsetzlichen Stille. Keinen Ton gab der Sterbende von sich, keinen Ton gab ich. Auch das Messer blieb still, das das Fleisch zerschnitt. Auch das Blut vertropfte lautlos in diese Ewigkeit.
Und dann, mit einemmal hatte ich Angst.
Angst, das Knirschen des Messers zu hören, das auf die Rippen stößt!

Im Elbsandsteingebirge im April
Alles sieht aus wie eine Märchenbuchlandschaft. In jedem Felsspalt vermutet man Rumpelstilzchen und in den Schluchten hausen Drachen und Einhörner. Hier wird man wieder Kind.
Wir sind eine Truppe von acht Mann, alle zwei Wochen gehen wir wandern. Das tut unheimlich gut, mal so richtig Natur zu tanken.

Juli 1972
Manchmal gibt es bei mir Gedanken, in denen ich mich nicht wiedererkenne.
Beginnt so Anderswerden?

Juli 1972
Dresden war das falsche Ufer. Ich stoße mich wieder ab. Ich bin wieder unterwegs. Ich segle und suche.

WO

IST

LAND

IN SICHT ???

Ketzers Versuche

Zweites Tagebuch

Ketzers Versuche

Der Raucher

Ein Betrunkener zu einem Mitfahrer in der S-Bahn.
»Haste ma' Feuer Kumpel?«
Der Angeredete pikiert.
»Feuer, ich?«
»Will eene roochen, vasteh' ma ma richtich Kumpel.«
»Aber das geht doch hier nicht. Hier dürfen Sie doch nicht!«
»Wieso nich?«
»Weil alles Nichtraucher ist, deshalb.«
»Aha.«
Nach einer Pause der Betrunkene wieder.
»Will aber eene roochen!«
»Lassense es sein! Bringt doch bloß Ärger.«
»Hhm.«
Wieder eine Pause. Der Betrunkene nun schon bockig.
»Roochen will ick!!«
Vorsichtig der Mitfahrer.
»Ich würde Ihnen ja Feuer geben, aber da mache ich mich ja mitschuldig. Wenn Sie sich selber Feuer geben, ist das Ihre Sache. Das geht mich nichts an. Damit habe ich dann nichts zu tun.«

Dez/71

S-(uff)Bahn

Ein Mann kotzt in eine überfüllte S-Bahn.
»Ehj, du Idiot!! Paß uff, wohin de kotzt! Wenn de schon kotzen mußt, dann mir nicht uff de Beene do!«
Ein anderer Betrunkener pöbelt im Abteil eine Frau an, diese mächtig empört.
»So dürfen Sie mit mir nicht reden, Sie! So nicht! Das sage ich Ihnen!«
Die Frau wendet sich ab, der Betrunkene lallt weiter auf sie ein.
Die Frau redet weiter mächtig empört, sie sieht den Mann aber nicht an.
»Ich höre gar nicht hin, was Sie sagen. Auf solche Worte gehe ich nicht ein. Ich achte gar nicht auf Sie.«
Die Frau sitzt mit mächtig steifem Genick, aber ebenso mächtig lallt der Betrunkene weiter. Die Frau beginnt zu zetern.
»Mit Ihnen rede ich gar nicht! Sie sind Luft für mich! Sie sind überhaupt nicht da!«
So geht es eine Weile, schließlich setzt sich der Angetrunkene neben die Frau, und nach ein paar Minuten – unterhalten sie sich freundschaftlich.

Jan/72

Mit neuen Ideen ins Neue Jahr – Ihre Reichsbahn!

1. Die Reichsbahn verpflichtet sich im Neuen Jahr die Streckenbestzeit (Dresden–Berlin) von 6 Stunden und 35 Minuten vom 12. Juli 1882 erstmalig zu unterbieten.
2. Ab sofort werden auf Bahnhöfen nur noch pünktlich ab- und einfahrende Züge angesagt.
3. Im Neuen Jahr wird die Reichsbahn überall Beschwerdestellen einrichten, auf allen größeren Bahnhöfen stehen dann dem Reisenden Personenwagen zur Verfügung, an denen er jederzeit überschüssige Wutenergien entladen kann.
4. 1972 wird bei der Reichsbahn der Zeittarif eingeführt. Bezahlt wird nicht mehr die Beförderungs*strecke*, sondern die Beförderungs*zeit*. Entsprechend muß bei Verspätungen mit Zuschlägen gerechnet werden!

Jan/72

Reichswahngeflüster

Im Abteil unterhalten sich zwei Reisende, es geht um die Armee.

1. Mann: Ach, mein Junge hat schon viel Bammel vor der Armee.

2. Mann: Die Armee hat noch keinem was geschadet. Was soll ihm da schon passieren?

1. Mann: Na, er hat nicht mehr sein ruhiges Leben wie früher.

2. Mann: Seine Ruhe hat er da auch. Die haben warme Betten, und zu essen kriegen sie genau das, was für einen ausreicht.

1. Mann: Soll'n ja auch welche verweigern.

2. Mann: Verweigern tun bloß Waschlappen und so 'ne Penner, die Pfaffe werden wollen.

2. Mann: Bei meinem haben se schon in der 9. Klasse geworben. Drei Jahre sollte er machen.

1. Mann: In der Neunten schon? Aber da dürfen die doch noch gar nicht unterschreiben, da haben die doch noch keine Überlegung.

2. Mann: Meiner hat! Drei Jahre macht er jetzt!

1. Mann: Mensch, Mensch, und meiner hat so'n Bammel.

14. März 1972

Vor Schönefeld

Vorm Bahnhof Schönefeld drängeln noch zwei in das schon geleerte Abteil. Ein Mann und eine Frau sind es, beide sind rundgestrickt. Spießers Mutti und Spießers Vati setzen sich ans Fenster.

Sie: »Gomm Vaddi, hier ist scheen Blatz. Hier gönn ma rausgugge.«

Sie beugt sich zu ihm und tuschelt ihm etwas zu.

Sie: »Von hier zähn ma den Westen so gutt. Die Häuser, sieh Vaddi, wie scheen weiß ouch die sin.«

Sie stieren mit offenem Maul bis der Zug hält.

März/72

Nachurlaub im Balt-Orient-Expreß

Zwei rundgestrickte Präsent-20 Ehepaare kommen ins Urlaubsgespräch.

Mutti I: Ach war das toll in Varna, einfach toll. Das Wetter und die Leute...

Vati I: Wir haben sogar Gojko Mitic gesehen...

Mutti I (unterbricht): Ja, und ich hab' mir gleich ein Autogramm von ihm geholt! Ja! Sie glauben ja gar nicht, wie faltig der schon ist. Sieht man im Film gar nicht.

Vati II: Ach, das machen die im Film alles weg.

Mutti II: Ja, ja, ist doch alles Betrug, im Film würde ich auch so aussehen.

Vati II: Sind Sie denn auch mit Westlern zusammengekommen? Neckermann soll doch ganz Varna aufgekauft haben.

Vati I: Na klar. Der ist überall. Überall triffste die, und wie die angesehen sind...

Mutti I (unterbricht): Kein Wunder, bei dem Geld?!!

Mutti II: Unser Geld will ja keiner, nirgends.

Vati II: Nee! Nich mal in Moskau!

Vati I: Als Westler biste immer besser angesehen.

Mutti I: Wir mußten unsere Pfennige ganz schön umdrehen. Hach! Wenn man da genug Geld umtauschen könnte, was es da alles zu kaufen gab...

Vati I (unterbricht): Obwohl, zwei- bis dreimal teurer kommt ja alles da.

Vati II: Zwei- bis dreimal? So, so.

Mutti I: Die Westler haben das Geld bloß so rausgeschmissen...

Vati I (unterbricht): Ist ja auch kein Wunder, bei dem Kurs! Mit denen kann man sich gar nicht vergleichen.

Vati II: Nee, kann man nicht.

Mutti I: Wir haben am Strand neben einer Familie aus Gelsenkirchen gelegen. Gaaaanz nette Leute, wirklich.

Mutti II: Nebenan gleich? Haben die denn keinen Extrastrand?

Mutti I: Ach, i wo, haben die nicht. Gleich neben uns haben die gelegen. Was die für ne Menge Sachen immer beihatten?! Drei, drei!!! Cremes bloß zum Einreiben. Drei. Wo gibt's denn so was bei uns?!

Mutti II: Nee, bei uns kriegste immer bloß eine Sorte...

Mutti I (unterbricht): Und was die verdient haben?! Ach, da kann unsereins nur von träumen...

Vati I (unterbricht): Er fuhr einen amerikanischen Wagen. So einen großen Schlitten, wie ihn die großen Leute drüben fahren. Aber gar nicht eingebildet waren die. Nein, ganz natürlich... Bandende.

Aufgenommen mit einem Kassettenrecorder am 16. 6. 1972

Anfrage

Zwei Zentner zu heben,
nennt man Schwerarbeit.
Aber richtig zu leben,
gibt es darüber Klarheit?

Sein ICH zu befreien,
wann wird das anerkannt?
Vom Kampf anderszusein,
hat man da schon Namen genannt?

3/72

Trübes Frühjahr

...wie tödlich, wie entsetzlich
zivilisiert sind wir!
Eingepanzert in ein Joch,
wie der Esel am Ziehbrunnen.
Einen Sack über dem Kopf,
um nicht zu sehen,
die Sonne, Nacht, Wolken und Sterne
–
Was bleibt: Sehnsucht lebenslang
Tief drunten, verschlossen, geknebelt
versperrt

3/72

Der Grenzsoldat

Der Mann war höchstens fünfundzwanzig. Vor fünf Minuten hatte er noch gelebt. Jetzt ist er tot. Den Mund zum Entsetzensschrei geöffnet und die Augen in den Himmel gerichtet – eine Kugel im Herz. Vierzehn Tage war er nur verheiratet, und seine Frau war die beste, die es gab. Sie mußte ja die beste sein, mit ihren wunderschönen Augen. Wenn es wieder Sommer ist, wird sie ein Kind haben. Aber jetzt ist es Herbst, und er ist tot und seine Augen starren in den Himmel. Höchstens fünfundzwanzig. Aber was macht das, wenn man tot ist?!
Der Grenzsoldat, der ihn erschossen hat, liegt auf dem Boden und weint, weint das Elend des Erniedrigten aus seinen entsetzten Augen, lautlos.

> Ich hätt's ja nicht getan – denkt der Grenzsoldat,
> aber ich hatte den Befehl! Was sollte ich denn tun?
> Ich hatte den Befehl.

Da schießt sich der Grenzsoldat vor Verzweiflung eine Kugel in den Bauch. Aber er stirbt nicht. Nach zwei Wochen ist er wieder gesund. Sorgfältig hat man ihn wieder zusammengeflickt. Sorgfältig hat man die Maschinerie der Lebenserhaltung angekurbelt, denn er hatte die Ehre verletzt. Nun soll er vor cin Militärgericht. Doch als sie ihn holen wollen, an einem trüben Morgen, schwimmt er schon in seinem Blut, mit weitgeöffneten Adern und Angst im Gesicht.
Jetzt ist er auch tot, wie der junge Mann mit der wunderschönen Frau, die ein Kind bekommt – im Sommer. Aber jetzt ist Herbst. Und die, die den Befehl gaben, leben und geben weiter Befehle. Auf daß sie einst im Herbst das Kind töten können. Und wir? Wir schauen noch zu. Noch! Wie lange?
(Aufgeschrieben im März 1972 nach einem Augenzeugenbericht. C.K.)

Fortschritt

Man stellt sich eine Stereophonanlage
ins Haus
und aus den Lautsprechern
ertönt Musik.
Immer wenn man will
hört man Musik.
Ein Druck aufs Knöpfchen genügt.
Und man hört Stimmen und Töne und Lieder
und vergißt,
daß man auch singen, tönen kann.
Und irgendwann hat man das Denken ver-
gessen, wenn es nur noch Knöpfe gibt!
WENN DIE KÖPFE ZU
KNÖPFEN WERDEN
auf welche man drückt,
dann ist die Zeit
weiter,
ins
technische Alter
gerückt.

4/72

Böhmische Elegie

Meine Augen trinken Landschaft
Meine Lippen schmecken Winde
Mein Mund spricht mit Silberwellen
Mein Ohr hört dunkles Waldseemurmeln
Oh, tausendfache Natur!
Du, tausendgesichtige Schönheit!
Dein ist meine Sehnsucht!

1972

Sommer '72

Da
nimm mich hin – Sonne!
Brenn meinen Körper,
armer
geplagter
einer braungebrannten
Sportkultur.

Herbst '72

Der Herbst ist
einsam
Der Herbst ist
still
Die Stimmen des
Sommers
schweigen in
der Vergangenheit.

Abschied von G. Z.

Den Schlafanzug gewickelt
Geschlagen in Papier
Das schwarze
Strümpfe dazugelegt
Kleinigkeiten noch
Dann
Das Paket verschnürt
Und
Seine Träume fortschicken.

11/72

Nach einem RENFT-Konzert
Du bist gegen den Krieg,
doch wer kämpft für den Sieg?
Wer geht da voran?
Fang du damit an!
Spiegel vors Gesicht,
erkennst du dich nicht?

Draußen steht ein Mann,
der deine Hilfe brauchen kann.
Doch du gehst nur vorbei,
als wär's dir einerlei.
Spiegel vors Gesicht,
erkennst du dich nicht?

Dein Mund sagt Genosse,
Du lachst und pfeifst auf Bosse.
Eine böse Theorie.
Deine Wahrheit find ich nie.
Spiegel vors Gesicht,
erkennst du dich nicht?

Aus den Tagen werden Jahre
und ich höre deine Klage,
Ach, mir geht es gar nicht gut.
Doch es liegt nicht an deinem Blut!
Spiegel vors Gesicht,
erkennst du dich nicht?

12/72

Wunsch

Ich will leben!
Ich will leben!
Ich will
meine Träume
nützlich machen.

12/72

Neujahrsgruß
Neues Jahr
Du
Sei 365 Tage
mein Freund!
Es geht sich leichter mit Freunden.

1.1.1973

Für B.

BRIGITTE
Acht
Buchstaben
Glück

Silvestererinnerung
Braun war ihr Haar
schwer streichelt es die Schultern
weiße samtene

Rot war ihr Mund
weicher, wie zärtlich hast du geküßt
in einer traumverlorenen Nacht

Schön war das Glück
das aus deinen Augen gelacht
hinter mir liegt's
hinter mir da vorne

Jan/73

B.

DU SCHÖNE
DU BRAUNE
DU SONDERBARE
DU FREMDE
Dein ist mein Tag

2/73

Liebe...
ist nie Fertiges. Gefügtes
Liebe...
ist Wachsen. Wandeln
Täglich.

Glücklich macht...
Seine Träume zum Leben zu erwecken
Sie auf die Erde zu heben
Ihnen Beine zu geben
Ihnen Hände zu geben
DAS
macht glücklich.

3/73

Geburtstagswunsch

Ich will Dir
nicht
Deine Freiheit
nehmen
Ich will mit
Dir
nur freier sein.

Zu B's 26. Geburtstag am 14. 5. 1973

Augustende

Die Augen suchen noch die
Sonne in der Bläue des
Himmels
Doch die Hand ist schon wieder
Faust
ARBEITEN ALSO!

28/8/73

ankommen

ankommen wie ein
schiff im hafen
ankommen wie ein
vogel nach langem flug
ankommen wie der
morgen im tag
ankommen
Endlich

6/9/73

Wandel

WIE
erklärbar machen
die Veränderung
für sich
für andere
Den Wandel zeigen
Aber
seit wann?
kein Zeichen
kein Signal
kein Anhalt
Unerkannt gekommen
Einfach da
Seit irgendeinem Tag

9/73

Schrägen

Unsichersicher
reden
diskutieren
überzeugen
–
An Schrägen selber grade werden

9/73

Aphorismen

Einen Menschen kennenlernen heißt ein unbekanntes Land betreten.

Auch das Glück kennt die Angst.

Liebe macht fest – Liebe macht aber auch zerbrechlich.

Manche sitzen zu zweit in einem engen Boot, nur weil sie Angst vor dem Schwimmen haben.

Freunde, macht euch das Leben schwer! Einfach ist es nicht zu ertragen.

Als Freiheit gilt immer das Fremde.

Nicht was wir sehen darf uns führen – sondern was wir wollen.

Sozialismus – das ist nicht die Lösung aller Probleme, sondern die Schaffung der Möglichkeiten alle Probleme zu lösen.

Es gilt, den Sozialismus beim Wort zu nehmen.

Erstes Tagebuch
Wende

Berlin. Die Stadt. Ein Kotz an Häusern. Jetzt saubergewischt am Alex. Ganz unmenschlich groß der Platz dadurch. Wie geschaffen für Massen, für Aufmärsche und Trara.
Und wirklich.
Musik schallt. Graue Lautsprechersäulen stehen und knallen Trommelwirbel über den Platz: Ketten werden knap-per und brechen sowieso, wie jun-ger Rha-barber, wie trok-kenes Stroh. An der Hand des Rie-sen, der tau-send Nasen hat. Der braucht nur zu nie-sen und. Renft gurgelt in hundert und hundert Ohrengullys. S-Bahnbullern gurgelt hinterher.
Dann singt.
Der Oktoberklub. Die Säulen hymnen: Wir sind überall auf der Erde. Auf der Erde leuchtet ein Stern. Leuchte mein Stern auf jedem Hut, leuchte. Groß und silbern kurvt eine Düsenmaschine über dem Platz. Köpfe heben sich. Sehen die blaue Erdkugel am Heck. PAN AM MACHT DEN GROSSEN FLUG. Die Maschine zeigt ihren After und furzt nach Westen ab.
Dann.
Ist da Sirenenlärm plötzlich. Von drüben irgendwo, hinterm S-Bahnbogen. Polizisten sperren die Rathausstraße dort.
Schnell ballt sich die Menge. Hundert und hundert Augenpaare suchen: Wo? Hundert und hundert Münder fragen: Was?
Da.
Senkt sich mit mächtigem Zittern das CENTRUM-Bekleidungshaus. Wände bersten. Balken splittern. Steine brechen. Putz staubt. Es ist Donnerstag, der 8. März 1973. Das letzte Vorkriegshaus in der Rathausstraße ist gesprengt.
Ketzer steht an der Weltuhr und sieht noch immer das Waren-

haus überm Bahnhof recken. Sein Sprengsatz hat noch nicht gezündet. Ganz deutlich noch die Leuchtreklame in seinem Kopf: der Mann mit Hut, die Frau davor, das Kind dann. Und schwarz eingerahmt alles. Oder so ungefähr doch. Das HO-Bekleidungshaus am Alex! Da war ich mit Oma immer. Ketzer zieht Zementstaub in seine Nase. Ganz kalkig schmeckt sein Speichel. Er fingert eine Zigarette aus seiner Kuttentasche und pafft gegen die Staubwolke. Ketzer wartet. In seiner Hand knüllt eine Zeitung. BZ am Abend. Er wartet schon lange. Entknüllt die Blätter und wischt noch einmal über die Schlagzeilen. Was soll ich sonst. Unidad Popular errang bedeutenden/11 BRD-Publikationsorgane in der DDR akkre/PLO bestreitet Verbindung mit Terrororganisation »Schwarzer/Wounded knee: Forderungen der Sioux/Dokumentation über Berufsverbote//Währungskrise in Westeuropa hält/Union der französischen Linken mit/Blankovollmacht für britische Besatzer in Nordir/Besucherrekord zur VII. Kunstaus/Aschenbach neuer Schiflugwel. Da tippt ein Mann gegen Ketzers Arm. Ketzer sieht hoch und erkennt sofort. Er lacht und schüttelt Greschke überschwenglich die Hand.

Mensch Nobs, wo kommst du denn her? Lange nicht gesehen. Wie gehts dir denn so?

Och, nicht schlecht. Ich war mit unserer Truppe in Kuba: lacht Greschke zurück. Ich hab dich kaum wiedererkannt Brian. Hast dir ja wieder mächtig die Haare wachsen lassen.

Kuba? Donnerwetter! Du machst ja richtig Karriere, Alter! Ketzer schlägt gegen Greschke.

Und was macht die Schule? Schon fertig?

Nee, erst im Mai: antwortet Greschke.

Sie grinsen sich an. Grinsen und suchen nach der Zeit in ihren Gesichtern. Bis Greschke fragt: Wir haben uns doch bald zwei Jahre nicht gesehen, oder?

Ketzer schürzt die Lippe, sagt: Hhm. Im Juni werdens zwei. Ich hab doch damals bei deinem Kumpel immer nach drüben angerufen. Weißt du noch?
Klar weiß ich. Mann, lange her, was?
Ketzer dreht zur Uhr. Greschke bemerkt es und fragt: Wartest du auf jemand?
Hhm. Aber jetzt nicht mehr! Zwanzig Minuten sind genug für eine Frau, meinst du nicht auch?
Genau! Und darauf gehen wir einen nippen. Einverstanden?
Immer! Wollte sowieso essengehen. Wo machen wir hin?
Da rüber! antwortet Greschke und zeigt zum Haus des Lehrers. Im zweiten Stock ist ein Restaurant, da kriegt man immer nochn Tisch.
Sie queren den Platz. Und Greschke fragt: Was machst du überhaupt? Bist du noch in Dresden? Was machen die Frauen?
Ketzer will antworten, doch eine Gruppe Kinder drängt zwischen. Dann sagt er: Mensch, in Dresden bin ich seit Sommer 72 nicht mehr. Hab gekündigt mit Ende der Spielzeit. Ich bin jetzt auch in Berlin.
Und? Wo wohnst du?
Ich hab ne Wohnung von ner Freundin, die studiert noch in Dresden. Stube und Küche aber bloß. Am Helmholtzplatz. Kennst du die Gegend?
Wieder drängen Menschen. Greschke lacht über die Köpfe hinweg und nickt. Sie stoßen am U-Bahnausgang vorbei, überqueren die Grunerstraße, die Alexanderstraße, erreichen das Haus des Lehrers dann. Sie steigen Treppen und finden auch wirklich einen freien Tisch. Sie setzen sich, bestellen Bier, atmen auf.
Wer erzählt zuerst? fragt Ketzer.
Ich. Bei mir gehts schnell: antwortet Greschke und zieht eine Zigarettenschachtel aus seinem Lederjackett.
Daß ich verheiratet bin, weißt du ja wohl? Möchtest du auch?

Ketzer nickt. Sagt: Meine Oma hat mir von erzählt. N Sängerin, nicht?
Hhm, auf ner Tournee hab ich sie kennengelernt. Vor zwei Jahren schon. Bitte!
Greschke schlägt gegen die Schachtel. Ketzer greift eine PEER.
Ist das eigentlich was, Musiker sein und verheiratet? Ihr seht euch doch kaum.
Sehen, Brian?! Wer sich viel sieht, geht sich viel auf die Nerven! Bis jetzt ging es jedenfalls ganz gut. Und du? Bist du verheiratet?
Ich?
Ketzer stemmt erstaunt gegen die Stuhllehne.
Nee, natürlich nicht.
Na, hätt ja sein können. Sind doch alle verheiratet inzwischen. Fritze, Kalle, Jimmy.
Und ich eben nicht! unterbricht Ketzer. Freundin hat bis jetzt immer gereicht.
Der Kellner bringt das Bier. Sie stoßen die Gläser und trinken genüßlich. Dann fragt Greschke: Erzähl mal, was hast du denn in Dresden so gemacht? Hab was von Theater läuten hören! Undn Haus sollst du dir auch gekauft haben. Auch keine schlechte Karriere, Brian!
Greschke überschmunzelt den Tisch.
Ketzer lacht gepreßt: Hach! Von wegen Haus! N Zelt hatte ich. Und später n Wohnwagen.
Greschke großäugig: Wohnwagen? Wozu? Warst du aufm Bau?
Ach Nobs. Gewohnt hab ich drin. Ich mußte ja irgendwo bleiben! Geh du mal nach Dresden und kennst kein Schwanz?!! Da ist alles dicht! Da kannste nirgendwo unterkriechen. Na, und da hab ich mir eben ein Grundstück gekauft, undn Zelt. So hab ich in Dresden angefangen. Tja...
Ketzer starrt in sein Glas. Bilder spiegeln dort. Bärenzwinger, Sascha, Großes Haus, Hellerau und Operngröler, ein Fünfzig-

Markschein noch, und immer wieder Gesichter. Kunogesichter, Tanteernagesichter und.
Tja, war irgendwie schön und blöd alles in allem: aufstöhnt Ketzer. Er schüttelt das Glas. Über die Bilder flockt Schaum.
Es war wie überall, kaputte Typen und ausgeflippte Weiber, die sich jeden Tag in irgendwelchen Kneipen oder Milchbars treffen. Jede Clique hat ihr eigenes Ghetto. Da kennt jeder jeden, da weiß jeder, wies langgeht, was in und gefragt ist. Da kannste dich verkriechen oder dir den Bauch voll Tabletten ziehen. Acch!
Ketzer unterbricht. Zündet eine neue Zigarette. Zieht. Bläst den Rauch in Richtung Fenster.
Da drüben ist auch so ein Ghetto. Kennst du das Esso unten im Berlin? (Greschke nickt) Die gleichen Leute, die gleichen Typen, das gleiche Gequatsche. Wie überall. Alle paar Jahre ist Generationswechsel, aber sonst?! (Ketzer winkt mißmutig ab) Du bist jedenfalls verdammt schnell durch. Und dann gibts bloß noch Wiederholung. Und am Theater ist es nicht anders. Du kommst eben an keinen ran! Überall bloß Mauern! Die Schauspieler hinter der, die Sänger hinter dieser, die Musiker hinter einer nächsten usw. Es ist (Ketzer unterbricht wieder. Raucht stumm. Beendet den Satz) ist eben alles schnell totgelaufen. Sackgasse! Bumm! Stehste davor und kommst nicht weiter.
Greschke nickt verstehend. Er will etwas sagen, doch da biegt es bauchig über den Tisch.
Wünschen die Herren auch zu speisen? fragt der Kellner.
Greschke bestellt ein Zigeunersteak und Ketzer Filetstückchen in Sahne. Beringte Wurstfinger notieren eifrig.
Und zwei Bier noch! sagt Greschke.
Der Kellner krümmt sein schwarzes Rückgrat.
Haben die Herren noch einen Wunsch?
Murmeläugig mustert es von oben. Die Zigaretten. Das Feuerzeug. Das Ledertäschchen. Die Schuhe. Ost oder West?

Greschke schüttelt den Kopf und verneint. So rollt der Kellner schwarz und glänzend davon. Ketzer fragt dann: Bei welcher Truppe bist dun jetzt? Was macht ihr überhaupt? Hardrock?
Greschke schrillt: Hardrock!!! Das ist gut! Butterweiche Folklore machen wir!!
Ketzer fast mißtrauisch: Folklore? Was denn, so Wald- und Wiesendudel?
Greschke grinst: Nee, nee, n bißchen mehr schon. Internationale Folklore, quer durch die Bank. Vietnamesisch, spanisch, franzenglisch, deutzösisch. Wir machen alles!
Ketzer noch immer mißtrauisch: Und was ist das für eine Truppe?
Thuja heißen wir. Wir sind acht Mann, drei Frauen, fünf Männer. Einer davon ist unser Chef. N Neffe vom Kulturminister! Kannst dir vorstellen, an was für Mucken wir rankommen.
Plötzlich schnauft Greschke: Äärr, lassen wir den Verein! Ich mach da bloß mit, um n bißchen in die Welt zu kommen. Sonst ist da alles faul. Wir müßten eigentlich ›Faulbaum‹ heißen!
Ketzer faltet fragend die Stirn.
Ach so, Thuja heißt Lebensbaum: erklärt Greschke. Bei uns lebt aber nicht mehr viel. Alles rosarote Schminke. Nur noch Mache! Und ich mach da mit!
Greschke seufzt und schlägt auf den Tisch.
Für Hardrock ist es zu spät. Da hab ich den Zug verpaßt. Ich koch eben auch bloß mit Wasser. Und um bei Truppen wie den Puhdys einzusteigen, muß man schon absolut top sein. Und außerdem braucht man noch erstklassige Beziehungen. Soo sieht es aus in der ›Szene‹!
Ketzer nickt. Er will etwas sagen, doch da rollt der Kellner wieder heran. Er baucht über den Tisch und stellt die Teller und Gläser.
Guten Appetit, die Herren: schmeichelt er.

Ketzer und Greschke fassen das Bier. Prosten sich zu und beginnen zu essen. Kauend erzählt Ketzer: Nach Dresden hab ich erstmal n Weile nichts gemacht. Aber irgendwann war das Geld dann alle, da hab ich mir n Job gesucht. In so ner mickrigen Bude in Pankow. Ein finstres Loch, sag ich dir. Ich hab da mal n Fotoserie von gemacht, sonst glaubt mir das keiner, daß es so was noch gibt. Wenigstens Mittelalter alles!
Und was war das fürn Job?
Schlossern, was sonst? Ich brauchte Geld. Ich hatte n Menge Schulden, was willste schon machen? Na jedenfalls durch die Monika, von der ich die Wohnung habe, die jetzt noch in Dresden studiert, hab ich ziemlich schnell n Menge Leute kennengelernt. Solche kaputten wie da drüben (er zeigt mit der Gabel zum Hotel), aber auch n paar andere. Gott, die waren nun nicht grade die heile Welt, aber irgendwie realer, konstruktiver irgendwie. Die haben nicht bloß gequatscht, die haben wirklich was gemacht.
Ketzer schluckt. Holt Luft und sagt dann lauter: Wirklich was machen, du, das ist ein unheimliches Gefühl!! Wirklich!
Er schluckt wieder. Kaut noch. Erzählt dann weiter: Na, und in so einem Klub, wo die sich da alle treffen, da hab ich auch meine jetzige Freundin kennengelernt. Bei einer Silvesterfete.
Greschke horcht auf.
Fragt: Und?
Was und?
Ketzer schmunzelt, als verstünde er nicht.
Name, Alter, Oberweite, was macht sie? Los erzähl schon!
Brigitte heißt sie. Sie istn bißchen älter als ich. Zwei Jahre.
Greschke zischt durch die Zähne. Fleischstückchen fliegen.
Meensch, schon wieder n Gitti?! Mit denen hastes ja!
B ist bei der Zeitung. Bei der ›Jungen Welt‹! Sie ist Journalistin.
Erstaunt senken Greschkes Mundwinkel.

Journalistin?! Donnerwetter!! Mußte da nichtn bißchen aufpassen?
Aufpassen? Wovor?
Vor dem A-b-f-ä-r-b-e-n?
Leichthin schlenkert Greschke mit der Hand über den Tisch. Doch Ketzer sagt mit strichigem Mund: Vielleicht hab ich schon. Nobs!
Greschke blitzt zu ihm hinüber. Schmeckt ab dieses – Vielleicht. Fragt langsam dann: Wie meinst du das?
Nun, was würdest du sagen, wenn ich in einem Jugendklub arbeite?... Als stellvertretender Klubleiter.
Zweifelnd schiebt Greschkes Kiefer.
Die würden dich doch gar nicht nehmen. Mit deiner Vergangenheit! Bei solchen Posten sieben die doch mächtig.
Und wenn die Maschen nun weiter geworden sind? Seit anderthalb Jahren zum Beispiel?
Red kein Mist Brian? Bist du wirklich in einem FDJ-Klub?
Der Trompetenmuskel zieht Ketzers Grinsen breit.
Bin ich, Nobs! Seit vorigen Herbst schon: antwortet er.
Greschke stottert: Ichich denke, in Pankow die. Du als FDJ-Knüppel? Mit Sakko und Blauhemd überm Kragen? Menschmensch, du, das...
Fassungslos zuckt Greschkes Zunge im offenen Mund.
Ach, Nobs, wie du das sagst! Die Arbeit im Klub macht mir Spaß. Es ist gute Arbeit. Ich meine, echt kreativ. Da kann man tatsächlich was machen! Ich fühl mich wohl. E-i-n-f-a-c-h w-o-h-l! Weißt du, so ne Zeit hatt ich noch nie!
Ketzer zippt an seinem Bier. Er wischt bedächtig den Schaum von der Lippe. Spricht dann weiter: Richtig eingestiegen bin ich auch erst vor vier Wochen. Vorher hab ich nur so mitgemacht, Barkeeper und solche Sachen. Nach Feierabend. Ist ja nur n kleiner Klub. Aber irgendwie alles unwahrscheinlich frei. Kein Ul-

bricht mehr an der Wand und so. Die Zeiten sind vorbei. Man kann wirklich n Menge machen heute. Ist nicht mehr wie sechsundsechzig, als de wegen n paar bunter Klamotten auf der Bühne beinahe in den Knast gekommen bist. Ich glaub, die Leute haben wirklich was gelernt.
Welche Leute? fragt Greschke dunkel.
Na die Regierung. Honecker. Die Partei: antwortet Ketzer.
Meinst du das im Ernst?
Ja.
Dann mußt du blöd sein oder blind!
Eisig ballt der Zigarettenrauch plötzlich überm Tisch.
Ketzer sagt nadlig: Blind? So? Blind ist, wer Veränderungen nicht sieht! Wer den neue Anfang verpaßt! Es gibt nicht nur Vorurteile! Es gibt auch Nachurteile! Die der Zeit hinterherhinken!
Nu komm! Agitier mich noch beim Mittagessen!
Unmut faltet Greschkes Stirn. Die Eishülle bleibt. So mahlen sie lange stumpf über ihren Tellern. Bis Ketzer sagt: Nobs, wir wollen nicht streiten. Komm selbst hin und sieh dir alles an. Wir sitzen in der Brunnenstraße, zum Rosenthaler Platz hin. Son altes Kino! Über manche Dinge kann man eben nicht reden. Ich versteh ja manchmal selbst nicht alles. Es kam irgendwie. Und ich fühl mich wohl dabei. Wenn man immer alles bloß beschissen gefunden hat, dann ist es ein echt gutes Gefühl, wenn es was gibt, was mal nicht beschissen ist. Das kann man nicht erklären weiter. Es ist einfach da, und ich bin froh darüber.
Ketzer schiebt den Teller und faltet eine Serviette. Er wischt ab den Mund. Tastet über seine Bundjacke. Doch da klopft Greschke schon gegen die Peer. Ketzer greift und zündet an.
Ich hab schon n Menge gemacht: setzt er dann fort. Ich war sogar mal Kohlefahrer. Hach!!! Auf Probe auch noch. Ich hab immer was gesucht. Wir suchen doch alle was. Du doch auch, Nobs! Keiner lebt doch bloß für Schrankwand und Auto allein. Und

jetzt hab ich das erste Mal das Gefühl, etwas gefunden zu haben. Kannst du dir vorstellen, wie das ist?
Greschke hebt unsicher die Schultern. Ketzers Fingernägel kerben Kreise in den weißen Damast.
Ich glaube, ich bin angekommen. Ich habe mein Ziel erreicht. Glaubst du?
Lang und merkwürdig Greschkes Blick zu Ketzer hinüber.
Hhm!
Na?!
Sie schweigen. Sie trinken aus. Sie zerdrücken die Kippen und zahlen.
Achtmarkzwanzig für den Herrn: schmalzt der Kellner und äugt in Ketzers Brieftasche.
Osten: denkt er enttäuscht.
Anrufen: denkt Ketzer.
Musikschule: denkt Greschke.
Unten auf der Straße, vor dem Haus verabschieden sie sich dann.
Komm doch mal vorbei, Nobs! Ab sechs haben wir immer auf. Außer montags. Brunnen heißt der Klub.
Hhm, mal sehen.
Na, dann bis bald.
Bis bald.
Sie winken sich zu. Drehen herum. Greschke biegt rechts in die Karl-Marx-Allee, und Ketzer geht zurück zum Bahnhof, eine Telefonzelle suchen. Verändert hat er sich nicht. Ob ich? Hardrock, ha! Was hat er geredet damals. Und nun bloß Folklore. Und dann noch Tunja, oder wie die Truppe da heißt. Ketzer grübelt. Er läuft bei Rot über die Alexanderstraße. Er läuft vor ein Auto. Aber die Straße ist trocken. Die Bremsen fassen sicher. Nur der Fahrer hängt aus dem Fenster und brüllt. Ketzer erwacht und rudert erschreckt mit den Armen.
Dann.

Telefonieren mit Brigitte. Ketzer steht in einer Telefonzelle. Er sperrt die Tür mit dem Fuß, denn vom Boden beißt Urindünstung hoch. Er wählt mit spitzen Fingern. Relais knacken. Plötzlich ruft er laut: Ja, hallo!? Bitte die Abteilung Politik, Fräulein Harendt bitte!
Wieder Relaisknacken. Wieder warten. Ketzer reckt den Hals aus der Tür. Endlich.
Hier Harendt.
Hier ist Conny. Warum bist du denn nicht gekommen, B? Ich hab gewartet! Wir wollten doch beide essen gehen!?
Brigitte antwortet gereizt: Ging nicht, Constantin! Ich mußte zu ner Pressekonferenz vom Zentralrat. Blitzaktion! Der Artikel soll noch in die Wochenendausgabe! Ich hab echt keine Zeit jetzt. Sehen wir uns heute abend?
Bist du im Klub?
Ja. Wir haben Klubratssitzung. Der Saalumbau, du weißt ja.
Mal sehen, vielleicht komm ich vorbei. Ich bin in Druck, Constantin. Echt!
Aber.
Brigitte kommt nicht am Abend. Ihr Stuhl bleibt frei am Klubratstisch. Ohne sie auch die Diskussion um den Kinosaal. Die Genehmigungen sind längst erteilt. Auch die Möbelfabrik will zum 1. April ausräumen, sie hatte ihr Lager dort. Also kann der Umbau beginnen. Also werden kräftige Hände gesucht.
Maurerhände
Elektrikerhände
Malerhände
Installateurhände
Tischlerhände
Gesucht wird auch Linoleum. Und dann, woher die Bestuhlung nehmen? Und die Scheinwerfer erst? Und die Klosettbecken. Und den Vorhangstoff für die Bühne? Ketzers Fehlliste wird im-

mer länger. Nachdenklich schiebt er mit dem Colaglas über den Tisch. Er fragt in die Runde: Hat jemand Beziehungen zu Bauleuten, wo wir Material herkriegen können?
Ein paar Köpfe ducken sich. Andere zucken mit den Schultern. Nur ein Mädchen sagt: Mein Bruder ist Bauingenieur beim IHB. Ich kann ja mal fragen.
Ketzer atmet erleichtert: Gut, Marina, übernimm das. Und schreibt in ein Heft.
Die Sache mit den Saaltüren hat Christian geklärt: sagt der dann. Die Möbelfabrik übernimmt alle Reparaturen dadran. Jetzt vorm Festival traut sich kein Betriebsdirektor nee zu sagen. Das müssen wir ausnutzen, Leute!
Wo ist Christian überhaupt hin: fragt einer.
In Buch draußen. Bei so nem alten Klempner, wegen seiner Zentralheizung. Er denkt doch immer noch, wir kriegen son Ding.
Was, jetzt um die Zeit?
Klar! Handwerker haben immer Dienst – und Durst!! Die müssen erst n bißchen feucht gemacht werden. Verstehste?
Alle grinsen und verstehen.
Größtes Problem bleibt nach wie vor die Heizung: hebt Ketzer wieder die Stimme. Die alte muß total erneuert werden! Das schaffen wir allein nicht. Also Vorschläge, Leute!
Wieder ducken die Köpfe über die Colagläser. Keiner sagt. Bis ein Junge endlich.
Und wenn wir einfach Kanonenöfen reinstellen? Nach dem Krieg haben die das auch so gemacht.
Vereinzelte Lacher hüpfen über den Tisch.
Was lacht ihr denn so blöd? Ich weiß das von meiner Mutter! Die kennt den Laden noch von früher, als das nochn Kino war.
Ketzer beschwichtigt: Das genehmigt die Bauaufsicht nie. Kanonenöfen sind einfach nicht mehr drin!
Eh! Und wenn wir richtige Öfen einbauen? Große Kachelöfen?

In zwei Ecken jeweils? Das geht schnell und ist doch viel billiger als Christians Zentralheizung!
Wieder überlegen. Wieder Köpfeducken. Gläserschieben. Zigarettenanzünden. Blau räuchert die Zeit aus den Aschbechern hoch. Um zehn Uhr schiebt Ketzer dann gegen die Zeitwolke.
Bis nächsten Donnerstag: sagt er und stemmt stöhnend vom Stuhl.
Und.
Am nächsten Donnerstag wieder die gleichen Fragen: Wer hat Beziehungen zu? Wer kennt? Wo gibt es? Wie können wir?
Und.
Am nächsten Donnerstag wieder die gleichen Fra
Und.
Am nächsten Donnerstag wieder die
Und.
Immer wieder das Zeiträuchern aus den Aschbechern hoch.
Blau ballen die Wochen. Klumpen zu Monaten rasch.
Dann.
Ist Montag, der 14. Mai 1973. Brigitte Harendt hat Geburtstag. Viel Volk bei ihr. Auch Ketzer. Auch Christian Scholz, Ketzers Chef. Beide stehen in der Küche zwischen Herd und Spülstein. Sie halten Rotweingläser und fuchteln in die aufgehängten Handtücher. Ihre Köpfe röten. Sie hitzen am Kinosaal wieder. Scholz hat in Erkner alte Heizungskörper aufgetrieben, vielleicht können sie doch noch eine Zentralheizung bis September. Doch Ketzer hat mit einer Ofenbaufirma bereits Termine vereinbart. Im Juni werden zwei Warmluftöfen gesetzt. Scholz stößt sich immer wieder daran. So auch jetzt. Er knallt sein Glas auf den Kühlschrank. Rotwein schwappt.
Bin ich nun Klubleiter oder du? Du kannst doch nicht einfach.
Ketzer unterbricht ihn heftig: Klar kann ich! Für den Saal bin ich verantwortlich, deswegen habt ihr mich doch überhaupt einge-

stellt! Mit deiner Scheiß Zentralheizung sind wir doch in fünf Jahren noch nicht fertig! Und dann, was das kostet!
Ketzer strammt erregt durch die Küche. Immer wieder schlägt er mit der Hand durch die Luft.
Hast du dir schon mal ausgerechnet, wieviel Geld wir mit den Öfen einsparen? Und was wir an Kohlen weniger verbrauchen? Wir haben doch nicht jeden Tag n Veranstaltung im Saal!
Ketzer kippt den Wein, ohne zu schmecken. Schüttet nach mit fliegenden Händen. Da kommt Scholz heran. Baut sich vor ihm auf. Stößt scharf in seine Augen.
Du hast mit der Firma auf eigene Faust verhandelt! Das ist kein Leitungsstil so was! Das ist wilder Individualismus!
Hach!! Was hab ich denn von Erkner gewußt, he? Nichts! Genosse Halbleiter! Und außerdem ist ja schon alles entschieden. Basta!
Scholz will erwidern, krampft auch nach Worten, packt aber keins und steht nur mit schnappendem Mund. Scholz gegen Ketzer. Und Ketzer breit und fest. Und Scholz schmal und glasig.
Da stößt plötzlich die Tür auf und Brigitte weht herein. Sie umfaßt Ketzer und küßt ihn. Ketzer bricht aus seiner Verkrampfung. Auch Scholz bricht.
Was ist los mit euch? fragt B.
Ach, immer die alte Leier. Wegen der Heizung: antwortet Scholz und gießt Wein nach. Er nimmt auch Ketzers Glas. Gießt voll.
Ich denke, ihr habt euch für Öfen entschieden, wundert sich Brigitte. Ist doch längst geklärt.
Ist es eben nicht. Conny hat mit einer Firma schon Termine ausgehandelt, ohne daß davon einer was wußte: murrt Scholz.
Der eine warst bloß du: zischelt Ketzer.
Wan kommen denn die Öfen?
Im Juni.
Na ist ja toll! Und worum habt ihr euch nun gestritten?

Wie zwei Tröpfe stehen Scholz und Ketzer jetzt.
Brigitte lacht und sagt: Typisch Männer! Immer noch nicht ganz vom Baum runter!
Sie umarmt beide und zieht sie auf den Flur, hinüber ins Wohnzimmer.
Im Zimmer brennen Kerzen auf dem Fußboden. Leute stehen dazwischen, sitzen, diskutieren, halten Rotweingläser. Ein Plattenspieler tourt. Isabel Parra und Quilapayun. Und immer wieder: A desalambra. Ketzer summt die Melodie. Er sitzt mit Gabriele und Stefan Biank unter einer großen Chile-Fahne. Die Fahne hat Gabriele geschenkt. Sie hat Beziehungen zur Botschaft. Nächstes Jahr soll sie nach Santiago. Eine Reportage schreiben für den Forum. Falls der Redaktionsplan nicht ändert. Sie lernt schon Spanisch. Und Ketzer erinnert sich. Is this a lamp? Is that a cat? Könnte wieder anfangen im Herbst. Wenn ich nicht mehr zum Zeichenzirkel gehe, hätte ich Zeit. Da klappt wieder die Türe. Noch mehr Gäste kommen. Ketzer, Stefan und Gabriele rücken zusammen. Brigitte hüpft zwischen den Kerzen und gießt Wein in Tassen. So geht es den Abend lang. Bis in die Nacht. Erst nach zwei liegen Ketzer und Brigitte nebeneinander auf dem selbstgebauten französischen Bett. Im Zimmer ist es heiß. Nur wenig Luft zieht durchs offene Fenster. So liegen sie nackt und gespreizt. Sie halten die Augen geschlossen. Sprechen kein Wort. Nur der Plattenspieler tourt: Elegia a Ché. Quilapayun. In ihren Körpern summen die abschlaffenden Muskeln. Ketzer und Brigitte hören das Tönen. Wie es leiser und leiser wird, wie es verschwindet fast, wie es dann umklingt, wie es wieder anwächst, wie es rasch an Stärke gewinnt, wie dies andere Tönen dann die Haut spannt, wie es den Atem treibt, wie.
Ketzer dreht zu Brigitte und reibt brummend über ihren Körper. Brigitte klammert um ihn. Sie klammert immer fester. Sie krallt in seine Oberarme. Sie verbeißt sich. Sie schreit schon.

Und Ketzer ejakuliert.
Wars schön? fragt er bald.
Ja: haucht Brigitte.
Sie schweigen und hören wieder unter ihre Haut.
Hörst du? fragt Ketzer. Unsere Körper singen.
Vielleicht sind sie glücklich: antwortet Brigitte.
Bist du denn glücklich?
Ja! Ich hatte einen schönen Tag. Ich habe dich! Und ich habe ein schönes Gedicht geschenkt bekommen.

Ich will dir
nicht
deine Freiheit
nehmen
Ich will mit
dir
nur freier sein. Das ist schön. Das ist wirklich schön! Ich danke dir mein Lieber!

Sie küssen sich. Brigitte liegt breit über Ketzers Brust. Sie sehen sich an. Lange. Grau sind Ketzers Augen. Und braun Brigittes.
Wochen später dann.
Ketzer kommt früher aus seinem Zeichenzirkel. Er will bei Brigitte fernsehen. Schlagerstudio, DDR I. Er will Kina Raat sehen, Greschkes Frau. Aus der Fernsehzeitung weiß er. Brigitte hat keine Zeit. Sie muß einen Artikel. Sie sitzt in ihrem Arbeitszimmer und hebelt an einer alten Rheinmetall. So lagert Ketzer allein auf dem französischen Bett. Auf einem Bord steht der Kofferempfänger. Ketzer dreht an der Antenne. Das Bild schärft. Jacobs Kaffee wun. Ketzer tippt eine Taste. jax der weiße Wirbelwind. Ketzer schaltet auf Kanal 5. Die Aktuelle Kamera bringt Nachrichten aus aller Welt. Ketzer langweilt an der Bettkante entlang. Die Wetterkarte dann. Ein Mann strichelt über Europa. Der Hochdruckeinfluß in ganz. Die sommerlichen Temp. Ket-

zer reibt die schweißige Brust. Dann das Schlagerstudio endlich. Chris Wallasch moderiert. Begrüßung. Applaus. Und Trara. Wallasch sagt die erste Sängerin an. Der Schirm dunkelt. Hellt auf dann mit einem Schlag. Auf einem funkelnden Podest steht kopfgesenkt Monika Herz. Es regnet Lametta. Geigen stöhnen auf.

Gesinge folgt. Hell glittert eine Scheinwerfersonne dazu. Glittert mit jeder Strophe heller noch.

Dann wieder Wallasch. Dann Michael Hansen. Wieder Funkeln. Wieder Lamettaregen. Dann endlich – Kina Raat. Ketzer rutscht nah an den Schirm. Die Kamera schwenkt. Eine Papierwiese nun. Es regnet Blumen diesmal. Kina Raat sitzt mit einem weißen Kaninchen. Keusch tönt eine Flöte im Hintergrund. Die Kamera fährt näher. Ganz groß ihr Gesicht jetzt. Unschuldig und klar biegen die Brauenbögen. Schwer senken die Lider. Heben. Geben glückliches Augenfunkeln preis.

Ich hab gewartet auf diesen Ta-ag,
Mit jedem neuen Stundenschla-ag.
Mein Traum nun ist wa-ahr,
Du bleibst für immer da-ar.

Kina Raat huscht auf hohen Plateausohlen fröhlich über die Kunststoffwiese. Die Kamera faßt die Totale. Und die Tonregie zieht die Regler. Das erste Band ist abgespult. Kina Raat beugt tief die Frisur und empfängt den Beifall.

Auch Ketzer klatscht. Er drischt auf die Matratze und schreit: Briiigitte, komm her! Komm bloß heeer!

Brigitte schiebt ärgerlich durch die Tür. Doch Ketzer achtet nicht. Er winkt sie heran und lacht und prustet.

Hör dir dieses Weib an! ›Ich hab gewartet jeden Ta-ag‹. Das hältst du nicht aus. Komm! Die schmettert noch einen.

Widerwillig kommt Brigitte. Sie setzt sich steif auf den Bettrand und fragt: Wer ist denn das?
Kina Raat! Greschkes Frau. Der Pianist. Von unserem Dorf. Du weißt doch.
Aha.
Ketzer rutscht wieder vor den Bildschirm. Aus dem Lautsprecher blechern Walzergeigen jetzt. Die Kamera faßt Arkadenbögen. Papierrosen sind gewunden drum. Kina Raat steht und schnuppt. Die Kamera fährt näher. Groß ihr Gesicht. Das Einatmen. Das ArmeindieLuftwerfen.

Sommerromanzen,
verliebt sein und tanzen.
Sommererwachen,
ein Singen und Lachen.
Und der Mohn, der blüht.
Und jeden Tag ein Lied.

Kina Raat dreht mit zurückgeworfenem Kopf in den Papparkaden.
Die Kame. Doch da schlägt Brigitte schon den Kippschalter. Zischend dunkelt der Schirm. Und Ketzer sitzt mit großen Augen. Was ist denn los? fragt er hohl.
Daß die solchen Mist machen, ist schon schlimm! Aber daß du dir solchen Mist auch noch ansiehst – da ist echt, echt Scheiße!!
Mensch, nun dreh nicht durch! Ich wollt ja bloß mal Greschkes Frau sehen. Der spielt doch im Januar bei uns.
Brigitte steht steif vor dem Bett. Sie sieht über Ketzer hinweg an die Wand. Bohrt sich in das schwarz-rote Che Guevara-Plakat.
Keiner sagt. Die Stille reibt. Brigitte dreht zum Fenster und wischt über die blinden Scheiben.
Ketzer sagt dann ganz behutsam: Manchmal versteh ich dich

nicht. Da bist du unwahrscheinlich empfindlich. Da drehst du bei jeder Kleinigkeit gleich durch, als wenn es immer wer weiß was wär.
Brigitte bleibt ohne Regung. Ketzer rutscht vom Bett. Er tritt von hinten an Brigitte heran und versucht sie zu umarmen.
Du bist so verbissen manchmal, B: sagt er leise. Er fühlt Brigittes harten Körper und streichelt ihn.
So tobsüchtig irgendwie. Warum denn B? Du hast mich, du hast deine Arbeit, du weißt, was du machst und wofür. Warum dann?
Da dreht Brigitte zu ihm. Auf ihrer Stirn kerben Falten.
Weiß ich das wirklich? Wenn ich so was sehe, dann kommt mir das Kotzen! Dann weiß ich wirklich nicht mehr, wofür ich alles mache. Dann, dann komme ich mir so hilflos vor, so blödsinnig und bekloppt! Ich hocke hier in meiner Bude, schreibe mir jahraus jahrein die Finger wund, will die Leute verändern, will was Nützliches machen, und was kommt bei heraus? So was da!!
Sie schreit gegen den Apparat und sinkt auf das Bett.
Es ist so mühselig alles. Ich komme mir manchmal wie Don Quichotte vor. Ich drehe auf wie eine Wahnsinnige, kämpfe wie irre. . . aber nichts. Nichts! Nur Wind! Du schindest wie ein Ackergaul, du hängst an deiner Karre, aber du kommst keinen Meter voran. Wie festgewachsen ist alles! Ach! Constantin, manchmal.
Brigitte bricht ab. Ketzer setzt sich zu ihr und umfaßt ihren Kopf.
Aber es geht doch nur langsam voran alles. Das wissen wir doch.
Brigitte ächzt leise.
Vielleicht haben wir immer noch Illusionen: spricht Ketzer weiter. Wir glauben immer noch, die neue Gesellchaft ist in Siebenmeilenstiefeln zu erreichen. Man hat uns zu lange Märchen erzählt, B. Daher kommt das.
Brigitte schmiegt sich an Ketzer. Ihr Körper ist weich jetzt wieder.

Hast ja recht: sagt sie. Aber manchmal krieg ich eben meine große Weltheule. Ach, ich werd mir erst mal einen Kaffee machen. Der putscht mich schon wieder hoch.
Sie steht auf und schlurrt aus dem Zimmer. Ketzer sitzt noch. Dann schlurrt er hinterher.
In der Küche sagt er: Ich muß in den Klub. Wir probieren die neue Discoanlage aus. Fürn Saal. Am achtundzwanzigsten Juli wollen wir eröffnen.
Brigitte fragt noch: Heizen denn die Öfen nun?
Antwortet Ketzer: Ja, die haben da nochmal was geändert. Und klappt schon die Tür.
Der 28. Juli dann.
Die Weltfestspiele!
Berlin – offene Stadt. Alles anders dort. Wie umgestülpt. Nacht und Morgen und Mittag mischen sich. Quirlen zusammen zu einem Tag. Einem zehntagelangen Tag. Der fackelt ab und leuchtet hell. Viele sehen. Viele staunen. Viele nehmen mit. So ein bißchen Feuer. So ein bißchen Lachen auch. Nehmen mit nach Fernost. Nehmen mit nach Afrika. Nehmen mit nach Chile.
Aber.
Im September löscht das Feuer. Schlägt auch weg das Lachen. Putsch in Santiago! Die Moneda brennt. Das Land unter Kriegsrecht. Und Allende sofort getötet.
Doch.
Aufschreit die Welt da vor Entsetzen. Auch Berlin schreit. Auch der Brunnen schreit. Groß spannt ein Transparent überm Portal: WIR PROTESTIEREN GEGEN. Im Saal dröhnen Lautsprecher. Die Puhdys spielen. Ein Solidaritätskonzert für Chile. Wochen später spielt Lift. Wochen später Renft dann. Der Andrang ist groß. In Reihen stehen die Jugendlichen. Und über ihren Köpfen schlappt das Transparent. Es graut ein allmählich. So spannen Scholz und Ketzer ein neues: NIEMALS VERGESSEN –

DIE OPFER DER PINOCHET. Sie hissen auch eine Chile-Fahne. Und stecken auf den Trauerflor.
Aber.
Melden sich zwei eisengesichtige Männer da. Der Flor muß ab! Und die Fahne dazu! Sie stört im Gesamtbild. Und schwarz ist schon lange nicht unsere Farbe. Versteht! Genossen. Und Scholz und Ketzer versuchen es. Sie entstören das Bild. Die Brunnenstraße ist wieder unbeflaggt. Kein 69er Straßenbahnauge gafft mehr. Die Fahne durchhängt den Discoraum jetzt. Die Les Humphries wellen gegen. Oder T-Rex. Oder Plenzdorfapplaus. Oder BettinaWegnerkrähen. Oder KarlEduardvonSchnitzlerfiesen.

SO GEHT HIN DIE ZEIT

UND FÜR KETZER WIE NOCH NIEMALS EINE

Im Januar dann.
Ist Thuja das erste Mal im Brunnen. Nach dem Konzert sitzen Ketzer und Greschke noch. Sie plänkeln über ihren Gläsern und tasten ab: Bloß halb voll der Saal. Hhm, sechzig Karten übrig. In Paris gewesen, so? Und Belgien auch, ach. Macht denn dein Vater? Seh ihn öfter. Armee schon gemeldet? Nee. Hübsch habt ihrs hier. Hhm. Und wirklich keinen Honecker. Sagt ich doch. Dafür n Fahne. Warum nicht? Aber hübsch habt ihrs schon. Und nur zwei Mann für alles? Ja. Heizen und saubermachen auch? Klar! Wär mir nichts. Mir ja. Zu politisch alles. Und eure Lieder? Masche. Mache?
Und du?
Was und du?
Bist du auch, Masche?
Schon wieder n Ideologiepauke, Brian?

Vielleicht?
Ketzer bläst scharf den Rauch. Er holt Luft und fragt: Denken eigentlich alle von eurer Truppe so?
Greschke lacht: Was dachtest du? Was meinst du wohl...
Scharf unterbricht Ketzer: Wenn das so ist, braucht ihr im September nicht wiederkommen!! Dann seid ihr nicht die richtigen Leute für uns!
Greschke mir schmalem Grinsen: Wer sind denn die richtigen Leute für euch?
Ketzer stockt, dann sagt er schnell: Renft und so.
Spöttisch senken Greschkes Brauen.
Die? So? Was meinst du denn, wie engagiert die sind?!! Kennst du welche von der Truppe?
Klar kenn ich! Die haben bei uns schon gespielt.
Gar nichts kennst du! Keine Ahnung hast du! stößt Greschke kühl. Wir machen unsere Folklore-Masche, und die machen ihre Polit-Masche! Das ist der Unterschied! Die machen vorne auf der Bühne ihren roten Zirkus und hinten ihren blauen!
Greschke vollführt in Mundhöhe träge Kippbewegungen.
So sieht das aus. Du solltest n bißchen mehr darauf achten, was die Leute wirklich machen, und nicht wovon sie bloß singen!
Ketzer krümmt wie ein Bogen. Stählern fragt er: Und du? Was machst du wirklich?
Ich sage wenigstens, was beschissen ist. Wenn man unter Schweinen lebt, bleibt man eben nicht sauber! antwortet Greschke lasch.
Ketzer faucht zurück: Das ist eine typische Wolfsideologie, die du da vertrittst, Nobs. Warum biste denn damit nicht gleich in Frankreich geblieben? Oder in Belgien? Damit hättest du doch gut hineingepaßt.
Das frag ich mich auch manchmal.
Greschke unterbricht.

Er wischt sich über das Kinn, über den Mund, der traurig öffnet.
Ich bin nun mal hier geboren. Irgendwie ist das mein Zuhause. Man kann sich seine Heimat nicht aussuchen. Wie ich eben Deutscher bin und kein Franzose, so bin ich eben in Ziethen geboren und nicht in Amsterdam oder Düsseldorf. Außerdem ist es woanders auch nicht anders. Nur verschieden!
Du sitzt zwischen den Stühlen, Nobs! Du bist weder für hier noch für da. Also bist du für nichts!
Noch trauriger Greschke nun.
Wie einfach du dir alles machst, Brian. Nur weil ich nicht auf deinem Stuhl sitze, bin ich schon null für dich. Wer sagt denn, daß du überhaupt richtig zählst? Wer sagt denn, daß es nur zwei Stühle gibt? Vielleicht gibt es drei-vier-sechs-hundert Stühle?!
Du verstehst doch sehr gut, daß es nur um die Hauptfrage geht. Für oder gegen! Pro oder contra! Veränderbare Zeit oder unveränderbare. Darum geht es! Die Augen offen haben für das Neue!
Gedehnt fragt Greschke: *Das Neue?* Was ist denn anders? Nennst du das Fortschritt, weil es jetzt Salamanderschuhe zu kaufen gibt oder weil unser Kulturminister Hoffmann für die Puhdys ein Staatsbankett gegeben hat?
Es geht um die Befriedigung der materiellen und kulturellen Bedürfnisse!
Mann, Brian! Hast du noch nie Kessel Buntes gesehen? Hast du noch nie gesehen, was da los ist? Was für Leute da sitzen? Mit welchen Klamotten und Gesichtern? Hast du noch nie d-i-e-s-e Gesichter gesehen? (Verächtlich biegt Ketzers Mund) Ja, ja, brauchst gar nichts sagen, ich weiß. Kina macht da auch mit, aber das ist ein anderes Problem (Greschke beugt sich vor). Du bist nicht mehr ehrlich zu dir, Brian! Du hast deine Augen nicht weiter aufgemacht, du hast dir nur eine Brille aufgesetzt! Deine Optik stimmt nicht mehr. Weißt du nicht, was zu den Weltfest-

spielen los war, draußen in der DDR? Die Verhaftungen? Die Deportationen? Aaach ja, du hast ja diesmal auf der anderen Seite des Grabens gestanden. Also alles vergessen? Spittelmarkt? 1969? Zugeschmiert alle Erinnerungen. Schminke drauf und weg. Wie?
Ketzer federt hoch. Greschke faßt seinen Arm. Sagt von unten gegen das Stahlbiegen: Nichts ist anders geworden, Brian. Der Sozialismus hat sich nur Rouge aufgelegt. Nicht mehr. Da reißt sich Ketzer los. Und Greschke sitzt allein.
Später dann.
Ketzer schiebt Tische, stapelt Stühle, kippt Aschbecher, fegt Glassplitter. Er kontrolliert noch die Fenster, die Notausgänge, und schließt ab. Es ist nach elf. Bier könnt ich jetzt. Ketzer geht ein paar Häuser und steigt zwei Stufen dann. Viel Volk noch im TREFFPUNKT. Ketzer drückt zur Theke vor. Dem Wirt zeigt er mit dem Daumen: ein Bier! Der Wirt stellt. Ketzer greift und trinkt. Er steht warm und behaglich zwischen den Männern. Alle reden. Alle haben mitzuteilen. Wie die seien und sich keinen Kopf machen. Hinter Ketzer rempelt es plötzlich. Zwei blutäugige Männer stehen sich gegenüber und schnappen mit Doggenmäulern. Da wirft Ketzer Groschen auf die Theke und geht. Morgen muß ich zur Uni, vielleicht seh ich bei Vater vorbei. Ketzer geht hoch zur Invalidenstraße, zur Straßenbahn. Aber am Weinbergspark biegt er rechts. Lieber laufen will er, mit sich reden mal. Ein verdammter Spießer ist Greschke. Und wie der aussieht! Wie n getrimmter Pudel. Ketzer quert die Liegewiese. Schatten huschen über den Boden. Ratten oder Kaninchen oder was. Und solche Leute schicken die nach drüben. Wie die da erst mal reden! Diese Pepsi-Cola-Typen. Nur Kohlensäure im Kopp haben die. In der Kastanienallee steht breitbeinig ein Mann. Schaum steigt zwischen seinen Schuhen. Und weiß sticht ab das Glied von der dunklen Hose. Ketzer schlägt einen Bogen. Zieht

aber dennoch Alkoholdünstung in die Nase. Die verkaufen sich doch für alles. Die würden sich doch noch den Arsch rot anpinseln, damit die Mark stimmt. Reine Musik wollte er machen. Hh. Und nie Kompromisse. Von wegen ich bin nicht ehrlich! Wie der schon dasitzt und lacht! Wie n Colgatewerbung. Ketzer erreicht die Schönhauser Allee. Gelb rumpelt die Hochbahn über ihm. Kaum noch Menschen unterwegs. Nur Taxen bullern übers Pflaster. Die Uhr am Bahnhof Dimitroffstraße zeigt drei Minuten nach zwölf. Ketzer könnte noch ein Bier. Aber alle Kneipen schließen gerade. Zu Hause hab ich noch n Flasche. Und wenn das mit den Weltfestspielen nun wahr ist? Christian hat auch erzählt, daß sie n Menge nicht reingelassen haben. Schmier ich doch was zu? Aber ich hab doch nichts vergessen. Daß ich im Knast war. Und der 21. August. Das ist mir doch heute genauso wichtig wie damals. Na klar weiß ich, was noch alles Mist ist bei uns. Und was fürn Haufen erst! Aber auf das Noch kommt es doch an. Auf die Möglichkeiten. Wie sich alles entwikkeln kann und soll und muß. In der Lychener Straße heult ein Streifenwagen an Ketzer vorbei. Blau rotieren die Signalleuchten. Sie werfen kalte Schatten gegen die Hauswände. Das Auto stoppt. Ketzer sieht Polizisten springen. Es lohnt doch wieder. Ist doch was anders geworden bei uns. Das rede ich mir doch nicht bloß ein. Das ist doch da! Das sind doch nicht nur die Salamanderschuhe. Das ist doch nicht bloß Rouge. Das sind doch Anfänge. Das wird sich doch entwickeln. Ketzer erreicht die Raumerstraße. Er schneidet den Helmholtz-Platz und verschwindet in das Haus Lettestraße 3. Still steht der Hofschacht. Oben klemmt ein sternloser Himmelpfropf. B hat doch Recht, heute sind eben nur kleine Schritte drin. Honecker ist kein Dubček. Je größer der Überbau wird, um so komplizierter die Statik. Millimeterarbeit alles. Erst mal nach innen offen werden, dann nach außen. Zweiundsiebzig hats doch angefangen damit. Ganz

allmählich. Schritt für Schritt. Sechsundsiebzig kommt der Neunte Parteitag und achtzig hat jeder nen Reisepaß. Ketzer beugt über den Ausguß. Er wäscht sich flüchtig. Er kämmt die Haare dann, teilt den Scheitel und betrachtet sich im Spiegel. Ich bin doch kein Bonze. Das muß Nobs doch sehen. Oder hält der mich fürn Spitzel? Ich bin doch noch wie früher. Ist doch ehrlich alles. Warum nimmt einem das keiner ab, wenn man anders wird?! Ketzer kriecht in seinen Schlafsack. Er trinkt noch die Flasche Bier und raucht dazu. Asche fällt auf den militärgrünen Köper. Ketzers Hand wischt grau über die US-ARMY BERLIN. Vielleicht wär ich ohne B, ohne Scholz und den Brunnen ein anderer geworden. Nach Dresden wußte ich nicht, was kommen würde. Irgendwie war alles Zufall. Na, und vielleicht günstige Umstände noch. Und die richtigen Leute im richtigen Augenblick. Und Glückhaben einfach. Ja, und das alles zusammen. Wie man anders wird, weiß keiner genau. Es ist wie beim Schmetterling. Außen ist man noch Raupe, aber innen verändert sichs schon. Ein winziger Kern erst, der wächst und wächst, bis nur noch Haut übrigbleibt. Die schmeißt man dann irgendwann weg. Und das große Staunen überall beginnt. Hh.
Ketzer schläft unruhig in der Nacht. Er träumt viel. Und ein Traum ist: Er spielt mit seinem Vater. Es ist Sommer. Sie rutschen auf Decken einen steilen Hang. Das Spiel ist gefährlich. Ketzer hat Angst. Doch der Vater spricht zu ihm. Und Ketzer überwindet. Aber plötzlich stürzen sie unendlich. Ketzer schreit. Die Decke wandelt zum Drachen. Wieder spricht der Vater. Ketzer klammert an ihm, spürt den starken Körper. Und überwindet. Da lacht der Vater. Und Ketzer lacht mit ihm. Noch im Erwachen spürt er die Fröhlichkeit.
Ketzer kriecht aus dem Schlafsack und reckt zum Fenster hoch. Er öffnet und sieht hinaus. Eine Brandmauer glotzt blattrig zurück. Im Hofschacht poltern Müllfahrer. Kinder schreien.

Frauen rufen. Oben klemmt der Himmelpfropf. Ein Schornsteinfeger lehnt gegen. Ketzer sieht. Alles wie ein Schattenriß. Er steigt von der Liege, schlorrt in die Küche und singt: Chimchimmeny, der Mann auf dem Dach, der hat was für Sie. Chimchimmeny, chimchimmeny, chimchimcheru, er bringt Ihnen Glück und die Liebe dazu. Er bringt Ihnen Glück und. Ketzer schlorrt mit einem Topf Kaffee zurück. Er setzt sich auf die Liege und raucht seine Morgenzigarette. Dann stülpt er sich die Kopfhörer und hört Tubular Bells.

Dann greift er sein Notizbuch und macht den Tagesplan.

11.00 – Prof. Klein, Sekt. Psychol., Burgstraße 26

14.00 – Filmvertrieb, Gleimstraße, Film holen

15.00 – Pressecafé, Alex, B

17.00 – Brunnen, Saalheizen, Glühbirne an Bar auswechseln, Wasserhahn vom Mädchenklo rep., Schreibtisch aufräumen, *Christian:* Filmclub besprechen
Telefonate: Mama, BEWAG wegen Rechnung, URANIA noch vor 18.00 Uhr, Termine vereinbaren

19.00 – Filmfritze, aufbauenhelfen

19.30 – Und sie sind nur Kinder! Kurze Einleitung geben, wer gedreht, wo, wann, etc.

Immer.

Randvoll so ein Tag. Und Ketzer stopft nach. Nur keine Hohlstellen bloß nicht. Tückische Löcher doch, in die man so leicht bricht. Deshalb aufpassen ja. Und so stopft Ketzer nach. Stopft zwischen 11.00 und 14.00 noch: Mittagessen mit Vater?

Und.

Sitzt auch wirklich mit seinem Vater nach 12.00 Uhr in der Schinkelklause am Werderschen Markt.

Ketzer hatte nur kurz mit Prof. Klein verhandelt. Denn der Professor war nicht bereit gewesen zu einem Vortrag im Brunnen. Und eine ganze Vortragsreihe auch noch?! Wohl Sigmund Freud

gar?! Oder den werten Herrn Jung wenn beliebt? Ketzer schmeckt im Mund noch immer das blasierte Professorengrinsen. Er schäumt Bier über die Zunge. Das Grinsen ist fort. Dafür bittert Hopfen jetzt.
Du hast ja immer noch n ganz schönen Zug drauf: sagt der Vater.
Das?
Ketzer zeigt auf das leere Halbliterglas.
Das ist doch nichts! Du lebst eben zu gesund, Dad. Du bist zuviel mit Sportlern zusammen. Du solltest öfter mal unter Menschen gehen.
Ketzers Vater sieht fragend vom Teller hoch. Aber da grinst Ketzer schon und dreht entschuldigend mit den Händen. Sie fragen dann hin und her: Deine Mutter mal wieder gesehen? Und was macht deine Freundin, Vater? Und deine, Sohn? Doch eine Unterhaltung wird nicht draus. Das liegt an dem ungünstigen Platz wohl. Sie sitzen gleich neben der Tür. Und in der Tür stauen Gäste jetzt. Ketzer spürt deutlich das Stieren auf seiner Gabel, auf seinem Messer. Spürt das Gewicht, wie es drückt und das Essen schwer macht. Auch Ketzers Vater spürt. Sie sehen sich an und blinkern: Bloß weg hier!
Ketzers Vater zahlt bald. Sie schieben von den Bänken und drükken an den Türstehern vorbei. Noch von der Garderobe her hören sie das Streiten: Wir waren zuerst hier! Nein, wir!! Auf der Straße aufatmet Ketzer und sucht den Skoda in der Parkreihe.
Welcher ist deiner? fragt er.
Der rote da. Neben dem Ford!
Sie zwängen sich in den Wagen und schnallen die Gurte. Ketzer sieht rund.
Alles neu! bestaunt er mit übertriebenem Lippenbiegen.
Ja, mein Lieber, das verstehst du nicht. In deinem Klub mag ja n Fahrrad noch reichen, aber an so ner Universität, da ist ein Auto so was wie ein ›Qualifikationsnachweis‹.

Na endlich weiß ich, warum Professoren immer dicke Mercedes und BMW fahren! Alles nur eine Frage der ›Hubraum‹-Kapazität: spöttelt Ketzer.
Ach du Schlaumeier! Ich werd fünfundvierzig und nicht fünfundzwanzig! Vielleicht bemerkst du den feinen Unterschied.
Ketzers Vater dreht den Anlasserschlüssel, schaltet den ersten Gang und drückt das Gaspedal.
Was hast du vor? Kann ich dich wo hinbringen? fragt er.
Ich muß in die Gleimstraße: antwortet Ketzer. N paar Filmrollen holen. Wir wollen nämlich n Filmklub aufmachen. Na, und da ist heute unser erster Abend.
Filmklub? Seid ihr ein Kino geworden?
Nee, aber wir haben doch den Saal jetzt, und da wollen wir alle zwei, drei Wochen n Film bringen. Was die Leute so interessiert. Mal n Schauspieler einladen und so was.
Die können doch ins Kino gehen. Gibt doch genug.
Klar können die. Aber manche wollen nach so ner Sache auch noch drüber reden. Für die ist eben nach dem Ende noch nicht Schluß. Und für solche machen wir das.
Aha. Also fahr ich dich jetzt in die Gleimstraße, ja?
Wenns dir nichts ausmacht?
Nein, macht nicht. Will sowieso nur in die Gartenstraße. Bißchen was für die Kondition tun. Immer nur Schreibtisch, das fällt mir ganz schön schwer. Willst nicht mitkommen?
Ooch! Hallenbad ist doch doof. Ich komm mit den Dingern nicht zurecht. Irgendwie sind diese Rotznäppe lächerlich. Wenn ich da an unsern Briesensee denke!? Meensch!!
Ketzer klatscht in die Hände.
Wir sind halt verwöhnt.
Ketzers Vater schmunzelt.
Aber der Briesensee ist ja noch gar nichts! Was meinst du, wie das in Allenstein war?!! Unser Haus hat direkt am See gestanden,

brauchteste bloß übern Gartenzaun und rein! Und ein Wasser, sag ich dir. Ein Wasser!! Da ist der Briesensee bloßn Tümpel gegen.
Ketzer sieht zum Vater. Er sieht dies merkwürdige Leuchten über der Hornhaut und fragt vorsichtig: Wollen wir nicht mal hinfahren?
Aber Ketzers Vater streicht nur abwesend die Stirn, als wolle er gar keine Antwort geben. Doch schließlich sagt er: Ich möchte nicht nochmal dahin. Mir geht es da wie Opa. Der will ja auch nicht wieder. Unser Haus soll ja noch stehen. Es waren mal welche aus Ziethen da. Ja, ich weiß nicht.
Damals warst du noch klein. Ist doch schon alles lange her.
Klein? Ich war fünfzehn, als die Russen kamen!
Ketzer streckt erstaunt das Gesicht. Dann schiebt er es wieder zusammen und sucht sein fünfzehntes Lebensjahr hinterm Stirnbein. Und er findet die Beatles und The Devils-Group, Liverpool, den Cavernclub und Ostseetrampen. Sein Vater findet nur Städtenamen. Allenstein, Marienwerder, Graudenz, Bromberg, Schneidemühl, Stargard, Stettin. Er sucht weiter. Auch Ketzer sucht noch. Unterdessen setzt der Skoda von Ampel zu Ampel. In der Schönhauser Allee fragt Ketzers Vater dann: Hat sich bei dir schon was mit der Wohnung getan? Immer kannst du ja in der Lettestraße nicht bleiben. Das Mädchen wird ja mal zurückkommen aus Dresden.
Wir haben da so ein Projekt, Vater. Wir wollen zwei Wohnungen zusammenlegen, die von Brigitte und von ihrer Freundin.
Und dann?
Zusammenziehen!
Was? Eine Kommune etwa?
Jaaah! Und jeden Tag Gruppensex!
Ketzer sieht schräg zum Vater.
Geht denn das? Ist denn so was überhaupt erlaubt?

Oh, Gott! (Ketzer krümmt zusammen) Wir können ja vorher noch beim Staatsrat anfragen, ob wir auch ja dürfen! Wir machen eine Wohngemeinschaft auf. Nicht mehr! Wies Hausgemeinschaften gibt und Lebensgemeinschaften und was weiß ich noch alles!
Ist ja schon gut! Ich sag ja nichts mehr. Man wird ja wohl noch fragen dürfen?! Deswegen brauchst du doch nicht gleich so einen Ton anzuschlagen!
Ketzer zischt durch die Zähne und trommelt gereizt auf seinen Knien. Er will etwas entgegnen, aber da biegen sie auch schon links. Die Bremsen fassen, Ketzer reicht die Hand und schraubt aus dem Auto.
Ich komm wieder vorbei: sagt er noch in die offenstehende Tür. Dann dreht er herum und steht vor dem Kino Colosseum.
Eine Stunde später.
Sitzt Ketzer mit Brigitte im Pressecafé am Alexanderplatz. Auch Gabriele Biank sitzt. Draußen, vorm Fensterglas schieben Autos durch trüben Abgasschlick. In der Ferne bullert eine S-Bahn. Und der Himmel beult tief zwischen den Hochhäusern. Gabriele balanciert mit einer Zeichnung über Moccatäßchen. Sie und Stefan haben ihre Nachbarin überzeugen können.
Diese will tauschen jetzt mit Brigittes Wohnung. Alle Umzugskosten werden übernommen, Renovierungsaufwände inbegriffen. Ketzer runzelt die Stirn. Er hat kein Geld. Nicht so viel jedenfalls. Also muß Fritze wieder, oder Vater diesmal.

Gabriele erklärt über der Zeichnung. Hier der Durchbruch, diese Tür zugemauert, den Herd weggerissen, das Spülbecken da abgenommen. Wir hätten dann unser großes Zimmer: sagt sie. Daneben das Kinderzimmer, dann das Klo und die Küche. Alles zum Schulgarten raus.
Ist das Westseite? fragt Ketzer.

Gabriele nickt. Sie erklärt weiter: Stefan meint, wir könnten aus unserer Küche ein Zimmer machen und das Klo mit zunehmen. Dann könnten wir doch auch euern Flur aufteilen, und das Kinder- und Küchenzimmer vergrößern: unterbricht Ketzer und strichelt in die Zeichnung.
Gabriele überlegt: Gar nicht so schlecht die Idee! Dann machen wir hier und hier Durchbrüche in die Flurwand (sie zeichnet ein) und behalten Frau Zellmers Küche und ihr Klo. Das eignet sich außerdem auch besser zum Umbau fürn Bad. – Kinder, das wird toll, sag ich euch!
Sie wirft übermütig den Bleistift und umschlingt Brigitte.
Dann haben wir fünf Zimmer: jubelt sie.
Und was machen wir damit?: nüchtert Brigitte.
Na zwei Partnerzimmer, hier und hier! (Ketzer zeigt) Ein Kinderzimmer für Lorenz, ein Gemeinschaftszimmer, das große hier, und.
Und ein Pressezimmer für B und mich!: ruft Gabriele laut, daß Gäste neugierig drehen. Sie winkt heftig nach dem Kellner dann und bestellt Sekt.
Das muß gefeiert werden! ruft sie in das abweisende Mundschieben von Brigitte.
Der Kellner bringt bald die bestellte Flasche. Sie greifen die Gläser und prosten einander zu. Ketzer wird ganz fröhlich dadurch. So rückt er mit seinem Plastikstuhl zu Brigitte heran und küßt ihre knirschenden Wangen. Zärtlich raunt er in ihr braunes Haar: Komm, B! Will doch auch! Wollen ist der halbe Weg. Wir werden leben, du! Ganz anders! Ganz neu! Keine Kleinbürgerei mehr. Wir werden die ersten Kommunarden in der Straße der Pariser Kommune sein. Mach doch mit! Mit mir! Mit uns. Meine schöne, ernste B.
Da zieht Brigitte Ketzers Kopf heran und küßt überall, daß wieder Gäste neugierig drehen.

Ich will doch: sagt sie. Ich habe doch nur Bedenken, weil es nicht so einfach gehen wird, zwei Wohnungen zusammenzulegen. Da müssen Genehmigungen, Erlaubnisse, die Behörden werden das nicht verstehen, die werden Schwierigkeiten machen. Die denken doch noch nicht in solchen Dimensionen wie wir. Das sind doch ›Beamte‹.
Kannst ruhig Büroknüppel sagen: frozzelt Ketzer. Wenn die nicht wollen, dann werden sie eben umfunktioniert! Zu sozialistischen Knüppeln. So!
Ketzer streckt sich lachend. Straff spannt der blaue Hosenlatz über seine breite Brust. Er fällt auf den Tisch zurück, greift sein Glas und trinkt aus. Auch die beiden Mädchen trinken. Sie ziehen die Notizbücher dann und notieren Termine. Ketzer soll am Dienstag den Tausch und die Umbauten genehmigen lassen. Aber am Dienstag kommen Kohlen für den Brunnen. Da muß Ketzer schon vormittags. Und abends tritt Pannach auf. Auch Stefan ist verhindert. Er hat eine Dienstreise da: sagt Gabriele. Aber ein Mann muß! Denn in Wohnungsbehörden sitzen nur Frauen. Also muß Ketzer am Dienstag in acht Tagen.
Und.
Ketzer rasiert sich an diesem Dienstagmorgen ganz sorgfältig. Er tauscht seine derbe Latzhose gegen eine unauffälligere Cordhose. Er putzt auch die Schuhe und parfümiert sich sogar, mit SIR IRISH MOOS, dem Duft der großen Männerfreiheit. Er steckt auch einen Geldschein in die Kuttentasche. Und er hat mit Gabriele sogar ein paar Szenen durchgespielt, in denen er forsch die Tür öffnen und ein unbefangenes Guten Tag sagen lernte, und in denen er probierte, wie er sich zu setzen und auf welche Art er die Beine übereinanderzuschlagen hatte, um ein offensives Gespräch führen zu können, das gleich mit dem ersten Satz die Schreibtischüberlegenheit der Beamtin erschüttern mußte.
So sitzt Ketzer also wie eine geschärfte Bombe im Wartegang der

Wohnungsbehörde und läßt seinen Zeitzünder ticken. Neben ihm sitzen andere Bomben. Ticken auch. Nach zwei Stunden und zwölf Minuten darf Ketzer endlich explodieren. Er schießt hoch von der Bank, greift nach dem – längst – zerknautschten Geldschein, greift noch nach einer Zigarettenschachtel: Die Blaue Astor – erlesen in Stil und Geschmack, die könnte man so liegen lassen, wie vergessen einfach, und klinkt auf ganz forsch die Tür, und überfedert die Schwelle und will erobern die Büroschöne mit explosivem Charme und lippt schon das unbefange Gu und.

Und erschrickt ganz mörderisch! Denn ein Mann sitzt! Sitzt breit und fließend.

Ketzer stammelt.

Ketzer knautscht.

Ketzer steht.

Ketzer erobert nicht.

Kaum daß er mit klebriger Zunge seine Anfrage würgt.

Blindgänger! wüten am Abend Brigitte und Gabriele und Stefan.

Und Ketzer sitzt mit hängendem Kopf und bläut mit der Astor die Zimmerluft.

Was sollt ich denn machen? ruft er immer wieder. Wenn da plötzlich n Mann sitzt. Wien gebrühtes Ferkel sah der aus! Sollt ich mit dem vielleicht flirten?

Stefan baut sich schwarz und bärtig vor ihm auf.

Da hättest du den Schein auf den Tisch gepackt und fertig: sagt er. Diese Typen wollen doch nur den Daumen und Zeigefinger tanzen sehen.

Brigitte protestiert sofort. Sie ist gegen jede Art von Bestechung, sagt sie.
Sagt Stefan da: Sogar Lenin mußte seinen Koch schmieren, damit der ihm immer Wodka in den Tee macht. Und von Lenin haben wir noch n Menge zu lernen, niiicht?
Er bufft gegen Brigitte und feixt.
Und Brigitte bufft zurück und kniff den Mund.
Sie greift auf den Tisch dann und faßt ein Blatt Papier. TAUSCHGENEHMIGUNG steht.
Ausfüllen! sagt sie. Und wieder hinbringen!
Wer? fragen alle.
Constantin! erwidert sie.
Und.
Constantin bringt am folgenden Dienstag. Er sitzt wieder. Tickt wieder. Hat einstecken wieder die Blaue Astor. Und hält diesmal noch ein Buch. BERLIN ALEXANDERPLATZ. Alfred Döblin. Zwischen Seite 48 und 49 steckt ein Fünfzigmarkschein. Ketzer liest dort: Die Elektrische Nr. 68 fährt über den Rosenthaler Platz, Wittenau, Nordbahnhof, Heilanstalt, Weddingplatz, Stettiner Bahnhof, Rosenthaler Platz, Alexanderplatz, Straußberger Platz, Bahnhof Frankfurter Allee, Lichtenberg, Irrenanstalt Herzberge. Die drei Berliner Verkehrsunternehmen, Straßenbahn, Hoch- und Untergrundbahn, Omnibus bilden eine Tarifgemeinschaft. Der Fahrschein für Erwachsene kostet 20 Pfg., der Schülerfahrschein 10 Pfg. Fahrpreisermäßigung erhalten Kinder bis zum vollendeten 14. Lebensjahr, Lehrlinge und Schüler, unbemittelte Studenten, Kriegsbeschädigte, im Gehen schwer behinderte Personen auf Ausweis der Bezirkswohlfahrtämter. Unterrichte dich über das Liniennetz. Während der Wintermonate darf die Vordertür nicht zum Ein- und Aussteigen geöffnet werden, 39 Sitzplätze, 5918, wer aussteigen will, melde sich rechtzeitig, die Unterhaltung mit den Fahrgä-

sten ist dem Wagenführer verboten. Auf- und Abspringen während der Fahrt ist mit Lebensgefahr verbunden.
Mitten auf dem Rosenthaler Platz springt ein Mann mit zwei gelben Paketen von der 41 ab, eine leere Autodroschke rutscht noch gerade an ihm vorbei, der Schupo sieht ihm nach, ein Straßenbahnkontrolleur taucht auf, Schupo und Kontrolleur geben sich die Hand.
Der hat aber Schwein gehabt mit seine Pakete.
Diverse Fruchtbranntweine zu Engrospreisen, Dr. Bergell, Rechtsanwalt und Notar, Lukulate, das indische Verjüngungsmittel der Elefanten, Fromms Akt, der beste Gummischwamm, wozu braucht man die vielen Gummischwämme.
Vom Platz gehen ab die große Brunnenstraße, die führt nördlich, die AEG liegt an ihr auf der linken Seite vor dem Humboldthain. Die AEG ist ein ungeheures Unternehmen, welches nach Telefonbuch von 1928 umfaßt: Elektrische Licht- und Kraftanlagen, Zentralverwaltung, NW 40, Friedrich-Karl-Ufer 2–4, Ortsverkehr, Fernverkehr, Amt Norden 4488, Direktion, Pförtner, Bank Elektrischer Werke A.G., Abt. für Beleuchtungskörper, Abteilung Rußland, Abteilung Metallwerke Oberspree, Apparatefabriken Treptow, Fabriken Brunnenstraße, Fabriken Hennigsdorf, Fabrik für Isolierstoffe, Fabrik Rheinstraße, Kabelwerk Oberspree, Transformatoren-Fabrik Wilhelminenhofstraße, Rummelsburger Chaussee, Turbinenfabrik NW 87, Huttenstraße 12–16.
Die Invalidenstraße wälzt sich linksherum ab. Es geht nach dem Stettiner Bahnhof, wo die Züge von der Ostsee ankommen: Sie sind ja so berußt – ja hier staubts. – Guten Tag, auf Wiedersehen – hat der Herr was zu tragen, 50 Pfennig. – Sie haben sich gut erholt. – Ach, die braune Farbe vergeht bald. – Woher die Leute bloß das viele Geld zu verreisen haben. – In einem kleinen Hotel da in einer finsteren Straße hat sich gestern früh ein Liebespaar

erschossen, ein Kellner aus Dresden und eine verheiratete Frau, die sich aber anders eingeschrieben haben.
Von Süden kommt die Rosenthaler Straße auf den Platz. Drüben gibt Aschinger den. Möbeltransportör Biberkopf überall. Mulack rauf und Mulack runter. Und rüber zu Aschinger und n Bier. Und n dicke Olle dazu. Und dann ruff uff de Scheese und den Goldfisch zappeln lassen. Und danach wieder runter zu Aschinger. Oder zwischenmang ooch mal Kino. Jannings inner Brunnenstraße. Und dann stehter am Rosenthaler Platz und kiekt zu, wie se die U-Bahn bauen. 1927 is. Oder so ungefähr. Und 1974 steht wieder eener und kiekt nach die U-Bahn. Mensch, Biberkopp. Ick hier oben und die U-Bahn da unten. Und Mutter fährt immer. Wenn se zu ihrm Freund will nach Jesundbrunnen. Roland heester. Biberkopp! Franzekin. Sind noch die selben Plastersteine oben. Und Aschinger steht ooch noch. Aber mit die Konzerte is vorbei. HO is jetzt. Wat biste bloß für eener, Franz?! Und wat wird erst werdn aus dir? Paß bloß uff die Mieze uff. Sonst is die hin bald.
Zwischen Seite 390 und 391 klemmt ein Hundertmarkschein. Blau und glatt klemmt der da. Und stehen tut da: Wat ist los. Franz sitzt auf seiner Stube. Stundenlang. Wo ist Mieze. Die ist weg, läßt nichts von sich hören. Wat sagt man. Alles durcheinandergewühlt in der Stube, Bett auseinandergenommen, wieder zusammengelegt. Die läßt mir sitzen. Ist nicht möglich. Ist nicht möglich. Läßt mir sitzen. Hab ick wat getan, hab ihr nischt getan. Det mit dem Neffen hat sie mir nicht nachgetragen. Wer komm? Na Sie! Sin dran jezt. Müssen rin! Die ruft schon. Hörn se nich?
Aber Ketzer hört! Und wie der hört. Ruppa zuppa, steht der auf und rin. Und ran geht der erst. Beene übernander und schrumm. Darf man rauchen? Darf man. Sie auch Frollein? Aber. Und schon rauchen die. Blau so blau. Klappt der mit der Schwarte

doch gleich. Wartet ja nich erst. Paß uff, Biberköpper, die Dicke kriegen wir. Schon jelesen? Müssense machen! Stehn dolle Sachen drin. Ach so, Rosenthaler Platz interessiert ihn janich. Nich ihr Kietz? Ooch jut. Aber wat zuckt die bloß so? Wat hält die ihrn Mund nich stille? Grinst die etwa? Die grinst! Mann, Biberköpper, die beißt schon! Die hab ick schon uffn Haken. Und gleich klappt der ooch wieder mit die Schwarte. Mieze interessiert schon mehr. Mieze interessiert schon kolossal. Mieze interessiert schon kolossäler. Wie die mit ihrn hundertmarkscheinblauen Oogen gleich rollen kann. Die arme Mieze. Nee, Jott ooch nee! Nu is se dot vielleicht. Wat ooch allet passieren tut in Berlin. Aber jetzt is ja anders. Der Biberkopf is ja an die Jesellschaft zugrunde jegangen. Jawoll ooch. Aber heutzutage jeht ja keener mehr. Verstehnse mir mal richtig, mein Dämekin. Und klar versteht die. Nimmt det Buch und blättert drin. Und blau so blau wo mittenmang. Went ihnen langweilert, kommse doch mal rum inne Brunnenstraße. Biberkopp war ooch schon da. Gloobense nich? Aber wenn ick ihn doch sage. Unsereins steht soja schon in die Literatur! So ne Leute sind wir, mein Dämekin. Und ick bin ja ooch keen Hämekin! Immer hoppa! Und nich bloß lotta! Aufsteht der nu und zeigt sich stramm.

Ketzer setzt durch den Flur. Atemlos. Rennt fast. Er schwenkt das Buch. Aus dem Buch lappt Papier. Wohnungswesen beim Rat des Stadtbezirks Friedrichshain erteilt Genehmigung für Umbauten (Türdurchbrüche, Küchenverlegung) in der Wohnung Biank 1017 Berlin, Straße der Pariser Commune 29, Gartenhau.

Und.

Brigitte Harendt (26)
Constantin Ketzer (24)
Gabriele Biank (26)
Stefan Biank (27)

Lorenz Biank (4) ziehen um. Ziehen zusammen. Richten sich ein. Die Welt ist ganz neu plötzlich. Alles ist anders mit einemmal. Alles liegt vorn. Greifbar. Beginnt erst. Fängt erst an. Das Leben. Und überhaupt. Die 4 + 1/2 krempeln die Ärmel und bauen auf ihr Paradies.
Und.
Für Ketzer rückt der Klub in den Hintergrund dadurch. Es hatte auch Streit gegeben dort. Wegen Pannach. Seine Lieder! Beschwerden kamen von irgendwo. Scholz und Ketzer erfahren nicht. Sie erhalten nur Anweisung: Vorlagepflicht der monatlichen Programmplanung beim Kreiskulturhaus Mitte. Nicht immer so heikle Sachen auch!! Macht doch mal was fürs Volk, für die breite Masse sozusagen. Was Nettes einfach. Was Unterhaltsames! Buntes Programm mal. Kann ja auch anspruchsvoll sein. Unsere jungen Werktätigen suchen doch in unseren Klubs Freude und Entspannung. Versteht das! Genossen.
Und Scholz und Ketzer versuchen es. Sie organisieren Tischtennisturniere, Skatturniere, Anglerturniere (in Märkisch Buchholz draußen). Sie veranstalten militärpolitische Foren, sportpolitische Foren, wirtschaftspolitische Foren. Sie geben auch Rentnermatinees. Zweimal im Monat immer.

SO GEHT HIN DIE ZEIT

UND FÜR KETZER WIE NOCH NIEMALS EINE

Im Juni dann ist Portugal schon zwei Monate Republik, ist die Fußballweltmeisterschaft, die DDR schlägt die BRD 1 : 0, ist Ketzers Mutter in Ost-Berlin, sie will mit ihrem Sohn Dampfer fahren, wie früher einmal, große Müggelseerundfahrt mit Kaffee und Kuchen (Brigitte aber fährt nicht), ist immer noch Frühjahr, märzkalt die Nächte und von Sommer keine Spur, ist Nixon in

Moskau, er schenkt Breschnew einen Straßenkreutzer, einen Chevrolet Monte Carlo (1973 schenkte er einen Cadillac und 1972 einen Lincoln Continental), ist Norbert Greschke mit einer neuen Formation in Nordamerika, er schreibt eine Karte an Ketzer, Bridging the Golden Gate, ist Sommerpause im Brunnen.

Im Juni ist Ketzer endgültig aus der Lettestraße ausgezogen. Die letzten Kisten und Koffer sind geholt. Am Abend sitzt er mit Brigitte darüber. Sie stöbern zwischen Büchern, losen Blättern, alten Zeitungen und Fotos. Sie fragen und antworten: Wer ist das? Das ist. Und das? Mein Vater. Nicht möglich. Doch, war er zwanzig ungefähr. Und wo ist das? In Briesenow, unsere Bushalle. Und das? Der alte Seekrug, mit den Bäumen noch. War schön da, nicht? Ja, war. Und das hier? Unser Haus in Allenstein. Allenstein? In Ostpreußen, Masurische Seenplatte! Ach daher spricht deine Oma so, wollen wir nicht mal hin? Ist aber weit! Und dein Vater, mit dem Auto? Der will nicht. Warum? Weiß nicht, meine Großeltern wollen auch nicht, sind wohl die Erinnerungen, die Flucht damals. Ist doch lange her. Wer weiß. Ist dein Opa auch von dort? Nee, der ist eigentlich aus Stettin, hat nach Allenstein hingeheiratet. Hast du keine Bilder von deiner Mutter? Doch, die hier. Ist das nicht an der Jannowitzbrücke? Hhm, da haben wir gewohnt. Und der Kleine aufm Arm? Na ich, B. Siehst ihr ähnlich, die Haare, die Augen, nicht? Kann sein. Und wer ist das? Mein anderer Opa, er ist im Krieg geblieben. Das ist doch dieser Norbert hier. Ja, an der Ostsee, 69. Und das hier ist eure Gruppe? Haben wir mal geknipst, an der Mühle bei uns. Was habt ihr denn da für Hosen an, n schwarzes und n weißes Bein? War unsre Bühnenkleidung, Dave Dee, kennste nicht mehr? Komisch und was sind. Aber da stößt auf die Tür und Stefan beugt über die Klinke.

Los! sagt er hart zu Ketzer. Wasch endlich ab! Du bist dran die Woche. Keine einzige Tasse ist mehr da! Und den Mülleimer ha-

ste auch noch nicht runtergebracht! Das ist n verdammte Sauerei, Mensch!
Ketzer wehrt ab: Nun reg dich nicht künstlich auf! Bist nicht der Pascha hier. Du hast ja auch nicht den Flur gewischt gestern!
Was hab ich nicht? hakt Stefan zu. Ich würd ja lieber leise sein! Was ist denn mit der Gardinenstange vom großen Zimmer, he? Die sind schon festgewachsen!!
Ketzer schreit zurück, schreit wütend: Das geht dich n Scheißdreck an, wann ich die anmache! Du spielst dich hier auf, als wenn. Aber da drückt Brigitte gegen seinen Arm. Sie drückt fest. Sagt leise: Geh doch gleich!
Und.
Ketzer geht abwaschen. Er kratzt in Töpfen, scheuert Pfannen, spachtelt von Tellern, spült schimmligen Kaffegrund aus Tassen, und hört Radio dabei. Stimme der DDR, die Beatkiste mit Claudia. Veronika Fischer hat eine neue Band, bei Lift singt jetzt Christian Ufholz, Suzi Quatro crashed wieder, die Puhdys liegen auf Platz Nummer eins. Seit Wochen schon. Vineta. RAttatatii-RAttatataa. Ketzer dreht auf. Die Küche dröhnt. Sofort kommt Gabriele gestürzt und reißt wütend den Stecker. Sie zeigt mit der vollen Hand einen Vogel gegen Ketzer und keift: Lorenz schläft schon! Du bist doch nicht alleine hier, du Idiot!
Aber Lorenz schläft längst nicht mehr. Er steht aufrecht in seinem Bett und brüllt. Ketzer geht mit Gabriele ins Kinderzimmer. Sie versuchen den Jungen zu beruhigen.
Conny ist böser Onkel! Böse, böse: sagt Ketzer immer wieder und schlägt gegen seine Wangen dabei. Er schlägt, bis Lorenz wieder lacht. Lorenz gefallt das Schlagen. Er will selber auch. Also hält Ketzer seine Wangen hin, und Lorenz schlägt. Und Ketzer schreit Au und Hu und täuscht Weinen vor. Der Junge quietscht vor Vergnügen. Gabriele hat Mühe, ihn wieder zu beruhigen. Ketzer trippelt unterdessen aus dem Zimmer, geht in die Küche

zurück, nimmt die Mülleimer, bringt sie. Er muß aber zweimal laufen. Denn Gabriele findet noch alte Kartoffelbeutel in der Speisekammer. Jauchig schlägt es aus den Tüten hoch.
Die Kartoffeln faulen schon: sagt Gabriele und wehrt gegen die Fliegen.
Ketzer mault, die hätte schon längst einer runter gebracht haben können.
Immer muß ich die Dreckarbeit machen!
Er faßt mit ekelsteifen Armen die Tüten und schimpft die Treppe hinunter.
Dann.
Wäscht er die Hände, kämmt die Haare, knipst das Licht, geht den Flur, öffnet die Tür.
Und steht.
Und sieht.
Und sieht die langen Bücherreihen, und sieht die Plakate und die Chilefahne hängen, und sieht das falsche französische Bett mit der bunten Samtdecke darauf, und sieht Brigitte sitzen, und sieht zwei grüne Hefte. Von denen sie hochbeugt jetzt. Und Brigitte sieht Ketzer.
Wie er steht in der Tür, so drohend fast, mit weiten Augen. Sie sieht ihn herüberstarren, wie er bohrt, sie durchbohrt, wie er gestürzt kommt und ihr die Hefte aus den Händen reißt. Zwei grüne Heftchen doch nur und ganz dünn dazu. Erstes Tagebuch steht auf dem einen, Zweites Tagebuch steht auf dem anderen. Und wie er so steht vor ihr und so furchtbar zittert und mit gräßlichen Fingern die Heftchen umkrallt, da hat Brigitte Angst vor ihm. Zum ersten Mal. Ihre Hände kleben fest auf der Diwandecke.
Was ist? fragt sie klamm.
Wawas starrst du mich so an? stammelt sie.
Sag doch was! fleht sie schon.

Und Ketzer sagt brüchig: Wo hast du die Hefte her?
Die lagen dazwischen! (Brigitte zeigt auf einen halbgeleerten Koffer) Sollte ich denn nicht? Ich wußte doch nicht. Hättest du doch was gesagt. Warum.
Immer höher schraubt ihre Stimme. Da schlafft Ketzer ab, schlafft zusammen, setzt sich zu ihr auf das Bett und reicht ihr die Hefte wieder.
Da nimm: sagt er. Und lies. Lies alles. Warum solltest du nicht.
Aber Brigitte kann nicht sofort. Sie sitzt noch immer wie erstarrt. Auch Ketzer sitzt steinern. Keiner wagt. Bis Brigitte endlich: Wenn du nicht darüber sprechen willst, dann brauchst du doch nicht. Ist doch alles vergangen. War doch dein Leben damals. Ich habe kein Recht darauf.
Sie setzt noch hinzu: Entschuldige bitte. Ich war bestimmt nicht neugierig. Ich wollte gar nicht lesen, ich wollte bloß blättern erst. Oh, Mensch, Conny, Conny, du.
Sie wirft sich um Ketzer. Drückt und heult und küßt und streichelt.
Ich hatte ja keine Ahnung, wie du mal gelebt hattest. Du hast ja auch nichts gesagt, wie schlimm das damals alles für dich war, das in Neuruppin und später, daß du so einsam warst und nicht wußtest wohin. Verzeih mir, mein Lieber. Ich schäme mich so.
Schämen?
Ketzer sieht sie an. Mit zuckenden Augen.
Aber nicht doch. Warum denn schämen?
Er faßt ihre Hände. Küßt sie.
Weil, weil ich so ein, ein verdammt normales Leben hatte. Darum! Alles ging so glatt. So furchtbar glatt. Schule, Oberschule, Zeitung, Studium, Diplom, wieder Zeitung. Da war überhaupt kein Bruch. Als müßte alles so sein! Als hätte es niemals andere Möglichkeiten gegeben. Ich stand nie vor Entscheidungen, ich habe mich nicht ein einziges Mal in Frage gestellt. Weder mein

Leben noch meinen Beruf. Nicht mal meine Träume. Ich bin ein Automat. Ja! Ein Automat. Ich wurde nach meiner Geburt programmiert, mein Code wurde eingegeben, die Starttaste gedrückt, und ich lief ab! Mein Gott, Conny, *ich lief ab*!! So hab ich gelebt. (Sie krampft ihr Gesicht gegen Ketzers Schultern) Ich habe wie unter einer Glasglocke gesessen. Gefahren gab es keine und Krankheiten auch nicht. Eine Grippe war schon viel! Ich bin mit Gabriele nach Bulgarien getrampt und hielt das für ein Abenteuer. Ich hab um irgendwelche Männer geheult und dachte, das wäre Leiden. Ich habe, Conny, mir kommt alles so künstlich vor, ich, ich habe niemals gelitten! Ich war niemals in Gefahr! Eine wohlbehütete Tochter von wohlbehüteten Bürgern war ich immer.

Sie unterbricht sich, löst sich von Ketzer, sieht irgendwohin ins Zimmer und sagt hohl: Ich habe überhaupt nicht gelebt. Ketzer reißt herum, faßt ihre Schultern, zwingt sie ihn anzusehen.

So was darfst du nicht sagen, B! Hörst du. Niemals!

Er krampft fest um ihre Oberarme. Schüttelt sie fast.

Ich habe mein Leben gehaßt! Ich habe es gehaßt! Ich wollte es auslöschen! Es sollte einfach vorbei sein! Weil nichts mehr kam, weil es zu nichts taugte, weil ich enttäuscht war und alleine, weil mich alle im Stich gelassen hatten. Weil ich das irgendwie nicht mehr tragen konnte, weil alles leer war und sinnlos. Ich. Ach. Ich hab immer Sehnsucht gehabt nach den anderen, nach solchen wie dir, die nicht hin- und hergerissen wurden und sich dabei aufrieben. Die ihren Weg gegangen sind, ohne dieses ewige Aufundab.

Groß sieht Brigitte gegen Ketzer. Riesig bald. Sie lacht und weint und schüttelt den Kopf.

Das ist zum irre werden, irre, irre. Wir sehnen und sehnen uns, immer das andere, niemals.

Sie bricht ab. Sie umarmt Ketzer.

Umarme mich! Umarme mich! Halte mich fest! ruft sie.
Und Ketzer hält.
So sitzen sie lange. Bis ihre Glieder schmerzen. Da steht Ketzer auf und holt Wein aus der Küche. Sie trinken die ganze Flasche. Sie trinken sich wieder ruhig. Sie ziehen die Kleider herunter und strecken die weingefüllten Körper auf dem Bett aus. Sie liegen eng. Leise fragt Brigitte.
Wo war das eigentlich?
Was?
Na, das da, dein Selbstmordversuch.
Och, in, in Gransee.
Und wie?
Schlaftabletten.
Sie schweigen. Zeit vertropft. Tonlos setzt Ketzer fort.
In einem Wald, gleich neben der F 96, ich kam von Stralsund und blieb in Gransee hängen. Es war irgendwie alles aus, es war wie ein Zeichen.
Ja.
Ja, damals.
Und wer war Emmy?
Ketzer zuckt die Schultern.
Ich weiß fast nichts von ihr. Ich hab sie mal beim Tanzen kennengelernt. Ich bin mit ihr dann an der Ostsee herumgezogen. War n kaputte Zeit damals, mit Tabletten und so. Zum Schluß waren wir überhaupt nicht mehr nüchtern, zu keiner Tageszeit. Ja.
Und wo ist Emmy jetzt?
Hhm, drüben wahrscheinlich. Wir hatten uns da mal gestritten, ich war ziemlich abgetreten an dem Tage, und Emmy wollte nach Baabe trampen, irgendwo eine Gruppe spielt da, Stern Combo Meißen glaub ich, oder Renft. Ich konnte einfach nicht, ich war zu fertig irgendwie, na und da ist sie alleine los. Seitdem habe ich sie nicht wiedergesehen. Wahrscheinlich ist sie damals

nach Stralsund, da hatten wir vorher einen Schweden kennengelernt, der arbeitete auf so ner Werft, als Monteur. Wir hatten bei dem öfter im Wohnheim geschlafen. Ich nehme an, der hat sie dann rübergebracht.
Und du?
Was und du?
Du wolltest doch auch.
Hh. Stimmt. Einundsiebzig. War n blöde Zeit. Die ließen mich nicht raus damals. Ja.
Komisch, wolltest du wirklich in den Westen?
Ja.
Warum nur?
Warum? Das ist schwer zu sagen. Da kommt vieles zusammen. Irgendwie war es die Unzufriedenheit, so ganz allgemein, wenn dich alles ankotzt. Dann hilft manchmal Bewegung, einfach die Orte wechseln. Na, und in der kleinen DDR ist man dabei schnell über die Grenzen rüber.
Conny, Conny! Du kommst wirklich von weit her. Daß wir uns da getroffen haben?!
Man muß eben an Wunder glauben.
Ja. Muß man wohl.
Sie schweigen und hören draußen die Nacht rumoren. Autos hupen. Eine Bahn kreischt. Ein Flugzeug fliegt. Bald verklebt Müdigkeit ihre Augen. Da sagen sie Nacht, mein Seltsamer, und Nacht, meine Seltsame, küssen sich und drehen herum. Ketzer sieht noch lange Emmybilder. Die Sehnsucht ist die George-Washington-Bridge-Station und nicht die AND-Eight Avenue Subway hoch bis der. Aufkommende Schlaf die Bilder verzerrt. Da platscht es plötzlich ans Fenster. Ein Flugzeugmaul schabt. Ketzer geht und öffnet. Er sieht seine Mutter winken. Komm, ruft sie aus der Tür. Spring! Und Ketzer nimmt Anlauf und springt. Doch er verfehlt die Tür. Die Mutter will nach ihm grei-

fen, streift aber nur seine Wangen. Noch im Fallen spürt Ketzer den zärtlichen Druck. Er fällt bis zum Morgen.
Wochen später.
Ketzer und Brigitte sitzen in der S-Bahn. Sie fahren nach Eichwalde hinaus. Ketzer hat einstecken eine Berliner Zeitung. Rot gekästelt steht: Haushaltsauflösung. Möbel, exquisite Kleidung, Schuhe, Hausrat. Viele Importe! Täglich von 13.00 bis 18.00 Uhr zu besichtigen. W. Zinnow. 1231 Eichwalde, Waldschützpfad 21. Ketzer und Brigitte wollen Möbel vielleicht oder alte Vasen oder Geschirr. Für den Gemeinschaftsraum. Es fehlt noch vieles. Auch ein richtiger Teppich müßte. Und schöne, alte Sessel unbedingt. Ketzer und Brigitte malen an die Scheibe. Die S-Bahn bullert. Einsteigen. Zurückbleiben. Zug Nordpol nach Königs Wusterhausen Türen schließen. Zug Nordpol nach Königs Wusterhausen abfahren. Ein Mann mit zwei gelben Paketen springt auf, rutscht gerade noch durch die zuschlagenden Türen. Der Eisenbahner sieht ihm nach. Das kenn ich doch, denkt Ketzer. Das hab ich doch schon mal gesehen. Bis Eichwalde grübelt er nun und unterhält sich mit Brigitte dabei. Sie will vielleicht freiberuflich arbeiten im nächsten Jahr, wie Gabriele. Oder zum Forum in die Kultur, bloß raus aus der Politik, ewiges Fernschreiberwiederkäuen, nicht kreativ so was, knüppeldick hat sies. Das wars! Biberkopf! Na klar. Am Rosenthaler Platz da. Die Straßenbahn. Ketzer lacht und schmunzelt. Und Brigitte sucht an ihrer Jacke nach Spucke oder Fussel und wundert sich.
Ist was? fragt sie. Und Ketzer erklärt. Da schmunzelt auch sie.
In Eichwalde fragen beide gleich auf dem Bahnsteig nach dem Weg. Waldschützpfad wollen Sie? Da haltense sich mal immer links. Könnense gar nich verfehlen. Und Ketzer und Brigitte verfehlen auch nicht. Hasenfährte, Fuchsbau, Waldschützpfad. Artige Bürgerhäuser stehen zwischen Blumenbeeten und Gartenzwergen. Wo noch Platz ist, stehen Kiefern. Ketzer und Bri-

gitte klingeln an Nummer 21. Eine Frau kommt herangeschritten. Sie kommt aufgeregt und lächelnd. Lila trottelt es an ihren Pantoffeln. Sie reicht die Hand, rückt die Brille, rückt die Perükke.

Kommen Sie! Kommen Sie, möine Hörrschaften! flötet sie. Treten Sie doch ain.

Vornehm spitzen die Lippen über dem Zahnersatz. Ketzer und Brigitte treten. Schon in der Veranda hängen Kleider auf Bügeln oder liegen über Gartenstühlen. Auch im Flur hängt es alt und staubig. Die Frau schrittelt ins Wohnzimmer. Überall stapelt und liegt es. Auf dem Tisch türmen Rauchverzehrer aus Porzellan, goldbronzene Plastikvasen, Aluminiumbestecke, Handtaschen, ein Rasierapparat, Kunstbastschalen, behäkelte Milchflaschen, geflammte Holzbrettchen und. Selbst über die Wohnzimmerlampe sind noch Kleider gehängt.

Wie wärs mit einem schönen Roack? spricht die Frau wieder vornehm. Doch Brigitte winkt ab. Sie hat längst erfaßt, alles Mist hier. Sie blinkert zu Ketzer hinüber.

Aber lassen Sie sich doch zeigen, junges Fräulein! Sie haben doch noch gar nichts gesehen. Was suchen Sie denn überhaupt? Fragen wir doch mal so herum, damit wir das Richtige auswöhlen können.

Ohne auf Antwort zu warten, zerrt die Frau aus Kisten. Zwei, vier, acht Pullover wirft sie vor Brigitte. Brigitte will abwehren, aber die Frau zeigt unentwegt.

Ich machs ja nicht für möch. Ich mach es ja nur einer alten Frau zur Löbe. Sie wissen ja nöcht, was sich hier schon abgespölt hat. Huuunderte waren ja schon hier! Schr-ä-cklich diese vielen Menschen. Und meine Wohnung. Ach! Sehen Sie doch nur!

Jämmerlich ringt die Frau über dem Pulloverberg. Doch plötzlich.

Nebenbei, wir sind ja unter uns, haben Sie Interesse an Kaffee?

Ich meine richtigen. Ausm Westen.
Vertraulich beugt sie zu Brigitte vor und greift in einen Karton.
Ich verkaufe den Kaffee nur aus Gefälligkeit. Für eine kranke Rentnerin, die sich nebenbei etwas verdönen muß. Kein Wunder auch, bei der Rente im Osten. Eine Schande, einfach. Eine Schande. Nee, daß es soweit gekommen ist. Der armen Frau fällt das Dach über dem Kopf zusammen. Schlimm, sag ich Ihnen. Kein Geld! Keine Hilfe! Und auch noch krank! Da muß sie selbst ihren Kaffee verkaufen. Den schönen Westkaffee, ist das nicht tragisch?
Brigitte sieht hilfesuchend nach Ketzer. Und Ketzer feixt hinter einem Schuhstapel. Doch sofort ist die Frau bei ihm.
Sie suchen ein Paar Schuhe, ja? Alles ungetragen! Hoch modörn. Hier ein sportliches Modöll für den jugendlichen Herrn. Oder dieser Slipper hier. Hochelegant. Ein reines Importmodöll!
Ketzer hebt erschreckt die Arme.
Ich will ja gar keine Schuhe: stammelt er.
Aber was wollen Sie denn?
Die Frau greift nach Hosen. Zeigt. Ketzer winkt ab. Die Frau zeigt Sakkos. Ketzer winkt wieder.
Aber wie soll ich wissen, was Sie wünschen, wenn Sie sich nichts zeigen lassen? Sehen Sie diesen Anzug. Reine Wolle alles! Sowas kriegen Sie heutzutage gar nicht mehr. Diese Qualität! Oder diese Bluse hier, für das Fräulein Braut. Folklorestil! Das ist wieder ganz groß Mode drüben. Aber hier (sie winkt verächtlich ab), was wissen die Leute hier schon, was schick ist. Ich habe so viele schöne Sachen. So viele. Kleider, Mäntel! Aber keiner kauft! Die Leute sind ja soo verwöhnt. Fürn paar Groschen wollen se gleich n exquisiten Pullover haben. Sehen Sie den hier! Ist der nicht herrlich?! Ich würde ihn ja selber behalten, aber leider, leider. Zu klein! Ach, Sie wissen ja nicht, was ich hier erlebt habe, ich bin ja am Ende. Nein! Das kann sich ja keiner vorstellen. Keiner ahnt

ja, was ich hier schon ertragen mußte. Ich schlafe schon seit Tagen nicht mehr. Jeden Tag von eins an hier stehen, das hält kein Mensch durch. Und die Leute?!! Ihnen kann ichs ja sagen, diese Leute?!! So uuundankbar! So uuundankbar, sag ich Ihnen. Und dann das Klauen. Die meisten kommen nur zum Klauen her. Nur klauen wollen die. Kaum hat man sich umgedreht, schon haben die was in der Tasche. Ohhh, das ist die Menschheit heute!! Was ist aus ihr geworden?! Nur Diebe und Halunken. Meine schööönen Sachen! Und keiner dankt es einem. Kaum einer mal, der ein freundliches Wort hat. Alle wollen bloß raffen und raffen, lassen sich zeigen und zeigen und kaufen am Ende doch nichts. (Abgrundtief) So sind die Menschen heute!
Während des Redens wühlt sie unaufhörlich in Kleidern, klaubt Hemden und Hosen und Jacken hervor. Und Ketzer und Brigitte wehren schon wie ohnmächtig.
Aber lassen Sie sich doch zeigen! Sie haben doch noch gar nichts gesehen. Was suchen Sie denn überhaupt? Das ist Ihnen nichts (sie schleudert eine Bluse), und das (ein Schal fliegt). Ich zeige und zeige, Sie müssen doch wissen, was Sie wollen! Alle wollen nur gaffen und trampeln mir die Wohnung voll. Meine schöne Wohnung! Ich werd alles neu renovieren lassen müssen. Nein, diese Menschen! Wie Ameisen fallen sie über mich her. (Sie faßt einen Wintermantel) Hier was für die reifere Frau. Das würde Ihrer Mutter gefallen! Schicken Sie sie doch mal vorbei. Haben Sie denn niemand? Sie müssen doch eine Mutter haben! Wo soll ich denn bloß mit den Sachen hin? Nein – das wächst mir über den Kopf. Ich bin ja schon kein Mensch mehr. Und wofür?
Ketzer und Brigitte stehen wie gelähmt. Mühsam greift Brigitte nach einer Bluse. Sofort packt die Frau zu.
Die Bluse kommt sechzig Mark.
Brigitte läßt die Bluse wieder fallen.
Na gut, dann eben fünfundfünfzig Mark. Die fünf Mark leg ich

von meiner Rente zu. Mir macht das nun auch nichts mehr aus. Wenn Sies mitansehen können, wie eine arme Rentnerin...
Brigitte stöhnt auf. Für dreißig Mark würde sie die Bluse nehmen, sagt sie.
Nein, also. Für dreißig Mark. Die schöne Bluse! Aber so habe ichs mir gleich gedacht, so hab ichs schon kommen sehen. Erst alles zeigen lassen, und dann. Die schönen Sachen! Dreißig Mark für die Bluse?! So ein feiner Batist! Und ungetragen dazu. Für dreißig Mark. Ha!!
Brigitte zeigt vorsichtig auf den Kragen. Scheuerstellen markieren sich dort.
Also die Bluse ist neu! Wenn ich Ihnen das sage! Da muß sich einer von den Kunden die Bluse mal übergezogen haben, dafür kann ich nichts. Darauf kann ich ja nicht auch noch aufpassen! Was soll ich denn noch alles machen??!! Das ist ja ein Tollhaus hier. Dauernd rein und raus. Und der Dreeck! Den muß ich wegmachen, und keiner dankt es. Also gut, die Bluse also auch nicht. Ich habe mir das schon so gedacht, erst alles.
Da klingelt es. Ketzer und Brigitte atmen erlöst. Die Frau schlorrt zur Tür. Ketzer und Brigitte drängen verhalten. Es klingelt wieder.
Ja, ja, kommt schon noch früh genug zum Klauen. Meine schönen Sachen, nein, diese Menschen heute.
Die Frau öffnet. Lila schrittelt sie zum Tor. Sie reicht die Hand, rückt die Brille, rückt die Perücke.
Kommen Sie! Kommen Sie, möine Hörrschaften! flötet sie. Zwei flanellbetuchte Herren stehen steif und englisch. Ketzer und Brigitte stieben prustend an ihnen vorbei. Sie springen und lachen zum Bahnhof zurück. Nein, diese Frau! Und möine Hörrschaften, wie verkommen ist doch die Wölt heute. Und bötte nicht kla-auen! Ketzer und B schütteln sich vor Lachen. Sie japsen und ringen nach Luft. Erst im Zug beruhigen sie sich wie-

der. Sie lehnen bequem aus dem Fenster und sehen in den Himmel. Blau und schwindsüchtig hängt der über ihnen. Spätsommer ist. Sie riechen es vom Wald herüber. Die Räder des Triebwagens summen. Singen fast. Ketzer hat eine Melodie im Ohr. Und Worte. Der Herbst ist einsam. Der Herbst ist still. Die Stimmen des Sommers schweigen in der Vergangenheit. Zwei Jahre schon wieder. Hh. Brigitte fragt, wollen wir nicht spazierengehen? Zeit hätte sie. Auch Ketzer hat. So steigen sie in Grünau aus und schlendern die Wassersport-Allee hinunter zur Fähre. Sie setzen über zum Wendenschloß und bummeln dann am Ufer des Langen Sees entlang. Später lagern sie wo. Nur wenige Menschen gehen vorbei. Vereinzelt schreit es vom Strandbad herüber. Ein Bademeister langweilt überm Geländer. Wollen wir baden? Da? Lieber nicht. Sie laufen weiter. Schief und müde stehen Erlen. Zwischen freigespülten Wurzeln schmatzt grün das Wasser. Ein Schleppkahn schiebt vorbei. Fächert Wellen hinter sich. Auf der anderen Seeseite schaukelt schwermütig eine 86 durch die Bäume. Ketzer und Brigitte sehen. Ein Fahrradfahrer kommt. Er klingelt und grüßt freundlich. Ketzer und B grüßen erstaunt wieder. In Schmetterlingshorst trinken sie Bier. Im Garten ist es leer, auch nicht ein Mensch sitzt. Aus dem Schankraum dumpft Blasmusik. Sonst ist es still. Nur die Bäume tuscheln manchmal oben. Ketzer und Brigitte trinken aus und gehen weiter. Das Bier hebt. Leichtfüßig schweben sie dahin. Sie fassen die Hände und drehen in der milchigen Sonne. Sie schmecken die Luft, die von so ganz anderer Art heute. Sie gleiten zum Wasser und werfen die Kleider. Senken ab in das grüne Wellen. Tropfen fliegen. Steigen auf. Fallen nieder. So ein herrlicher Regen jedesmal. Sie stolpern zurück zum Ufer. Wischen sich das Wasser. Leute kommen. Sehen weg. Schmunzeln aber. Ketzer und Brigitte stehen. Die Sonne soll trocknen. Aber die ist schon zu müde dafür. Da ziehen sie die Kleider so. In Marienlust will Ketzer dann eine Papierrose schießen. Aber er verfehlt immer wieder. Brigitte lacht. Ketzer entschuldigt sich. Es ist das Frieren, sagt er. So laufen sie zum Müggelturm hinauf, Kaffeetrinken oder Tee. Hoch sitzen sie bald über der Bürgerheide. Rechts stippt Ketzer in den Müggelsee und links in den Langen See. Brigitte zeigt. Verhangen liegt Berlin. Bis Karlshorst ist noch zu erkennen. Schwarz schlotet es dort. Ketzer entdeckt das Riesenrad in Treptow. Und das? Weiß nicht, in Westberlin wo. Über ihnen lärmt es plötzlich. Eine Tu 135 biegt in die Einflugschneise. Wer da wohl drin? Unten auf dem Müggelsee stehen Dampfer. Stecken wie in blauer Knete. Schön, sagt B und lehnt sich gegen Ketzer. So sitzen sie lange. Die Stille singt. And I think to myself, what a wonderful world. Sie hören. Sie hören zu, bis der Nachmittag gelb wird. Da brechen sie auf, steigen den Berg hinunter und fahren mit dem Bus in die Stadt zurück. Um sechs muß Ketzer in der Brunnenstraße sein.

Denn.

Im Klub ist Jazztag heute. Synopsis spielt. Scholz und Ketzer stehen im Flur und geben Anweisungen. Ihr macht Ordnungsdienst, du übernimmst die Kasse und ihr den Einlaß, okay?

Die Musiker kommen. Sie fahren mit dem Transporter bis vor den Eingang. Der Bürgersteig ist versperrt. Die Leute schimpfen. Gumpert lacht drüber und reicht Ketzer die Hand. Und Ketzer winkt nach Helfern. Faßt mal mit an, Jungs, sagt er. Und alle fassen. Sie müssen sich beeilen. Die ersten Besucher stehen schon. Um neunzehn Uhr ist Einlaß. Eine halbe Stunde später beginnt das Konzert. Der Saal ist ausverkauft. Hinten im Büro machen Scholz und Ketzer die Kasse. Sie reiben sich die Hände. Einen kleinen Gewinn hat es gegeben immerhin. Sie gehen mit dem Geld dann in die Bar. Dort sitzen bärtige Männer mit kurzgeschnittenen Haaren und rauchen Pfeife. Buntfarbene Frauen sitzen dazu. Ketzer verhandelt mit einem Bärtigen. Sie tauschen

Verträge. Ketzer reicht das Geld. Sie stoßen an. Vom Saal her klirrt Schlagzeugwirbel. Eine Frau hinter dunkler Sonnenbrille sagt, Sommer ist ja heute wieder arg in Form. Vereinzelt nickt es kurzgeschoren. Um neun kommen die Musiker. Sie drängen zur Bar. Sie trinken, sitzen noch an reservierten Tischen, zeigen sich und fahren bald.

Die drei Klubräume sind überfüllt. Lachen, Gläserklirren, Musikhören, Erzählen, Suchen, Warten, Rauchen. Allmählich geliert die Luft. Ketzer steht hinter der Bar. Scholz ist in den Saal geflüchtet. Er reinigt mit dem Ordnungsdienst.

Da.

Drängt einer an die Bar. Verlangt Cola und Wodka. Und später nur noch Wodka dann. So ein dünnes Bürschchen mit krummen Schultern und schmalem Gesicht. Siebzehn Jahre sicher erst. Ketzer will schon nach dem Ausweis fragen, hält sich aber noch zurück. Der Junge bestellt wieder. Kippt rasch das Glas. Gierig reißt auf sein Mund. Aber es ist nicht nur Gier. Ketzer sucht um die Lippen. Was ist da noch? Warum zucken denn dessen Mundwinkel so? Und dann die Augen erst! Und wie die Lider schräg stehen! Der kann ja sein Gesicht nicht mehr stillhalten. Das zuckt und krampft und preßt. Das ist ja wie weinen schon. Ketzer schluckt. Mitleid kloßt in seinem Hals. Er beugt sich vor. Er sieht den Jungen an. Wie Glas noch die Haut. Nur um den Mund schon zwei so furchtbare Kerben. Er fragt freundlich in das Augenschwimmen, na, wohln bißchen down heute, was?

Doch der Junge versteht nicht. Iron Horses galoppieren an seinen Ohren vorbei. Ketzer dreht das Tonbandgerät leiser und fragt wieder. Aber der Junge zieht nur angewidert den Mund und antwortet, leck mich doch. Und dreht vom Stuhl. Ketzer ist durch die Rotzigkeit herausgefordert. Er setzt mit drei Schritten um die Bar. Faßt nach dem Jungen.

Ich brauch keine Amme! Pfeif ab, Mann! knurrt dieser.

Wie Säure kippt es über Ketzer. Die Blicke des Jungen stoßen zu. Durchlöchern ihn. Ketzer steht und stöhnt. Mensch, so einer!? Der Junge taucht in die Menge, und Ketzer schüttelt sich und geht zurück.

Doch bald sitzt der Junge wieder. Er knüllt einen Geldschein auf den Bartisch und verlangt eine ganze Flasche Wodka. Ketzer zögert. Der Junge ist betrunken. Er lallt schon. Der macht Ärger. Da greift der Junge das Glas seines Nachbarn, hat plötzlich zwei winzige Tabletten in der Hand, wirft sich diese in den Mund und schluckt. Und alles blitzschnell. Der Mann dreht schwer herum und mustert ihn von oben bis unten. Dann lacht er gefährlich auf und donnert los.

Du bist wohl besoffen, du Sau! Mir meinen Schnaps zu klauen! Dir schlag ich was aufs Maul!

Und er schlägt, noch ehe Ketzer eingreifen kann. Der Junge kippt um mit dem Hocker und schlägt krachend auf den Boden. Blut spritzt sofort aus seiner Nase. Der Mann stürzt nieder zu ihm. Ein paar Mädchen kreischen. Überall springt es von den Stühlen. Ketzer stößt sich durch die Menge. Er stößt vor zu den Kämpfenden. Er packt den Mann bei den Schultern, reißt ihn hoch und redet in das weißfleckige Gesicht.

Immer schön ruhig, Kumpel! Biegen wir alles wieder hin. Man immer sachte! Ich spendier dir auchn neues Glas.

Ketzer klopft dem Mann beruhigend die Schultern und schiebt mit ihm zum Tresen zurück. Dann winkt er nach einem Mädchen, gibt ihr ein Zeichen, und setzt hinter dem Jungen her. Auf dem Flur kann er ihm fassen, drückt ihn gegen die Wand und stürmt auf ihn ein. Immer hitziger wird sein Reden. Der Junge schreit. Ketzer schreit ebenfalls. Sie schrauben sich hoch.

Laß mich los, du scheiß FDJ-Bulle: schrillt der Junge.

Ich bin kein Bulle! Siehst du denn das nicht?! Ich will dir doch bloß helfen, du Idiot: schrillt Ketzer zurück.

Helfen, ha! Meinst du, ich fall auf deine langen Haare rein? Du bist doch bloß ein ganz mieser Spitzel!
Red kein Quatsch, Mensch!! Ich war mal genauso kaputt wie du. Ich kenn das, da hab ich auch Wodka gesoffen und Tabletten gezogen, weil mich alles angekotzt hat! Aber mit Ziehen kommste nicht raus aus der Scheiße! Schüttle nicht den Kopf, hör zu, Mensch! Bloß Leute könn dir helfen.
Solche wie du vielleicht??! Daß ich nicht lache!
Sie keuchen sich an. Wie irr zucken ihre Augen. Ketzer schluckt. Schweiß glänzt in seinem Gesicht.
Du mußt was machen, was dich nicht noch kaputter macht! Du mußt Leute finden.
Ich will nicht!! Laß mich in Ruhe! Wenn ich vor die Hunde gehe, ist das meine Sache! Verstehst du? Meine! Meine!!
Der Junge sackt in die Knie. Er wimmert leise. Ketzer hockt sich zu ihm nieder. Er sagt: Du kannst ja mal zu uns kommen, wir sind n Wohngemeinschaft, oder ruf einfach mal an, wir haben Tele...
Ich will nicht!! Geht das in deinen verdammten Bonzenschädel nicht rein? Ich will nicht, ich will nicht!!
Da schießt der Junge hoch, stößt Ketzer zur Seite, reißt auf die Ausgangstür und springt auf den Bürgersteig. Er läuft in Richtung Rosenthaler Platz. Ein paar Meter hinter ihm läuft Ketzer. Der Junge ist schnell. Er baut seinen Vorsprung aus. Er setzt über die Straße. Ketzer will ebenfalls, aber eine 69 kommt herangerumpelt. Er muß warten. Die Straßenbahn schaukelt vorbei. Ketzer steht und sucht. Von dem Jungen keine Spur. Ketzer sieht über den Platz. Nichts. Komisch, wo ist der hin? Da hört er Blechpoltern von der Buchhandlung drüben. Mit ein paar Sätzen ist er dort. Er sucht wieder, findet aber nichts. Wie in Luft aufgelöst hat der sich. Ketzer dreht und dreht. Da poltert es wieder. Vom U-Bahneingang hoch. Ketzer springt zum Geländer

und beugt sich drüber. Er erstarrt. Unten steht der Junge und stemmt und schlägt gegen die Eisentür. Ketzer hastet die Treppe hinunter. Der Junge faucht wie eine Katze. Er preßt sich gegen die Tür und stößt mit den Füßen nach Ketzer. Er schreit. Ketzer will seinen Mund zuhalten. Still sein soll der, der Idiot! Das Maul halten! Sie ringen verbissen. Hinter der Eisentür röhrt eine U-Bahn vorbei. Oben quietschen Taxen. Wenn jetzt eine Polizeistreife?! Dann sind wir dran! Ketzer kann den rechten Arm des Jungen packen und dreht diesen auf den Rücken. Der Junge stöhnt auf vor Schmerzen. Ketzer stößt ihn die Treppe hinauf. Der Junge stolpert. Sie straucheln beide. Wieder ringen sie. Wieder dreht Ketzer den Arm. Lieber Gott, keine Polizei jetzt! Ketzer hebt den Kopf über den Schachtrand und blitzt über den Platz. Leuchtet ein Polizeistern wo? Doch nur ein Pärchen kommt aus der Wilhelm-Pieck-Straße gebogen. Verwundert zuckt der Mann zusammen, als Ketzer und der Junge die Treppe hochtaumeln.

Mensch, Frieda, die U-Bahn fährt wieder! Der Westen is uff.

Laß die, Paul, die sind doch besoffen, siehste doch!

Ketzer winkt zu ihnen hinüber. Winkt: Schon gut, schon gut. Bloß kein Aufsehen bloß nicht! Sie steigen über das Geländer und stehen wieder auf dem Platz. Und noch immer leuchtet kein einziger Polizeistern. Sie überqueren die Brunnenstraße. Dabei behält Ketzer immer den Arm des Jungen auf den Rücken gewinkelt. Der Junge fiept. Sie wollen gerade am Gebrauchtwagenhaus vorbei, als sacht ein Streifenwagen über den Platz wippt. Von hinten fährt er an sie heran. Ketzer hört das Bremsenschleifen. Er hört das Türenschlagen. Er hört das Stiefelschrapen. Aber er dreht nicht den Kopf. Hoch im Hals schlägt sein Herz. Da faßt es eisig nach ihnen: Sie da! Bleiben Sie mal stehen! Ketzer und der Junge bleiben. Sie drehen herum. Angst splittert von ihren Gesichtern.

Die Polizisten kommen heran. Sie tippen gegen ihre Mützen und grüßen.
Was haben Sie da eben an der Treppe gemacht? fragt einer.
Ketzer zählt die Sterne, dann antwortet er: Nichts, Herr Polizeimeister. Wir, wir sind grade langgekommen. Wir wollen in den Brunnen, den Klub da (er zeigt ungelenk), noch was trinken. Und, und da ist mir mein Portemonnaie in den Schacht gefallen. Ich wollte nachzählen, wieviel Geld ich noch habe. Wir kriegen erst nächste Woche Stip, noch lange hin. Studenten habens nicht leicht, Herr Polizeimeister.
Ketzer spürt nur noch Mund. Alles andere schon taub vor Angst. Nur keine Pause jetzt.
Reden.
Reden.
Und Ketzer schwemmt weiter über die Uniformierten.
Beim Zählen ist mir das Geld dann runtergefallen, Herr Polizeimeister. Wirklich! Ist ja auch so dunkel! Bei der Straßenbeleuchtung sieht man ja kaum was. Ich konnte doch das Geld nicht liegen lassen, Herr Polizeimeister. Ist doch mein letztes! Ich hab ja nach einer Streife gesucht, aber es kam ja keine. Und um elf macht der Klub schon zu. Wir wollen doch noch einen auf den Semesteranfang, verstehen Sie?
Aber der Polizist ist noch immer nicht überzeugt. Mißtrauisch fragt er: Und warum haben Sie ihrem Studienkollegen den Arm auf den Rücken gedreht?
Weil er nicht will, Herr Polizeimeister! Weil er lieber pauken will, der Streber! Den muß man nämlich zu nem Glas Bier zwingen! Den muß man ja richtig prügeln dazu! Weil er ein Stubenhocker ist, deshalb! Los sag, daß ich recht habe, Achim! Ketzer schlägt burschikos gegen den Jungen. Dem Jungen gelingt ein Grinsen. Er nickt auch. Ketzer sieht, wie die Polizeigesichter entspannen. Ihm schwirrt der Kopf. Reden!

Sie sehen ja, wie der aussieht. Nie von Muttern weggekommen. Und dann gleich Berlin! Da traut der sich alleine nicht mal übern Damm.

Ketzer bufft wieder burschikos. Der Junge krümmt sich. Gibt sich beherrscht. Die Polizisten grinsen. Sie tippen gegen ihre Schirmmützen und sagen noch: Das nächste Mal warten Sie aber auf eine Streife und steigen nicht eigenmächtig in den Schacht. Das ist schon Grenzgebiet, meine Herren!

Gewiß nicht! Bestimmt nicht! Soll nie wieder vorkommen, Herr Polizeimeister. War uns eine Lehre. Wirklich.

Ketzer ringt entschuldigend die Arme. Die Polizisten steigen ins Auto. Der Anlasser röchelt auf. Die Scheinwerfer fassen über das Pflaster. Gemächlich wippt der Streifenwagen dann die Brunnenstraße hoch, Richtung Invalidenstraße.

Ketzer und der Junge stehen. Sie können kaum atmen. Sie stehen und zittern. Wie Windböen rüttelt es an ihnen. Sie wanken zum Haus und stützen sich an der Mauer. Weit sperren ihre Münder. Sie keuchen schwer.

Stöhnend sagt Ketzer: Komm. Wir gehen.

Der Junge folgt ohne Widerspruch. Ketzer gibt Scholz im Klub Bescheid, dann laufen sie zum Hackschen Markt. Keiner spricht ein Wort. In Höhe Gipsstraße hören sie unterm Asphalt wieder eine U-Bahn grummeln. Vielleicht ist Mama da unten jetzt. Und da wollte der rein. Wahnsinn so was. Die stehen doch auf den Bahnhöfen.

Wie heißt du eigentlich? fragt Ketzer.

Holger: antwortet der Junge.

Und wo wohnst du?

Nirgends.

Ach so.

Ketzer überlegt. Nicht soviel fragen. Immer schön sachte. Erst mal auftauen lassen.

Du kannst bei uns schlafen.
Hhm.
Sie fahren dann mit der S-Bahn bis zum Ostbahnhof. Arbeiten wird der auch nicht, ausgeflippt ist der, von zu Hause weg wahrscheinlich. Sie laufen die Straße Pariser Commune. Überall neue Häuser. Nur zur Karl-Marx-Allee hin stehen noch sechs Mietskasernen. Ketzer biegt in eine, in einen Torbogen.
Wir sind da: sagt er und geht voran über den Hof. Im ersten Stock rechts brennt Licht in einem Fenster. Gabriele wird wohl noch.
Oben in der Wohnung klopft Ketzer leise gegen die Tür des Arbeitszimmers. Gabriele sitzt über der Schreibmaschine. Ketzer zieht Holger ins Zimmer.
Das ist Holger: sagt er. Der schläft heute nacht bei uns. Gabriele sieht kaum hoch von ihren Blättern. Sie dreht nur kurz herum und sagt, aha.
Sind die anderen schon im Bett? fragt Ketzer noch. Gabriele nickt flüchtig und antwortet unwirsch, ja doch.
Da schieben sie wieder durch die Tür und gehen hinüber ins Gemeinschaftszimmer. Ketzer holt einen Schlafsack aus einer Truhe, zeigt auf ein paar Matratzen und sagt: Hier kannst du penn. Dann fragt er noch: Wollen wir jetzt reden? Aber Holger schüttelt den Kopf.
Lieber morgen: sagt er und gähnt.
Aber am anderen Morgen ist Holger noch zu nüchtern für ein Gespräch. Er kann morgens nicht reden, sagt er. Er muß sich erst an den Tag gewöhnen. Das dauert immer bei ihm. Die Morgen kann er nur mit Musik überstehen, erklärt er noch und verlangt nach Schallplatten.
Und Ketzer zeigt ihm.
Wasn, du hörst Ostplatten? wundert Holger. Von AMIGA? Iiih! Renft ist doch taub!

Und was hörst du so? fragt Ketzer zurück.
Underground. Ganz verschärfte Sachen, Hendrix, Janis Joplin, Frank Zappa und so.
N bißchen alt, nicht?
Alt? Ha!
Aber Ketzer will nicht diskutieren. Er greift ein Album, zieht eine Platte und legt Electric Ladyland auf den Teller.
Hier! sagt er und schwenkt den Tonarm.
Holger setzt sich in einen Sessel und hört. Ketzer geht in die Küche unterdessen und baut an einem Regal. Nach zehn Minuten kommt Holger und fragt, soll ich helfen? Da dreht Ketzer rasch zum Fenster, denn er muß plötzlich grinsen. Gott, das ist ja wie bei Makarenko.
Ketzer und Holger bauen bis um zwölf. Dann fährt Ketzer wieder in die Gleimstraße Filmrollen holen. Holger fährt mit. Unterdessen essen sie Mittag, Bockwurst und Bier. Ketzer spendiert.
Geld wirst du ja wohl nicht mehr haben: vermutet er.
Zwanzig Mark hab ich noch: antwortet Holger.
Und wie weit willst du damit kommen?
Bis ans Ende der Welt!!
Holger wirft trotzig den Kopf. Dünn fallen die Haare auf die Schultern.
Wo kommst du eigentlich her? fragt Ketzer später.
Au... aus Teltow.
Teltow? Da mußt du doch, da gibt es doch den Schwarzen Adler, nicht? Kennst du den Schuppen?
Klar kenn ich den. Meine Stammkneipe. Hab aber Gaststättenverbot jetzt. Warst du mal da?
Nee, war ich nicht. Mir hat mal einer erzählt von. Ist schon lange her alles. Über sechs Jahre.
Ketzer sucht einen Namen.

Redlich oder Mädlich oder so ähnlich.
Vor sechs Jahren? Da ging ich ja noch in die Grundschule, da hatte ich vom Schwarzen Adler noch keine Ahnung.
Ketzer rechnet. Dreizehnvierzehn vielleicht plus sechs, macht zwanzig ungefähr.
Was denn? Du bist schon zwanzig? fragt er erstaunt.
Nee! Ich werd erst neunzehn, im Oktober.
Nicht mehr lange hin. Was hasten eigentlich gelernt?
Ich? Autoschlosser.
Da schlägt Ketzer mächtig auf den Tisch, daß die Biergläser klirren. Der Wirt sieht argwöhnisch von der Theke herüber. Er wittert Krach und Prügelei. Aber Ketzer klatscht Holger nur freudig gegen den rechten Oberarm und ruft: Mensch! Ich hab auch Autoschlosser gelernt. Das ist jan Zufall.
Holger sieht Ketzer an.
So sah er noch nie. Klar sind seine Augen jetzt und ohne Mißtrauen fast.
Wo hast dun gelernt?
In Kleinmachnow, und du?
In Briesenow.
Du, das kenn ich. Da warn wir mal, wegen so nem neuen Schweißgerät.
Ketzer und Holger rücken näher. Sie bestellen noch Bier. Ketzer spürt die Nässe bald, die von Holger tropft. Der taut und taut. Sie reden dann den ganzen Weg zur Gleimstraße, zum Klub. Sie reden noch, als der Mann mit den Filmvorführgeräten kommt. Sie schweigen erst, als der Film beginnt. Blutige Erdbeeren steht auf der Leinwand, ein amerikanischer Film von Stuart Hagmann, gedreht nach James Kunens Buch The Strawberry Statement, der authentische Hintergrund die Columbia-Universität in New York, der fiktive Vordergrund die Geschichte von Simon, der zufällig in einen Studentenstreik gerät, bei diesem das

Mädchen Linda kennenlernt, und der durch diese Begegnung zu tiefgehenden Denk- und Wandlungsprozessen angeregt wird.
Nach dem Film ist Holger verändert plötzlich. Rote Flecken sprenkeln in seinem Gesicht, und vom Mund schräg kerben wieder diese furchtbaren Falten. Er trinkt auch wieder Cola mit Wodka. Und später nur noch Wodka dann. Ketzer ist abgelenkt. Er muß mit Scholz das Monatsprogramm für Oktober besprechen. So bemerkt er erst spät Holgers Veränderung, wie dieser so abwesend in einer Ecke hockt, mit hängendem Gesicht und schwimmenden Augen. Ketzer schüttelt ihn. Wie Gummi fliegen die Ärmchen. Holger lacht kindisch auf. Doch plötzlich schlägt das Lachen um in Weinen. Er kippt nach vorn. Ketzer kniet vor ihm. Spitz höckert das Rückgrat durch die Leinenjakke. Er faßt den Jungen, zieht ihn hoch und schüttelt wieder. Hast du Tabletten gezogen, fragt er heiser. Der Junge gibt keine Antwort. Ketzer wühlt in den Taschen. Er findet einen Streifen Dormotyl. Alle Tabletten sind gedrückt. Er flucht leise und wirft den Jungen auf die Holzbank zurück. Dann stapft er nach hinten ins Büro und ruft ein Funktaxi.
Scholz fragt: Was istn das fürn Typ?
Ach son Ausgeflippter, der von zu Hause weggelaufen ist. Den alles ankotzt. Na eben son Pubertätsekel, kennste doch.
Und mit so einem Chaoten läßt du dich ein?
Scholz rückt mißbilligend an seiner Nickelbrille.
Was soll ich denn machen? Soll ich den liegen lassen? Mensch, der hat n Streifen Dormotyl geschluckt. Der ist vollgepumpt. Den bring ich zu uns jetzt.
Constantin! Mit Tabletten und so was ist bei uns nichts drin!! Das können wir uns nicht erlauben: sagt Scholz hart. Wenn dieser Typ bei uns noch mal son Zeug schluckt, kriegt er Klubverbot. Ist das klar?! (Ketzer nickt betreten) Und dir sag ich, laß die Finger von den Kerl!

Christian!! Ich war mit dem heute den ganzen Nachmittag zusammen, der ist schon okay. Der ist bloß furchtbar alleine. Der kennt einfach niemand, er braucht Leute. Verstehst du, andere Einflüsse. Dem ist noch zu helfen.
Aber Scholz winkt nur ab und beugt sich wieder über die Rechnungen.
Zieh bloß Leine mit dem: sagt er noch. Und mach mir aus unserm Klub keinen Samariterverein.
Ketzer geht zurück zu Holger. Er hebt ihn hoch, lehnt ihn sich gegen die Schulter und balanciert mit ihm zum Ausgang. Die Taxe kommt bald. Ketzer schiebt den Jungen in das Auto und sagt, Straße der Pariser Commune. Der Fahrer beobachtet mißtrauisch im Spiegel. Wenn Ihr Freund kotzt, isser dran, droht er. Nee, nee, der kotzt schon nicht, beruhigt Ketzer in der Münzstraße. Aber schon am Alexanderplatz beginnt Holger zu würgen und zu pressen. Der Fahrer murrt. Er droht. Er schimpft. Überall Halteverbot auch! Und Holger preßt immer stärker. Der Fahrer drückt das Gaspedal. Das Auto beschleunigt. Holger erbricht in den geschlossenen Mund. Seine Wangen blähen auf. Ketzer sucht nach einem Taschentuch. Er schwitzt. Der Fahrer zetert. Holger schluckt das Erbrochene wieder hinunter. Nur aus der Nase rinnt dünner Rotz. Das Auto fegt die Karl-Marx-Allee hinunter, schleudert bei Gelb in die Schillingstraße. Wieder schießt das Erbrochene aus Holgers Magen hoch. Stärker diesmal noch der Druck. Holger preßt die Lippen, doch an den Mundwinkeln spritzt schon gelber Schleim. Der Fahrer bremst. Ketzer reißt auf die Tür und biegt den Jungen aus dem Auto. Breit gießt der Strahl auf den Asphalt. Der Fahrer kläfft. Ketzer reicht einen Geldschein und springt aus dem Wagen. Er will um das Auto, doch da heult schon der Motor auf. Die Taxe ruckt an und jault davon. Und Holger stürzt vornüber in das Erbrochene. Mühsam stöhnt er hoch und wischt mit dem Ärmel über dem

Mund. Ketzer sucht nach Zeitungen. Auf der U-Bahntreppe liegt es verstreut. Ketzer sammelt auf, setzt sich zu Holger auf die Bordkante und beginnt an ihm herumzuwischen. Vom Café Moskau kommen Polizisten geschlenkert. Aber sie äugen nur aus der Ferne und schlenkern vorbei.
Bist du wieder okay? fragt Ketzer dann.
Ja, fast: antwortet Holger flau.
Sie stehen auf und wackeln die Karl-Marx-Allee hinunter. Hinterm Straußberger Platz wäscht sich Holger in einem Brunnen. Er taucht den ganzen Oberkörper in das Wasser. Prustet und krampft ein Lachen dabei.
Was war denn los vorhin? fragt Ketzer.
Holger setzt sich und trocknet sich mit dem Hemd. Er antwortet langsam.
Weiß nicht. Kam irgendwie. Nach dem Film. Ist eben alles so beschissen. Du kannst nichts machen. Das Establishment. Du bist so machtlos gegen die. So ausgeliefert. Du gehörst denen einfach. Und die verbraten dich. Alles was du machst, ist bloß für die.
Und da denkst du, Nichtsmachen ist besser?
Ach, ich weiß nicht. Irgendwie sieht keiner richtig durch. Die machen dir immer was vor, hauen dir die Taschen mit Parolen voll und so.
Holger will aufstehen, aber die Übelkeit knickt ihm die Beine.
Hast du mal n Zigarette? fragt er. Mir ist schon ganz schön mies.
Wieviel Tabletten hast du gezogen?
Bloß zwei. Waren die letzten.
Sie rauchen und schweigen. Vor ihnen klotzt eckig ein Wohnblock. Gelb und warm leuchtet es aus den Fenstern.
Aufstöhnt Holger da: Überall sitzen welche, warten auf was, hoffen auf was, wollen was. Jeder für sich. Jeder sitzt in seinem Schubfach. Morgens um sechs Klappe auf, Mensch raus. Abends

um fünf Mensch rein, Klappe zu. Biste krepierst. Klipp, klapp! Und wehe, es funktioniert mal einer nicht! Wehe, wenn mal einer nicht in son Fach paßt. Dann zack! Rübe ab! Was übersteht wird abgehauen! Sieh dir die doch da oben an! Keiner hat von denen mehr einen Kopf. Die funktionieren doch bloß noch.
Holger schweigt lange.
Er raucht zu Ende und sagt dann tief: Man kann nur noch weg, weg.
Davonlaufen ist immer leichter!
Hoch stehen die Augenbrauen, als Holger antwortet: Du quatschst doch bloß! Du bist ja schon ganz besoffen von deinen Sprüchen. »Erst Veränderungen im Kleinen, dann im Großen. Erst innen offen werden, dann außen. Nicht die Lösung aller Probleme, sondern die Möglichkeit alle Probleme zu lösen«! Mensch, Sprüche! Nichts als Sprüche! Ich kann sie nicht mehr hören. (Er schreit plötzlich) Überall sind die Wände vollgeschmiert mit so nem schlauen Scheißdreck. Das Paradies auf Erden haben wir schon! Aber bloß auf Plakaten! Neben diesen Dingern sieht die Welt ganz anders aus. Das ist Betrug, ist das! Riesiger Beschiß! Nichts ist anders geworden! Nichts!
Doch ist was: antwortet Ketzer ruhig. Hier zum Beispiel, wo wir jetzt sitzen. Weißt du, was hier mal gestanden hat? (Holger sieht fragend) Ein Denkmal! Und weißt du für wen? Für *Stalin*! Und jetzt sitzen wir hier.
Äch, das sind doch nur Namen!... Aber hörn wir auf für heute, gehen wir lieber nochn Bier trinken. Kalt ist mir außerdem.
So brechen sie auf und suchen eine Kneipe. Doch es ist bald zwölf, im Goldenen Löwen stellen sie schon die Stühle. Für zwei Bier reicht die Zeit aber noch. Sie trinken schnell. Ketzer zahlt dann. Dabei fällt das Wort, arbeitengehen. Holger winkt nur lässig ab. Hat keine Eile damit, sagt er. Aber Ketzer besteht, ohne Arbeit kann er nicht wohnen bei ihnen. Also verspricht Holger,

gleich morgen will er beginnen mit dem Suchen. Und Ketzer glaubt.

Aber.

Holger sucht nicht. Weder am nächsten Tag, noch an irgendeinem anderen. Immer wieder hat er Ausreden. Es ist mal die falsche Adresse, mal ein geschlossenes Personalbüro, mal eine verfehlte Straße. Berlin ist so irre groß! Da kann man sich schon mal verlaufen. Es gibt deshalb viel Steit um ihn. Ketzer streitet mit Brigitte, Brigitte streitet mit Gabriele, Gabriele streitet mit Stefan, Stefan streitet mit. Außerdem waren da schon öfter Männer, die haben sich erkundigt im Haus, etwas Verdächtiges im 1. Stockwerk rechts, Feiern, Feten? Viele Besuche? Passen Sie bloß auf! Die haben ein Auge auf Sie geworfen, hatte der Verwalter beim Mietekassieren geflüstert. Also muß Holger unbedingt arbeiten. Also kann er nicht wohnenbleiben bei ihnen. Also übernimmt Ketzer selbst die Suche. Jeden Morgen zieht er los mit ihm – und hat nach zwei Tagen endlich gefunden: die Vergaserfabrik in der Frankfurter Allee! 750 Mark Lohn sind angeboten, die günstige Verkehrslage kommt hinzu. Aber das Zwei-Schichtensystem bleibt Bedingung. Holger akzeptiert, und beginnt schon am nächsten Tag mit der Spätschicht. Inzwischen hat Ketzer mit Monika in Dresden telefoniert. Monika ist einverstanden, Holger kann in der Lettestraße ziehen, als Untermieter. Holger jubelt. Er ist Berliner! Er schreibt seinen Eltern gleich. Und seine Eltern kommen. Große Versöhnungsszene dann mit Kaffee und Kuchen am Helmholtzplatz. Ketzer und Brigitte sind eingeladen. Ketzer ißt gerührt Pflaumenkuchen mit Schlagsahne. Er hat gerettet! Ein junges Leben. Oder so. Den Pfad der Tugend sieht er Holger schon wandeln.

Doch.

Holger wandelt nicht lange. Bald liegt er und träumt in die Luft. Oder er bleibt einfach stehen wie ein störrischer Esel. Ketzer hat es nicht leicht mit ihm. Denn Holger verschläft oft, auch schafft er kaum sein Arbeitssoll, an manchen Tagen fehlt er ganz. Und Ketzer fragt. Und Holger klagt. Die Schichtarbeit! An die kann er sich nicht gewöhnen. Also fährt Ketzer in die Vergaserfabrik und redet mit dem Meister, redet mit dem Abteilungsleiter, redet mit dem Kaderleiter. Er kommt immer wieder und bittet und erklärt.

SO GEHT HIN DIE ZEIT

UND FÜR KETZER WIE NOCH NIEMALS EINE

Dann kommt der Oktober. Holger baut Bootsmotoren inzwischen, von halb sieben bis vier immer. Er hat sich gefangen in der neuen Abteilung, sagt der Meister. Auch verschläft er schon weniger. Noch ein halbes Jahr, und er steht wieder auf beiden Beinen. Garantiert!
Aber.
Holger hat kein halbes Jahr mehr. Denn eines Morgens steckt ein Brief im Kasten, von den Eltern aus Teltow. In dem Brief steckt wiederum ein Brief, und in diesem eine Karte. Schwarz und fett steht geschrieben: EINBERUFUNGSBEFEHL. Gemäß dem Wehrpflichtgesetz vom 24. Januar 1962 und den dazu erlassenen.
Katastrophen beginnen harmlos. Holger ist nur betrunken an diesem Tag, darauf achtet noch niemand. So ein bißchen Katzenjammer, den haben alle, so was geht vorbei. Hosen hoch und schrumm. Lustig ist das Soldatenleben! Auch daß Holger am Tag darauf nicht zur Arbeit erscheint, beunruhigt noch nicht. Ein Tag blau, soll der sich mal richtig ausheulen, dann kommt er schon wieder. Aber am dritten Tag stutzt der Meister doch. Er fragt im Lohnbüro nach. Keine Krankschreibung, nichts? Hhm? Und am vierten Tag immer noch nicht? Na so was! Der wird

doch keine Dummheiten gemacht haben? Der Meister ruft bei Ketzer an. Vorsorglich gab dieser seine Telefonnummer. Ketzer fährt sofort zum Helmholtzplatz. Er klingelt an der Tür von Monikas Wohnung. Er hat so ein Gefühl, der ist da drin, der macht bloß nicht auf! Holger! schreit er immer wieder, daß es aus allen Türen lugt.
Rufen se mal ordentlich doll, der ist bestimmt zu Hause: sagt eine Frau mit wichtigen Augen. Der wird bloß wieder voll sein. Son junger Kerl auch.
Da sucht Ketzer Draht auf dem Hof und biegt einen Notschlüssel. Die Tür ist unverschlossen. Nur rangezogen. Sie öffnet leicht. Ketzer riecht vorsichtig. Kein Gas! Er atmet erleichtert auf. Hinter ihm recken neugierige Köpfe. Er schließt die Tür. Gaffer! Er sieht kurz in die Küche, Hier nicht. Also da! Er stößt auf die Zimmertür. Mein Gott, wenn der sich aufgehangen. Aber Holger liegt nur im Bett und schläft. Leere Flaschen stehen herum. Kippen liegen. Asche streut. Vor dem Bett trocknet Kotz. Es riecht sauer im Zimmer. Ketzer öffnet das Fenster. Dann sucht er Tablettenpackungen. Findet aber keine. Also bloß besoffen. Er versucht Holger zu wecken, doch dieser schläft wie ohnmächtig. So sammelt er erst mal die Flaschen, fegt die Kippen und kratzt ab das Erbrochene. Dann setzt er sich in einen Sessel und wartet. Er wartet lange. Er will Holger nüchtern sprechen, und nach dem Erwachen ist dazu die beste Gelegenheit. Denkt Ketzer. Aber kaum hat Holger die Augen geöffnet und ihn und seine Absichten erkannt, beginnt er auch schon zu schreien und zu toben. Ketzer hat Mühe, ihn zu bändigen. Denn Holger entwickelt plötzlich erstaunliche Kräfte. Sie kämpfen verbissen. Doch dann kann Ketzer Holgers Kopf fassen und preßt diesen in die Kissen. Holger giert nach Luft. Aber Ketzer preßt brutal. Da gibt Holger endlich auf. Ketzer bleibt gleich auf dem Bett sitzen und bohrt seine Fragen. Aber Holger liegt nur, röchelt nach Luft und ant-

wortet nicht. So geht es lange. Bis Ketzer die Geduld verliert. Er packt wütend Holgers Sachen und faucht: Los! Mitkommen! Aber nur langsam, so störrisch langsam zieht Holger die Hose. Und ebenso das Hemd. Und dann müssen ja die Strümpfe noch und die Schuhe. Ketzer kocht. Sie brauchen eine halbe Stunde bis zum S-Bahnhof. An jeder Kreuzung bleibt Holger stehen und geht erst immer über die Straße, wenn weit kein Auto zu sehen ist. Mit größter Sorgfalt locht er auch seine Fahrkarte und achtet beim Ein- und Aussteigen, daß er nicht über die Türschwelle stürzt. In Ostkreuz wartet er demonstrativ, bis die Treppe zum Bahnsteig D frei ist. Erst dann geht er vorsichtig wie ein alter Mann. Ketzer sieht dieses Spiel mit ohnmächtiger Wut. Er schluckt und schluckt. Aber als Holger dann auch noch in den falschen Zug steigt, und dumm tut, als wüßte er nicht wo Straußberg liegt und wo Ostkreuz – da packt Ketzer zu. Klaut hart um Holgers Arme. Schleudert ihn roh aus dem Abteil. Schleppt ihn an den Jackenrevers hinüber zum anderen Bahnsteig. Dort will er Holger hochziehen, aber dieser sackt immer wieder in die Knie. Er ist weich, wie ohne Knochen. Er lallt auch. Ein paar Neugierige lachen schon. Ketzer kann nicht mehr sehen. Nur noch ohnmächtige Schwärze dröhnt um ihn. Du verstockter Hund, dich schlag ich tot! Ich Idiot! Was rackere ich mich für dich ab? Ich bin ja bekloppt, ich Dussel! Ich bin ja total verblödet schon. Liegen lassen müßt ich dich! Vom Dienstleiterhäuschen kommt ein Transportpolizist. Er hat schon eine Weile beobachtet. Aber Ketzer sieht nicht. Große Feuerringe tanzen im Dunkel. Werden immer größer... Der Polizist kommt heran. Er fragt, irgendwelche Sorgen, der Herr? Aber Ketzer schüttelt nur den Kopf. Er schüttelt in Zeitlupe. Eine S-Bahn fährt ein. Endlich!

Ketzer läßt Holger fahren. Geht beinlos. Er findet durch das Feuerkreisen eine Tür. Steigt ein. Die Tür schlägt zu. Weg. Der

Polizist steht kopfschüttelnd. Holger springt auf und hastet die Treppe hoch zum Bahnsteig F. Weg. Weg.
Holger fährt zurück zum Bahnhof Prenzlauer Allee. Er geht hinunter die Straße und kauft in der Elisabeth-Apotheke vier Schächtelchen Benedorm. Er geht dann die Stubbenkammerstraße weiter, biegt links in die Senefelderstraße, biegt in die Raumerstraße, quert den Helmholtzplatz, verschwindet in der Toreinfahrt Lettestraße 3, steigt die zwei Treppen, schließt auf, schließt ab diesmal, ganz sorgfältig, legt noch die Kette vor, nimmt eine Tasse in der Küche, schüttet die Tabletten, löst sie in Wasser, trinkt mit unbeweglichem Gesicht, trinkt nach mit einem Rest Rotwein, geht in das Zimmer, legt sich nieder, nimmt den Kassettenrecorder, drückt die Taste. Hört lächelnd. Pink Floyd. The Dark side of the Moon.
Ketzer fährt inzwischen zum Ostbahnhof. Ihm ist übel, als müsse er brechen. So kauft er sich an einem Kiosk zwei Fläschchen Boonekamp und trinkt sie auf der Stelle. Der Schnaps frißt erst wie Säure, wandelt aber rasch in Wärme. Es hellt wieder um Ketzer. Die Feuerringe verschwinden. Er muß mit jemandem reden. Jetzt! Sofort. Brigitte. Er sucht eine Telefonzelle in der Vorhalle. Er findet und ruft an. Aber Brigitte ist nicht im Hause. Also Scholz. Doch der hat kein Telefon. Mist. Dann Stefan eben. Ketzer wählt wieder. Draußen warten Leute inzwischen. Sie drohen mit faltigen Gesichtern. Stefan ist da. Stefan wird gerufen. Stefan kommt. Aber Stefan hat keine Zeit. Tut mir leid, Conny. Ketzer hängt ein. Was nun? Hinterm Glas faltet es immer drohender. Hhh? Wer noch? Ketzer sucht in seinem Notizbuch. Da reißt auf die Tür, und eine Frau steht breit in den Hüften, ihr Gesicht wie Götterspeise. Sie zittert vor Empörung. Leck mich doch! Ketzer drückt angewidert durch den Pudding. Er geht nach Hause. Vielleicht ist Gabi? Und Gabriele ist. Ketzer kocht gleich zwei Töpfe Kaffee und setzt sich zu ihr an den Schreibtisch. In der Ma-

schine spannt ein Manuskriptbogen: Nach der Schule arbeitslos! Schicksale von.
Wofür? fragt Ketzer.
Für das »Neue Leben«: antwortet Gabriele.
Ketzer sucht. Wie kann er nur anfangen. Er knautscht die Stirn. Gabriele ahnt. Sie will es ihm leicht machen und fragt munter: Na, irgendwelche Probleme mit deinem Klub? Oder mit Brigitte?
Ketzer ist verblüfft.
Mit Brigitte? Wie kommst du drauf?
Na um so besser. Was dann? Dieser Holger etwa wieder?
Ketzer nickt und erzählt. Gabriele hört aufmerksam zu. Sie überlegt lange, ehe sie sagt: Die Armee kann sich sehr positiv auf die Charakterausbildung auswirken, grad bei so labilen Typen (Ketzer ruckt erstaunt hoch). Ja, ja, hast schon richtig gehört. Ich meine, daß solche Leute in der Armee das lernen können, was ihnen a) am meisten fehlt und was ihnen b) am wenigsten gelingt – nämlich sich selbst zu disziplinieren. D. h., sie könnten eine Grundvoraussetzung zum Leben lernen. Das ist doch eine Chance oder?
Komm Gabi, so was kannst du in deinen Artikeln schreiben oder in Propagandabroschüren für den Militärverlag. Das ist doch Blödsinn alles! Ehrendienst! Und Persönlichkeitsschmiede. Thh! Mit dicken Fahnen und Klimbim. Komm mir bloß nicht mit so nem teutonischen Reckenschmus!
Gut, zugegeben, es gibt verbale Verbrämungen, Traditionsstigmen. Es geht ja auch gar nicht um Ehre und Auszeichnung, es geht vor allem um Notwendigkeiten. Und vor denen kann und darf sich keiner drücken. Auch nicht dieser Holger. Du warst ja auch noch nicht bei der Armee.
Spitz stößt es nach Ketzer. Spitz stößt dieser zurück.
Und du ebensowenig! Also laß das! Ich bin ja nur der Meinung,

daß Holger nicht jetzt zur Armee kommen darf. Nicht zum jetzigen Zeitpunkt seiner Entwicklung. Das würde ihn rettungslos zurückwerfen. Der ist jetzt an seiner dünnsten Stelle angelangt, wo er noch nicht ganz los ist vom Alten, aber auch noch nicht ganz drin steckt im Neuen. Der würde einbrechen jetzt.
Und deshalb willst du ihn wieder zu uns holen?
Ja. Weil ich denke, daß wir ihn bis zum November noch stark genug machen können. In der Lette allein schafft er das nie.
Sagt Gabriele da ernst: Conny, du weißt, wie es um unsere Wohngemeinschaft steht! Brigitte war gestern wieder beim Chefredakteur (Ketzer sieht verblüfft), ja, sie hat dir noch nichts gesagt, weil noch alles in der Schwebe ist. Bei Stefan haben sie sich auch schon erkundigt. Bei ihm ist das nicht so schlimm. Als Ingenieur können sie ihm kaum was anhaben. Er sitzt fest in seinem Sattel im Kabelwerk. Aber Brigitte! Sie will ab nächstes Jahr freiberuflich arbeiten! Weißt du, was das heißt? Weißt du, von welchen Leuten sie da erst mal abhängig ist? Wir haben mit unserer Kommune Fehler gemacht, das müssen wir uns eingestehen. Wir sind im Haus isoliert. Wir haben keine Massenbasis. Unser Versuch war eine individualistische Lösung, die nicht mit den allgemeinen Interessen übereinstimmt.
Aber Ketzer versteht nicht. Und Gabriele erklärt. Aber Ketzer versteht nicht besser dadurch. Gabriele wird hitzig. Und Ketzer wärmt auch schon. Erregt schlägt er auf den Tisch und sagt laut: Im Augenblick sehe ich nicht das Große und Ganze gefährdet, sondern ganz konkret das Kleine! Nämlich das kleine Leben von diesem Holger. Der bringt sich nämlich um, oder rennt an die Mauer und läßt sich abknallen! Bei dem hakt es nämlich schnell aus. Dann läuft er Amok.
Und da grellt plötzlich ein Gedanke durch Ketzers Kopf! Der bringt sich um! Der bringt sich um! Das ist so einer! Der macht wirklich. Mensch! Ketzer reißt auf die Augen vor Entsetzen.

Und Gabriele fragt verstört. Aber Ketzer gibt gar keine Antwort. Er grübelt ein paar Sekunden, dann springt er auf, greift seine Jakke und ist mit ein paar Sprüngen schon im Hof.
Ketzer läuft die Straße. Er sucht eine Taxe. Die kommt mit leuchtendem Schild. Ketzer winkt. Die Taxe hält. Lettestraße 3. Aber bitte schnell! sagt er schon beim Türöffnen. Schnell is schon lange dot, antwortet maulig der Fahrer und schlägt gemächlich das Lenkrad ein. Langsam rollt der Wagen vor zur Karl-Marx-Allee. Die Ampeln zeigen Rot. Also warten. Dann Gelb. Dann Grün. Das Auto wippt über die Kreuzung, fährt geradeaus. Warum biegen Sie nicht ab? Ist doch. Passen se mal uff, Meester! Fahren due ick! Wennet Ihnen nich paßt, denn steijen se mal rasch wieder aus! Ketzer schweigt verbissen. Da war Linksabbiejen verboten. Haben doch Oogen im Kopp. Müssen se hinkieken, ehe Sie sich uffrejen. Ketzer betrommelt seine Knie. Er wringt die schwitzigen Hände. Reden lassen, reden lassen. Ganz ruhig bleiben! Er zählt die Ampeln. Überall Rot. Verflucht. Warten. Gelb. Grün. Anfahren. Stoppen. Mein Gott, kommt der denn nie an? Und in der Prenzlauer bauen die auch noch. Alles aufgerissen da. Mann, Mann. Ketzer schwitzt. Er spürt die Nässe in den Achseln. Rechts immer mehr als links. Endlich. Raumerstraße rum. Und bremsen wieder! Scheißoma! Rennt und kiekt nicht links, nicht rechts. Der Fahrer kurbelt das Fenster und schreit hinaus. Dann wieder anfahren. Dunker rum. Lettestraße. Wo soll ichn halten? Vor dem Frisörladen bitte. Wieviel macht das? Vierfuffzich. Hier fünf Mark. Danke. Gut. Wiedersehen. Ketzer hetzt über den Hof. Hetzt hoch die Treppe. Drei Stufen immer mit einem Mal. Er klingelt. Er weiß schon: zwecklos! Der macht nicht auf. Er klappert am Briefschlitz. Riecht. Kein Gas. Na, Gott sei Dank! Er stochert mit einem Schlüssel dann. Der hat abgeschlossen diesmal. Miststück. Oh, ich ahne, ich ahne. Ketzer klingelt. Klopft. Wieder spalten Türen auf. Der

is vorhin jekommen. Der muß drin sein. Kloppen se man ordentlich. Und Ketzer klopft auch. Er schlägt schon. Er wirft sich gegen die Tür. Der ist da drin! Der ist da drin! Der ist vielleicht schon. Aber die Tür springt nicht. Das Holz ist hart. Ketzer reibt die Schulter. Haben Sie vielleicht mal n Brechstange, Frau? Oder Feuerhaken oder so was? Und die Frau hat. Und Ketzer biegt und drückt. Holz splittert. Ketzer stöhnt. Er zieht aus die Jacke. Ein Mann kommt die Treppe hoch. Fragt mürrisch. Da ist einer drin? Der will nich aufmachen. Wer weiß? Ketzer biegt und stöhnt weiter. Endlich springt die Tür. Aber nur einen Spalt. Die Kette hat er auch noch, dieses Früchtchen! Ketzer fingert durch den Spalt. Seine Hand schrammt über Schrauben und häutet ab. Sie blutet an mehreren Stellen. Ketzer zieht sie zurück und lutscht das Blut. Er versucht erneut. Und hängt aus die Kette. Er stößt gegen die Tür und ist mit einem Satz durch den kurzen Flur. Zögernd tippen hinter ihm der Mann und die Frau über die Schwelle. Ketzer stürzt in das Wohnzimmer. Er sieht Holger liegen und erkennt sofort, da ist was anders diesmal! Der liegt so komisch. Und wie der erst atmet?! Hat der etwa? Ketzer sucht auf dem Tisch, sucht unter dem Bett, der Kommode, dem Sessel und ahnt und ahnt. Er schüttelt Holger. Ist der schon tot? Was hast du geschluckt, du Idiot! Du Dreckstück, du, ach. Bloß wegen der Armee, mein Gott, mein Gott! Ketzer schüttelt und schüttelt. Aber Holger erwacht nicht. Grau und verstört stehen der Mann und die Frau in der Tür. Ich hol einen Arzt, schreit Ketzer und läuft aus der Wohnung. Er rennt über den Platz. Vor dem Schuhgeschäft sind zwei Telefonzellen. Eine Schlange steht aber. Doch Ketzer drängt sich vor. Er zieht an einer Tür. Ein Mann sperrt von innen. Ketzer erklärt laut und hastig gegen die Scheibe. Aber der Mann gibt die Tür nicht frei. Ketzer bittet. Bettelt. Weint fast. Doch der Mann sperrt nur noch mehr. Da reißt Ketzer gewaltsam an der Klinke. Die Tür fliegt auf. Der Mann stößt mit den Beinen. Ketzer schlägt mit der Faust. Der Mann kracht gegen den Fernsprecher, taumelt, wird von Ketzer aus der Zelle gestoßen. Tumult entsteht. Aber Ketzer dreht brutal den Rükken. Er wählt die 115. Ein Selbstmordversuch in der Lettestraße 3, Bezirk Prenzlauer Berg, Seitenflügel rechts, zweiter Stock, bei Hanske. Schnell! Ketzer schreit in den Hörer. Die Menge erstarrt. Ketzer läuft zurück über den Platz. Setzt hoch in die Wohnung. Dort kniet der Mann neben Holger. Hat Holgers Kopf gedreht und faßt roh in den Mund. Er faßt viele Male. Doch Holger erbricht nicht. Die Frau weint. Ketzer läuft wie irrsinnig. Der Mann schüttelt den leblosen Körper. Nicht schlafen, Junge! Bloß nicht schlafen jetzt! Ketzer läuft wieder auf die Straße hinunter. Er wartet vor dem Haus. Endlich biegt der Rettungswagen. Hält. Ein Arzt springt. Zwei weißkittlige Männer laufen mit einer Trage voraus. Ketzer und der Arzt folgen. Oben untersucht der Arzt kurz. Der kommt durch, junger Man. Wir bringen ihn ins Krankenhaus Friedrichshain. Hier die Telefonnummer. Dann suchen sie noch nach Tabletten, und finden die Benedormpackungen in der Küche. Inzwischen haben die Männer Holger hinuntergetragen. Sie schieben ihn in das Auto. Türen schlagen. Blaulicht rotiert. Der Rettungswagen heult davon. Ketzer steht noch. Über ihm hängt es aus allen Fenstern. Müde schlurft er wieder hoch in die Wohnung. Er setzt sich in einen Sessel und drückt die Stopptaste des Recorders. Dann spürt er nichts mehr. Nur noch Schwärze um ihn.

Doch.

Am nächsten Tag ist es wieder hell um Ketzer. Er sitzt im Vorortzug nach Potsdam. Er will dort zum Wehrkreiskommando, um Aufschub für Holger zu erbitten. Er fährt vom Bahnhof Potsdam mit der 1 in die Stadt. Dann steigt er um am Marstall in die 3. Potsdam ist schön. So schön und rechtwinklig. Ketzer schaukelt dahin. Bibliothek. Rau-Allee. Berliner Straße. Aussteigen! Wehr-

kreiskommando Potsdam Land? Das große Haus da rechts. Ketzer geht. Er redet laut nach innen. Genosse Major! Oder besser Herr? Oder wie? Ketzer erschrickt. Er kennt ja gar nicht die Armeedienstränge! Wenn die nun anders als bei der Polizei?! Also ohne Anrede dann. Einfach rein, Guten Tag, ich bin derundder und komme in der Sache dieunddie. Folgendes ist vorgefallen, ein Selbstmordversuch!! Oder den Versuch lieber später, als Höhepunkt sozusagen? Und erst mit der Geschichte von Holger beginnen, das Elternhaus, das Herumtreiben, die schlechten Einflüsse und dann deutlich absetzen – der Auftrieb, das Sichfangen, der neue Betrieb, der Einfluß des Kollektivs usw. Hhm. Vielleicht hätte ich den Meister. Vertreter der Arbeiterklasse macht sich immer gut.
Ketzer betritt das Haus, meldet sich beim Pförtner und nennt sein Anliegen. Er bekommt eine Zimmernummer genannt und sucht durch die Flure. Er findet auch bald und wartet dann. Er betrachtet Plakate. Blau und männlich funkelt es unter Stahlhelmen. Ein Panzer fährt. Genau auf ihn zu. Eine große Tafel hängt:

ZUM EHRENDIENST EINBERUFENE,
HABEN SICH MIT EINER MODISCHEN
KURZHAARFRISUR
AM STELLUNGSORT EINZUFINDEN!

Die Wörter MODISCHE KURZHAARFRISUR sind zweimal unterstrichen. Und rot dazu. Ketzer grinst. Preußen überall! Ein Offizier kommt. Er kommt freundlich. Aber Ketzer sieht nicht. Er sieht nur die Sterne. Vier sind es. Soviel gab es in Rüdersdorf nicht. Mein Gott. Der Offizier winkt in ein Zimmer. Sie setzen sich dort. Ketzer sucht kurz um die Augen, den Mund, das Kinn. Alles breit und offen. Mit dem kann man reden. Ketzer beginnt. Das Elternhaus, das Herumtreiben, die schlechten Einflüsse. Ein Selbstmordversuch. Holger Kliem. Der Offizier hört schweigend. Fragt nicht ein einziges Mal. Verzieht nicht einmal die Brauen. Ketzer ist verunsichert dadurch. Woran soll er sich halten? Er fühlt, wie er rutscht. Mensch, warum sagt der denn nichts, stiert und stiert bloß. Er redet immer schneller. Er holt kaum noch Luft. Mit immer neuen Argumenten will er überzeugen. Und da endlich hebt der Offizier die Hand und sagt: Gut, gut, junger Mann, ich vestehe ja Ihre Sorgen. Ich verstehe Sie sogar sehr gut. Ich habe ja die Situation Ihres Freundes erkannt, um den Sie sich in so aufopferungsvoller Weise bemühen. Aber sehen Sie, das Problem hat doch zwei Seiten. Die eine, sozusagen die private, haben Sie mir eben in höchst dramatischer Form geschildert, und die andere, quasi die gesellschaftliche, werde ich Ihnen jetzt zu erklären versuchen. Natürlich ist so ein Selbstmordversuch für den einzelnen, den Betroffenen, furchtbar. Da steht alles Kopf mit einemmal. Aber was denken Sie, wie oft ich das schon erlebt habe bei jungen Menschen, die zu uns kommen?! Und was denken Sie, wie viele von denen nur simuliert haben? (Ketzer will entgegnen) Warten Sie, warten Sie, ich bin noch nicht fertig. Sicher waren auch einige darunter, die sich in einer tragischen Situation befanden, Liebeskummer, die Trennung von der Frau oder Freundin, oder die Angst vor den Anforderungen in der Armee, die sehr hoch sind, das will ich nicht verhehlen. Aber wer, so frage ich Sie, soll da die Entscheidung treffen? Wer soll entscheiden, hier Simulant! Da berechtigter Notfall! Das kann niemand! Weder menschlich noch organisatorisch noch medizinisch. Das ist unmöglich? Wenn Ihr junger Freund so einen Angstkomplex vor der Armee hat, warum hat er sich da nicht schon längst an unsere Einrichtungen gewandt? Jedes Wehrkabinett hätte sich seiner angenommen. Sehen Sie, ich bin jetzt siebzehn Jahre Offizier, und da konnte ich genug Er-

fahrungen mit jungen Menschen sammeln. Und daher weiß ich, daß bei vielen die Angst vor der Armee nur durch Unkenntnis und Halbwissen verursacht wird. Das Ganze ist nur eine Frage der sachlichen Information, der rechtzeitigen Aufklärung und der richtigen Vorbereitung. Was glauben Sie, warum wir unsere vormilitärische Ausbildung soweit ausgebaut haben?! Auch, um solchen labilen Menschen mit einer schwachen seelischen Konstitution wie der Ihres Freundes den Weg zum Ehrendienst in unserer Armee zu erleichtern. Aus diesen Gründen können wir auch keine Ausnahme machen, so leid mir das persönlich auch tut. Es gibt Pflichten, die kommen noch vor unseren privaten Wünschen. So sind die Tatsachen. Aber ich bin überzeugt, Ihr junger Freund wird sich nach dieser dummen Sache da rasch wieder erholen. Und passen Sie auf, Silvester steht er als strammer Soldat vor Ihrer Tür. Dann lacht er selbst über diese alberne Kinderei.
Der Offizier nickt aufmunternd zu Ketzer hinüber und ruckt dann energisch von seinem Stuhl hoch.
Tut mir leid: sagt er noch einmal. Mehr kann ich für Sie nicht tun. Sehen Sie zu, daß sie Ihren Freund bis zum 4. wieder auf die Beine kriegen, dann werden wir uns um ihn schon kümmern. Sonst noch welche Fragen?
Und Ketzer hat. Er hat noch viele. Er kann sie aber mit seiner ledrigen Zunge nicht nennen. Er steht nur hilflos. So riesengroß das Zimmer plötzlich. Alle Wände weit gerückt. Nichts mehr da zum Halten. Ketzer fällt. Er fällt mit der Straßenbahn zurück zum Hauptbahnhof. Er fällt vorbei an der Bauhofstraße, dem Platz der Nationen, vorbei an Schädlich. Schädlich! Ach ja, so hieß der.
Der Vorortzug hat dann Verspätung. Er hält lange vor Schönefeld. Ketzer ist nicht rechtzeitig am Frankfurter Tor dadurch. Er hat sich verabredet dort mit Brigitte. Sie wollen in eine Ausstel-

lung. Antje Fretwurst-Colberg, Malerei und Graphik. Brigitte ist bekannt mit der Künstlerin. Sie hat auch ein Bild von ihr. Ein Aquarell. Berliner Hof mit roter Fahne oder so was. Ketzer sieht Brigitte vor einem Bild stehen. Sie schreckt auf, als er sie am Arm berührt. Sie fragt sofort, warum er erst jetzt. Ketzer erklärt. Brigittes Miene finstert vor Unwillen. Sie hört auch nicht lange zu, sondern braust gleich auf. Was für ein Narr er doch ist, sich so zu engagieren, für eine halbfremden Menschen. Ketzer steht verstört. Aber wir wollten doch. Die Menschen ändern. Nützlich sein. Warum sagst du, B. Gerade du? Er fragt und fragt. Aber Brigitte braust weiter. Sinnlose Zeitverschwendung alles! Es gibt Grenzen der Hilfsbereitschaft! Ein Mensch wird man nicht durch Abnahme der Verantwortung. Aber wieso denn? Ich begreife nicht. Sie stehen dicht und sehen sich an. Als könnten die Augen besser als die Münder. Und da schiebt etwas. Schiebt zwischen sie. Es ist nichts. Ist nicht einmal Luft. Aber es schiebt dennoch. Ketzer sagt, ach komm, und umfaßt Brigitte. Und sie gehen. Aber zwischen ihnen klebt noch immer – das.
Fünf Tage später wohnt Ketzer dann wieder in der Lettestraße 3, Seitenflügel/links, 2. Stock, Zimmer und Küche, Toilette halbe Treppe tiefer. Er wohnt nicht allein. Auch Holger wohnt wieder. Holger ist blaß noch, doch verändert zweifellos. Nicht mehr so störrisch irgendwie. Er baut auch wieder Bootsmotoren. Jeden Tag von halb sieben bis vier. Seit seiner Entlassung trinkt er auch weniger. Eigentlich gar nichts mehr. Ketzer wundert sich schon. Er mißtraut dieser plötzlichen Wandlung manchmal. Aber Holger lacht nur und sagt, Schnaps hindert am Nachdenken. Das ist wahr. Das leuchtet ein. Das kann man akzeptieren. Also geht Ketzer mit weniger Sorge in seinen Klub. Wenn er in der Nacht wiederkehrt, liegt Holger noch und hört Musik. Manchmal rauchen sie dann eine Zigarette, fragen nach wie und wer, manchmal gehen sie gleich schlafen. So dunsten weg die letzten Tage.

Dann.
Ist eines Morgens nichts mehr da.
Ketzer und Holger stehen in der Küche und verabschieden sich.
Vielleicht kriegst du Weihnachten oder Silvester Urlaub?
Hhm, vielleicht.
Erst mal die sechs Wochen Grundausbildung überstehen. Die sind die schlimmsten.
Ja, sind sie.
Soll ich dich wirklich nicht noch bringen? Bis Oranienburg ist ja nicht weit. Vielleicht fahr ich gleich mal nach Hause. War schon lange nicht mehr da.
Ach, laß man. Find schon alleine hin.
Wie du meinst. Halt die Ohren steif!
Mach ich.
Tschüß.
Tschüß.
Sie reichen sich die Hände. Holger tritt auf den Flur, öffnet die Wohnungstür, geht, ohne sich zu wenden. Ketzer hält noch lange die Klinke. Wer hier schon alles durch? Und was für Leute erst?! Immer zum letzten Mal. Komisch auch. Die damals inn Krieg mußten. Die Frauen blieben ja. Mit ihren Kindern. Und alle bloß Stube und Küche. Hier haben sie gestanden. Hier haben sie geheult. Dieselbe Tür ist noch. Bloß andere Farbe. Merkwürdig alles.
Dann.
Ist Dezember. Und Ketzer hat noch immer keine Nachricht von Holger. Da fährt er nach Teltow zu den Eltern. Die Unruhe treibt. Er fragt sich durch. Philipp-Müller-Allee 110? Aha. Das ist wohl noch weit? Ja, bis an die Mauer ran bald. Ketzer sucht. Schnee pappt unter seinen Füßen. Die Bäume stehen kahl. Kein Mensch geht. Nur manchmal ein Auto. Ketzer dreht nach jedem. Komisch alles hier draußen. Er pappt weiter. Unberührt

liegt bald der Schnee. Hier fährt keiner mehr. Dreizehn Jahre schon. Mensch! Da ist auch schon die Mauer. Auch sirrt dünn eine S-Bahn wo. Ist das schon Zehlendorf? Ketzer steht vor dem Haus 110. Er klingelt. Im zweiten Stock öffnet ein Fenster. Eine Frau sieht heraus. Fragt. Ketzer antwortet. Er drückt gegen die Gartentür. Es summt, und die Tür springt auf. Ketzer steigt die Treppen. Oben wartet schon Holgers Mutter. Sie streckt die Arme. Constantin, Sie! Braun liegt es um ihre Augen. Ketzer ahnt. Sie zieht ihn in das Wohnzimmer. Sie weint schon. Auf dem Fernsehapparat steht eine Fotografie im Rahmen. Ketzer erkennt Holgers Gesicht. Er muß sich setzen. Die Frau zuckt durch das Zimmer. Sie findet keine Ruhe. Plötzlich zieht sie einen Brief aus der Schürze. Sie reicht ihn Ketzer. Ketzer strafft das geknitterte Kuvert und fühlt das Papier. Das kenn ich doch. Da hebelte doch. Da schschlackte doch. Er zieht den Bogen. Weiß längst: UHA Potsdam! Er liest. Anordnung für den Empfänger. Untersuchungsgefangene dürfen alle 4 Wochen einmal Post empfangen, die in gut lesbarer Schrift gehalten sein muß. Fotos, sonstige Bilder, Postwertzeichen und dgl. sind nicht beizulegen. Eigengeld ist auf das Konto 8242 DN Pdm zu überweisen. Bei Postanweisungen Empfänger und Geburtsdatum angeben. Potsdam, den 7. 11. 1974. Liebe Eltern! Ich bin in der Untersuchungshaftanstalt Potsdam. Es geht mir gut, macht Euch keine Sorgen. Ich kann Euch nicht sagen, warum ich hier bin. Auch Euch wird man nichts sagen, falls Ihr. Schwarz die Buchstaben. Schwärzer noch. Werden immer schwärzer dann. Und Ketzer taucht hinein. Taucht tief wie lange nicht mehr.
Erst im Bus zurück nach Schönefeld und in der S-Bahn später hellt es wieder um ihn. Aber es hellt nicht mehr so recht. Da ist was hin. Für immer.
Dann.
Sitzt er mit Brigitte. Sie sitzen in ihrem Zimmer auf dem franzö-

sischen Bett. Sie reden miteinander. Und Brigitte redet klug. Sie will ja helfen. Sie will ja stützen und wieder aufrichten. Und so keilt sie Worte unter den hängenden Kopf und plankt Sätze gegen die verkrümmten Schultern. Aber Ketzer hört gar nicht. Spürt nicht einmal das Biegen und Richten. Er sitzt nur und stiert an die Wand. Und an der Wand steht riesig:

WAS SCHLÄGT NUR GEGEN UNS?

WAS SCHLÄGT UNS IMMER WIEDER

LEER DIE HÄNDE? WAS REISST UNS

AUF DIE FAUST? DASS WIR NICHT

HALTEN KÖNNEN! NIEMALS!

NICHTS! WAS NUR? WAS?

Er zeigt Brigitte die Fragezeichen. Doch Brigitte sieht nur Plakate hängen. Da schiebt es wieder. Schiebt zwischen. Und sie sehen nicht, und sie fassen nicht. Und es ist dennoch da. Es klebt auf den Mündern. Es klebt auf den Gesichtern. Es überklebt das ganze Zimmer schon. Es. Es. Was ist das nur?
Constantin, du hast dich verrannt! Dieser Holger war eine Sackgasse! Du hast an falscher Stelle investiert. Es lohnt deswegen nicht, den Kopf zu verlieren. Du hast getan, was du konntest. Dich trifft nicht die geringste Schuld, daß er ins Gefängnis gekommen ist, warum auch immer. Für dich ist das Kapitel Holger damit abgeschlossen, so hart das auch klingt. Es betrifft dich nicht mehr. Es ist dir aus den Händen genommen. Deine Verant-

wortlichkeit hat Grenzen! Du mußt sie objektivieren! Schon Lenin hat gesagt, daß das Individuum. Und da schreit Ketzer auf. Schreit nur und schreit. Keine Sätze. Nicht einmal Worte. Nur Brüllen. Er stürzt hinüber an die Regalwand und reißt Bücher. Er reißt sie wie ein Tier. Er packt sie reihenweise und schleudert sie durch das Zimmer. Bis vor Brigittes Füße. Er fegt mit einem mächtigen Schlag ein ganzes Bord leer. Lenin fliegt. Marx fliegt. Luxemburg fliegt. Ein Bombengeschwader unterwegs. Brigitte sieht es herandröhnen. Sie springt auf das Bett. Sie preßt sich gegen die Wand, das Gesicht zur Angstfratze entstellt. Sirenen heulen. Aber keiner im Haus hört. Stefan und Gabriele sind fort. Nicht einmal Lorenz könnte. Überall explodiert es um Brigitte. Vasen und Bilder und. Brigitte schreit in das Krachen. Vergeblich aber. Denn Ketzer rast. Ist wie von Sinnen. Bomben bräuchte er jetzt. Macht kaputt, was. Da reißt auf der Fußboden. Unendlich gähnt der Abgrund. Ketzer läuft an. Er reißt seine Kutte vom Garderobenhaken und springt.

Für.

Sechs Tage bleibt er verschwunden dann. Keiner weiß genau. Auch ein Telefonanruf bei Scholz im Klub gibt keinen Hinweis. Constantin wäre erkrankt, sagt eine Männerstimme. Scholz will noch fragen, aber da ist die Leitung schon unterbrochen.

Hhm.

Der ist doch nicht etwa?

Aber.

Ketzer ist nicht. In der Weihnachtswoche taucht er wieder auf. Er steigt hoch die Treppe der U-Bahnstation Marchlewskistraße, mit Blumen in der Hand. Er biegt gleich links am Frisörsalon Exquisit vorbei und kürzt ab durch die Hildegardstraße. Sechs Mietskasernen stehen noch in der Straße der Pariser Commune. Sie ducken sich grau und schmutzig zwischen weißen Beton. Ketzer verschwindet in einem Torbogen. Über ihm bleckt ein

sandsteinernes Löwenmaul. Oben in der Wohnung wartet Brigitte. Ketzer hat sich angemeldet. Er klingelt und schließt auf. Er knautscht das Blumenpapier in die Kuttentasche. Mairot steckt es in seiner schwitzenden Hand. Brigitte kommt den Flur. Da bin ich wieder. Ketzers Stimme zittert. Schön, sagt Brigitte und zittert ebenfalls. Ketzer reicht die Nelken. Sie küssen sich vorsichtig. Sie gehen ins Zimmer dann. In ihren Gelenken knirscht es laut. Sie hören drüber hinweg. Ketzer sucht verstohlen nach Schlachtspuren. Er findet aber nichts. Die Bücher stehen, alle Bilder hängen, und die Scherben sind längst gefegt. Auch der Fußboden hält. Nicht ein Riß ist geblieben. Die Restauration scheint gelungen. Ketzer setzt sich erleichtert. Brigitte holt Tee. Später Wein dann. Sie wechseln zum Bett hinüber. Sie legen sich auf die bunte Samtdecke. In ihren Gelenken knirscht es schon weniger. Du, sagen sie. Nochmal neu anfangen, ja? Sie küssen sich. Sie liegen eng. Sie ziehen die Kleider. Sie wälzen über das Bett bald. Aber Vorsicht doch! Das Glück ist ja nur eine Scholle Glas. Sie treibt dahin in der Zeitdrift, bis sie zerbricht.
Dann.
Ist wieder Mai. Brigitte hat Geburtstag. Wieder viel Volk bei ihr. Wieder Kerzen und Rotwein und auf dem Fußboden sitzen. Wieder Musik und Schallplattentouren. Aber portugiesische Lieder diesmal. Alvaro Cuñhal hängt groß. Im Sommer soll Gabriele nach Lissabon, eine Reportage schreiben, für die Weltbühne. Falls der Redaktionsplan nicht ändert. Sie lernt Portugiesisch schon. Ketzer erinnert sich. Is this a lamp? Is that a cat? In diesem Herbst fang ich wieder mit Englisch an. Bestimmt. Nach dem Rockfest in Chorin. Nehm ich mir vor! Da klappt wieder die Tür. Noch mehr Gäste kommen. Ketzer, Stefan und Gabriele rücken zusammen. Brigitte hüpft zwischen Kerzen und gießt Wein in Tassen. So geht es den Abend lang. Bis in die Nacht. Erst nach zwei liegen Ketzer und Brigitte nebeneinander auf dem

französischen Bett. Im Zimmer ist es heiß. Nur wenig Luft zieht durchs offene Fenster. Sie liegen nackt. Sie wälzen zueinander. Brigitte bäumt hoch. Sie fällt zurück. Glas knirscht unter der Decke.

Und.

Dann kommt der Morgen. Beim Frühstück sagt Brigitte feierlich, daß sie sich entschlossen habe, nicht mehr die Pille zu nehmen. Ketzer versteht nicht.

Was gibt es da nicht zu verstehen? Ich nehme nicht mehr die Pille und fertig!

Willst du etwa ein Kind haben?

Jaha!

Ketzer klappt auf den Mund. Eigelb klebt zwischen seinen Zähnen.

Dadarf ich dazu vielleicht auch noch was sagen? Denn ich soll es dir ja wohl machen, nicht?

Sollst du.

Brigitte lacht über den Tisch. Sie hält die Teetasse und kippelt fröhlich mit dem Stuhl.

Und wenn ich mich weigere?

Wie willst du das machen? Willst du dir dein Ding abbinden?

Brigitte lacht breiter noch. Ketzer sieht weg. Dies elende Lachen! Er sieht zum Fenster, überlegt durch die Gardine. Plötzlich sagt er scharf, viel schärfer, als er will: Ich möchte kein Kind!

Brigitte stellt die Tasse. Sie fragt kühl: Warum nicht?

Weil nicht die richtige Zeit dafür ist, ich bin noch nicht reif dafür, nicht jetzt jedenfalls. Ich bin kein Vater! Ich werd das nie sein! Ich hab einen richtigen Horror davor. Wozu denn auch? Gibt doch genug Kinder! Was mußt du denn nun auch noch? Dieser ganze Zeugungsrummel hängt mir zum Halse raus. Überall nur Weiber mit dicken Bäuchen und Kinderwagen! Das ist ja der reinste Fruchtbarkeitswahn.

Noch kühler Brigitte jetzt.
Ich bin nicht wahnsinnig, Constantin! Ich habe einen Wunsch! Und ich werde in mir erfüllen! Du wirst mich jedenfalls nicht daran hindern. Ich bin gestern achtundzwanzig Jahre alt geworden! Weißt du, wie man Frauen in diesem Alter nennt? Spätgebärende. Ich bin also spät dran! Aber das ist mir egal. Ich will nur mal dran sein, und das ist eben jetzt! (Eindringlicher noch) Ich will mit vierzig nicht dasitzen und sagen, zu spät B, hast was verpaßt in deinem Leben. Was meinst du, wie viele schrullige Weiber bei uns herumlaufen, mit ihrer Katzen- oder Hunde- oder Kanarienvogelmacke?! Die haben alle keine Kinder!! Die haben nur diese Viecher! Hast du schon mal erlebt, wie die mit denen umgehen? Was die mit denen anstellen?! Wie die die vergöttern?! Man kann drüber lachen, aber im Grunde ist es zum Heulen! Denn diese Frauen sind nämlich alle krank! Jawohl! Die sind krank! Die sind schizoid. Die haben sich Ersatzkinder geschaffen, weil sie etwas lieben müssen! Weil sie für irgendeine Kreatur Mutter sein müssen, und wenn es für so einen elenden Köter ist! Muttersein will man nicht, Muttersein ist ein Instinkt! Ja, grinse nur. Was weißt du denn schon, was in Frauen vorgeht?!
B kippelt nicht mehr mit dem Stuhl, sondern stemmt fest.
Man kann sich diesen Instinkt ausreden, man kann ihn mit seinem Intellekt sogar abtöten – aber frage nicht für welchen Preis?! Und den will ich nicht bezahlen!
Sie schlägt mit der flachen Hand auf den Tisch.
Geschirr scheppert.
Ketzer zuckt zusammen, versucht aber ruhig zu bleiben, überlegen sogar.
Aber das ist doch reaktionär, B! Du drängst dich doch damit bewußt in ein reines Mutterrollenverhalten! Du beschneidest dir nicht nur Möglichkeiten, sondern auch Fähigkeiten! (Brigitte lacht steil) Das ist doch auch echt eine Frage des Leistungsver-

mögens. Denn so ein Kind ist nun mal eine enorme Belastung, daran brauchen wir doch gar nicht vorbeidiskutieren. Hast du dir das schon alles überlegt? Dann kannst du deine freiberufliche Arbeit in den Wind schreiben. Du bist für Jahre gebunden!

Ketzer sucht wieder in den Gardinen nach Argumenten. Und Brigitte rührt stur in ihrem Tee.

Spitz fragt sie: Welchen ›Faktor‹ berechnest du denn eigentlich für mich, hh? (Ketzer sieht dümmlich herüber, er versteht nicht) Um wieviel mindere ich deine ›Leistungskurve‹? (Sie lacht wieder steil) Was für einen infantilen Stuß du zusammenredest, nur um etwas zu sagen! Du bist infantil, Constantin. Hast du das noch nicht gewußt? Du hast Angst. Ja, Angst! Die typische Angst der Unreifen vor der Verantwortung!

Ich unreif, B? Du machst dich ja lächerlich! Was hat denn ein bloßer biologischer Vorgang mit geistiger Reife zu tun? Ein Kalb wird auch nur Kuh, wenn es trägt!

Brigitte kneift drohend die Augen. Dann sagt sie eisig: Ich gebe dir Bedenkzeit, Constantin, denn diese Angelegenheit ist mir wichtig. Sie entscheidet alles!!

Aber B, warum denn auf einmal ein Kind? Es ging doch bisher auch ohne. Du bist doch.

Brigitte unterbricht in barsch: Vorher war ich auch noch nicht achtundzwanzig!

Mensch B, ich hab nun mal keinen Fortpflanzungstrieb. Mir ist egal, ob unsere Sippe ausstirbt oder nicht. Ich.

Aber Brigitte läßt ihn einfach sitzen und geht aus der Küche. In der Tür sagt sich noch: Du brauchst über dieses Thema nicht mehr zu diskutieren! Du brauchst nur noch darüber nachzudenken.

Und Ketzer sitzt und redet. Mit Kindern ist man nicht mehr jung, dann gehört man zu den Alten, ist zweite Generation. Alles rechnet dann anders, jedes Jahr. B, ich bin kein Vater. Ich brauch ja selbst noch einen, hatte ja noch keinen. Was soll denn auch bei rauskommen? Heiraten etwa? Und sonntags immer zu Schwiegereltern und die Bälger vorführen? Weiß man doch nie, ob man zusammenbleibt. Ewig ist nichts! Und was dann mit den Kindern? Immer im Postversand von einem zum anderen geschickt? Kenn ich, B. Bin ich alles schon durch. Muß nicht noch mal sein sowas.

Und.

Dann kommt der Juni. Und er kommt so heiß wie noch kein Juni in diesem Jahrhundert zuvor. Und es kommt auch die Nacht, in der Ketzer Brigitte schwängert. Sie drehen erst schlaflos über das geknitterte Laken. Denn im Zimmer ist es unerträglich heiß. Keine Luft zieht durchs offenstehende Fenster. Wie Gummi klebt es am Holzkreuz. Da fragt Brigitte plötzlich nach Ketzers Kindheit, seine frühesten Erinnerungen vor allem, und wen er am meisten geliebt, den Vater oder die Mutter. Ketzer öffnet verdutzt die Augen. Er antwortet schwerfällig. Aber Brigitte fragt weiter. Sie rutscht hoch, lehnt gegen das Messinggitter und sucht mit einer Hand über ein Nähtischchen. Sie stößt gegen eine Zigarettenschachtel und zieht. Willst du auch eine? Ketzer weiß nicht. Erfüllt Ziethen eigentlich den Identifikationswert Zuhause? Ketzer reibt die Augen. Mein Gott, mitten in der Nacht! Zuhause bedeutet doch immer die Wohnung der Eltern. Ketzer sieht zwischen Brigittes Brüste. Da wurden bei dir die Großeltern zu Eltern also? Ketzer sieht es glänzen in der Rinne. Das anfängliche Provisorium wurde Dauerzustand später. Ketzer produziert Androgen inzwischen. Dieser durch emotionale Umbewertung erträglich gemacht schließlich. Da schwillt Ketzer hoch. Er rollt über Brigitte. Sein Rückenmark lädt sich auf. Brigitte sträubt sich erst. Doch Ketzer reizt sie geschickt in Schwingung. B erreicht rasch ihre Plateauphase. Ihre Gebärmutter kontrahiert schon. Ketzer verschleudert 185 Millionen

Spermien etwa. Die Lebensdauer der Spermien beträgt ein bis drei Tage. Die Spermien bewegen sich im weiblichen Genitaltrakt entgegen dem Sekretstrom mit einer Geschwindigkeit von 3,5 mm pro Minute. Voraussetzung für die Bewegungsfähigkeit der Spermien und damit der Erreichung des Befruchtungsortes ist alkalische Reaktion (im sauren Vaginalmilieu gesichtert durch die Sekrete von Prostata und Samenblase). Als Befruchtungsort sind die Tuben oder Eileiter lokalisiert. Im Falle einer Imprägnation (Eindringen eines Spermiums in eine Eizelle) entsteht durch die Vollendung der Äquationsteilung die reife Eizelle, das Ovum, dessen Kern mit dem des Spermiums eine diploide Zygote bildet. Rhythmische Muskelbewegungen und ein Sekretstrom in den Tuben befördern diese langsam in den Uterus. Nach fünf Tagen ist dieser Bewegungsvorgang abgeschlossen. Die Zygote befindet sich zu diesem Zeitpunkt im Entwicklungsstadium der Blastocyste. Etwa am 20. Zyklustag kommt es zur Anhaftung dieser Blastocyste an die Uterusschleimhaut, mit nachfolgender Implantation.
Doch von alledem ahnt Brigitte erst im Juli. Sie ist drei Wochen über ihre Zeit. Ketzer wird schon ganz kektisch. So geht Brigitte zum Arzt. Und der Arzt stellt ihr einen positiven Befund. Schwanger! Ganz sicher. Im zweiten Monat. Ich gratuliere! Da ist es schon August. Es bleibt weiter heiß in Berlin. Der Jahrhundertsommer mergelt aus die Stadt. Brigitte, Gabriele, Stefan und Lorenz fliehen nach Lindow in die Mark. Ketzer aber kann nicht. Das Rockfest im September! Immer neue Probleme gibt es darum. So muß Ketzer in Berlin bleiben. Er sieht schlecht aus. Gelb irgendwie. Er wagt sich kaum noch auf die sengenden Straßen. Hockt nur nackt in der verlassenen Wohnung. Die Fenster sind mit Tüchern gegen die sinneraubende Hitze verbarrikadiert. Ketzer trinkt Eiscola mit Wodka und grübelt zwischen Behördentelefonaten und Managerpost über seine Lage. Er will

kein Kind. Nicht jetzt jedenfalls. Etwas klebt da in seinem Nakken. Er wischt und wischt. Aber es bleibt kleben. Es ist kein Schweiß. Es ist so ein Schütteln, eine Angst fast. Er weiß nicht recht. Es ist eben da. Da! Da! Da! Reicht das nicht! Wozu soll ich mich zwingen? Mich verstellen? Immer frei von Zwängen wollten wir sein. Aber ein Kind ist ein Zwang. Für mich jedenfalls. So ist es eben! Basta. Der eine sagt ja, der andere nein. Aber besser oder schlechter ist deshalb keiner. Du hast das Recht auf dein Kind, und ich hab das Recht auf mein Nichtkind. So! Aber wohin führt das? Bedeutet das Trennung? Endgültige? Schluß? Aus? Auseinanderhauen das Gewachsene? Mit Beilen? Wunden wird es geben! Riesige Wunden! Und die Schmerzen erst. B! Die Schmerzen! Und Narben! Für immer. Neeeiiin.
Ketzer ist betrunken. Er schreibt einen Brief nach Lindow. Er braucht Ruhe jetzt und Abstand und Bedenkzeit. Die viele Arbeit, die Sorgen, die ausgeglühte Stadt. Wie irr ist er schon. Er will zu seinem Vater nach Pankow, wie damals für sechs Tage im Dezember. Sein Vater hat einen Freund, einen Sportarzt. Der hat ein Wassergrundstück in Lehnitz. Da könnte er hin vielleicht. Von Lehnitz ist er schnell mit der S-Bahn in der Stadt. Ein Kompromiß. Der Zerstörung entgehen. Das Auseinanderbrechen aufhalten. Den Untergang abwenden. Könnte nicht eine Abtreibung vielleicht? Ketzer ritzt in das Papier. Es splittert fein unter der Feder. Denn das Glück ist ja nur eine Scholle Glas. Sie treibt dahin in der Zeitdrift, bis sie zerbricht.
Und.
Dann ist es September, und Ketzer steht zum letzten Mal auf dem Hof in der Straße der Pariser Commune 29.
Er stopft Kartons in einen Skoda.
Sein Vater stopft mit.
Hast du alles? fragt er.
Jajja: antwortet Ketzer lippenlos.

Dann steig ein!
Ketzer überlegt kurz. Dann sagt er: Fahr allein. Ich komm mit der U-Bahn nach. Ich spring noch rauf, Wiedersehen sagen. Der Vater lugt aus dem Auto und runzelt die Stirn.
Meinst du, daß das gut ist? Noch mal alles aufrühren?
Ich muß, Dad! Ich muß B noch einmal sprechen. Ich kann nicht so weg. So einfach, hier hast du deine Sachen, machs gut und fertig.
Der Vater runzelt weiter. Da dreht Ketzer auf dem Absatz, schlägt noch gegen das Blech und ruft: Bis nachher dann. Oben an der Wohnungstür klingelt er. Muß klingeln jetzt. Schon steht man draußen, ist Fremder, muß Sie sagen. So schnell geht das. Gabriele kommt und öffnet. Sie staunt hoch. Was willst du noch? fragt sie. Sie hat die Tür nur kopfbreit aufgezogen. Ihr da drinnen, ich hier draußen. Trennung der Welten. Weiß läuft über die Schwelle der Strich. Als habe niemals der eine zum anderen gehört. Bitten muß man. Auf die Knie fallen.
Brigitte will dich jetzt nicht sehen! Kapier das doch endlich! Ist doch schon hundertmal alles gesagt. Komm später lieber. Die Tür spaltet nicht weiter. Bleibt ihr denn wohnen? Natürlich bleibt ihr. Warum auch nicht. Ist doch alles abgesichert. Alles legal, mit Stempel und Unterschrift. Kann euch doch keiner was. Euch! Euch. Und ich? War das ein Fehler mit der Kommune? Die neue Gemeinschaft? Die Erweiterung der Persönlichkeit? Haben wir dabei was falsch gemacht? Haben wir zuwenig getan? Oder zuviel? Zu oft über Abwaschen, Kloscheuern und lautes Radio gestritten? Am Alltag draufgegangen? Am Aufrechnen der fixen Kosten klein geworden? Und mit dir, B? Zusammengelebt. Auseinandergelebt? Hat sich keiner mehr Mühe gegeben ab irgendwann? Hat keiner mehr richtig auf den anderen aufgepaßt? Hier ich und meine Probleme, da du und deine Probleme? Und dazwischen ein Niemandsland? Ein Etwas, das

immer größer wurde mit der Zeit? Das sich zwischenschob irgendwie? Wie eine Isolationsschicht? So beginnt Entfremdung. Du warst in diesem Jahr noch nicht ein einziges Mal im Klub. Und ich hab mich kaum noch um deine Zeitung gekümmert. Hab sie nicht mal gelesen. Nach Polen wollten wir nächstes Jahr. Nun fahr ich allein, B. Hhh. Meine Mutter konntest du auch nicht leiden. Konntest! So schnell geht das! Noch keine zehn Minuten her und schon Vergangenheit alles. Gewesen, gehabt, geliebt. Vorbei. Vorbei. Was ist das nur für ein furchtbares Wort. Es gibt Worte, B, die man niemals begreift. Die sind hoch wie Mauern. Über die kommt man nicht drüber. Wo fing das Auseinanderdriften an? Beim Holger? Ach, früher schon. Die 100 Mark damals etwa bei der Wohnungsverwaltung? Oder als ich die Junge Welt nicht mehr gelesen habe? Noch früher. Die Tagebücher? Vielleicht war es immer schon da. Von Anfang an. Bloß damals waren wir noch weich genug, da waren wir noch jung genug. Da konnten wir die Risse noch verschmieren. Zwei Jahre und acht Monate. Man härtet aus mit der Zeit. Das ist Naturgesetz. Man reißt auf wie trockene Erde, wird zu Staub. Alles andere macht der Wind. Mama wollte mir das Buch. Mama, nur weil sie nicht die Wahrheit liest und die SEW wählt, konntest du sie nicht leiden. Da fällt bei dir sofort die Klappe! Das ist wie bei einem Relais. Zwei Knöpfe sind gedrückt und bumm. Da leuchtet es: *reaktionär.* Aber es ist meine Mutter! Ich hab bloß eine, auch wenn sie tausendmal unter einer Glasglocke sitzt. Wir wollten doch immer leicht sein, B! Immer in Bewegung bleiben. Aber Kinder machen schwer. Machen uns zu Steinen! Ach, Mensch, B! Es war doch schön mit dir. Schön! Schön! Ich hab doch noch niemals so gerne gelebt! Ich war glücklich. Hörst du, B? Glücklich! Ich war, ich war. Was soll denn nun kommen, B? Was denn? Was sollen wir tun gegen die Schwere, und gegen die Trauer erst. Diese grenzenlose Trauer. Die kommen wird, mit den Jahren. In

denen wir zählen. 26. 27. 28. 29. 30. Dreißig Jahre, B! Wie leben ohne Jugend? Wie denn nur? Wie nicht bitter werden an diesem Zählen? Wie sich schützen davor? Wo wir doch allein sind, allein bleiben. Womit sollen wir uns noch täuschen? Womit noch verführen? Wir sind doch alles durch. Nicht einmal die Arbeit schützt mehr. Was dann, B? Was gibt es noch? Kinder? Sie sind ja auch nur ein Betrug. Ein Schein. Eine Flucht. Noch mal Kind im Kinde sein, sich durch andere Jugend vor dem eigenen Altern schützen. Ach, B! Durchschaut, durchschaut. Wir sind doch nur Ameisen, die glauben manchmal Mensch zu sein. Mein Manchmal ist bald vorüber, B! Ich spür es. Es ist der Insekteninstinkt. Kafka, du weißt ja. Ich laufe ja schon mit sechs Füßen, ich krieche schon, ich krabbele schon. Ich. Ich. Was ist das nur? Dieses schreckliche Etwas, Ich? B. B.
So.
Schleppt Ketzer furchtbar dahin. Er schleppt durch die Friedensstraße, schleppt über den Prenzlauer Berg, kriecht hoch die Saarbrücker Straße, entgeht am Senefelder Platz noch dem klobigen Stampfen eines lallenden Riesen und kriecht dann endlos die Schönhauser Allee. Bis raus nach Pankow. Mit der U-Bahn darf Ketzer nicht. Denn die Berliner Verkehrsbetriebe transportieren keine Ameisen. Obwohl der § 16 der Personenbeförderungsordnung (PBO) vom 18. 3. 1975 die Beförderung von kleinen Tieren in geeigneten Behältnissen gestattet. Vorausgesetzt Ordnung und Sicherheit sind nicht beeinträchtigt und andere Personen werden weder gefährdet noch unzumutbar behindert, noch dürfen das Beförderungsmittel und/oder die zu Befördernden beschädigt oder verunreinigt werden. Im Zweifelsfalle entscheiden die Mitarbeiter der Berliner Verkehrsbetriebe über die Zulässigkeit der Mitnahme. Und diese nehmen nicht! Ketzer muß erst wieder aufrechtgehen wie ein Mensch.
Und.

Ketzer richtet sich langsam. An einem Sonnabend dann geht er wieder gerade. Zwar bleibt eine leichte Krümmung im Rückgrat, so ein flüchtiges Schlaffen, aber immerhin, er geht. An diesem Sonnabend ist Rockfest in Chorin. Das Kreiskulturhaus Berlin-Mitte (i.b. der Jugendklub Brunnenstraße), der Prater Prenzlauer Berg, das Institut für Forstwissenschaft Eberswalde (der Eigentümer des Klosters) und der Rat des Kreises Eberswalde haben geladen. Angekündigt sind zehn Gruppen. Große Plakate schreien es überall: Veronika Fischer und Band, Modern-Soul-Band, Panta Rhei, Electra, Stern-Combo-Meißen, Nina Hagen, City, Prinzip, Lift und Renft. Nicht auf dem Plakat steht Gerulf Pannach. Dieser soll in der letzten Pause auftreten, vor Lift oder Renft. Ketzer hat ihn engagiert, trotz der Schwierigkeiten. Denn Pannach darf seit Februar nicht mehr öffentlich singen. Er hat Auftrittsverbot (obwohl schon halb wieder aufgehoben inzwischen). Scholz sträubte sich anfangs, aber Ketzer bestand. Pannach unbedingt! Er fuhr auch mehrere Male zu Pannach nach Leipzig. Er vereinbarte dort, kein Vertrag, keine Gage, keine Ankündigung. Wie zufällig sollte Pannach in einer Pause neben einem Mikrofon stehen. Er sollte singen, so für sich hin. Und ein Verstärker blieb geschaltet dabei. Ein Versehen. Eine Pane. Das kann schon vorkommen in so einem Getümmel.
Die Idee für ein großes Musikfest war Ketzer bereits im Januar gekommen. Draußen sollte es gefeiert werden, irgendwo vor Berlin. In einem Park vielleicht, oder auf einem Fußballfeld. Bei den staatlichen Schlössern und Gärten Potsdam wurde angefragt. Postwendend kam eine barocke Absage. Oh, Gott, oh, Götter, unsere Tempel, nein auch! In Falkensee wollte ein Sportklub unter Umständen, am Falkenhagener See. Aber die Polizei gestattete nicht. Die Nähe der Grenze! Müßt ihr schon woanders hin, Jungs! Auch einen Campingplatz in Wandlitz erlaubten die Organe nicht. Wir sind hier Regierungsviertel! Wie denkt ihr

euch das?! N paar tausend wildgewordener Beatfans. Nee! Absolut nicht drin. Jugendfreunde. Scholz und Ketzer suchten weiter. Und fanden schließlich in Chorin. Das Gelände war ideal. Ein abgeschlossener Klosterbau mit gut zu kontrollierenden Ein-und Ausgängen, die Mauern waren solide, die Steine saßen fest, wenig Möglichkeiten für Randalierer also. Scholz unterschrieb sofort den Vertrag, und Ketzer fuhr zu den Managern der Gruppen. Bis zum letzten Tag wurde noch recherchiert, telefoniert, organisiert. Scholz und Ketzer mußten ihren Arbeitstag auf vierzehn Stunden ausdehnen. Ständig fehlte etwas, eine Benachrichtigung, ein Vertrag, ein amtliches Papier, Gruppen sagten zu, dann wieder ab, dann wieder zu, der Rat des Kreises Eberswalde wollte zuerst für Ordnungskräfte sorgen, dann wieder nicht, plötzlich hatte die Polizei Bedenken, Zusammenrottungen könnten, Vandalismus!! Ausschreitungen! Wir sind ein Erholungsgebiet, denkt dran. Auch die Reichsbahn meldete sich unerwartet. Sie würde am Sonnabendabend den Zug P 6119 aus Schwedt nicht in Chorin halten lassen, telegrafierte sie. Das Risiko wäre zu groß. Wer kommt später für die mutwilligen Zerstörungen auf? Auch der Rundfunk sagte eine Tag vorher noch ab. Keine Aufzeichnungen! Nichts. Nicht einmal eine Nachricht in den Jugendprogrammen. Aber wieso denn? Anweisung von oben, Leute! Können wir nichts machen. Dann waren Stromkabel defekt, die Zuleitungen reichten nicht aus, die Beleuchtung schien in Frage gestellt, mit einemmal war die gesamte Lichtanlage zu schwach. Die riesigen Verstärker! Da bricht hier alles zusammen. Garantiert.

Aber.

Es bricht nicht. Pünktlich um 14.00 Uhr stehen Scholz und Ketzer auf einer kleinen Holzbühne im Mittelschiff und eröffnen mit bebenden Stimmen das Rockfest Chorin 75. Um sie sitzt und liegt es zu Hunderten. Alle Karten sind verkauft. Doch es

warten noch viele. Die Ordner verbarrikadieren die Tore und besetzen den Zaun am südlichen Kreuzgang und das Querhaus gegenüber. Dort ersetzt nur ein provisorischer Bretterverschlag die Mauer. Eine verirrte Granate im Zweiten Weltkrieg riß. Von draußen schlägt es gegen den Verschlag. Die Ordner schreien. Es schreit zurück. Hitziges Hinundhergebrüll folgt. Geht dann unter in Klavierakkorden. A-Dur, Fis, E, Cis, H, A. Cis. Veronika Fischer steht und singt ihren Blues von der letzten Gelegenheit. Und Ketzer schreitet durch das Lagern und Liegen. Er schreitet feldherrenmäßig. In ihm summt es, hH–hH–Haaa, bis unter die Schädeldecke prickelt es. Menschen und Menschen um ihn. Unübersehbar. Meergleich. Bunt und abenteuerlich alle. Es strudelt. Es fließt und dreht. Ketzer läßt sich fassen und schwimmt durch den Garten. Ein heftiger Sog treibt ihn in den Kreuzgang hinauf, wirft ihn ins Hauptschiff dann. Überall Gesichter. Stimmen, Haare. Finger. Arme, Rücken, Brüste. Schultern, Augen. Und die Augen erst. Müde, wache, tote, verschleierte, klare, geile, kalte, grüne, blaue. Ketzer rutscht drüber. Die nächste Gruppe steigt auf die Bühne. Er sieht auch Scholz stehen, wie dieser an einem Mikrofon biegt. Eins. Eins. Eins, zwo, drei. Scholz kündigt Modern-Soul an. Es pfeift und klatscht ringsum. Tauben fliegen erschreckt. Ketzer treibt weiter. Er fragt ab die Ordner. Irgendwelche Probleme? Keine? Leute, Leute! Das läuft, das läuft! Er treibt vorüber. In der Apsis entdeckt er dann Greschke plötzlich, wie dieser so üppig sitzt in einem Campingstuhl. Ketzer drängt zu ihm durch.
Hallo, Nobs! Was machst du denn hier? ruft er erfreut.
Umsehen, umsehen, Alter: lacht Greschke zurück.
Aber Rock ist doch schon lange nicht mehr deine Richtung.
Wart ab, wart ab.
Bist du allein hier?
Nee, zwei von unserer Gruppe sind auch noch da. (Greschke

zeigt auf leere Campingstühle) Und da vorn an der Bühne steht Liz. Die kennst du ja sicher.
Ja, aber nur von Plakaten.
Ketzer sieht. Das also ist die berühmte Lizzy Meyhofer. Die Nummer 1b der Chansonszene.
Wir wollen uns hier n bißchen umsehen: erklärte Greschke. Liz sucht neue Leute. Sie will mit Rockmusikern experimentieren. Neues Profil, verstehst du? Weg von den ollen Plüschsongs. Wir sind schließlich keine Gisela May. Wir wollen dem Kumpel Brecht wieder n Lederjacke anziehen und ihn ›elektronisch‹ verfremden.
Er grinst.
Und da wollt ihr hier?
Klar: unterbricht Greschke. Panta Rhei will sich auflösen, und Renft macht das auch nicht mehr lange. Der Markt ist in Bewegung, wer da zuerst kommt, kauft am besten ein. Greschke will weitersprechen, aber da wummt schwer das Schlagzeug los. So winkt er nur unbestimmt und zieht Ketzer einen Campingstuhl heran. Ketzer setzt sich. Sie brüllen sich in die Ohren: Noch immer in deinem Klub? Ja. Und du, verheiratet noch? Nee, glücklich geschieden. Und bei dir? Frisch getrennt. Aha. Jaja. Und? Noch immer so rot. Warum nicht? Greschke schürzt anerkennend die Lippen.
Ich hab dir aus San Francisco geschrieben. Hast du meine Karte gekriegt?
Ja, hab ich, möcht auch mal hin.
Rote lassen die da nicht rein. Nur Farblose!
Greschke grinst von Ohr zu Ohr. Da kommt Lizzy Meyhofer heran. Greschke springt auf und schiebt ihr aufwendig einen Stuhl. Er winkt lasch zu Ketzer und sagt, ein alter Bekannter von mir, Schulfreund. Lizzy Meyhofer achtet nicht. Sie beugt sich zu Greschke vor und macht ein Zeichen. Greschke nickt erfreut.

Ketzer taxiert die Frau. Bis zum Hals, schätzt er, dreißig. Darüber mehr. Nach einer Viertelstunde tippt er Greschke gegen die Schulter und zeigt zur Bühne. Er muß hin, Electra ansagen. Greschke hält ihn noch zurück und schiebt ihm ein Kärtchen in die Hemdtasche. Komm mal vorbei! Und Ketzer verspricht es. Beim Aufstehen streift er über das Gesicht der Frau. Und die Frau streift zurück. Da nadelt es wo unter Ketzers Haut. Noch bis zur Bühne hin fühlt er es stechen. Seine Stimme ist belegt. Er muß sich räuspern. Die Verstärker verstärken hundertfach. Einige Mädchen vor der Bühne kichern. Puten! Ketzer sagt an. Die Titel, die Gruppenmitglieder, ein paar Daten noch. Kreischen und Pfeifen dazwischen. Die Musiker springen auf die Bühne. Ketzer übergibt das Mikrofon und steigt ab. Er schreitet beseligt. Da sieht er Scholz winken. Ketzer steuert auf ihn zu. Scholz sitzt mit Frauen. Eine trägt eine getönte Sonnenbrille. Ketzer erkennt. Uschi Brüning. Diese lacht und umarmt Scholz. Scholz balanciert eine offene Colaflasche. Willst du? Ketzer greift zu und setzt an. Doch er verschluckt sich sofort. Höllisch brennt es in seiner Kehle. Die anderen prusten los. Ketzer versteht, er versucht zu grinsen. Monster Schoppe kommt mit Pannach. Schoppe nimmt Ketzer die Flasche aus der Hand. Kippt ohne zu schlucken. Er klapst dann Ketzer auf die Schultern und sagt etwas. Ketzer versteht nicht. Irgendwas Sächsisches wohl. Ein Leipziger eben. Ein Ordner kommt gelaufen. Aufgeregt fuchtelt er, es wollen welche über den Zaun! Scholz schießt hoch. Ketzer ist schon vornweg. Sie stolpern zaunwärts. Sie sehen es springen und klettern dort. Die Ordner werden überrannt. ein Junge bleibt hängen an einer Latte. Er baumelt mit aufgespießtem Bein. Ketzer beugt über ihm. Der Junge glotzt verstört. Ketzer ruft nach einem Sanitäter. Der Junge humpelt schon wieder. Was sollen wir machen? Scholz hebt resignierend die Schultern. Teile des Zaunes liegen zertrampelt. Appellieren! Ansagen, die noch draußen sind, können in den Wirtschaftshof. Von da sieht man auch. Scholz schiebt zurück zum Kirchenschiff. City unterbricht. Ketzer geht und weist an. Reinlassen, was überhaupt geht. Aber keine Randalierer! Verstanden? Ketzer steht hoch. Nur noch Leiber unter ihm. So ein Schieben und Stoßen auch. Wie in einem Teich beinah. Ketzer beobachtet glanzäugig das Schwärmen. Fisch und Fischer alle. Netze auswerfen und ins Netz gehen. Ein wenig zappeln. Ein wenig bluten und Schuppen lassen allemal. Komm, sagt ein Mädchen. Trinke mit mir! Sie winkt mit einer Weinflasche. Ketzer nimmt die Flasche und schluckt. Er umfaßt das Mädchen und knetet ihre Brüste. Küßt sie. Das Mädchen quietscht. Ketzer steigt weiter. Am Brunnen sitzen welche im Kreis und spielen Der Plumpssack geht rum. Über ihnen turtelt es in der Eiche. Andere Tauben klettern nach. In einem Kreuzgangbogen kauert ein Mädchen und weint. Ketzer streichelt ihr Haar im Vorübersteigen. Das Mädchen merkt nicht. Im Konversensaal wimmert leise eine Frau. Samen verspritzt. Oben spannt der Abend schon. Es dunkelt über den Dächern. Ein vergilbter Mond steckt auf dünnem Kirchturm. When the moon is in the seventh house and the Jupiter align with. Sternenstaub rieselt. Goldbestäubt schwingen bald alle Köpfe. Zehntausend elektrische Gitarren spielen. Und Ketzer steigt und steigt. Unten sieht er Pannach stehen. So klein auch der Kerl. Aber eine Stimme hat der! Bis zu Ketzer hoch vibriert die Luft. Monster Schoppe stellt sich zu Pannach. Noch mächtiger das Singen jetzt. Noch vibrierender alles. Auch die übrigen Musiker von Renft stimmen ein. Gewaltig dröhnt der Gesang. Schlägt gegen die Münder. Schlägt immer wieder. Bis die Lippen öffnen. Bis die Zungen niederbiegen. Bis das ganze Kloster singt. Schon Jahrhunderte hörte man dort nicht mehr.

Als ich wie ein Vogel war,
der am Abend sang,
riefen alle Leute nur,
Sonnenuntergang.
Alle Vögel sind schon da,
keiner der da blieb,
ohne Stimme flog ich fort,
als schon alles schlief.

Noch lange singen die Tausend. Sie rücken zusammen. Sie haken sich ein. Sie sitzen dicht. Kein Raum mehr, und keine Leere wo. Komm näher noch! Ich will dich spüren, Bruder. Ich bin in dir. Und du bist in mir. Wir sind der Himmel. Wir sind das All. Wir sind endlos. Wir sind ewig. Wir leben in einer Nichtzeit. Wir leben in einem Nichttag. Alles ist Jetzt. Niemals gibt es mehr Morgen.
Aber.
Noch vor der Dämmerung schreien die Hähne den neuen Tag.

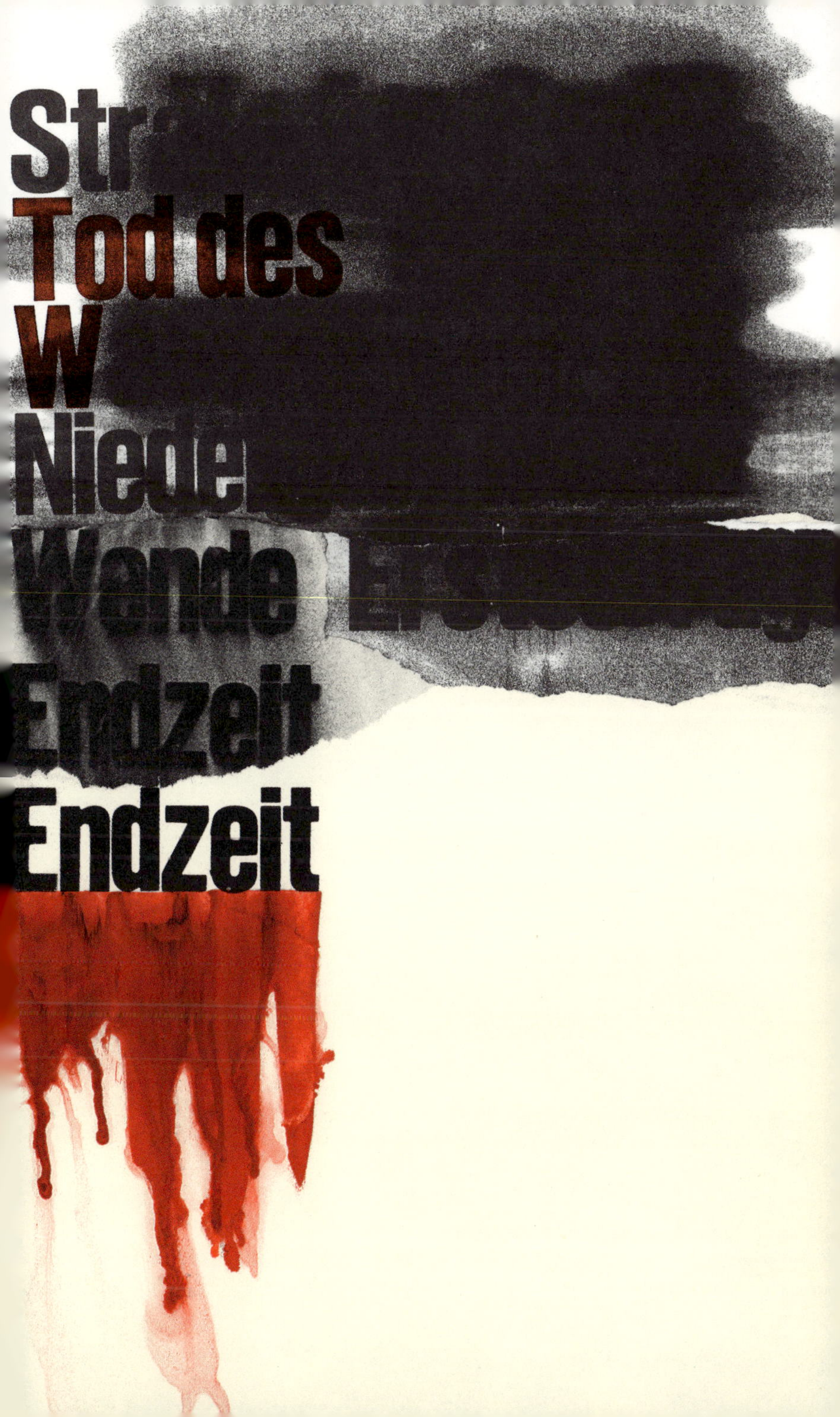
Tod des
Wende
Endzeit
Endzeit

BERLIN

Diese Unstadt. 386 Selbstmordversuche jährlich dort. So das Demographische Jahrbuch der UN von 1974. (Es werden nicht weniger geworden sein inzwischen). Es gibt viele Möglichkeiten, sich umzubringen, Hand an sich zu legen, freiwillig aus dem Leben zu scheiden. Eine Frau G. aus der Wichertstraße im Prenzlauer Berg wollte sich aus dem Fenster stürzen. Sie hatte alles nüchtern kalkuliert. Die Fenster der eigenen Wohnung, im zweiten Stock gelegen, boten ihr keine sichere Höhe. Der Körper würde im freien Fall nicht genügend Geschwindigkeit entwickeln, Knochenbrüche waren höchstens zu erwarten. Also stieg die Frau noch die zwei Treppen bis in den vierten Stock. Das Treppensteigen macht ihr Mühe. Auf jedem Absatz mußte sie verschnaufen, dabei versicherte sie sich immer wieder: Das Frühstücksgeschirr war abgewaschen (niemand sollte ihr im Haus etwas nachsagen), der Brief an die Kinder war geschrieben (sie wollte lieber sterben, als mit neunundsiebzig noch einmal ins Krankenhaus zu müssen), auch war ihr Wellensittich versorgt. Oben angelangt, öffnete die Frau das Treppenhausfenster und wartete. Vor vier wollte sie nicht springen. Der junge E. aus dem Hinterhaus sollte sie finden. Auf E. war Verlaß. Jeden Morgen um halb fünf verließ er die Wohnung. Das hatte sie beobachtet. Sie wollte nicht lange liegen im Hof, so auf den Steinen. Auch war Regen angesagt./Ein Fräulein vom Hamburger Platz im Bezirk Weißensee wollte vermittels Tabletten aus dem Leben scheiden. Ihr Freund hatte sie kürzlich verlassen. Sie litt unermeßlich. So ging sie zur nächsten Apotheke, verlangte dort mit verhauchter Stimme zwei Packungen Schlaftabletten – was der Apothekerin immerhin verdächtig vorkam –, begab sich stracks damit

nach Hause, schluckte tapfer die zwanzig Tabletten, legte sich zu Bett und wartete auf den erlösenden Tod. Sie schlief vierzehn Stunden. Dann erbrach sie gründlich. Dann wusch sie ab mit kaltem Wasser Rotz und Katzenjammer. Dann lebte sie weiter./ Ein Herr St. aus der Mühsamstraße im Friedrichshain vertraute auf die tödliche Wirkung von Kohlenmonoxyd. Er hatte von anderen Selbstmördern gehört, die in törichtem Glauben auf das baldige Ende eine Stunde und mehr in ihren Küchen saßen, währenddessen das durch Ritzen und Fugen strömende Gas munter alle Nachbarn alarmierte. Herr St. wollte klüger sein. Er öffnete zuallererst das Fenster, dann holte er eine große Plastiktüte, eine Rolle Schnur und ein scharfes Messer. Mit diesem zerschnitt er den Schlauch der Gaszuleitung, und zwar direkt hinter dem Rohrstutzen des Kochers. Dann nahm er sich einen Stuhl und setzte sich an den Kachelherd, auf dem der Gaskocher stand. Alsdann stülpte er sich die Tüte über den Kopf, griff den Schlauch und schob diesen bis in Kinnhöhe. Die Plastiktüte beschlug sofort vom Atem, kleine Tröpfchen bildeten sich im Mundbereich. Mit der linken Hand hielt er den Schlauch, und mit der rechten Hand wickelte er locker die Schnur um den Hals. Als er sich genügend verschnürt hatte, öffnete er schließlich den Messinghahn. Er saß bequem auf seinem Stuhl. Er war vollkommen ruhig. Heiter fast. Kein Gasgeruch würde sein Fortgehen verraten, und vor zwei Wochen vermißte ihn ganz sicher niemand. Er hatte also genügend Zeit für seine Flucht.
In dem Augenblick dann, als St. ohnmächtig wird, sitzt Ketzer genau über ihm. Ketzer sitzt auf einem ähnlichen Stuhl, an einem ähnlichen Herd, in einer ähnlichen Küche. Es ist Scholzens Wohnung, Zimmer, Küche und Klo und Grünblick dazu. Scholz hat zu einer Fete geladen. Der letzte Tag im Jahr! Das muß gefeiert werden. Also die Tassen hoch, Freunde! Scholz trieselt betrunken in den Flur. Ketzer drängt mit einer gezopften Blondi-

ne am Herd. Die Küche ist überfüllt. Immer stehn die Leute bei Feten in der Küche rum. Es wird gegessen dort, es wird getrunken, gelacht, posiert, es wird umarmt oder auch nicht, Pfeifen werden gehalten, Brillen wichtig gerückt, Zigaretten aufwendig gezündet. Es wird geredet. Und viel dazu. Ein kahlgeschorener Intelligenzkopf referiert beeindruckend über die deutsche Literatur der Gegenwart. Ein grobgestricktes Mädchen gebärdet sich außerordentlich, sie ringt um die Verkörperlichung der Sprache. Eine Malerin deklamiert über den Sinn der Kunst. Ein bedeutender Hinterkopf äußert sich vielschichtig über den Staat: Der Totalitätsanspruch des Staates ist ins Unermeßliche gewachsen alles ist heute Staat jede Fahne jede Hundemarke jede Klosettbürste selbst der Mensch ist Staat geworden dabei kommt es doch nur darauf an dem heutigen Menschen neue Artikulationsmöglichkeiten zu schaffen ihn sozusagen aus den Verbalzwängen zu befreien der Körper muß Kommunikationsmittel und Kommunikationsziel werden weniger reden mehr fühlen nicht nur zurück zur Natur sondern auch zurück zum Tier zum Instinkt Kunst muß vorantreiben Kunst darf nicht negieren Kunst muß den Menschen bessern Kunst muß Beispiel sein sie muß dem Leben Hymnen singen und dabei ist Malerei die Onanie der Ästheten unsere Welt ist nur noch in der Dokumentation erfaßbar im Zeitalter der totalen Information ist die schöne Literatur ein Anachronismus Hermann Hesse ist tot das Spitzeltum lebt der Mensch degeneriert zum Mechanismus die Verapparatung aller Menschen muß man lieben nicht äußere Erscheinungen sondern das Wesen der realen Vibration der Instinkte die Individualstrahlung des Körpers eine unbekannte Masse die beherrscht wird die restlose Beschlagnahme des Menschen durch den Romantizismus der Jetztzeit man flieht in die literarischen Paradiese die Poetesierung des Nichts die Elfenbeintürmer bauen sich Dornröschenschlösser und alle warten auf ein

Mädchen steht plötzlich in der Tür. Sie redet nasal und rheinisch in das Gerede. Den ganzen Tag ist sie an der Mauer entlanggelaufen, auf beiden Seiten, und hat das erste Mal die Mauer als ein Kunstobjekt erlebt. Die Mauer ist ein environmentales Monument, ja! Überhaupt ist Kunst heute nur noch in der Landschaft machbar, in ihrer visuellen Phänomenalität. Die Umwelt muß als Kunstform erlebbar gemacht werden! Wie das Christo mit seinem running fence-Projekt in Kalifornien versucht hat. Oder diese Verpackung des Reichstages da. Im Februar will er nach Berlin kommen.
Wer ist Christo? fragt Scholz und stolpert in die Küche zurück. Er stolpert zwischen die Redenden. Es wird mundlos gelacht. Scholz dreht ballerinenhaft auf einem Bein. Seine Augen sind gerötet und glänzen stark. Ketzer winkt nach Scholz. Scholz taumelt heran. Er fällt schwer gegen den Kachelherd. Unten stirbt St. gerade. Ketzer schiebt Scholz ein Glas zu. Fragt dann, wie spät ist es eigentlich noch bis zwölf?
Scholz rudert mit den Armen. Er will seine linke Hand greifen und nach der Armbanduhr sehen, doch es gelingt ihm nicht sofort. Immer wieder entrutscht ihm der Arm. Aber dann kann er ihn endlich packen. Sein Gesicht grimassiert heftig, als er sagt, zehn vor zwölf. Ketzer und die Blondine erheben sich. Ketzer hat Raketen gekauft, die will er vor der Haustür starten. Also gehen sie hinunter auf die Straße. Es lärmen Leute dort. Kinder schreien erregt und rennen mit Pantoffeln. Es nieselt leicht. Aber niemand achtet, zu groß ist die Erregung. Ketzer steckt die Raketen in leere Weinflaschen, schnippst ein Feuerzeug und zündet die Lunte. Frohes Neues Jahr, sagt er in das Funkenstieben und versucht das Mädchen zu küssen. Frohes Neues Jahr, antwortet diese und wehrt ab. Im Hausflur versucht Ketzer noch einmal. Aber sie wehrt wieder. Mist auch! Was die sich so hat! Oben wird getanzt inzwischen. Auch Ketzer auf. Soll die doch sehen, wo sie

bleibt. Zicke! Eine immer wieder zu küssen. Aber das Mädchen wehrt sich beharrlich. Wie zugeschweißt bleibt ihr Mund. Um zwei Uhr gibt Ketzer auf. Soll die doch sehen wo sie bleibt. Zikke! Eine andere findet er aber nicht mehr. Das Spiel ist längst gespielt, sein neues Angebot kommt zu spät, niemand interessiert sich mehr. Nicht mal besaufen kann man sich! Wein ist keiner mehr, und Schnaps schon lange nicht. Also wozu der Zirkus noch? Fahr ich nach Hause! Und Ketzer fährt.
In der U-Bahn trubelt es wie beim Fasching. Am Alexanderplatz wird sogar getanzt. Die Triebwagenführer hängen aus den Fenstern und grinsen dazu. Fremde Menschen wünschen Ketzer ein Frohes Neujahr. Manche schütteln ihm auch die Hand. Ketzer steht verwundert und schüttelt zurück. Beim Aussteigen in Vinetastraße umarmt ihn plötzlich ein junges Mädchen. Ketzer erschrickt sich fast. In der Neujahrsnacht muß man lachen! sagt das Mädchen und springt mit anderen die Treppe hinauf. Über Ketzer gießt es warm. Er ist ganz leicht mit einemmal. Etwas faßt nach ihm, hebt ihn hoch und läßt ihn über die Stufen tippen. Wie von selbst hüpfen seine Beine. Die gelben Kacheln kichern. Prosit Neujahr, ihr! Ketzer schlägt gegen und dreht übermütig durch die Unterführung. Ausgang zur Brennerstraße steht. Ketzer holt Schwung und setzt mit vier Sprüngen die Stufen hinauf. Mann, ein neues Jahr!! Er tanzt hinunter die Esplanade. Tanzt vorbei am Andreas-Hofer-Platz. Der aber liegt oben. Nach dem Kriege wurde der Platz aufgestockt. Irgendwo mußten die Trümmer ja bleiben schließlich. Brennerberg, sagen die Leute jetzt. Ketzer hebt den Kopf. Es knallt noch wo in den Büschen. Ketzer tanzt weiter. Tanzt linksherum in die Dolomitenstraße. Ein Kirchturm hebt sich mächtig gegen den hellen Nachthimmel. Stephanuskirche heißt die oder so. Die Kirche steht in der Soldiner Straße, das ist Gesundbrunnen schon. Drüben also, Wedding, jenseits der Grenze. Ketzer überquert die Straße und verschwin-

det in ein Reihenhaus. Ob die auf ihren Türmen auch Silvester feiern?
Vier Stockwerke hat das Haus und drei Wohnungen immer auf einer Etage. Die Mittelwohnungen sind die kleinsten, zwei Zimmer nur, aber mit Bad und Balkon, und Fernheizung außerdem. Alle Fenster gehen nach West. Aber erst ab dritten Stock hat man einen Blick. Bis nach Reinickendorf sieht man. Das ist weit. Die unten sehen nur Mauer und Eisenbahnbrücken. Ketzer steht im vierten Stock vor der Tür der Mittelwohnung und dreht einen Schlüssel. Die Tür ist nicht verschlossen, bloß rangezogen. Also ist Vater schon da. Soll ich rein und Neues Jahr wünschen? Und wenn er Erika im Bett hat? Ketzer überlegt. Er geht erst in die Küche und greift sich eine Flasche Selterswasser dort. Er trinkt sie leer mit einem Zug und öffnet eine nächste gleich. Und als er diese ansetzen will, hört er von nebenan ein leises Kreischen, und gleich darauf eine unterdrückte Frauenstimme. Weder das Kreischen noch die Stimme erkennt er. Erika war das auf keinen Fall. Hhm? Ketzer klopft nun nicht mehr an bei seinem Vater, sondern geht gleich in sein Zimmer. Er legt sich aufs Bett und schlenkert die Schuhe von den Füßen. 1976 nun! Ketzer grübelt. Darüber trinkt er die zweite Flasche leer. Nächste Woche kommt Liz aus der Schweiz zurück, dann geht alles wieder anders lang.
Liz ist Lizzy Meyhofer, nach Gisela May die 1b der Chansonszene. Ketzer war ihr das erste Mal im Sommer begegnet, in Chorin, während des Rockfestes. Nobs Greschke hatte ihn damals vorgestellt. Ketzer hatte sie dann auf einer Musikerfete wiedergesehen, auch nur flüchtig, auch nur von weitem. Dabei wäre es wohl auch geblieben, wenn es diesen großen Krach nach dem Rockfest nicht gegeben hätte. Doch gab es diesen nicht etwa wegen der Beschwerden der Polizei oder der Reichsbahn, auch nicht wegen der niedergetrampelten Zäune und Blumenbeete. Es war vielmehr jener Auftritt des Liedermachers Gerulf Pan-

nach gewesen, der die Funktionäre im Kreiskulturhaus Berlin-Mitte so hektisch werden ließ. Dabei war völlig unerheblich (und entschuldigte auch nicht im nachherein Scholz' und Ketzers Vergehen), ob die Konzert- und Gastspieldirektion Leipzig inzwischen wieder mit Pannach bezüglich eines Förderungsvertrages verhandelte oder nicht. Entscheidend war einzig und allein, daß Pannach zur Tatzeit im September 1975 noch nicht wieder über eine Spielerlaubnis verfügte! Also war sein Auftritt ein illegaler Akt. Also mußten die Verantwortlichen bestraft werden. Aber ehe sich Scholz und Ketzer bestrafen ließen, kündigten sie den Funktionären die Funktion. Sie hatten die Nase voll. Es lief ja nichts mehr. Immerzu das Gegängele, ach, und überhaupt! Scholz wechselte sofort über in die Vertragsabteilung des Friedrich-Stadt-Palastes (er nutzte seine weitreichenden Beziehungen), und Ketzer erinnerte sich des Kärtchens, welches ihm Greschke seinerzeit in die Hemdtasche gesteckt hatte. Er besuchte also Greschke, klagte diesem sein Leid, und Greschke war wieder der Kumpel von einst und versprach zu helfen. Ein paar Wochen später war Ketzer dann als zweiter Techniker der Gruppe von Lizzy Meyhofer engagiert. Ketzer hatte Banderfahrung, er hatte selbst einmal auf der Bühne gestanden, er hatte ein sicheres musikalisches Gehör, also war er ausreichend qualifiziert. Daß Ketzer auch noch andere Qualitäten mit sich herumtrug, wußte Liz von dem Tag an, als sie sich in Chorin das erste mal begegnet waren. Sie griff also ohne zu zögern zu, als Greschke mit ihm eines Abends bei ihr anklopfte. Sie griff noch in derselben Nacht. Sie griff unerhört.

INTERLAKEN

Ist ein Kurort in der Mittelschweiz, gelegen zwischen Thuner und Brienzer See, und zugehörig dem Kanton Bern. Berühmt wurde Interlaken durch seine allsommerlichen Tellspiele. Seit 1912 wird bereits dort gespielt. Und immer sind es Laienschauspieler, das ist Verpflichtung! Vom Sekundarlehrer bis zum Garagier sind alle Berufe vertreten. Eine große Tellfamilie also recht eigentlich, die durch ihre Treue zur Sache dem ganzen Unternehmen einen hohen inneren Wert gibt. Zwanzigmal spielt diese 250köpfige Familie (including children) in der Saison. An jedem Donnerstag und Samstag. Billetts werden für 8 bis 18 Schweizer Franken abgegeben. Militärpersonen erhalten eine Ermäßigung. Es empfiehlt sich das Hotel Royal St. Georges! Alle Zimmer mit Telefon und Seeblick. Lizzy Meyhofer wohnt aber nicht im Royal St. Georges. Sie wohnt auch nicht im noch vornehmeren Victoria-Jungfrau. Lizzy Meyhofer wohnt privat in Interlaken. Sie besucht auch nicht die Tell-Vorstellung in der Naturbühne Matten-Wald. Lizzy Meyhofer fährt Ski. Es ist ja Winter. Auf der Schynige Platte liegen 670 cm Schnee. Dort hatte Lizzy auch das Skilaufen gelernt, als Mädchen damals, so um 1939 etwa. In jenem Jahr waren ihre Eltern mit ihr in die Schweiz geflohen. Es war eine abenteuerliche Flucht gewesen, mit falschem Geld und falschen Pässen. Ihr Vater hatte sich auch die Haare gefärbt. Er wurde von der Gestapo gesucht. Er war Kommunist. / Paul Meyhofer hatte Rosa Luxemburg noch gekannt und Clara Zetkin. In Liebknechts Anwaltsbüro war er einige Zeit als Volontär beschäftigt gewesen. Später hatte er dann als Justitiar in der KPD-Zentrale am Bülowplatz gearbeitet. Im Januar 1933 wurde er verhaftet und nach Brandenburg ins Zuchthaus gebracht. Und

1936 dann nach Oranienburg ins Konzentrationslager Sachsenhausen. Von dort verlegte man ihn schließlich ins Nebenlager Börnicke. Das Nebenlager Börnicke im Kreis Osthavelland war nur ein kleines Lager mit einem vergleichsweise weniger grausamen Regime. Börnicke war kein Vernichtungslager. Bewacher und Bewachte kannten sich beim Namen dort. Die SS-Leute waren noch nicht so vertiert, einige sogar bestechlich. Für Schmuck und Uhren, herbeigeschafft von den Frauen der Häftlinge, verlängerten die die Besuchszeit, schrieben Sonderpaketscheine aus oder bemerkten erst zwei Stunden später das Fehlen eines Häftlings. Der Häftling war Paul Meyhofer. In Börnicke im Osthavelland begann seine Flucht, in Interlaken in der Schweiz endete sie. 1946 kehrte Paul Meyhofer dann mit seiner Familie nach Berlin zurück. In der bald darauf ausgerufenen Deutschen Demokratischen Republik übernahm er hohe Ämter im Justizministerium. Der Aufbau eines neuen Deutschland, daran wollte er mitschaffen. Er arbeitete viel und schonte sich kaum. Auch später nicht, als er längst krank geworden war. Die Ärzte verschrieben ihm Hochgebirgstouren, in der Schweiz am besten. So kam Paul Meyhofer das zweite Mal nach Interlaken. Meist fuhr er mit seiner Familie. 1964 verstarb er. Seine Tochter aber blieb Interlaken treu. Sie fuhr weiterhin jahraus, jahrein in diesen mittelschweizer Kurort. Nicht einmal Konzertverpflichtungen konnten sie davon abhalten.
Mit anderthalbstündiger Vespätung startet die Maschine der Fluglinie CSA-213 vom Airport Zürich. Lizzy Meyhofer fliegt über Prag zurück nach Berlin (sie war schon am frühen Morgen in Interlaken aufgebrochen, Freunde hatten sie mit dem Auto bis nach Luzern gebracht, von dort hatte sie dann den Zug genommen, so sparte sie den Umweg über Bern, aber in Zürich hatte es ein starkes Schneetreiben gegeben, nicht eine Maschine konnte starten). In Berlin wartet Ketzer unterdessen. Er sitzt im Flugha-

fenrestaurant von Schönefeld und ißt sein zweites Abendbrot. Er trinkt tschechisches Bier dazu, so wird ihm die Zeit nicht lang. Er sitzt beseligt an seinem Tisch und beobachtet Leute. Alle sind verändert irgendwie, drehen anders die Köpfe, die Augen, sitzen auch anders. Oder stehen, oder gehen, oder. Flugplatzleute eben. Blauuniformierte Männer kommen mit weißen Kragen. Goldtresse blitzt an ihren Schirmmützen. Neidisch verfolgt Ketzer. In seinen Ohren trompetet Musik. Irgendwas mit Peter Stuyvesant und dem Duft der großen, weiten. Zwei Frauen setzen sich an den Nachbartisch. Weit fliegen die Pelze von ihnen. Sie halten ihre Zigaretten im atlantischen Stil. Ein junger Mann lehnt schräg auf einem Stuhl. Aus seiner Joppentasche schlappt lässig eine L'Humanité. Der junge Mann liest in einem Taschenbuch. Das Taschenbuch ist in Zeitung eingeschlagen. Verdächtig so was. Eine Familie. Doch da wird die verspätete Maschine aus Prag angesagt. Ketzer erhebt sich. Die Frauen neben ihm rauchen weiter atlantisch. Er geht hinüber in die Einreisehalle. Und umarmt vierzig Minuten später Lizzy Meyhofer. Lizzy staunt.
Kein Mensch da? fragt sie großäugig.
Und ich? Bin ich nichts?
Ketzer flunscht ein wenig die Unterlippe. Lizzy sieht ihn an. Sie duckt sich leicht, kleiner will sie sein, will mehr von unten um Verzeihung bitten. Das wirkt so gut. Untröstlich kleben ihre Augen an den geschwärzten Oberlidern. Sie hat es gern, wenn die Männer verliebt in sie sind. Am verliebtesten sind immer die jungen und am verletzlichsten dazu. Aber das ist ja gerade das Besondere, das unwiederholbare Schöne, das Genußvolle. Und ein Genußmensch ist Liz nun einmal. Die Liebe ist ein Fest. Punktum! Und mit Ketzer feierte sie schon seit Dezember. Es geht hoch her dabei. Ketzer ist ja noch jung, und so stark. O-lala! Und so unverbraucht, und lieb kann er erst sein, und so folgsam. Und doch männlich dabei. Und dumm ist er ja gottlob auch nicht.

Ich freu mich doch: sagt Liz und öffnet weit die Augen. Weiter noch. Ketzer schwimmt. Aber er bleibt noch ein wenig gekränkt, das tut so gut immer. Er greift die Koffer und Taschen und folgt ihr zum Taxistand. Ein grüner FIAT steht. Leipziger Straße bitte, sagt Lizzy und läßt sich aufstöhnend ins Auto fallen. Ketzer und der Fahrer verstauen noch das Gepäck. Sie steigen dann ein, der Fahrer startet – und Lizzy beginnt schon zu drängen.

Könnten Sie nicht ein wenig schneller? Ich muß nach Hause! Eeendlich duschen! Diese schreckliche Reise auch. Und dann die Warterei, erst in Zürich und dann in Prag!? Nein auch! Und ich nur noch einen Fünfzig-Frankenschein. Stell dir vor! Verhungern hätt ich können.

Ketzer fragt: Das Wetter? Fantastisch, ja? Und die Leute? Ach so, wo ihr mal gewohnt habt, früher. Und so, die Interlakener Kurschickeria? Lizzy lacht.

Interlaken ist nicht Davos oder Saint Moritz: sagt sie nasal. Wo denkst du hin.

Sie breitet die Arme über die Rückenlehne, legt den Kopf zur Seite und sieht aus dem Heckfenster.

Das ist wieder Berlin! sagt sie leise. Meine verkrüppelte alte Dame.

Sie sagt es langsam, ganz von unten herauf. Die Taxe fährt stadteinwärts. Das Adlergestell. Schöneweide. Bulgarische Straße. Treptower Park.

Da drüben haben wir mal gewohnt.

Lizzy zeigt auf ein paar Villen. Ketzer erkennt nicht.

Ich denke, ihr habt in Niederschönhausen, wo deine Mutter.

Als ich noch verheiratet war, meine ich. Mit meinem Mann. Ss, wie lange das schon wieder her ist?!

Lizzy sieht die Lichter des Osthafens dann. In der Ferne propellern Scheinwerfer. Der Fernsehturm wohl.

Was hast du eigentlich Silvester gemacht, Constantin?
Och, gefetet, was sonst? Bei einem Bekannten, mit dem ich mal den Brunnen, diesen Klub da gemacht habe.
Dieser Rothaarige etwa, der jetzt im Friedrichstadtpalast sitzt? fragt Liz.
Ja, der. Stell dir vor, hat sich doch da einer umgebracht!
Waas auf der Fete?
Nein! In der Wohnung darunter. Oben haben wir gefeiert und unten hat der den Gashahn aufgedreht. Th.
Weißt du warum?
Nein.
Tja, was es alles so gibt.
Tja.
Sie schweigen. Wohltuend brummt der Motor. Lizzy krault Ketzer das Ohrläppchen. Wie zu sich selber sagt sie dann, morgen kommen welche vom Stern. Die wollen ein Interview haben, gleich früh. Ich muß mich noch ein bißchen vorbereiten.
Ketzer sieht sie unsicher an. Was soll das nun.
Bleib ich also nicht bei dir? fragt er schon wieder leicht gereizt.
Lizzy lacht keckernd.
Mein kleiner Löwe faucht schon wieder. Immer fletscht er gleich die Zähne, mein Riesenwuschel.
Sie greift Ketzer ins Haar und schüttelt seinen Kopf.
Natürlich sollst du! Du Wilder!
Sie schüttelt stärker noch. Der Taxifahrer grinst lüstern in den Spiegel.
Jannowitzbrücke. Neue Jacobstraße. In der Leipziger Straße bremst er.
Macht vierundzwanzichfuffzich, die Herrschaften.
Lizzy reicht drei Zehnmarkscheine. Der Fahrer öffnet umständlich seine Brieftasche. Lauert. Da sagt Lizzy schon, stimmt so. Der Rest für Sie. Erfreut dienert der Fahrer in den Spiegel.

Schön Abend noch: brummt er von der Seite.
Aber Lizzy ist schon aus dem Auto und schwingt über das Trottoir. Ganz Pelz. Ganz Nutria. Ketzer schleppt mit dem Gepäck hinterher.
Fahrstuhlrufen, Türaufschließen, Whiskyflaschegreifen, Badewassereinlassen, Telefonscheibedrehen – alles eine Bewegung bei Lizzy dann. Sie sitzt mit einem Glas in der Hand und telefoniert. Zuerst ruft sie ihre Mutter an, danach ihren ehemaligen Mann, dann ein, zwei Freundinnen und schließlich den Kultusminister noch. Doch dieser geht nicht an den Apparat. Thh, wo der sich wieder herumtreibt?! Ketzer sitzt daneben und blättert in Zeitungen. Neue Zürcher Zeitung. International Herald Tribune. Bild: Tschou ist tot. Betrug mit Arbeitslosen, 60 000 DM ergaunert. Lebt Romy zu unsolide? Rätsel um Weltstar. Penny McLean und Lady Bump jetzt Nr. 1 der deuschen Hitparade. Ford-Escort. Kein Wegwerfauto. Inzwischen wird das Badewasser kalt. Lizzy bittet. Und Ketzer läßt neues. Sie telefoniert noch rasch mit Greschke. Morgen nachmittag alle zu mir! Verstanden?! Dann schreitet sie ins Bad. Ketzer sitzt schon auf dem Wannenrand. Er will ihr den Rücken einseifen und die Brüste dazu. Diese kleinen, hach! und dann will er noch da und dort ein wenig schäumen.
Nach dem Baden trägt er Liz ins Schlafzimmer. Er trägt sie in ein Badetuch gehüllt. Ihr Körper ist federleicht. Er spürt kaum das Gewicht. Sanft legt er sie auf das Bett. Wieder ein französisches. Aber ein echtes diesmal, von einer Frankreichtournee vor zwei Jahren. Ein Mitbringsel. Ketzer schlägt auf das Frottiertuch. Wie ein Mädchen liegt Liz. So weiß und zerbrechlich. Und so straff noch die Haut. Nur um den Hals schlafft es schon ein wenig. Aber dafür färbt sie noch nicht das kupferne Haar. Auch nicht ein graues Härchen blitzt. Ketzer küßt ihre Schulter. Er küßt weiter brustabwärts. Ihm drängt es nach Entkleidung. Raum

braucht er zum Wachsen. Und Ketzer wächst mächtig. Er wächst über Lizzy. Wie ein Berg liegt er. Ketzer schwitzt. Lizzy schwitzt ebenfalls. Sie muß wohl noch mal duschen später. Da fällt die Klappe zum I. Akt.
Wars schön? fragt Ketzer bald.
Lizzy nickt mit dem Kopf. Sie krault ihm die Brust. Sie faßt wie zwischen Filz. Plötzlich lacht Ketzer auf. Erstaunt hebt Lizzy die Stirn.
Warum lachst du? fragt sie.
Ach, ich muß da an was denken: antwortet er. Das war mal in Rostock, ich bin da mit einem Mädchen herumgezogen, wir haben so ein bißchen gesungen und getanzt, wie Straßenmusikaten eben. Und dabei hat uns so ein Typ angesprochen. So im Golf-Klöpp-Stil, irgendein Kapitän oder was. Unheimlich splendid dieser Typ. Der hatte uns dann eingeladen, zu einer Party. Zuerst dachte ich, der wollte sich mal was anders auf den Mast stecken, so in der Gruppe mal was Wildes treiben, zu dritt oder so, aber nein, der hatt n Frau! Und die hat sogar gewartet, was ihr stormiger Kapitän von seiner Fangfahrt mit nach Hause brachte. Und das war dann ich! Gott, hatt ich einen Horror davor, daß die irgendwie wabblig sein könnte. Die war über fünfunddreißig. Ich hab mich kaum getraut, ihre Brüste anzufassen. Du und dann – dann waren die auf einmal fest!!?? Ich sag dir, die war noch knakkig!! Mit fünfundreißig!
Und weshalb hast du nun gelacht? fragt Lizzy kühl. Viel zu kühl, als daß Ketzer nicht erschrecken würde. Sofort begreift er. Und stottert.
Aa-a-a-ber Lizzy, Liz! Ich. Mein Gott, so war das doch nicht gemeint. Du, du bist doch ganz anders! Ich vergleich dich doch nicht mit so einer Mutti! Nein, also wirklich!
Aber Lizzy wirft sich verärgert herum, und Ketzer sucht verstört an ihrem Rückgrat entlang. Über die Schulterblätter

sind Sommersprossen gesprenkelt. Leberflecken auch. Ketzer streicht vorsichtig drüber. So vorsichtig er kann. Trotzdem zuckt Lizzy heftig. Ketzer schrumpft. Ganz klein liegt er. Er streicht lange über Sommersprossen und Leberflecken hin. Lizzy zuckt bald weniger. Ketzer konzentriert sich. Er ist nur noch Fingerspitze, nur noch Bewegung. Er gleitet über weiße Haut. Nach Badedas und Schweiß riecht es um ihn. Eingehüllt gleitet er. Er wächst auch schon wieder. Unter seinen Fingern klopft Lizzys Herz. Es klopft immer schneller. Es rast schon. Lizzy wirft sich zurück. Sie schlingt nach Ketzer. Sie beißt in seine Arme, seine Schultern. Sie klopft auf seinen Brustfilz. Sie lacht und schreit und schlägt. Ketzer ist wie von Sinnen. Sie schrammt runter seine straffe Bauchdecke und schnappt zu. Da fällt die Klappe zum II. Akt.
Am anderen Morgen dann erzählt Lizzy beim Frühstück von Interlaken.
Warst du eigentlich schon einmal im Hochgebirge? fragt sie brötchenkauend. (Ketzer war gleich früh in die Kaufhalle gelaufen, schon um acht.)
Nein. War ich noch nicht. Mein Niveau sind so die Müggelberge.
Lizzy bemerkt den frozzigen Unterton.
Warum so gereizt dabei? wundert sie deshalb.
Wie sollte ich denn wohl in die Schweiz gekommen sein, hh?
Lizzy überlegen: In Rumänien gibt es auch Hochgebirge. Überlegener Ketzer darauf: Was du nicht sagst! Aber nicht mal da durfte ich hin!
Und warum nicht?
Ja, warum? Ich weiß es nicht. Es hat mir auch niemand gesagt. Bittsteller erhalten am Hof keine Auskunft. Alles geheim dort. Es sei denn, man hat Bekannte dort, einen berühmten Vater oder so...
Aber deine Vorstrafenzeit ist doch längst erloschen.

Es wird eben gut Buch geführt am Hof!
Liz achtet noch immer nicht auf Ketzers Untertöne. Sie sagt.
Es mag schon sein, daß es früher so etwas gegeben hat.
Ketzer lacht belustigt auf.
Gegeben hat? Es gibt noch.
Doch Liz will nicht diskutieren. Unerquicklich so ein Gerede auch. Sie sagt nur knapp: Dann nehm ich dich das nächste Mal eben mit nach Interlaken, so!
In Ketzer prickelt es.
Wenn wir mit den Tourneen anfangen, brauchst du ohnehin einen Paß.
In Ketzer prickelt es stärker. Einen Paß. Himmel! Ketzer versucht nicht zu denken. Nein, nein! Nichts von New York und der Washington-Bridge-Station, und auch nichts von London und Chelsea. Weg, weg! Nicht dran tippen! Bloß nicht.
Ketzer zittert unmerklich. Er greift nach Zigaretten. Reicht Lizzy Feuer. Die erste Morgenzigarette. Schön so ein Tag dadurch. Im Hyatt dann sitzen und über die Bay sehen, mit ner Pall in der Hand. Und drüben die Golden Gate. Undn echten Johnny Walker dazu. Und später Cable-car fahren. Die Powellstreet rauf und runter. Oh, ja. Ketzer rekelt sich auf seinem Stuhl. Zurückhaltend knirscht das Seidenpolster. Chippendale überall. Selbst das Telefontischchen noch. Liz hat sich inzwischen erhoben. Sie will noch schnell das Haar richten. Die Stern-Leute! Vielleicht zeigt sie ein paar Kinderfotos? Oder die Orden? Was meinst du? Sag doch mal was! Sie wühlt aufgeregt in einem Sekretär.
Um zehn Uhr dann klingelt es. Ein Mann und eine Frau stehen in der Tür. Sie steht groß, und er steht groß. Und er erst mal! Ketzer schluckt und mustert die umgehangenen Fotoapparate. Canon, Canon und Rollei. Freundlich bittet Lizzy die beiden Journalisten herein. Fotograf nur! Keine Hochstapelei bitte! Es wird mit Anstrengung gelacht. Lizzy weist auf Sessel. Man läßt sich

fallen, aber mit Schwung. So hört man weniger das Gelenkquietschen. Lizzy bietet an, Zigaretten, Wein, einen Cognac oder der Herr einen Whisky? Und Ketzer holt. Der Mann trinkt nur kurz, erhebt sich sofort wieder und geht auf und ab im Zimmer. Er entschuldigt sich, er muß die Lichtverhältnisse prüfen. Da am Sekretär könnte vielleicht noch eine Lampe. Sonst kommt der Hintergrund schlecht. Ich hol gleich mal welche, unten im Wagen hab ich sie. Der Mann geht. Minuten später ist er mit drei Fotolampen und einem Stativ zurück. Er baut auf die Apparaturen. Ketzer fragt, soll ich helfen?
Verwundert sieht der Mann.
Da zieht sich Ketzer zurück. Er setzt sich in eine Ecke und beobachtet. Zoo alles. Wir sind die wilden Tiere und werden begafft. Allmählich kommt das Gespräch zwischen Liz und der Reporterin in Gang. Hübsch haben Sies hier, so schöne Möbel. Aus England, noch von früher, von meinem Vater. Ach ja, Ihr berühmter Vater. Zu dem komm ich später noch. Wir wohnen übrigens auch in der Leipziger Straße. Ach, was Sie nicht sagen. Ja, beinah gleich nebenan. Seit August vierundsiebzig schon. Da sind wir ja fast Nachbarn. So etwas auch. Man lacht. Man betont. Ketzer sieht durch die Gitterstäbe. Lizzy sitzt beinübergeschlagen in einem Fauteuil. Kupfern glänzt die Polsterseide. Kupfern glänzt ihr Haar. Hoffentlich fotografiert der auch in Farbe! Ketzer sieht weg. Er sieht durch das Fenster. Unten versteinert Berlin. Weit unter ihm. Er stößt gegen ein Haus. Links steht HÖR ZU, und rechts steht BILD. Die Frau zieht aus ihrem Ledertäschchen ein kleines Diktiergerät. Darf ich, fragt sie. Lizzy schwankt. Lieber nicht, sagt sie. Die Frau zeigt keine Verwunderung. Wortlos greift sie einen Notizblock und schlägt auf die Seiten. Frage Nummer eins.
Wie sind Sie eigentlich zum Singen gekommen? Sie waren doch erst Schauspielerin, an der Volksbühne.

Oh, nein, ich war niemals an der Volksbühne. Ich habe immer am Deutschen Theater gespielt.
Verwirrt sieht die Frau zum Fotografen. Dieser grinst und zuckt die Schultern. Die Frau fragt nun mechanisch Daten ab: wo studiert und bei wem, erstes Engagement, welche Hauptrollen, schon als Kind gern gesungen? Sie fragt nervös. Ihr Konzept scheint empfindlich gestört, sie wollte wohl mit der Volksbühne den Faden aufnehmen, nun knäult sie sich durch. Erst bei Paul Meyhofer kann sie wieder ordnen.
Das Ansehen, das Ihr Vater in Ihrem Land genossen hat, hat sicher Ihre Karriere vorangetrieben, aber hat es dieser nicht gleichzeitig auch geschadet?
Oh, gewiß doch. Und in nicht unerheblichem Maße. Sehen Sie, ich war immer zuerst die Tochter von Paul Meyhofer. Dann erst kam die Lizzy. Manche kannten nicht einmal meinen Vornamen. Für die war ich immer nur die Kleine vom großen Paul. Mit vierzehn mochte das ja noch amüsant und schmeichelhaft sein, aber als ich dann zwanzig war und dreißig, oh, da war das oft sehr bitter. Jeder wußte zum Beispiel am Deutschen, ich war dort nur eine mittelmäßige Schauspielerin, daß ich die Hauptrollen nur durch die imaginäre Protektion meines Vaters bekam. Das war nun nicht etwa so, daß mein Vater dort angerufen und gesagt hat, gebt meiner Tochter die und die Rolle, es war ganz einfach der Name, der da wirkte. So ein Name kann wie ein Titel sein, wie ein aristokratisches Privileg. Um Gottes willen, schreiben Sie das bloß nicht auf! Das ist meine ganz private Ansicht.
Dann war das Singen für Sie mehr ein Akt der Selbstfindung? Der Ich-Befreiung, wenn ich das so sagen darf?
Oh, so persönlich dürfen Sie meine Motivation zum Singen nicht auslegen. Gewiß gibt es auch private Momente, aber vergessen Sie nicht, ich komme aus einem kommunistischen Elternhaus! Ich wußte sehr wohl, warum ich 1963 zu singen an-

fing. Gesang, Musik ganz allgemein, erreicht viel schneller und direkter die Menschen, als vergleichsweise das Theater oder die Literatur. Zu allererst aus diesem Grunde begann ich zu singen.
Sie haben während Ihrer US-Tournee im Juni vor zwei Jahren erklärt, daß sie mit dem Bewußtsein auftreten würden, Repräsentantin eines völkerrechtsmäßig anerkannten Staates zu sein, würden Sie mir bitte diesen Ausspruch näher erläutern? Hat sich durch die staatliche Anerkennung Ihr Ansehen als DDR-Künstlerin im Ausland, und besonders im westlichen, verändert?
O ja, an der Bedingung zum Beispiel, auf den Plakaten das Wort DDR durchzusetzen, sind vor der Anerkennung ganze Gastspiele gescheitert. Ich bin weniger Exotin heute. Die Normalisierung in den staatlichen Angelegenheiten hat auch meinen Status als Sängerin normalisiert. Jetzt wird nur noch mein Können beurteilt, nicht mehr woher ich komme. Das marktschreierische Drumherum fällt weg, verstehen Sie mich?
Die Frau nickt. Der Fotograf drückt den Auslöser. Lizzy posiert auf dem feinen Kupferdamast. In der Illustrierten später wird davon nur tristes Grau übrigbleiben. Schade drum. Die Journalistin fragt weiter: Sie singen viel im Westen, Frau Meyhofer, warum?
Oh, ich singe auch viel in der DDR oder in sozialistischen Ländern. Eine besondere Regelung gibt es da nicht. Wohin ich eingeladen werde, da fahre ich auch hin.
In dem von mir bereits erwähnten Interview anläßlich Ihrer Tournee entlang der amerikanichen Westküste haben Sie gesagt, daß es wichtiger ist, Ihre Lieder gerade in den USA zu singen, viel wichtiger als in der Sowjetunion vergleichsweise.
So ist es auch, in gewisser Hinsicht. Ein Brechtsong bekommt doch in der BRD zum Beispiel eine ganz andere Wertigkeit als in einem sozialistischen Land. Denn dort, in der BRD, haben diese Lieder ja durch das herrschende kapitalistische System noch un-

mittelbare politische Aktualität. Während sie bei uns durch die Abschaffung der Ausbeutung des Menschen durch den Menschen schon klassisch geworden sind.

Es gibt andere berühmte Brechtinterpreten, die May, Ihre Landsmännin, Lotte Lenya, wo würden Sie sich da einordnen? Sind Sie der dritte Stern dieser Dreieinigkeit?

Die Frau versucht zu lächeln, aber Lizzy achtet nicht darauf. Mit ernstgefalteter Stirn antwortet sie: Die Lenya, so sehr ich sie auch verehre, sie sehen ja meine Platten von ihr, ich habe alle (Liz zeigt hin zu einem offenen Schrank, wo viele Schallplatten gestapelt stehen), ist mit ihrer bösen Kinderstimme, wenn ich das so sagen darf, nie über den Stil der zwanziger Jahre hinausgekommen, und Gisela singt einen militanten Brecht, in guter, revolutionärer Tradition der Aufbaujahre – doch das ist (sie zuckt ein entschuldigendes Lächeln) inzwischen auch schon wieder ein Vierteljahrhundert her. Ja, und ich versuche nun den Brecht der siebziger Jahre zu singen, mit der Musik dieser Zeit. Brecht ist kein Museum. Deshalb habe ich auch meine Gruppe umformiert. Ich habe jetzt nur noch junge Leute, zum Teil sogar Rockmusiker. Im Februar werden wir das erste Mal in der neuen Besetzung auftreten, in Dresden. Es wird eine Premiere sein.

Zu Ihren Plänen kommen wir noch, Frau Meyhofer, vorher hätte ich gern noch ein anderes Thema angeschnitten. Sie sind gestern aus der Schweiz zurückgekehrt, Sie verbrachten Ihren Winterurlaub dort. Wie in jedem Jahr, habe ich gehört. Es war also eine Privatreise. Fühlen Sie sich nicht sehr privilegiert, auf eine gewisse Weise? Immerhin fahren nicht viele DDR-Bürger zum Wintersport nach Interlaken, oder in die Schweiz überhaupt.

Lizzy hat auf diese Frage gewartet, sie hat gelauert fast, sie stößt deshalb schnell die Antwort.

Nun, Sie wissen, daß ich mit meinen Eltern sieben Jahre in der Schweiz gelebt habe, ich allein sogar noch länger, bis ich meine

Matura machte. Die Schweiz ist, erlauben Sie den Ausdruck, mein ›Kinder‹-Land. Ich habe beinah meine ganze Kindheit dort verlebt und auch noch Jahre meines Backfischalters. Ich habe sozusagen eine Doppelstaatlichkeit, und was meine Konzertreisen anbetrifft, so hängt das mit dem Beruf zusammen. Jeder populäre Künstler lebt unter anderen Bedingungen als der Normalmensch, und das wird bei uns auch respektiert. Wir sind ja noch nicht im Kommunismus, sondern erst im Sozialismus. Und da entscheidet immer noch die besondere Leistung, die auch der Gesellschaft nützt. Ich bin also in keiner Weise privilegiert. Natürlich klagen manchmal welche, ach, Frau Meyhofer, könnte ich doch bloß einmal mit Ihnen mitfahren. Diesen Leuten pflege ich mit dem Satz zu begegnen, ob sie gut Klavierspielen könnten oder besonders hoch springen würden. So ist das mit den Privilegien bei uns. Es gibt nur ein einziges – und das ist das Privileg Leistung!
Wochen später liegt dann ein Stern-Magazin in Lizzys Briefkasten. Ein Belegexemplar, mit besten Grüßen auch, und vielen Dank nochmals. Auf Seite 58 steht gedruckt: Über das Privatleben äußert sich die Meyhofer, wie alle Künstler und Prominente aus der DDR – nämlich zugeknöpft. Es ist schon viel, daß sie auf Befragen bestätigt, daß sie mit einem Musiker ihrer Gruppe befreundet ist. Dieser soll wesentlich jünger sein als sie. Auf Seite 59 steht fett:

Wenn wir jetzt nichts tun,
müssen wir eines Tages
unseren Kindern erklären
wo Wohlstand, Sicherheit und
Freiheit geblieben sind.

CDU
– sicher, sozial und frei

Das Schlachthaus Nummer fünf. Billy Pilgrim ist gefangen darin. Er sitzt und sieht zu dem Schlachten. Die Metzger stehen breit und blutig. Kopf rauf auf den Hauklotz, das Beil hoch und zugehackt kräftig. Schwupp fliegt die Rübe. So ein winziges Köpfchen doch bloß. Sind ja noch so viele da. Billy Pilgrim ist ja auch noch. Also komm schon, Bürschchen, deine Zeit ist reif! Grüß auch deinen Coca-Cola-Gott im Himmel! Aber Billy Pilgrim kommt nicht. He has come unstuck in time. Er flieht von Dresden nach Tralfamadore. Wo das liegt? Irgendwo oben, zwischen Mond und Mittag. Kurt Vonnegut jr. weiß es genau. Er hat 1969 darüber geschrieben. Delacorte Press/New York hat es gedruckt. 1975 erschien die 10. Auflage. So it goes. Am 13. Februar 1945 gingen Charlotte L. und Käte M. aus Dresdner Neustadt hinunter die Prager Straße. Sie gingen schnell, unter ihren Mänteln raschelten Kleider aus Faschingsseide. Noch bis zur letzten Minute hatten sie genäht. Charlotte ging als Madame Pompadour und Käte als Köhlerliesel. Käte hatte auch einstecken eine Flasche Wein. Ein Geschenk der Tante, es war ihre letzte, hatte diese gesagt. Ein 42er Moritzburger. Käte und Charlotte freuten sich, im Astoria würde es doch nur wieder Dünnbier geben oder Alkoholat. Sie waren also versorgt für den Abend. Fastnacht mußte gefeiert werden! Auch wenn Krieg war. Da heulten Sirenen plötzlich. Fliegeralarm? Unmöglich! Dresden war doch nicht Berlin! Käte und Charlotte gingen schneller, sie wollten rechtzeitig im Astoria sein. Sie kamen dort niemals an. Auch ihre Leichen wurden niemals gefunden. Nur eine zerschmolzene Weinflasche wurde 1946 aus den Trümmern der Prager Straße gezogen. Sie steht heute als Ausstellungsstück im Dresdner Stadtmuseum.

Der letzte 42er Moritzburger. So geht es lang auf dieser Welt. Einunddreißig Jahre später gehen wieder zwei die Prager Straße. Greschke und Ketzer gehen. Und Ketzer trifft Kuno, den kennt er noch von früher, vom Theater. Weißt du noch, einundsiebzig? Großes Haus – große Zukunft? Dresden, das neue Ufer? Ich lege an mit einem D-Zug? Wie lange das schon wieder her ist?!! Mann. Ketzer und Kuno klopfen sich immer wieder gegen die Schultern. Ihre Wiedersehensfreude ist groß, und echt dazu. Aber leider hat Ketzer keine Zeit zum Schwatzen, er muß mit Greschke in den Kulturpalast, Lizzys Auftritt am Abend! Tut mir leid, Kuno. Können wir uns später nicht? Und sie verabreden sich für zehn im Newa. Gleich unten in der Hotelbar, abgemacht? Sie beschlagen sich nochmals die Schultern und gehen auseinander. Bis nachher dann! Ketzer wendet halb den Kopf. Er faßt Kuno noch mit einem kurzen Blick, wie dessen Haar so fächrig weht beim Davongehen. Wie damals alles. Die Nickelbrille trägt er auch noch. Aber am Scheitel wirds doch schon mächtig dünn. Wie alt wird der jetzt sein? Dreißig schon? Ketzer überlegt. Und Greschke fragt, wer und was und wann. Sie müssen sich beeilen, um vier hat Liz die Probe angesetzt. Der Surabaya Johnny läuft noch nicht. Bis um sechs wird das wohl gehen. Lizzy ist ja so eisern! Greschke schnauft leise. Er sagt noch, der Kulturpalast ist total ausverkauft, der ganze Dresdner Obergrund hat sich angesagt. Willy Sitte und Theo Adam, sogar die Lea Grundig will kommen, und die Partei-Hautevolee sowieso. Ketzer hört kaum hin. Er denkt immerzu an Kuno. Und dabei ist ihm so merkwürdig. Er weiß nicht wie. Es zieht da was, und es sticht da was. Lachen muß er davon, aber auch heulen. Aber dann ist es noch wieder etwas anderes. Komisch irgendwie. Wie zugeschnürt alles. Mit einemmal! Verrückt ist das. Alles hinschmeißen möchte man und weglaufen. Aber wohin bloß? Ach, irgendwie nach hinten, nach Gestern. Keine Stadt, kein Ort. Ein

Zustand, verstehst du? Ach. Ketzer stöhnt laut auf. Greschke sieht verwundert an ihm herum.
Ist was? fragt er.
Ach, nichts. Laß mal: beschwichtigt Ketzer. Nur die Müdigkeit. Ich brauch bloß n anständigen Schnaps.
In der Garderobe hat Greschke eine Flasche Verschnitt. Mit Cola kann man das Zeug trinken, sagt er, und Ketzer gießt sich halbvoll ein Glas. Er trinkt rasch. Trinkt sich wieder fest. So, sagt er und fühlt sich besser. Er geht dann mit Greschke hinauf auf die Bühne. Lizzy sitzt dort schon mit den anderen. Sie bespricht das Programm grad. Ein paar Änderungen sind ihr noch eingefallen. Die Gruppe stellt sich auf. Lizzy bleibt auf dem Stuhl sitzen. Sie singt erst trocken. Surabaya Johnny, warum bist du so roh. Surabaya Johnny, doch ich liebe dich so. Ketzer bummelt durch die leeren Zuschauerbänke. Wer hier später alles sitzt? Er hat nicht viel zu tun, denn der Kulturpalast hat seine eigene Technik, die Verstärker konnten im Auto bleiben. Sollen die mal machen! Ketzer schlendert weiter. Da hackt plötzlich Lizzys Stimme nach ihm. Hackt spitz und schmerzhaft. Lizzy will etwas trinken. Sofort! Rotwein am besten, aber keinen billigen, hörst du? Und Ketzer läuft. Aber er läuft widerwillig, so als müsse er seine Beine zwingen. Er hat noch Lizzys schrilles Tönen im Ohr. Wie die gerufen hat!? Als wenn ich ein Hund wär! Bin ich nun Techniker oder Kalfaktor? Oder was? Packesel bin ich! Und Max für alles! Ketzer ist unzufrieden. Der Lack hat nicht lange gehalten. Runter ist er schon.
Während des Konzerts sitzt er dann im Foyer und flirtet mit einer appetitlichen Dame des Buffets. Lizzys Songs kann er nicht mehr hören. Scheiß Brecht und Majakowsky! Die Buffetdame kichert. Abends verkauft sie hier Sekt und Wermut, erzählt sie. Und am Tage steht sie an der Hochschule Akt. Sie hat die gewisse Figur! Alle Bildhauer rissen sich um sie. Ich bin so plastisch, ver-

stehen Sie, junger Mann? Und Ketzer beugt sich weit über den Tisch und versteht. Am Theater hab ich auch mal gearbeitet, erzählt die Modelldame weiter. Ketzer wird noch munterer. Wann denn und wo denn? fragt er. Und er fragt, kennen Sie den, und kennen Sie die, und die gewisse Dame kennt alle. Sie kennt Sascha und Kuno, Columbiaengel und Onkel Albert, Tina und Fürchtegott, Tante Erna und Mo. Mensch so was auch! Ketzer staunt und wackelt aufgeregt über den Sektgläsern. Die Strohhalme wackeln mit.

Soscho und Tino sin drüben, freigegauft: sagt die Frau. Fürschtegott auch.

Was, der auch? War der mit Kuno nicht inner Klinik? So Pfleger oder was?

Iwoou. Dursch einen Ausreiseantroch. Guno hat auch einen gestellt. Un die Dante Erno is in Perlin, mit dem Columbijaengel.

In Berlin?! Na so was!

Ketzer wird immer aufgeregter. Er kann kaum die Konzertpause abwarten. Er muß Kuno unbedingt sprechen. Jetzt! Sofort! Aber Lizzy läßt ihn nicht. Auch wenn tausendmal bei der Technik nichts zu tun ist. Basta! Ketzer trampelt und wartet. Um halb elf dann darf er endlich gehen. Er rennt über den Altmarkt. Er kann nicht langsam gehen, etwas treibt, stößt ihn. Ketzer springt bei Rot über den Wilhelm-Külz-Ring. Ein Mann schreit ihm hinterher, däs ne räschtsch, Siej! Aber Ketzer achtet nicht. Blöde Sachsen! Er strammt weiter. Das Kino. Die Springbrunnen. Die Milchbar. Das Hotel Newa endlich.

Kuno hat gewartet. Mit ausgebreiteten Armen läuft Ketzer auf seinen Tisch zu. Er läßt sich in einen Ledersessel fallen, japst nach Luft und entschuldigt sich immer wieder. Das Konzert, die Lizzy, mußt du verstehen. Und Kuno versteht und hebt das Glas und trinkt auf die alten Zeiten. Schön waren sie. Und verrückt waren sie. Und bunt und kaputt dazu. Und total ausgeflippt sowieso. Kommt nie wieder so ne Zeit! Aus und vorbei. Fünf Jahre! Mensch! Kann man die Zeit nicht anhalten? Ketzer zuckt die Schultern. Dann erzählt er von sich. Kuno fragt manchmal. Dann erzählt Kuno. Und Ketzer fragt. Sie nippen dabei an den Gläsern. Ihre Gesichter sind ernst. Kunos noch schlaff und müde dazu. An den Nebentisch hat sich ein Mann gesetzt, mit breiter Krawatte, das Hemd auffällig gestreift, die langen Koteletten schon meliert, so sitzt er. So sucht er durch die Halle. Manchmal hört er zu Ketzer und Kuno hinüber. Unter seinen Augen hängt es faltig wie bei einer Dogge.

Es gehen viele jetzt: sagt Ketzer brüchig. Er hat eine Weile geschwiegen, davon ist sein Hals ausgetrocknet.

Ja. Das 20. Jahrhundert wird wohl das Jahrhundert der Flüchtenden werden: antwortet Kuno tonlos.

Freust du dich eigentlich?

Worauf?

Aufs Weggehen, auf drüben.

Wer geht denn aus Freude?

Kuno sieht Ketzer an. Er sieht lange. Schräg und traurig stehen seine Lider. Langsam, als müsse er seinen Mund erst anwerfen wie eine Motor, spricht er dann weiter.

Freuen? Nein, Freude ist das nicht! Manchmal hab ich sogar Angst. Kennst du den Kramer-Film ›Und sie sind nur Kinder‹? Kannst du dich da an die Schlußszenen erinnern, als die Kinder die Büffel befreit hatten und die dann nicht weggerannt sind?! Als die einfach stehengeblieben sind und nichts mit ihrer Freiheit anfangen konnten, sie sogar fürchteten! Erinnerst du dich? (Ketzer nickt) Und so geht es mir manchmal auch. Je näher der Tag kommt, wo ich meine Sachen packen muß, um so größer wird auch meine Angst davor.

Kuno unterbricht sich. Er senkt den Kopf, greift nach dem Glas, ohne zu sehen, hält dann aber ein in der Bewegung, als habe er

sichs anders überlegt, fährt sich über die Stirn und spricht weiter. Der Mann vom Nachbartisch hört schon aufmerksamer. Sein tropfenförmiger Leib biegt sich unauffällig herüber.
Solange das Weggehen ein Ziel ist, treibt es dich, hält dich irgendwie am Leben, jedenfalls gehst du immer bergauf. Es gibt eben ein Immer-noch-höher. Aber wenn es dann erreicht ist, ist mit einemmal nichts mehr da. Dann steht man oben und merkt, daß es gar kein Oben gibt. Ach, Conny, irgendwie ist alles zu spät! Im Grunde weiß ich gar nicht, was ich im Westen soll. In einem Vierteljahr bin ich drüben, und dann ist kaum was anders. Der Westen sieht aus wie eine Lösung, aber ich ahne es schon – es ist gar keine.
Ketzer zerdrückt eine Kippe. Er drückt, als würde diese in Flammen stehen. Dann sagt er, ohne den Mund zu bewegen: Bleib doch hier.
Das kann ich nicht! Ich kann es nicht mehr!! schreit Kuno mehr als er antwortet. Noch unauffälliger biegt der Tropfenleib.
Ich kann nicht hier! Ich kann nicht da! Ich kann nirgendwo. Verstehst du? Es ist alles zu spät. Vor zehn Jahren hätte es Sinn gehabt. Dann hätten wir Liverpool noch erlebt und Woodstock und den heißen 68er Mai in Paris. Aber heute ist alles schon Geschichte! Wir holen das nicht mehr nach! Damals waren wir zwanzig. Damals haben wir noch gelebt. Heute aber sind wir bald dreißig! Und mit dreißig existiert man nur noch. Wir kommen zu spät, Conny. Wir ›besichtigen‹ alles nur noch, im lauwarmen Sight-seeing-Stil. Wie Touristen! Wir sind die Veteranen unserer eigenen Träume geworden, ja, so ist es. Wir sind in diesem toten Winkel der Welt alt geworden, hier durften wir warten, bis wir genug Wert hatten, bis wir genug Ware geworden waren, damit man uns die Preise machen konnte. Als die Kurse dann günstig standen, begann man uns zu verschachern. Stückweise! Fünftausend Mark werd ich vielleicht einbringen. Chao-

ten werden billiger gehandelt, die taugen nicht viel. Keine Qualität so was.
Ketzer hebt den Finger an den Mund. Psst! Nicht so laut doch! Er hat den Tropfenförmigen bemerkt. Spioniert der etwa? Ketzer mustert aus den Augenwinkeln. Der dicke Siegelring paßt nicht. Zu auffällig! So was tragen solche Leute nicht. Ein Dienstreisender vielleicht bloß, für eine Nacht. Oben steht bestimmt seine Aktentasche mit Schnellhefter und Schlafanzug. Und Bemmen von Mama hat er sicher auch.
Kuno redet weiter, aber er stößt nur noch die Sätze, wie unter Anstrengung.
Vom Osten erwarte ich nichts mehr. Hier kommt nichts mehr. Nichts Wesentliches. Alles umsonst. Nichts lohnt mehr. Nicht eine Illusion mehr. Nicht eine einzige. Keine mehr gibt es. Alles verödet. Die Städte. Die Kunst. Am meisten die Menschen. Ein Volk von Psychopathen. 16 Millionen Schizophrene. Und ein paar Tausend Paranoide. Klaustrophobie – das deutsche Merkmal. Hat noch niemand daran gedacht? Permanente Frustration erzieht zur Aggression. Das frustrierte Kind, das keine Suchard-Schokolade kriegt. Der frustrierte Jugendliche, der David Bowie nie live erleben kann. Die frustrierte Hausfrau, die ihre Wäsche nicht mit OMO waschen kann, obwohl sie es täglich im Fernsehen sieht. Der frustrierte Ehemann, der nicht einen OPEL fahren kann wie sein Bruder in Düsseldorf, und dabei sind beide nur Schlosser. Der frustrierte Literat, der seine Sachen am Malaiischen Archipel verlegen lassen muß, weil er zwischen Berlin und Leipzig keinen Verlag findet. Der frustrierte Wissenschaftler, der...
Komm, hör auf, Kuno!
Ketzer unterbricht ihn, beinahe schroff. Er ist ein wenig gereizt. Dieses Jammern, äächh! Und wie diese fette Qualle erst horcht! Denkst du denn, daß die Leute drüben weniger frustriert sind?

Da sinds bloß andere Gründe. Da hat dein Onkel in Düssel.
Aber Kuno hört gar nicht. Mit vornüberhängendem Kopf sagt er leise: Wohin wir auch gehen, wir gehen als Alte, als Zuspätgekommene.
Ketzer und Kuno saßen noch lange. Sie bestellten auch noch ein paarmal von dem Wodka und kamen darüber ins Gespräch mit jenem tropfenförmigen Mann. Der Mann war tatsächlich ein Dienstreisender, ein Ingenieur, ein Betriebsleiter einer thüringischen Maschinenfabrik. Einer ganz kleinen aber nur. Der Mann war bald so betrunken wie die beiden. Mit mauschelndem Mund erzählte er, daß sein größter Traum ein kleiner Gasthof sei, zwei, drei Räume bloß, auf keinen Fall eine Küche, höchstens Bockwurst. Und er dann hinterm Tresen! Den Bierhahn schwenken, der Welt ihren Lauf lassen umd mit den Leuten reden, Urlauber, Stammgäste, alles, was kommt. Keine Sorge, keine Partei, kein Garnichts! Ach, wär das ein Leben. Warum kommt unsereins immer zu kurz, egal wie. Der Mann weinte ein wenig. Er war wohl wirklich unglücklich. Ketzer und Kuno verstanden ihn. Sie verstanden ihn ja so gut. Bis nach Mitternacht beklagten sie noch das Schicksal. Sie klagten ganz allgemein, sie klagten auch speziell. Zum Schluß lagen sie sich in den Armen und tauschten die Adressen. Unverbrüchlich sollte ihre Freundschaft sein.

FRANKFURT

Ist eine Handelsstadt. Im 17. Jahrhundert gab es die erste Bank dort. Inzwischen sind noch 324 hinzugekommen. So ist aus Frankfurt Europas Wallstreet geworden. Der Himmel überm Römer ist auch schon bebaut. Die Dresdner Bank steht in den Gallusanlagen. Sie steht 98 m hoch. Die Börse steht am Börsenplatz. Sie steht aber niedriger. Dort wird verloren und gewonnen. Dort wird mit Gold gehandelt und mit Geld. Dort werden am 28. April 1976 100 Ostmark für 26 Westmark angekauft. Beim Verkauf braucht man drei WeeM mehr. Genau 100 Ostmark kauft auch Ketzers Mutter von der Dresdner Bank. Sie nutzt die Gelegenheit, denn am Sonntag will sie nach Ost-Berlin. Und außerdem ist der Frankfurter Wechselkurs immer günstiger als der Berliner, hier wird sicher nicht soviel getauscht. Ketzers Mutter ist mit ihrem Verlobten Roland Neubauer in Frankfurt. Roland handelt mit Antiquitäten und will sein Geschäft auf das Bundesgebiet ausdehnen. Als Geschäftsmann muß man auf Nummer Sicher gehen. Die Zeiten ändern sich rasch, und da kann so eine Filiale auf dem Festland nur von Vorteil sein. In Essen wurde ihm schon ein Studio angeboten. Absolute Toplage! Für nur 350 000 DM. Aber Essen ist Industriestadt! Die Infrastruktur fällt nicht günstig aus, den Leuten fehlt einfach das große Geld dort. In Frankfurt fehlt es schon weniger. Hier könnte man observieren. Außerdem kennt sich Roland Neubauer in Frankfurt aus, er ist hier fast zu Hause. In den fünfziger Jahren war er nämlich ein großer Börsenjobber gewesen, die Edelmetalle waren seine Branche. Er hatte mit diesen auch einen leidlichen Gewinn zusammenspekuliert. Mit dem war er dann nach Berlin gegangen, wo ihm der große Coup gelang. 1963 war dafür auch eine günstige Zeit. Roland Neubauer hatte in der Stadt eine obskure GmbH gegründet, die mit allem handelte, vom Hosenknopf bis zum Präservativeversand. Als westdeutscher Unternehmer konnte er dabei horrende Summen von der Steuer absetzen. Sein Geschäft florierte ausgezeichnet. 1967 stieg er dann auf Antiquitäten um, rechtzeitig genug noch, um vor dem großen Nostalgieren Anfang der siebziger Jahre alle Speicher gefüllt zu haben. Roland Neubauer kaufte auch in der DDR. Aber nur diskret, versteht sich. Seine Freundin und spätere Verlobte Marianne Ketzer half ihm dabei. Sie hatte unzählige alte Tanten, Großtanten und Onkel zwischen Mecklenburg und Thüringen zu wohnen. Siedelten diese oder Bekannte von ihnen in die Bundesrepublik über, so waren meist ein Teil ihrer Habe bereits verkauft. In der DDR wohlgemerkt, und in DeMark West natürlich. Das Geld wurde aber immer erst nach dem Grenzübertritt gezahlt, das Risiko war ohnehin schon groß genug. Marianne Ketzers Gewinnanteile dabei waren beträchtlich. Mit diesen und einem Kredit der Berliner Bank kaufte sie sich einen Frisiersalon in Tempelhof. Zwar hatte ihr Roland Geld für den Kauf angeboten, er wollte ihr den Laden sogar schenken, aber Marianne lehnte strikt ab. Unabhängig wollte sie bleiben, wie sie immer unabhängig gewesen war. Nicht einmal die Heirat mit Gerhard Ketzer und die Geburt ihres Sohnes Constantin hatten daran etwas ändern können. So war sie 1953 in Berlin geblieben, als Gerhard nach Mecklenburg versetzt wurde. Wie hatten die lieben Verwandten damals alle gezetert, eine Frau, die nicht ihrem Mann folgt!? Die ihr Kind immer zu den Großeltern schickt!? Aber was sollte sie denn sonst tun? Sie mußte ja arbeiten. Und außerdem war sie nun mal ein Großstadtkind. Sie hatte es ja versucht mit dem Dorf. Drei Jahre hatte sie in Ziethen ausgehalten. Von 1956 bis 1959 war sie jeden Morgen zur Arbeit nach Berlin gefahren. Eine Tortur war das! Bei jedem Wetter mußte sie raus. Und dann die Verspätungen und das viele Umsteigen! Vor sieben war sie abends nie zu Hause. Und was war das für ein Zuhause erst. Hach! Eine Laube bloß, mit einem kaputten Dach und ner Pumpe draußen! Und nicht mehr als zwei winzige Stuben und eine Küche! Kaum drehen hat man sich drin können. Und dazu noch der Junge, und die Wäsche und das alles. Und der Mann bloß über den Büchern, um sein verpatztes Diplom nachzuholen. Marianne hatte sich dann im Herbst neunundfünfzig ein Zimmer in Tempelhof genommen, in der Ringbahnstraße, gleich am Bahnhof. Lange Zeit wußte niemand etwas von diesem Zimmer. In Ziethen sagte sie immer, sie schlafe bei einer Freundin. Vor Nachstellungen ihres Mannes brauchte sie sich dabei nicht zu fürchten. Seit dieser Sache da im Juni dreiundfünfzig wagte sich Gerhard nicht mehr in die Westsektoren. Sie war also in der Ringbahnstraße sicher. Da konnte sie wenigstens auch mal in der Woche ins Kino gehen, oder tanzen. Wozu war man denn jung? Marianne baute ihr Nest aus. Manchmal waren es Tage, manchmal Wochen, wo sie sich nicht in Ziethen sehen ließ. Die hatten ja doch nur ihr Haus im Kopf. Von morgens bis abends rackerten die. Was in der Welt los war, kriegten die doch gar nicht mit. Berlin war voller Gerüchte. Von einer neuen Blockade wurde gemunkelt, manche sahen schon Russen den Kurfürstendamm entlangspazieren. Marianne machte das Spekulieren Angst. Es war eine bedrückende Zeit. Irgendwo braute da ein Unwetter zusammen, ein Unwetter und vielleicht noch mehr. Als im Sommer einundsechzig dann die neuen Grenzgängerbestimmungen erlassen wuden, war das Wetterleuchten unübersehbar. Auch Marianne Ketzer sah es. Sie fuhr sofort nach Ziethen, um ihren Mann zu überzeugen, mit Constantin zu ihr nach Tempelhof zu kommen. Es war höchste Zeit! Doch Gerhard zögerte. Alle Welt war so panisch, da mußte man einen kühlen Kopf bewahren. Eine Woche später war Berlin dann zu. Die Mauer wurde errichtet, damals ein einfacher Maschendrahtzaun aber erst. Auf der einen Seite stand Marianne, auf der anderen Seite Gerhard und Constantin. Jeden Sonnabend trafen sie sich in Staaken, noch bis in den Herbst hinein. Sie warfen sich Päckchen zu und Briefe. Im Januar zweiundsechzig erhielt Marianne dann zum letzten Mal einen Brief von ihrem Mann. Der Postbote brachte ihn, ein Einschreiben. Es war die notarielle Bestätigung ihrer Ehescheidung. Von da ab schrieb nur noch ihr Sohn. Er schrieb drollige, unbeholfene Briefe. Sie weinte manchmal darüber. Und schickte Pakete. Was sollte sie denn sonst tun? 1965 sah sie ihn dann nach der Grenzschließung das erste Mal wieder. Das war zu Ostern gewesen. Marianne kam dann zu Pfingsten und zu Weihnachten wieder. Sie hatte eine schöne Zeit mit Constantin, sie verstanden sich prächtig, wie zwei Freunde ungefähr. Constantin war ja schon fast ein Mann. Er hatte die kräftige Figur des Vaters, aber der Kopf, der Kopf war von ihr. Das war unübersehbar. Constantin gefiel ihr. Sie war sogar ein wenig stolz auf ihn. Nur Mama sollte er nicht immer sagen. Mama! Das machte doch alt! 1971 wollte sie mit ihm dann nach Bulgarien fliegen, eine ziemlich teure Reise. Aber das Geld dafür hatte sie, der Salon warf ja genügend ab. Aber die drüben hatten ihn damals nicht gelassen. Das war wohl schlimm für ihn gewesen. Er hatte sich danach lange nicht gemeldet. Seit 1973 sah sie Constantin dann regelmäßig im Frühjahr und einmal im Herbst. Das war schon Tradition. Am Sonntag steht Constantin in der Heinrich-Heine-Straße in Berlin-Mitte und wartet auf seine Mutter. Sonst wartet er immer am Bahnhof Friedrichstraße, aber seit Weihnachten hat Marianne ein Auto, da kommt sie dieses Mal über den Grenzübergang Prinzenstraße. Marianne hat einen Golf. Mit dem fährt sie von Tempelhof nach Mitte. Sie fährt ohne Furcht über den Weltenriß. Warum sollte sie auch? Der Golf ist ja gut gefedert. WILLKOMMEN IN DER HAUPTSTADT DER DEUTSCHEN DE-

MOKRATISCHEN REPUBLIK! grüßt ein übermannsgroßes Schild. Auch Ketzer winkt schon. Er kennt den Golf vom Telefonieren, cremefarben, fünftürig, polizeiliches Kennzeichen B-ER 787. Marianne hupt und hält am Straßenrand.
Tag M (utter, hätte Ketzer beinahe wieder gesagt, doch er kann das M mit einem eingeschobenen Räuspern noch hinbiegen zu einem) arianne. Wie gehts?
Und Marianne dreht aus dem Auto heraus und umarmt ihn. Sie umarmt ihn freudig, nicht einmal auf ihre Frisur achtet sie. Sie faßt dann prüfend an sein Kinn und sagt stirnrunzelnd: Schmal siehst du aus und sooo blaß! Ist was mit dir? Machen dich die Mädchen so fertig?
Sie lacht und schüttelt Ketzers Kopf. Um ihn fliegt es mähnig.
Wo fahren wir hin? fragt sie dann.
Ketzer wehrt gleich ab: Aber nicht wieder Dampfer!
Warum nicht?
Wir sind doch schon voriges Jahr gefahren, und das Jahr davor auch. Wir kennen doch schon alles.
Also was dann?
Wir trinken erstmal einen Kaffee, dabei können wir uns was ausdenken, ja?
Marianne nickt, sie steigen ein, und Marianne fragt, Lindencorso wieder oder Operncafé? Und Ketzer antwortet, nee, da gibt es jetzt was Neues. Wirst schon sehen. Fahr man. Und Marianne fährt. Dabei erzählt sie von Roland und Frankfurt. Einen tollen Plattenshop hat sie da entdeckt, in Sachsenhausen. Alle LPs nur 12.90! Lindenberg und Paul Simon hat sie mitgebracht und noch ein Power Pack of Bob Dylan, für ganze 24,80! Da hinten auf dem Rücksitz die Tüte! Ketzer greift und fingert dann aufgeregt an den Plattenhüllen. Marianne fährt unterdessen die Roßstraße hinunter. In der Breiten Straße dirigiert Ketzer sie auf die rechte Fahrspur.

Da vorne halten wir: sagt er und zeigt.
Um den Marstall lugt es massig.
Was ist das? fragt Marianne estaunt.
Der Palast der Republik: antwortet Ketzer neutral.
Und was wollen wir da, fragt Marianne weiter. Irgendwas hat sie über den Bau in der Morgenpost gelesen, aber sie erinnert sich nicht mehr genau.
Kaffeetrinken, was sonst.
Sie parken dann auf dem Marx-Engels-Platz. Überall knallen Fahnen hoch. Der Maiwind bläst kräftig. Auch die marmorne Ehrentribüne steht noch umwunden. Gestern war ja der erste. Aha, deshalb! Sie überqueren den Platz und steigen die wenigen Stufen hinan zum Palast. Woran erinnert mich das bloß, murmelt Marianne immer wieder und beißt sich die Lippe. Ihre Blikke schweifen. Hermelinrot leuchtet es um sie. Es leuchtet in Latex und in Wachs, es leuchtet auf Zellwolle und Pappmaché. Ahja! Der Flughafen in Glasgow! Da hatten die auch solche Lampen in der Halle. Bloß Bilder hingen da keine. Aber die BEA-Plakate waren ja auch ganz hübsch. Ketzer steuert auf die Milchbar zu. Sie finden auch gleich einen Platz dort. Aber an dem Tisch sitzen noch welche. Ein Ehepaar mit einem Kind sitzt. Sie sitzen wie gerammt. Sie sind überwältigt. Wie scheen hier alles ist??!! Ihre Münder klaffen offen. Scheen die Stiehle, nech, Vaddi? Wie em Westen! Ketzer und Marianne rücken ein wenig ab vom Tisch. Man muß sich Distanz schaffen. Ein paar Zentimeter genügen oftmals schon. Marianne wirft sich ihren naturseidenen Blazer über die Schultern und setzt sich bequem zurecht. Eine Stunde wird es wohl dauern, ehe sie hier wieder fortkommen. Sie kann mit Constantin so gut reden. Sie kann überhaupt mit allen Ostlern gut reden. Woran das wohl liegen mag? Ketzer bestellt zwei Café français. Marianne nickt zustimmend. Die Vopos an der Grenze werden ja nicht auch noch den

Alkoholspiegel im Blut kontrollieren. Haben die denn doll kontrolliert? Marianne zieht hoch die Schultern. Nicht besonders. Was macht übrigens dein Vater? fragt sie dann ohne Übergang. Der will jetzt promovieren: antwortet Ketzer. Mit seiner Doktorarbeit ist er schon fast fertig.
Hhhhm, Doktor wird der liebe Gerhard nun auch noch: sagt Marianne und wippt spöttisch mit den chemisch verlängerten Wimpern. Er hat doch bald Geburtstag, nicht? Wie alt wird er eigentlich? Wart mal...
Sie rollt mit den Augen, als überlegte sie. Doch Ketzer antwortet schon: Siebenundvierzig.
Nach einer kleinen Pause fragt er dann: Warum willst du ihn eigentlich nicht wiedersehen? Mit dem Auto wären wir in zehn Minuten in der Dolomitenstraße.
Redet ihr denn manchmal von mir? fragt nun Marianne ihrerseits.
Kaum. Jedenfalls nicht von früher, nichts Genaues über euch, wenn du das meinst. Über sich redet er überhaupt wenig, er ist da irgendwie verklemmt.
Tröste dich, das sind alle Sportler! Ich kannte mal einen Handballer, das war noch vor Rolands Zeit, der hielt Gefühl für eine Art von Bauchkneifen. Für den war Glücklichsein das gleiche wie sein Verein hat gewonnen. Und was deinen Vater angeht da ist von ›Nicht wiedersehen wollen‹ gar keine Rede. Ich empfinde einfach nichts mehr, es ist alles tot. Ich komm ja auch nicht auf die Idee, plötzlich alte Schulfreunde zu besuchen, die ich dreißig Jahre nicht gesehen habe.
Aber du warst doch mal verliebt in ihn: beharrte Ketzer.
Hach, verliebt!
Marianne lacht auf, wobei sie den Kopf vorsichtig wirft.
Damals war ich sechzehn, als er immer in unseren Laden kam. Dreimal die Woche! Ich wußte schon gar nicht mehr, was ich

ihm schneiden sollte. Er doch bloßn verhungerter Student. Und ich dachte noch – der tut keinem was. Ha, und schwupp, war ich schwanger! So verhungert war der!

Marianne preßt bitter die Lippen.

Ja, und dann kamst du. Und da hab ich eben geheiratet. Mit siebzehn weiß man das nicht anders. Mein Gott war das n schlimme Zeit damals! Wir hatten doch nichts. Wovon denn auch? Dein Vater war Student und ich Lehrling im letzten Lehrjahr. Von Brotsuppe haben wir manchmal gelebt oder von Pellkartoffeln und Ölstippe. Selbst wenn wir Geld gehabt hätten, es gab doch nichts zu kaufen. In einem Pappkarton hast du gelegen! Das war dein erstes Bett. Kannst du dir das vorstellen? (Ketzer verdreht ungläubig die Augen) Im Winter haben wir manchmal mit Laub aus der Hasenheide oder dem Treptower Park geheizt!

Marianne unterbricht sich und starrt blicklos durch die Fenster. Nach einer Weile sagt sie verwundert: Daß wir das alles überstanden haben?!

Doch dann schlägt sie plötzlich munter die Hände und sagt: Was hältst du davon, wenn Roland und ich heiraten?

Ketzer ist ehrlich verblüfft.

Heiraten? Ich denke, du wolltest nicht wieder. Einmal hat dir doch gereicht.

Hat ja auch! (Marianne versucht zu erklären, dabei spielt sie nachdenklich mit den Spitzen ihres Halstuchs.) Das ist so, eigentlich will ja Roland mehr, obwohl, so ein bißchen will ich auch schon. Denn ein anderer Mann als der Roland kommt für mich doch nicht mehr in Frage. Dabei ist er nicht mal schön oder besonders geistreich, du kennst ihn ja. Er ist beileibe auch kein Draufgängertyp, er ist einfach bloß lieb – und fair. Und das ist viel! Denn mit einem Mann drei Monate auskommen oder ein halbes Jahr ist keine Kunst. Da ist noch alles Bonbonpapier. Man ist immerzu nett und reißt sich zusammen, aber wehe, wenn es dann ans Wäschewaschen und Stullenschmieren und Mittagkochen geht, wenn man die kleinen Macken und Schrullen des anderen entdeckt, dann kommen die großen Kräche. Nicht das Bonbonpapier ist es, sondern der Alltag, die vierundzwanzig Stunden täglich! Die muß man mit seinem Partner erst mal überstehen. Und mit Roland übersteh ich sie am besten. So ist das, Constantin.

Sie nimmt einen Schluck aus der Tasse und bittet Ketzer um eine Zigarette. Eigentlich wollte sie ja aufhören mit dem Rauchen, aber die Versuchung, die Versuchung?! Sie führt die Zigarette in großartigem Bogen zum Mund. Rot glüht es auf zwischen ihren blaulackierten Fingernägeln.

Roland will ja sogar ein Mädchen adoptieren: spricht sie nach einer Pause weiter. Ich hätte mir nie träumen lassen, daß er mal ein Kind haben will. Aber vielleicht kommt das vom Älterwerden. Er wird nächstes Jahr sechzig! Da wird man ruhiger, man ist mehr zu Hause, kutschiert nicht mehr soviel in der Weltgeschichte herum und merkt dann auf einmal, wie still es in den eigenen vier Wänden ist. Da ist es schon schön, was Kleines um sich zu haben. (Sie zuckt schwermütig mit den Wimpern.) Ich weiß wirklich nicht, was ich machen soll. Roland will ja am liebsten ein Asiatenkind kaufen, die sind so furchtbar niedlich.

Ketzer schrofft die Stirn, doch Marianne bemerkt es nicht. Im gleichen Tonfall fährt sie fort: Vielleicht kaufen wir uns auch ein Haus, vielleicht drüben sogar, im Taunus oder Spessart. Roland will nämlich wieder zurück, ist ja seine Heimat da. Außerdem sind die Häuser da auch billiger. In Berlin sind die Preise einfach unmöglich! Und die Gegend kann man sich auch nicht mal aussuchen, und Berlin überhaupt?! Die Stadt macht irgendwie krank, findest du nicht? Wir haben doch alle schon eine Inselmacke.

Ich hab noch keine: unterbricht Ketzer sie.

Ach, in Ost-Berlin ist das was anderes. Ihr habt das Hinterland, die Mark Brandenburg. Für uns ist das Nächste aber erst Niedersachsen! Da kann man nicht auf n Stunde so einfach mal hin, da bleibt dir auf die Schnelle nur der Grunewald oder der Tegler Forst. Und wie es da am Sonntag aussieht, kannst du dir ja vorstellen.

Doch dann seufzt Marianne plötzlich auf: Aber ohne Berlin kann ich mir mein Leben auch nicht vorstellen. Was soll ich denn in Hessen? Da gehör ich doch gar nicht hin.

Sie sieht Ketzer mit feuchten Augen an. Dann greift sie rasch nach ihrem Ledertäschchen und zieht ein kleines Tuch heraus, um sich vorsichtig die Augen abzutupfen. Trotzdem verschmiert ein wenig Schminke.

Die Familie gegenüber sitzt noch immer wie gerammt. Sie zeigen sich bunte Ansichtskarten jetzt. Hier worn mir Vaddi. Nej Muddi, hier worn mir nech. Sie beobachten verstohlen Ketzer und Marianne. Ihre Münder haben sie aber geschlossen. Immerhin.

Marianne räuspert sich und sagt dann betont forsch: Ich hab n schöne Wohnung in Tempelhof, die Hoeppnerstraße ist n feine Gegend, willst du sie nicht haben? Ist auch alles neu noch. Das Bad ist erst voriges Jahr gemacht.

Ketzer sieht sie verwundert an und sagt beinah barsch: Und wie soll ich nach Tempelhof hinkommen, hh?

Stell einen Antrag.

Was? Ausreisen? Willst du mich veräppeln?

Ketzer sieht noch immer verwundert. Hoch stehen seine Augenbrauen.

Wieso, kommen doch viele jetzt.

Aber ich nicht! stößt Ketzer.

Und wieso nicht? fragt Marianne mit leicht amüsiertem Lächeln. Bist du immer noch so verknallt in deine Republik?

Nein, das bin ich nicht mehr! stößt Ketzer noch lauter. Die Münder auf der anderen Tischseite klappen wieder auf.
Aber irgendwelche müssen ja auch noch hierbleiben, nicht!
In Ketzers Augen funkelt es. Aber Marianne gefällt das Spiel. Herausfordernd sagt sie deshalb: Dann bist du also D-er D-oofe R-est?
Hör auf bitte! zischt Ketzer nur noch.
Marianne sieht, wie sich sein Rücken vor Anspannung krümmt. So saß sein Vater auch immer. Trotzdem wagt sie noch einen letzten Stich.
Diese Brigitte hat ja einen richtigen Kommunisten aus dir gemacht.
Doch Ketzer reagiert gar nicht. Er winkt die Kellnerin heran, sagt, die Dame hier bezahlt, und steht auf. Mehr nicht. Marianne ist verblüfft. Sie wühlt einen Zwanzigmarkschein aus ihrem Portemonnaie, wirft diesen auf den Tisch und folgt Ketzer mit wehender Jacke. Noch fester gerammt sitzt nun die Familie. Zwanzig Mark für zwei Kaffee! Gucke doch, Vaddi! Auf und zu schnappen die Münder.
Ketzer wartet an der Tür. Er ist ganz ruhig und gelassen, als er sagt: Entweder wir zanken uns weiter, dann fahren wir gleich zurück zur Prinzenstraße, oder wir finden ein anderes Thema und fahren nach Potsdam.
Marianne ist für Potsdam. Sie ist begeistert. Dort war sie schon lange nicht mehr, als Kind mal, aber sie weiß es nicht mehr so genau. Kann auch Schloß Charlottenburg gewesen sein.
Sie haben dann noch einen schönen Tag in Potsdam. Sie laufen durch die Parkanlagen, sitzen auf Bänken, beobachten Leute und Enten, essen viel Eis dazu und wundern sich, als der Abend sich zu röten beginnt. So ein paar Stunden sind doch nichts! Sie fahren dann nach Berlin zurück, und Marianne bringt Ketzer noch bis zum Alex. Dort kann er bequem die U-Bahn nehmen. Sie

umarmen sich noch einmal, witzeln sich über die unbehaglichen Abschiedsminuten und trennen sich rasch. Ketzer fährt nach Berlin-Pankow, und Marianne fährt nach Berlin-Tempelhof. Der Golf summt leise über die Asphaltdecke und reiht sich dann ein in die Warteschlange der Ausreisenden am Grenzübergang Prinzen-/Heinrich-Heine-Straße. Gittertor, Schlagbaum hoch, Blumenkästen rechts und links, ein Stoppschild dann und erste Paßkontrolle. Ihren Ausweis bitte! Der Grenzbeamte geht mit Haltung in die Knie und vergleicht durchs Wagenfenster Mariannes Gesicht mit dem Paßfoto. Weiterfahren dann und wieder stopp. Den Ausweis bitte! Wieder in die Kniegehen. Wieder mit Haltung. Steigen Sie bitte aus! Und dann warten auf den Aufruf. Nummer 38 zum Schalter 2 bitte. Sie dürfen weiterreisen! Aber im Slalom und hübsch langsam. Auf den Türmchen sitzen ja welche. Und Maschinenpistolen haben die auch. Vorsichtig steuert Marianne um die Betonbarrieren. Blumenkästen stehen auch hier. So eine Grenze kann ja auch hübsch sein. Sie fährt dann im ersten Gang durch die schmale Mauerdurchfahrt. Und ist in Kreuzberg auf dem Moritzplatz. Unter ihr hält gerade eine U-Bahn. Die ist lange gefahren. Unter dem ganzen Ostsektor hindurch. Von Voltastraße über Bernauerstraße, Rosenthaler Platz, Alexanderplatz, Jannowitzbrücke bis Moritzplatz. Marianne gibt Gas. In ihrem Rückspiegel wird schnell kleiner eine Holztafel. Darauf steht: Yo are leaving the American sector. Aber in Spiegelschrift natürlich. Also so etwa rotces naciremA eht gnivael era uoY.

LINDOW

Ist ein reizendes Örtchen im Ruppiner Land. Zwischen drei Seen gelegen dämmert es seit Jahrhunderten dahin. Es dämmert auch heute noch. Denn viel Neues gibt es nicht in Lindow, abgesehen vielleicht vom Campingplatz und der Tankstelle und dieser neuen Sportschule da am Wutz-See. Mehr oder weniger neu sind auch die vielen Wochenendgrundstücke, und ebenso neu sind natürlich die zahlreichen Transparente und Tafeln. Eine davon hängt auf dem Lindower Marktplatz. Sie hängt vor einem großen Feldstein. In den Stein eingelassen ist eine Platte. Gußeisern steht auf dieser: IN GEDENKEN AN DIE GEFALLENEN VON 1870/71. Und in roter Lackfarbe steht darunter: DEM XI. PARTEITAG ENTGEGEN!
Gerhard Ketzer fährt an Tafel und Stein vorbei und grinst. Die lernen es nie! Er schüttelt den Kopf und schlägt belustigt auf das Lenkrad. Lindow ist eng gebaut. Ein paar Meter weiter muß er bremsen und ausscheren. Ein Lastzug schiebt sich am Kurhaus vorbei. Was die hier noch für Pflaster haben. Er beschleunigt vorsichtig und schaukelt mit dem Skoda vor bis zur Granseer Chaussee. Dann biegt er rechts. Bis zur Sportschule sind es noch anderthalb Kilometer. Gerhard drückt das Gaspedal. Er muß sich beeilen. Für neun ist er mit dem Cheftrainer verabredet. Sie wollen die letzten Leistungstabellen auswerten. Wenn die am Tor wieder so lange kontrollieren, schafft er das nie. Seitdem nämlich die Lindower Sportschule Hochleistungszentrum für Schwimmen geworden ist, wird sie bewacht wie eine Festung. Überall warnen Schilder: ACHTUNG! SPERRGEBIET! Unbefugtes Betreten strengstens verboten. Zuwiderhandlungen werden gemäß § usw. Aber Gerhard Ketzer ist ja befugt. Er zeigt

seinen Sonderausweis und darf passieren. Man kennt ihn, er war ja schon oft genug da. Er darf auch Akten und Unterlagen mit ins Sperrgebiet nehmen und wieder hinaus. Dabei ist alles VS! Alles schrecklich geheim. Ein Geheimnis ist auch seine Doktorarbeit. Sie befaßt sich mit dem Einfluß des Muskelreliefs der Schwimmer auf deren Schwimmgeschwindigkeit. Gerhard arbeitet schon lange an diesem Thema, gleich zu Beginn seiner Berliner Zeit hatte er damit begonnen. Anfangs waren seine Untersuchungen allerdings nur Zuarbeiten für ein großes Forschungsprogramm gewesen, doch mit einiger Mühe hatte er es verstanden, die entscheidenden Leute im Institut von der Wichtigkeit seines Themas zu überzeugen, so daß dieses schließlich als dissertationswürdig anerkannt wurde. Ein Fernziel von ihm war damit erreicht, ein Traumziel sogar, denn ohne Doktor ging es an der Uni nun einmal nicht mehr. Er war ja noch immer Assistent dort. Mit siebenundvierzig Jahren! Man witzelte schon über ihn, heimlich, im Kasino oder den Büros. Es war bisher nicht anders gewesen als in Leipzig. Er saß fest irgendwie, kam nicht mehr weiter. Das von damals hing ihm noch an, von dreiundfünfzig. Immerhin hatte er erst mit vierjähriger Verspätung sein Diplom machen können. Da fragte natürlich jeder gleich, warum denn so was Herr Ketzer? Es gibt eben Akten, die werden niemals gelöscht, die liegen irgendwo, darin wird alles notiert, das wandert mit. Bis zum Tod. Und dabei hatte er ja noch Glück. Immerhin hatte er den Sprung an die Hochschule und später in die Forschung geschafft. Das war schon was. Ach, die liebe Gisela, ohne ihre Hilfe säße er heute noch immer als mickriger Sportlehrer im mickrigen Ziethen. Gisela! Hhh! Wie lange war das schon wieder her? Vierzehn Jahre bald. Die Zeit vergeht. Gerhard hatte seine zweite Frau Gisela im Sommer 1962 kennengelernt und sie im darauffolgenden Frühjahr geheiratet. Gisela war schon damals die Leiterin der Abteilung für internationale Verbindungen der Leipziger Sporthochschule gewesen. Sie war eine resolute Frau und hatte ihre Grundsätze. Ehrgeizlose Menschen verabscheute sie. Für sie war Arbeit und Leben eine Einheit, eine dialektische sozusagen. Sie hielt nicht nur Körper und Geist für trainierbar, sondern die Seele auch. Ihre Trainingserfolge waren beachtlich. Kinder liebte sie nur allgemein, Constantin überhaupt nicht, dafür aber alles Schöne dieser Welt. Sie war im Grunde ein optimistischer Mensch. Bei ihr führten alle Wege geradeaus und nach oben dazu. Daß ihr Gatte dabei nicht in pflichtgemäßer Weise emporstieg, verdroß sie sehr. Es verdroß über Jahre. So reichte sie schließlich die Scheidung ein. Und der Verdruß hatte ein Ende.

Nach drei verläßt Gerhard wieder die Sportschule. Seine Abfahrt wird genau protokolliert.

Verlassen des Objektes: 15.32 Uhr
Name: Ketzer
Vorname: Gerhard
geb. am: 18. Mai 1929
wohnhaft in: 110 Berlin, Dolomitenstraße 7 A
Dienstausweis-Nr.: S 1724
Zweck des Besuches: Doktorarbeit

18. Mai? Nanu! Das ist ja heute! Dann haben Sie ja Geburtstag. Gratuliere auch!

Der Wächter tippt gegen seine Schirmmütze und grinst. Gerhard grinst zurück. Er hat nicht nur Geburtstag, er hat auch gute Laune dazu. Die Geschwindigkeitstests mit rasierten Körpern waren äußerst positiv ausgefallen, da hat er schon Grund, sich zu freuen, der Herr Doktor Ketzer in spe. Und der freut sich auch mächtig. Sitzt in seinem Auto und summt ein Lied. Der Motor summt mit: Ganz Paris träumt von der Liebe, denn dort ist sie ja zu Haus. Caterina Valente hatte das mal, siebenundfünfzig oder achtundfünfzig. Gerhard denkt sich zurück. Der Motor summt

weiter: Ganz Paris sieht dann das Pärchen, das ein Paar wird. Marianne hatte die Platte aus Tempelhof mitgebracht. Zu Hause hatte sie sie gleich aufgelegt und ihn zum Tanzen geholt. Nicht mal den Mantel hatte sie ausgezogen dabei. Ach, verrückt war sie schon manchmal. Ganz Paris hört dann das Märchen, das mal wahr wird. Schön war die Zeit ja damals in der Laube. Die schönsten Jahre überhaupt. Na, vielleicht nicht das Letzte, aber sonst?! Gerhard seufzt ein wenig. Ihm ist so unbehaglich plötzlich. Das war wohl doch nicht die richtige Musik. Er schaltet das Autoradio ein und sucht nach Schlagern. Etwas Munteres braucht er jetzt. Was Flottes. Jaa! Wie das hier! Er dreht laut: Fly, Robin fly, up, up to the sky. Wie leicht das Lenkrad mit einemmal wieder in der Hand liegt. Als wenn man fliegen würde.
Gerhard fliegt noch eine Stunde bis Pankow. Dort steigt er aus, geht hoch in seine Wohnung, wäscht sich kurz und zieht sich dann sorgfältig um. Er zieht zuerst das weiße Hemd, dann die braune Tuchhose, dann das feingemusterte Sportsakko. Auf den Schlips verzichtet er. Es wird sowieso warm nachher. Er kämmt noch einmal das Haar, bürstet auch noch die tiefgezogenen Koteletten (damit sie kräftig bauschen) und geht in sein Zimmer. Dort decken Constantin und seine Freundin Erika gerade den Kaffeetisch. Für fünf sind die Gäste geladen. Es wird ein kleiner Kreis nur, ein paar Kollegen von der Uni und ein Freund, der Sportarzt, nicht mehr. Die Eltern haben abgeschrieben, der Mutter geht es nicht gut. Das Herz wieder. Ketzer reicht seinem Vater den Brief und sagt: Hier, von Oma. Kam heute.
Gerhard nimmt und liest. Er runzelt die Stirn dabei. Ketzer sagt: Ich fahr mal hin, wenn die Proben nicht mehr so dicke sind.
Ich kann erst im Juli: antwortet Gerhard und sieht zu Erika. Er sieht ein wenig flehend. Er will noch etwas sagen, doch da klingelt es. Die ersten Gäste kommen, ein Kollege mit seiner Frau. Sie kommen mit einem riesigen Fliederstrauß. Ach, der ist aber

schöön! Erika läuft gleich nach einer Vase. Inzwischen steht man noch im Flur und knüllt Geschenkpapier. Da klingelt es erneut. Wieder ein Kollegenpaar. Wieder Geschenkpapierknüllen. Nun aber rein in die gute Stube! Gerhard klatscht aufmunternd in die Hände. Man stippt vorsichtig über den Teppich und setzt sich knarrend um den Tisch. Erika kommt mit Kaffeekannen. Darf ich Ihnen von der Torte auflegen? Schwarzwälderkirsch? Ja, gerne! Es klingelt abermals. Der letzte Gast kommt, der Freund. Er wird auf den noch freigebliebenen Stuhl verwiesen. Der Sportarzt setzt sich und läßt sich auch von der Schwarzwälderkirschtorte vorlegen. Er ißt dann mit festgeschnürten Ellenbogen. Die anderen essen ebenso.

Na dann auf das Wohl des Geburtstagskindes! ruft Ketzer forsch und hebt das Glas. Aber die Stricke um seine Arme kneifen weiter. So gießt er rasch nach.

Prost Dad! ruft er jetzt und hebt wieder. Die anderen heben mit. Sie heben noch ein paarmal, danach kneift es schon weniger. Der Sportarzt wird lustig. Er kann eine Menge Witze erzählen.

Kennt ihr den hier? fragt er verschmitzt und erzählt.

Pieck wollte den Sozialismus für Deutschland. Ulbricht wollte den Sozialismus für die DDR. Und Honecker will den Sozialismus bloß noch für Berlin.

Man lacht dankbar. Einige schlagen sich sogar die Schenkel. So groß ist das Vergnügen.

Oder der hier: setzt der Sportarzt gleich fort, ohne die anderen zur Ruhe kommen zu lassen. Kennt ihr die neue Definition des Sozialismus?

Alle sehen sich an. Keiner kennt. Der Arzt hebt den Zeigefinger. Die Spannung steigt außerordentlich.

Nun sag schon! drängelt Gerhard ungeduldig.

Da sagt der Sportarzt mit Genuß: Jeder hat jeden satt! Wieder wird herzlich gelacht. Wieder werden die Schenkel beklatscht.

Davon ermutigt, versucht nun auch Ketzer sein Glück. Er stemmt sich leicht hoch vom Tisch und sagt mit Betonung: Im ND stand gestern eine Annonce: Tausche Zentral-Komitee gegen Zentral-Heizung!
Doch das Lachen bleibt aus.
Mensch, den hat doch Lord Knut vorigen Sonnabend in Evergreens are go, go erzählt: murrt sein Vater und winkt gelangweilt ab. Aber Ketzer läßt sich nicht entmutigen und versucht es noch einmal. Er stemmt sich noch höher und fragt eindringlich: Wißt ihr, warum Honecker den Nobelpreis für Medizin erhalten soll? Alle Köpfe schütteln sich ratlos. Doch Ketzer treibt noch ein wenig die Spannung. Er schnippst aufmunternd mit den Fingern und fragt: Na, na? Weiß es keiner?
Dann erst löst er das Rätsel.
Weil es ihm gelungen ist, das Herz Europas an den Arsch der Welt zu verpflanzen!!
Da fliegen wuchtig die Rücken an die Lehnen, und es wird mit Schall gelacht. Ketzer hatte den Witz erst vorgestern von Liz gehört. Er hätte sich ausschütten mögen.
Von den Witzen wechselt man dann über zum Sport. Die Olympiade in Montreal! Da sind die Fachleute unter sich. Ketzer schränkt die Arme und hört gelangweilt zu. Ein paarmal versucht er das Spekulieren um Namen und Rekorde zu sprengen. Er wirft einzelne Sätze wie Knallerbsen zwischen die glühenden Köpfe der Männer. Er wirft Anabolika und Inhumanität, Materialschlacht und Politkommerz, doch sein mattes Puffen geht unter in dem lauten Stimmgerammel. Angeödet rutscht er mit seinem Stuhl zu den Frauen hin. Die haben sich um eine Tischekke vereint und halten einen abgegriffenen Versandhauskatalog. Sie halten ihn wie eine Kostbarkeit. Ach das Kleid könnte mir gefallen! Und wie billig alles ist?! Und der Mantel hier erst. Todschick! Son Stoff kriegste bei uns gar nicht mehr. Und so schön

bunt alles! Also wirklich. Ketzer sieht die verzückten Gesichter. Hoch und nieder schlagen die Wimpern. Er greift nach der Flasche und gießt randvoll sein Glas. Warum bin ich Idiot denn nicht bei Liz geblieben? Er setzt an und kippt. Der Schnaps beißt. Ketzer schüttelt sich. Aber das Beißen bleibt. Das ist nun nicht mehr nur der Schnaps. Etwas anderes beißt da noch. Aber was? Ketzer forscht. Die Liz ist so komisch in letzter Zeit. Das ist ihm schon lange aufgefallen. So launisch irgendwie. Nichts macht er ihr mehr recht. Hat die mich etwa satt? Ketzer gießt wieder nach. Oder sind das schon die Wechseljahre? Hh? Werd einer schlau aus den Frauen! Er prostet den anderen Männern zu. Die prosten zurück und krempeln die Ärmel hoch. Die Jacketts hängen schon längst über den Stühlen. Im Zimmer ist es heiß. Ketzer geht und öffnet weit die Balkontür. Eine S-Bahn poltert unten vorbei. Sie poltert nach rechts. In Wollankstraße wird sie halten. Das ist im Bezirk Wedding. Eine andere Bahn poltert nach links. Die wird in Schönhauser Allee halten. Das ist im Bezirk Prenzlauer Berg. Ketzer sieht ihr nach. Er will etwas denken, doch in seinem Kopf schwirrt es plötzlich. Ist das der Schnaps schon? Er tritt ganz auf den Balkon hinaus und holt tief Luft. Am Turm der Stephanuskirche klebt die Abendsonne. Die klebt aber nicht fest. Die rutscht langsam. Ketzer lehnt über die Brüstung und beobachtet träge. Morgen red ich mit Liz! Ich muß wissen, woran ich bin. Sein Vater kommt, reckt sich und atmet ebenfalls durch. Ketzer will unken, na Herr Doktor, wie schnell sind deine rasierten Kälber heute geschwommen, doch Gerhard klappst nur freundschaftlich nach ihm und legt den Arm um seine Schultern. Das weiße Hemd fleckt dunkel in den Achselhöhlen. Ketzer riecht die Schweißdünstung. Auch die anderen Männer treten auf den Balkon heraus. Sie schwitzen ebenfalls. Der Sportarzt trägt das Hemd jetzt offen. Er zeigt seine trainierte Brust. Die ist breit und bronzen. Im Zimmer bleiben nur die

Frauen zurück, sie decken den Abendbrottisch inzwischen. Sie rufen bald, die Männer essen kommen! Bei Kartoffelsalat und Wiener Würstchen wird dann vom Urlaub geredet. Dann wird vom Fernsehen geredet. Dann von Autos. Dann ist der Abend hin. Gerhard ist schwer betrunken, der Sportarzt ebenfalls. Erika hat erbrochen, und Ketzer kämpft mit Kopfschmerzen. Dieses elende Saufen immer! Er kippelt in sein Zimmer und legt sich aufs Bett. Beim Einschlafen hört er plötzlich Geschrei. Zuerst schreit sein Vater. Dann schreit Erika. Später schreien beide. Es geht um Silvester und irgendeine Frau. Doch dann geht es wieder ums Verreisen. Die Namen Budapest und Allenstein werden geschrien, von Pollacken auch was. Aber Ketzer versteht nicht recht. Ihm ist übel. Sollen die sich doch die Köppe einhauen. Was ging ihn das an.

Hat eine S-Bahn. Die fährt seit über 50 Jahren. Die fährt von Tegel nach Zehlendorf. Die fährt von Erkner nach Friedrichstraße. Die fährt auch Unter den Linden. Und oben laufen die Leute und merken nichts. Wenn es unter ihnen grummelt, sagen sie bloß, nanu. Einmal fuhr eine S-Bahn von Karlshorst stadteinwärts. Aber sie fuhr so merkwürdig langsam, und länger war sie auch als gewöhnliche Züge. Die Wartenden auf dem Bahnhof Rummelsburg wunderten sich schon. Aber der Zug hielt ja, und leer war er außerdem. Also hinein! Die Menge drängte zu den Türen. Und viele waren schon eingestiegen, als da plötzlich eine energische Lautsprecherstimme rief: Nicht einsteigen! Bitte nicht einsteigen! Unruhe entstand. Die Leute fragen Was? und Wieso? und sahen unschlüssig aus den Türen. Sie wollten nach Hause. Ihr Arbeitstag war lang. Da meldete sich die Lautsprecherstimme wieder. In diesen Zug nicht einsteigen! Dieser Zug fährt nach Westberlin! Wie ein Ruck ging es da durch die Menge. Die noch in den Abteilen Verbliebenen sprangen, als koste es ihr Leben. Die anderen standen und starrten fassungslos. Still war es auf dem Bahnsteig. Erst als die Türen zuschlugen und die Triebwagen anruckten, kam wieder Bewegung in die Gesichter. Man lachte und schüttelte erleichtert den Kopf. War das ein Spuk eben?
Auch Ketzer und Brigitte fahren S-Bahn. Sie habe sich zufällig getroffen, Ketzer war in Schöneweide eingestiegen und hatte B sitzen sehen. Sie geben sich ungezwungen. Ketzer sitzt lässig mit übereinandergeschlagenen Beinen, und Brigitte sitzt ebenso. Sie fragen sich ab: Wie gehts? Was macht die Arbeit? Wo wohnst du? Sie wischen leicht hin über ihre kalten Oberflächen. Sie sehen es glitzern. Nicht ein Riß zieht sich.

Wollen wir einen Kaffee trinken? Ich lad dich ein: sagt Ketzer in Treptower Park. Brigitte ist einverstanden, und sie steigen aus. Um sechs will sie aber zu Hause sein. Zum Baden. Ach ja, der Kleine. Ketzer reibt sich die Stirn. Was macht er denn so?
Frißt und scheißt: antwortet Brigitte derb. Ketzer gefällt dieser Ton. Daran kann man sich halten. Da rutscht man nicht ab.
Und jetzt? Wer paßt jetzt auf? fragt er schon wärmer.
Gabi. Wir wechseln uns ab.
Dann funktioniert eure Wohngemeinschaft also noch?
Klar. Warum sollte sie nicht: antwortet Brigitte.
Tja, warum sollte sie nicht: wiederholt Ketzer leiser. Bilder zukken durch seinen Kopf. Der Hof. Das Zimmer. Das französische Bett. Die bunte Diwandecke. Wer liegt da jetzt drauf? Ketzer will fragen, doch er fühlt sich noch nicht warm genug. Es glitzert noch zu sehr auf Brigittes Haut. Später vielleicht. So fragt er stattdessen: Hast du eigentlich den Film Die Gärten der Finzi Contini gesehen?
Ja, in der Camera: antwortet Brigitte eifrig. Auch sie sieht es noch glitzern. Aber so recht gefallen hat er mir nicht. Da wird mir die Geschichte zu sehr mit Mahagoni und Chippendale aufpoliert.
Für eine halbe Stunde haben sie nun Gesprächsstoff. Sie schlendern am Seeufer entlang, diskutieren den Film und lassen sich von der Sonne bescheinen. Das tut gut. Später gleiten sie dann über zu dem Filmklub des ehemaligen Brunnen. Ketzer erzählt von dessen Ende. Er erzählt von Chorin und Pannach, von dem Ärger, den Sitzungen, dem Diskutieren, Lamentieren, dem Drohen, erzählt von den immer größer werdenden Beschränkungen, dem Lust-, Mut-, Hoffnungverlieren, erzählt von dem Verschleißen einfach. Sie gleiten dann weiter zu Lizzy Meyhofer und ihrer Gruppe. Ketzer erzählt von seinen Erlebnissen, er erzählt vom Stern und Interlaken. Erzählt auch von Paul Meyhofer. Dann gleiten sie unversehens ab. So enttäuschend ist alles! So

verlogen, B! Sie gehen in weiten Bögen durch den Park. Sie halten die Köpfe gesenkt, als drücke schwerer Novembernebel. Dabei ist Mai!
Und alles blüht ringsum.
Ich weiß nicht mehr, was kommen soll! Ich habe alles durch. Wenn das bei Lizzy nicht mehr geht, bin ich irgendwie am Ende. Für ein paar Jahre mags ja noch reichen, son bißchen in der Weltgeschichte herumtingeln und sich alles ansehen, London, Paris, New York, wovon man immer geträumt hat. Aber ewig kann das auch nicht gehen. In drei Jahren werd ich dreißig! Dann bin ich zu alt für den Job! Die können da nur junge Leute gebrauchen. (Ketzer bleibt plötzlich stehen und sieht Brigitte an, als hätte er eine Frage gestellt. Doch dann besinnt er sich und spricht weiter) Ich kann nicht malen, ich hab es ja versucht, aber es sind eben bloß Stümpereien geblieben, ich kann nicht schreiben, ich kann nicht singen, ich hab ja alles probiert. Ich kann nichts! Was soll einer tun, wenn er nur schlossern kann? Fürn Auto sparen und mit der Zeit vor Haß und Bitterkeit eintrocknen wie eine Schuhsohle?
Ketzer schlägt lasch durch die Luft. Brigitte weiß nicht, ob sie antworten soll, deshalb versucht sie stockend: Du wußtest doch früher mal, wofür du gelebt hast, ich meine, dieser Brunnen, dieser Klub da, das war doch mal eine Antwort, vielleicht (sie zuckt vage die Schultern), man müßte, du müßtest, eine neue Aufgabe, ein Ziel wieder.
B! Was ist schon das Ziel? Es ist doch nichts. Es zählt doch immer nur der Weg! Am Ziel sein ist doch das gleiche wie am Ende sein, früher oder später. Das ist doch wie bei einer Revolution, die Begeisterung, das Große, das was voll macht, das gibt es doch immer nur vorher. Nach dem Sieg kommt die Ödnis. Gesetzmäßig.
Oh, ich hör doch da Freund Trotzki tappsen: spöttelt Brigitte

gekünstelt. Aber ohne Flax. Deine Situation ist doch mehr eine Frage der optimistischen Grundhaltung, ganz global, als eine des revolutionären Umschwungs.

Optimismus?

Ketzer sieht B von der Seite an, verwundert und traurig.

Man muß sehr jung sein, um optimistisch sein zu können. Oder dumm. (Nach einer Pause) Ich bin beides nicht mehr.

Sie schweigen an Spaziergängern vorbei.

Kinder lachen und preschen über die Wiesen.

Hunde preschen bellend hinterher. Leicht habens die, ach.

Der Klub schien mal eine Antwort zu sein: fährt Ketzer dann ohne Anknüpfung fort. Gott! Ich glaubte damals wirklich angekommen zu sein. Ich hab das sogar gesagt. Laut! Zu dem Norbert. (Unvermittelt hebt er die Stimme.) Aber man kommt nicht an! Niemals! Es sieht immer nur so aus als ob. Man kann es sich einbilden, man kann es sich einreden, man kann es sich meinetwegen auch wissenschaftlich beweisen – aber irgendwann ist dann doch wieder alles hin. Mein Vater zum Beispiel, der macht mit siebenundvierzig seinen Doktor. Der denkt auch ›angekommen‹ zu sein. Das große Traumziel ist erreicht. Aber warum trinkt er dann so viel? Warum säuft er dann schon? Ich will dir sagen warum! Weil es nicht mehr so recht klappt mit dem *Ankommen*! Mit dem Selbstbetrügen. Deshalb. Betrügen muß man sich können, man muß sich was vormachen können – dann hält mans mit sich aus. Brigitte versucht ihn zu unterbrechen, doch Ketzer hebt eine Hand gegen sie und sagt hastig: Warte, warte, ich bin noch nicht am Ende. (Er richtet sich ein wenig auf) Der Holger war zum Beispiel auch so ein Selbstbetrug. Bei dem hab ich mir auch eingeredet, hilf ihm, wie dir andere geholfen haben, bring ihn wieder auf die Beine, engagiere dich, das Wichtigste ist der Mensch. Hach. Parolen. Was hab ich geglaubt für ein großes Wunder mit dem Holger zu vollbringen?! Das war ja schon fast

Theater. Und was kam bei raus? (Ketzer sinkt wieder zusammen.) Nichts. Einfach nichts.
Woher willst du das wissen? fragt Brigitte ruhig zurück. Vielleicht hilft er in ein paar Jahren einem anderen Jungen, dem es dann ähnlich dreckig geht.
Doch Ketzer winkt nur ab.
B, das ist Glaube. Einfach nur Glaube, und damit auch schon wieder Selbstbetrug. Ich erkenne die Welt nicht an, wie sie ist, ich denke sie mir anders.
Wer hat das gesagt? fragt Brigitte sofort.
Ach B: lacht Ketzer da matt auf. Du und deine Bücher. Ich hab das gesagt. Einfach nur ich. (Nach einer Pause setzt er fort) Der Glaube ist alles. Wenn ich glaube, daß zwei mal zwei vier ist, dann ist es auch so. Wenn ich glaube, dem Holger geholfen zu haben, dann hab ich das auch. Wenn ich glaube, daß der Sozialismus siegen wird, dann tut er das auch. Ich muß nicht *wissen*, B. Ich muß nur glauben.
Zu irrational alles, Constantin! Bei dir vermischt sich alles. Du hast keine klare Linie. Daher kommt auch deine ganze Konfusion, dieses ewige Aufundab, Hochundnieder und Ichweißnichtmehrweiter. Nicht einmal deine Grundhaltung hast du entschieden, wie du zu den Dingen stehst, dem Leben, der Gesellschaft usw.
Was können wir denn schon groß entscheiden, B? Wir können doch nur einigermaßen sachkundig entscheiden, ob wir heute abend Leberwurst oder Blutwurst essen. Alles übrige ist uns doch aus den Händen genommen.
Da lächelt Brigitte spitz und sagt: Du bist wieder Kleinbürger geworden, der sich und die Undurchschaubarkeit der Welt beklagt. Du gehst wieder zurück, Constantin, dorthin, wo du hergekommen bist. Dabei hattest du so gute Ansätze.
Nun lächelt auch Ketzer und redet im gleichen Tonfall: Bravo,

Genossin! Lassen wir doch die Dialektik antworten. Vor drei Jahren war ich also anders, ja? Hatte gute Ansätze, hört, hört! Aber vielleicht hatte die Zeit damals auch gute Ansätze. Und hat sie heute eben nicht mehr. Vielleicht bin ich eben bloß wie diese Zeit. Vielleicht gehe ich mit ihr zurück. Vielleicht bin ich nur ihr Produkt. Steht so was nicht auch in deinen Büchern?
Brigitte bleibt unbeeindruckt. Fest sagt sie: Dein Schritt vorwärts damals war der zum Wir. Jetzt gehst du wieder zurück zum Ich.
Darauf zieht Ketzer angewidert den Mund.
Ach geh mir doch mit diesem blöden »Vom Ich zum Wir«! Das Wir ist doch nur ein Fetisch, der herhalten muß, weil es kein Ich mehr gibt. Dieses Wir ist doch nur Schwäche und Angst. Ich empfinde es überhaupt nicht mehr. Es ist nicht mehr da. Ich glaube auch nicht mehr daran. Ich hatte mal gewollt, daß ich es glaube. Damals. Ich lebte besser so. Ja, auch glücklicher, und außerdem warst ja auch du, das ist alles lange her. Vorbei. Aus. Heute empfinde ich nur noch Ich. Und das ist auch gut so, obwohl ich nicht froh darüber bin, es macht mich sogar traurig, manchmal. Dabei ist das Ich so ein herrliches Wort. Bei unserem lauten Wir-Geschrei damals hab ich es fast vergessen. Das hole ich jetzt nach. Mehr nicht.
Brigitte lacht schallend. Sie schüttelt belustigt den Kopf.
Ja, lach nur. Ich werd dir jetzt mal was sagen! Deine ganze Schreiberei, dein endloses Füreinanderdaseinmüssen machst du nicht für die Gesellschaft, oder für dieses verschrobene Wir, du kannst es dir einreden, und du tust es ja auch, du und Gabi, ihr lebt ja beide in diesem Nebel, ihr lebt ja von ihm, ihr paßt ja höllisch auf, daß ihr niemals, so aus Versehen, aus dieser Wolke rauskommt, weil ihr nämlich wißt, wofür ihr alles macht, für eine Illusion – für euch!
Ketzer hat die letzten Worte gestoßen, mehr als gesprochen. Er

schnauft. Sieht nicht zu Brigitte. Stößt noch: Das liebe Ich. Auch bei dir, Brigitte. Du bist wirklich ein Don Quichotte, weißt du, als du das mal gesagt hast? Aber du bist es nicht gegen die anderen, du bist es gegen dich selbst. In deinem Kopf drehen sich die Windmühlen!

Brigitte sieht ihn an. Versucht einen offenen Blick. Klar soll er sein und überzeugend. Doch es gelingt ihr nur mangelhaft. Ihre Augen bleiben getrübt. Ketzer erkennt deutlich. Sie fühlt sich ertappt und senkt rasch den Kopf. Ein paar Sekunden stehen sie nun schief und verkrampft. Was sagen jetzt? Irgendwas? Und Ketzer sagt: Wollen wir einen Kaffee nehmen, im Zenner?

Brigitte sieht auf die Uhr. Es ist schon bald halb sechs.

Ein andermal, Constantin: antwortet sie. Ich muß nach Hause, den Moritz baden.

Jajja, der Moritz.

Ketzer sieht weiter über das Wasser. Er sieht bis nach Stralau hinüber. Da steht eine Kirche. Die steht ganz schief.

Ist eine Mauerstadt. Es gibt dicke Mauern dort und dünne. Es gibt sie mit Glasscherben drauf und ohne. Es gibt Staatsmauern und Privatmauern. Es gibt Betonmauern und Ziegelmauern. Es gibt Gefängnismauern und Fabrikmauern. Es gibt auch Brandmauern. Da klebt meistens alter Putz dran oder Werbung. In der Prenzlauer Promenade/Ecke Steinberg klebt oben in blauem Kreis: BZ-Karten. Das Blau ist verblichen. Es klebt ja auch schon ein halbes Jahrhundert. Darunter klebt in völkischer Fraktur:

Morgenpost
Nächste Filiale Prenzlauer Promenade 186
Jedes Blatt 90 Pf

Üah! Üah! Ein Rettungswagen kommt die Straße. Sofort steht still die Welt. Und gafft. Wohlig schaudert das Entsetzen über die Rückgräter. Ein Straßenbahnwagen steht wie ein gelbes Aquarium. Gierig schaben die aufgerissenen Fischmäuler an den Scheiben. Eine Mutter steht mit ihrem Kind. Sie läßt den Mund aufklappen. Beim Kind klappt es auch schon. Ein alter Mann vergißt sein Rheuma. Er steht straff und gerade. Autofenster werden heruntergekurbelt. Köpfe schieben neugierig heraus. Um die Kotflügellippen zuckt es hämisch. Üah! Üah! Rum ist der Rettungswagen um die Ecke. Schade auch. Viel zu kurz ist immer das bißchen Zerstreuung. / Erst am Nachmittag gibt es wieder was zu sehen. Da ist Regentenpromenade in der Greifswalder Straße. Alle Ampeln leuchten Rot. Und das Volk steht Spalier. Da wippt es schon aus der Ferne heran. Es wippt schwarz und schwedisch. In hohem Tempo sausen die preußi-

schen Staatskarossen vorbei. Sie sausen viel zu schnell. Wer soll denn da was erkennen! Mürrisch murrt das Volk. Nur die Polizisten an den Ampeln salutieren. Vorschrift ist Vorschrift. / Ein dürrer Mann spricht Ketzer an. Ketzer wartet auf die Straßenbahn. Der Mann ist unrasiert. Das Haar klebt mattig um seinen Kopf. Borkig spalten die Lippen.
Kommt wohl keene Bahn: mauschelt der Mann ohne Ketzer anzusehen. Ja, ja, wenn die hohen Herren kutschieren, denn rührt sich hier nischt mehr. Die ham alles, und unsereens muß sich krummarbeeten für seine paar Piepen. Bäcker bin ick. Hab frei heute. Donnerstag hab ick immer frei, hab ick mir rausbedungen. Mein alten Lehrer hab ick hier ooch schon jetroffen. Der hat mir jefragt, ob ick Frau und Kinder habe. Ja, habe ick jesagt, sechs Stück. Na sehen Se, Hübner, hat mein Lehrer da jesagt, Sie ham schon inne Schule nich uffjepaßt. Ha. Haha. Der Mann sieht Ketzer mit zwinkernden Augen an. Nischt für unjut, Kumpel, sagt er.
Wir waren alle mal jung, da muß man schon Spaß verstehen. Du verstehst doch Spaß, oder? Er zwinkert noch stärker mit den Augen.
Na, noch einen? Bist doch schon achtzehn, nich?
Er kommt vertraulich näher. Ketzer sieht deutlich seine großporige Nase. Wie Krater klüftet es.
Geht n Frau zum Arzt: erzählt das Männchen nun. Und sagt zu dem, ick fühl mir nich so richtich, Herr Dokter. Du bist doch schon achtzehn, oder? Also untersucht der Arzt die ooch gleich und sagt zu der, zuckerkrank sind se, junge Frau. Aha, sagt det Frollein, deshalb will mein Oller bei mir immer lecken. Ha. Haha.
Der Mann krächzt ein Lachen.
Nischt für unjut Kumpel, nee? Wir verstehen uns doch. War ja ooch mal jung. Wir Berlina, nich?

Er lacht und winkt und tut, als wolle er gehen, wendet sich aber nach drei Schritt wieder, kommt zurück und sagt stolz: Zweiundsechzig bin ick! Gloobt man mir jarnich, wenn man mir sieht, wat?!
Er wackelt geckenhaft mit den hängenden Schultern.
Na, noch einen? Oder reicht et? Des ick schon einen jetütert habe, merkste ja, Kumpel, nich? Der Mensch muß ooch leben! Arbeeten tuter schon jenuch. Wer arbeeten muß, muß ooch trinken. Des hat immer n Kolleje von mir jesagt. Der arbeetet jetzt aber nich mehr. Is uff Rente jesetzt. Der kommt nich mehr so ausn Rücken, war in Rußland, weeßte, im Feldzug. Hatter mitjemacht, davon is sein Rücken hin. Ick hab ooch wat abjekriecht. Hier kiek mal.
Er bückt sich und zeigt eine Narbe im Nacken.
Ooch vom Iwan. Jawoll! Sag ick zu meinem Freund, mußte zum Arzt jehen, wenn de nich mehr ausm Kreuz kommst. Immer so jeht der. (Er macht vor.) Da bin ickn janz anderer Kerl! Er schlägt sich mit der Handkante kräftig auf den Unterarm.
Son Ding! Gloobste nich? Hach, jeden Abend schieb ick noch meine Nummer. Det braucht der Mensch, det hält ihn jesund. Det kann mein Kumpel nu nich mehr. Geh zum Arzt, hab ick ihm immer wieder jesagt. Und der jeht denn ooch. Andern Tag seh ick ihn, und da jeht der doch grade wie n Eins! Wat haste denn jehabt, frag ick ihn gleich. Ooch, sagt der, ick hatte mir bloß immer meine Unterhose an mein Hemd festjeknöppt, darum kam ick nich hoch. Ha. Haha.
Der Mann krächzt, schlägt Ketzer auf die Schulter und setzt wieder an zum Gehen.
Zu die S-Bahn muß ick. Will nach Pankow, uffn Friedhof. Na noch einen? (Er kommt wieder zurück.) Wir Berlina verstehen uns! Wir müssen zusammenhalten. Na, keinen mehr? Ooch jut, denn eben nich. Nischt für unjut, bin eben bloß lustich heute.

Is so schönet Wetter. Hab doch mein freien Tag. Wat biste denn von Beruf, wenn man mal fragen darf? (Ketzer antwortet) Oh, Schlosser! Wat qualifiziertet also, staunt das Männchen. Ick bin ja Bäcker. Morjens immer um dreie raus. Konditern tue ick och. Bei Haseloff inner Marienburger. Kennste? Hier bin ick mal inne Maschine jekomm. Zack war die Kuppe ab!
Er zeigt einen verkrüppelten Finger.
Wenn se mir det Ding unten abjeschnitten hätten, hätt ick mir uffjehangen. Det Ding brauch ick noch. Zweiundsechzig bin ick, aber stehen tuter mir immer noch. Wat meinste do! Jeden Tag muß ick an meine Alte ran! Mit Zweiundsechzich! Da biste platte, wa! Na noch einen? Nee, nich mehr? Biste überhaupt verheiratet?
Ketzer schüttelt amüsiert den Kopf.
Nee, nich? Is ooch jut so. Bloß nich so früh anfangen mit det Zeuch. Hab ooch erst n Weile alleene jewohnt, bis mir eene jekriecht hat. Weeßte überhaupt, det meine Olle zuckerkrank is? Die war beim Arzt.
Ketzer winkt grinsend ab und sagt, kenn ick schon, haste doch schon erzählt!
Hab ick det?
Der Mann schlägt sich verdutzt vor den Mund.
Na sowat! Nu bin ick wohl schon dune. Na denn muß ick los. Also nischt für unjut, und halt die Ohrn steif, bistn feiner Kumpel!
Er geht umständlich hinüber zum Bahnhof. Er dreht sich noch viele Male. Mensch, hau bloß ab! Ketzer grinst und reckt sich nach der Straßenbahn. / In Schönhauser Allee steigt eine Mutter mit ihren beiden Jungen in einen S-Bahnzug. Der Zug fährt nach Pankow. Die Kinder stürzen sofort zu den Fenstern, aber alle Plätze dort sind besetzt. So setzt sich die Frau mit ihnen auf die lange Türbank. Der Zug ruckt an. Fährt ein paar Minuten. Da

schreit plötzlich ein Junge aufgeregt zum Bruder, komm, komm, wir wollen die Hunde sehen!! Sie drängen an die Türen und pressen die Gesichter an die fleckigen Scheiben. Die Mutter sagt lasch, aber nicht an die Klinke ran. Doch die Jungen hören nicht. Sie schreien und klatschen in die Hände, die Hunde! Die Hunde! Da sind sie! Da! Da! Vier Stück! Sie springen zur Mutter. Mamamama, wir haben die Hunde gesehen, die Hunde! Sie japsen freudig. / Auf der anderen Seite des Bahndammes fahren Halbwüchsige mit ihren Mopeds. Sie fahren dicht entlang der Mauer. Sie drehen Schleifen, stoppen scharf, lassen die kleinen japanischen Motoren aufheulen. Sie bäumen hoch mit den Maschinchen und reiten Attacken. So aufregend ist das Spiel. Die drüben sehen doch alles! Wenn die nun schießen?! Von ihrem Turm! Wär das irre, ehj?

Berlin ist wirklich eine unmögliche Stadt.

Dort lernt Lizzy Meyhofer auch einen jungen Mann kennen. Eine unerhörte Erscheinung! Und so jung noch! Ganze neunzehn Jahre! Aber so reif schon! Und so erfahren erst! Ein Goldjunge einfach! Und so süß! Und so witzig dazu! Du müßtest ihn kennenlernen, Constantin! Er ist himmlisch!! Du bist mir wegen Hubert doch nicht bös, nicht? Hubert ist so sensibel, weißt du. Er dichtet! Ich liiiebe ihn. Er braucht mich sehr. Nächste Woche macht er bei mir eine Lesung. Hoffentlich können Stefan und Christa an dem Abend. Die könnten ihm helfen. Bei den Verlagen. Lyrik geht ja soo schlecht. Komm doch auch. Hast du nicht auch mal Gedichte geschrieben? Aber die von Hubert??!! Ich sage dir, der Rimbaud unserer Tage! Ein Genie! So zart! Und so kraftvoll dabei! Hubert raucht übrigens Pfeife. Warum hast du nie Pfeife geraucht? So was hat doch Stil! Du mußt deine Persönlichkeit mehr profilieren, Constantin! Das ist ein Fehler von dir. Du bist kein Typ! Du hast von allem was. Das Zarte fehlt dir, das Atmosphärische! Ach, nun schau mich nicht so an! Wie ein Stier, der geschlachtet werden soll. Ich tu dir doch nichts. Komm mal her! Wir bleiben doch Freunde. Meine Tür steht dir jederzeit offen. Oder ruf einfach mal an. Meine Nummer hast du ja. Ach, was ich noch sagen wollte – ich hab da einen neuen Techniker, einen vom Fach, der hat jahrelang beim Rundfunk gearbeitet, er ist wirklich Spitze, er hat sogar ein Hochschuldiplom. Ich meine, du hast halt keins, tja, was machen wir denn da mit dir, Constantin? Einen dritten Techniker kann ich mir nicht leisten. Hhm... weißt du nichts? Ach, Connychen, nun laß den Kopf nicht hängen, wir werden schon was Passendes finden. Hör zu! Du machst erst mal ein paar Wochen Urlaub, erholst dich fein, dann sehen wir weiter. Inzwischen hat sich bestimmt eine Lösung gefunden. Na? Ist das ein Vorschlag? Nun lach doch wieder! Constantin!

Aber Constantin lacht nicht. Wie hätte er es denn sollen? Er ist ja aus Holz. Ist ja nur ein Figürchen. Ein Figürchen in einem Spiel. Ein Springer. Ein Bauer. Ein Läufer vielleicht. Das Spiel spielen andere. Die haben auch den Spaß.

Constantin ist also gefällt worden. Er liegt um wie ein Baum. Aber er liegt ja nicht zum ersten Mal.

ALLENSTEIN

War ein dünnbesiedelter Regierungsbezirk in Ostpreußen. Akkerbau und Viehzucht herrschten vor. Allenstein an der Alle war auch die gleichnamige Hauptstadt jenes Bezirkes. Ein Eisenbahnknotenpunkt mit Infanteriegarnison und einer gotischen Burg des Deutschen Ritterordens. Heute ist Allenstein dichter besiedelt. Statt 35 000 wohnen jetzt 92 000. Heute heißt Allenstein Olsztyn. Heute *ist* Allenstein Olsztyn. Es wird polnisch gesprochen dort. Im Herbst 1944 floh Minna Ketzer mit ihrem Sohn Gerhard aus dieser Stadt. Sie floh ohne ihren Mann. Dieser war ein Jahr zuvor nach Insterburg versetzt worden, auf den Verschiebebahnhof. Er verschob Truppentransporte. Von dort hatte er telegrafiert: Geht zu meinem Bruder nach Stettin. Er hatte noch telegrafieren wollen: Beeilt euch! Die Russen stehen schon in Litauen. Aber das wäre Unglaube vor dem Führer gewesen. Der Tod stand drauf. So kabelte er statt dessen lieber noch: Mir geht es gut. Macht euch keine Sorgen. Euer Wilhelm. Minna packte also die Koffer, schnürte ein paar Bündel, vergrub noch ihr Kristall und ihr Silber im Garten unterm Birnbaum, gleich links den, neben dem Steig, und eilte zum Bahnhof. Sie wollte mit dem Zug bis Danzig und von dort aus weiter nach Stettin. Aber das wollten viele.

Beinah totgetrampelt worden wäre sie, als der Zug erstürmt wurde. Wer wußte denn, ob es nicht der letzte war. Überall sikkerten Gerüchte: Die Russen stehen an der Memel schon; die Heeresgruppe Nord ist in Kurland eingekreist. Minna konnte sich einen Platz im Gepäckwagen freistoßen. Gerhard saß in einem Ablagefach, hoch über allen. Bis Danzig würden sies schon aushalten. Doch der Zug kam nur bis Marienwerder, Danzig

war gesperrt, er wurde umgeleitet nach Bromberg. Aber in Graudenz wurde die Fahrt erneut unterbrochen. Die Eisenbahnbrücke über die Weichsel war gesprengt. Also alles aussteigen! Bis Bromberg kann man schon mal laufen. 70 km sind doch ein Kinderspiel! Minna kroch aus ihrem Gepäckwagen, warf die Bündel in den Straßengraben (Betten hatte der Schwager ja wohl auch) und machte sich mit Gerhard auf den Weg. Noch hielt sich das Wetter, da durfte man keinen Tag verlieren. Die ersten Kilometer waren die Hölle. Sie glaubten jeden Augenblick, unter der Last der Koffer und Rucksäcke zusammenzubrechen. Später liefen sie dann wie von selbst. Kopf, Arme, Rumpf waren abgestorben. Nur noch die Beine lebten. Und bewegten sich. Hinter Schneidemühl hatten sie dann nur noch einen Koffer zu tragen. Die anderen waren draufgegangen. Tausche reinseidene Damenbluse gegen ein Brot! Sie gingen jeden Tag leichter. Doch der November kam und mit ihm der Regen. Minna Ketzer bezahlte jetzt Fuhrleute aus dem noch verbliebenen Koffer. Für einen englischen Wollschal fuhren sie bis nach Deutsch Krone. Und für eine Brosche mit echten Rubinen sogar bis Stargard. Das waren immerhin 100 km. Sie fuhren die nicht an einem Tag, aber sie fuhren, und das war viel. Der Hunger bedeutete nichts. Von Stargard bis Stettin waren es nur noch 37 km. Die zockelten sie dann auf einem Güterzug. Das war ein großes Glück, auch wenn der Zug nur bis Altdamm fuhr, auch wenn sich Gerhard die Zehen erfror. Altdamm war ja schon so gut wie Stettin. In Stettin konnten sie erst mal unterkriechen. Der Schwager hatte ja eine große Wohnung in der Mönchenstraße, und ewig konnte der Krieg auch nicht mehr dauern. Aber Minna fand den Schwager nicht. Sie fand auch nicht die Mönchenstraße. Wo sie einmal gelegen hatte, verkohlten Steine jetzt. Stettin brannte aus. Selbst der Himmel war verrußt.
Um 10.45 Uhr trifft Ketzer auf dem Bahnhof Szczecin Glowny

ein. Der Zug trifft mit Verspätung. Er hatte lange vor einem Signal gestanden, gleich hinter der Grenze. Ketzer reckt sich, faßt seinen Rucksack und läßt sich von der Menge zum Ausgang treiben. Laut und deutsch spült es um seine Ohren. Icke und du und kiek mal und schau ehj. Ketzer beeilt sich plötzlich. Ihn widert diese Sprache an, daß er sie versteht, sie verstehen muß. Er will schnell aus der Stadt heraus, will sie hinter sich bringen. Draußen. Die Straße. Das Land. Ohne zu wählen spricht er eine Frau an. Wo geht es hier nach Danzig? Nicht verstehen. Nach Danzig will ich. Gdansk! Hier! Er zeigt auf einer Karte. Doch die Frau zuckt nur abweisend die Schultern und geht antwortlos davon. Merkwürdig. ich denke, hier verstehen alle Deutsch. Mal bei der Oma da probieren. Ketzer zieht einen kleinen Sprachführer aus der Kuttentasche. Körperpflege, Bekleidung, Einkäufe, Begrüßung. Hier! Djejn dobrie. Tschi muwitche po njemjetzkie? Mein Gott, was heißt denn Frau? Ah, hier. Pana? Freundlich sieht die alte Frau zu Ketzer hoch. Kenn rruhig deitsch sprechen, jungerr Maann. Ketzer atmet auf. Na also.
Ich will nach Danzig: erklärt er. Hier, zu der Straße will ich.
Er zeigt wieder auf der Karte.
Nach Danzich, soso. Miet Autostopp?
Ketzer versteht nicht, er ahnt nur.
Jaja, trampen will ich.
Da müßten Strazzenbaahn nähm: beschreibt die Frau in singendem Deutsch. Da uunten an Briecke is Haltestelle. Fahrren Sie bies Ende. Dann nähm Sie noch Buus. Und dann iemmerr grrade aus. Über Koszalin kommen Sie, warr frieher Köslin. Wiessen?
Ketzer schüttelt den Kopf. Er schätzt schon die Strecke. 300 km. Das könnte er heute noch schaffen. Die Frau singt weiter. Woher er käme, will sie wissen. Aus Berlin, soso. West oderr Ost? Ost-Berlin. Ketzer wird ungeduldig. Die dreihundert Kilometer drängen. Auf Wiedersehen! Und vielen Dank! Do widsenja!

Ketzer fährt zwei Stationen mit der Straßenbahn, dann steigt er um in eine andere Linie, die Nr. 8 nach Basen Gorniczy. Ob das Altendamm heißt. Ketzer sitzt am Fenster, den Rucksack auf den Knien, und läßt Stadtlandschaft an sich vorüberziehen. Fabriken ziehen, Werften ziehen, Verladekräne und Schiffe ziehen und immer wieder Lagerhäuser. Alte, rote aus Backstein. Doch plötzlich bleiben die Bilder stehen. unendlich dehnt sich Wasser. Bis an den Horizont fast. Ist das schon die Ostsee? Ketzer will auf der Karte nachsehen, aber eine wohltuende Starre lähmt seine Hände. Immer so fahren, bis Danzig, bis Allenstein. Herrlich. Da springen die Bilder wieder an, wie ein Motor. Die Straßenbahn fährt eine Schleife und hält. Alle Leute steigen aus. Seufzend erhebt sich auch Ketzer und stakst aus dem Wagen. Er fragt wieder eine alte Frau. Nach Danzig. Wo? Die Frau versteht und zeigt auf einen Bus. Ketzer bezahlt gleich beim Fahrer. Konjetz, sagt er. Der Bus rumpelt los. Wieder ziehen Bilder. Aber andere jetzt. Familienhäuser, Gärten, Lauben, Villen, die Stadt verkleckert in die Landschaft. Stacja koncowa! Proszc wysiadac. Ketzer sieht mit blödweiten Augen in das runde Gesicht des Busfahrers! Der hat noch eine Hand auf seiner Schulter. Mein Gott, bin ich eingeschlafen? Ist doch erst Mittag! Ketzer lächelt entschuldigend und schiebt sich von der Bank. Do widsenja. Do widzenia. Der Autobus brummt wieder stadteinwärts. Und Ketzer steht und sieht sich um. Aha, das ist also Polen. Doch da röhrt schon ein Auto heran. Ein Lkw. Ketzer sucht nach Schatten hinter der Scheibe. Hat der nun einen Beifahrer oder nicht. Er winkt unentschlossen. Der Lastwagen donnert vorbei. Mistkerl. Hat doch keinen dringehabt! Es kommt dann lange kein Auto. Ketzer sieht auf die Uhr. Halb eins. Schlechte Zeit zum Trampen. Da prescht ein Fiat heran. Ketzer sieht die dunklen Schatten hinter der Frontscheibe. Voll. Höhnische Autogesichter preschen vorbei. Affen! Doch dann kommt ein Kleinbus die

Straße. Ketzer winkt heftig. Der rechte Blinker leuchtet auf. Mensch, der hält an! Und der Bus hält. Ketzer rennt. Djejn dobrie. Nach Danzig? Hier! Er zeigt. Ja jadc tylko do Nowogardu. Ketzer versteht nichts. Nowogard! Der Fahrer pickt mit seinem ölverschmierten Zeigefinger in die Karte. Jaja! Ketzer steigt hastig ein. Das sind ja bald sechzig Kilometer! Ihm Bus sitzen noch welche. Drei graue Männer hocken auf einer Bank. Ihre Mützen sind grau, ihre Bärte sind grau, ihre Schuhe und Hosen sind grau, ihre Jacken sind grau. Und abgeschabt dazu. Ketzer nickt freundlich zu ihnen hinüber. Viel zu hell leuchtet sein gelbkariertes Hemd. Wie ein Kanarienvogel sitzt er vor ihnen. Die Männer starren. Ketzer schluckt unbehaglich. Er muß etwas sagen. Damit die nicht mehr so glotzen. Und ihm gelingt ein eckiges, ganz schön warm draußen. Doch die Männer sehen unbeeindruckt. Verstehen die mich nicht? Warm! Draußen! wiederholt Ketzer. Die Männer rühren sich noch immer nicht. Ketzer gestikuliert. Draußen! Hu! Hu! Er zeigt und fächelt Luft in den geöffneten Mund. Da verstehen sie. Tak, tak. Dzisiaj jest ciepto. Ihre Gesichter werden freundlicher. Ketzer sagt. Gdansk. Ich. Er zeigt auf sich. Aha, Gdansk, wiederholen die Männer und lächeln. Aber dem Lächeln folgt nichts weiter. Was soll er jetzt? Ich, Berlin! B-e-r-l-i-n. Aha, Berlin. Wieder lächeln sie. Endlich fragt einer, NRD? Jaja, Ost-Berlin, DDR. Aha. Mehr holt Ketzer aus den drei Männern nicht heraus. Sie scheinen eingeschlafen zu sein. Nur die Augen halten sie noch offen. Vielleicht haben sie vergessen, sie zu schließen.

Hinter Nowogard stoppt Ketzer einen Lastwagen. Der Fahrer weist ihn auf die Ladepritsche, und Ketzer klettert hinauf. Der Wagen hat Filmrollen geladen. So liegt Ketzer weich, mit ausgebreiteten Armen, und träumt in die Luft. Über ihm steht blau der Himmel. Ein paar Wolken türmen sich. Links türmt es wie ein Kopf, ein Titanenschädel mit einer riesigen Knollennase. Ketzer lächelt. Und rechts türmt ein Fisch, ein Wal oder so was. Nur die Schwanzflosse paßt nicht. Ketzer dreht den Kopf. Wieder zieht Landschaft vorbei. Wälder, Wiesen, mit Kühen drauf in kleinen Koppeln, scheckige Felder, wie Handtücher schmal, Seen, Gräben, kleine Flüsse, Telegrafendrähte, Eisenbahnschienen, birkenbestandene Feldwege, weiche Hügel, Senken, es wellt auf und ab. Und Ketzer setzt drüber, als flöge er. Unter ihm streicht weg eine Welt aus Bildern. Er kennt sie alle. Er hat sie alle schon einmal gesehen. Er hat in jedem schon einmal gelebt. Städte kommen und Dörfer. Und immer wieder Dörfer. Und Ketzer kennt auch diese. Kennt die großen, kalten Bauernhäuser mit ihrem falschen Stuck, ihren Simsen, Prunktreppchen, löwenkopfverzierten Türen und Fenstern. Er kennt auch die quadratischen Höfe, bei denen das Wohnhaus immer quer zur Straße steht. Rechts steht der Kuhstall, links der Pferde- und Schweinestall, und dem Wohnhaus gegenüber die Scheune. Dahinter der Garten noch. Vor den Häusern sitzen Menschen. Sie sitzen auf grünen Schemeln oder einfachen Bänken. Die Männer rauchen Pfeife, und die Frauen stopfen Strümpfe oder schneiden Gemüse. Feierabend ist. Langsamer dreht sich die Welt. Weicher reden jetzt die Münder. Geschichten werden erzählt. Unmerkbar viele. Oder es wird geschwiegen. Und keine Stille reibt. Abklingen, ausklingen, zur Ruhe kommen, Ketzer schaukelt auf den Knien des Großvaters. Noch eine Geschichte, Opa, bitte! Aber der kleine Constantin muß doch ins Bett. Aber es ist doch noch hell. Kleine Jungens müssen schlafen jetzt. Aber wenn ich groß bin, darf ich noch bei euch draußen bleiben, ja Opa? Natürlich, Junge. Wenn du groß bist. Aber da saß dann keiner mehr draußen auf den Bänken, sagt Ketzer bitter. Er sagt es laut. Der Fahrtwind reißt ihm die Worte von den Lippen. Die zerfetzen über einem Bauern, der mit Pferd und Pflug über einen Acker zieht. Er häufelt Kartoffeln. Auf der menschenleeren Fläche nur dieser Mann.

Das Pferd. Der Pflug. Ketzer betrachtet sie wie ein Denkmal. Da sticht es in seiner Brust. Nichts weiter als Sentimentalität, sagt er sich. Laß die man stechen. Aber seufzen muß er dennoch.
Der Lastwagen nimmt ihn mit bis nach Slupsk, eine hübsche Strecke. Ketzer trabt wohlgemut in die Stadt und fragt sich vor zur Fernstraße nach Danzig. An einer Kreuzung am Stadtrand trifft er dann auf eine Gruppe von Jugendlichen. Polen oder Tschechen, er findet es nicht heraus. Sie liegen bunt und fiedrig im Straßengraben, schlafen, lesen, spielen Gitarre, singen. Nach Autos winken sie nur gelegentlich. Heute oder morgen, ist das wichtig? Das Leben ist nur ein einziger Tag. Genieße diesen, Bruder! Es ist dein letzter. Setz dich zu uns. Wir sind Wassermann. Wir sind Sternenstaub. Wir sind auf der Reise.
Wieder so ein Bild, das durchgeschlagen ist. Jeder von uns ist wie eine Leinwand. Von Kindheit an werden Bilder daraufgemalt. Immer wieder andere. Immer wieder werden die alten übertüncht. Aber manchmal, zu gewissen Momenten, schimmert ein Bild durch alle Deckschichten hindurch! Ketzer ist begeistert von seinem Gedanken. Er notiert ihn sofort und setzt noch hinzu: Gerade die stärksten Bilder schlagen am häufigsten durch.
Am Abend erreicht Ketzer Danzig. Er läßt sich am Hauptbahnhof absetzen und erkundigt sich an einem Informationsstand nach einer Jugendherberge. Die Hotelpreise kann er nicht bezahlen. Das ist ja Wucher! Er bekommt zwei Adressen genannt, fragt sich nach diesen durch, erfährt, daß beide Herbergen überfüllt sind, kehrt zum Hauptbahnhof zurück – und wird dort von einem älteren Herrn in fließendem Deutsch angesprochen. Der Mann bietet ihm ein Zimmer zu einem günstigen Preis. Ketzer akzeptiert und fährt mit dem Mann hinaus zu einem Danziger Vorort. Der Mann ist freundlich, ein wenig zu freundlich, wie es Ketzer scheint. Er wird aufpassen müssen. Aber das Haus, in

das er dann geführt wird, beruhigt ihn wieder. Ein schmuckloses Reihenhaus aus den dreißiger Jahren, mit sauberem Vorgärtchen, frischgetünchten Türen und Fensterläden. Auch der Flur erregt nicht Ketzers Mißtrauen. Die Dielen glänzen, die Messingklinken der Türen sind geputzt, auf der Garderobe stehen Plastikblumen. An eine Treppentür, die ins Mansardengeschoß hinaufführt, ist ein Emailleschild geschraubt. Privat: steht drauf. Ketzer liest, ohne zu stocken. Privat. Das ist doch deutsch! Nanu. Er will fragen, doch da öffnet der Mann zwei Türen. Hier die Toilette, sagt er. Und hier Ihr Zimmer! In dem Zimmer stehen vier Doppelstockbetten und vier Stühle. Sonst steht nichts weiter. Ketzer begreift nicht. Was soll das? Ihr Zimmer, Pani! Aber?! Ich denke, ich allein. Aber Pani! Für 40 Zloty die Nacht, wo finden Sie das in Danzig wieder? 400 kostet anderswo. Hinten das Bett rechts ist noch frei. Sie werden nette Bekanntschaft haben. Auch das noch. Aber Ketzer kann nicht protestieren. Er ist müde. Es wird schon dunkel, wo kriegt er da noch ein Bett her? Die eine Nacht wird er schon überstehen. In Allenstein ist er dann schlauer. Ketzer fragt nach dem Bad, er will sich waschen. Im Keller ist, antwortet der Mann.
Das Bad ist eine ehemalige Waschküche, in der auf eine Bank sechs beulige Aluminiumschüsseln gestellt sind. Ketzer ist schon alles egal. Nur durch will er. Er läßt Wasser in eine Schüssel, zieht sich nackt aus und kippt die Schüssel über den Kopf. Das kalte Wasser schlägt wie ein Dreschflegel nach ihm. Ketzer prustet und hüpft von einem Bein aufs andere. Beim Abtrocknen, mit der aufkommenden Wärme, verspürt er Lust, noch einmal in die Stadt zu fahren, auf ein Bier. Ein bißchen bummeln. Danzig soll so schön sein. Er läßt sich also einen Schlüssel geben und zieht los. Er fährt mit der Straßenbahn ins Zentrum zurück. Doch statt der alten Winkel mit ihren schmalen Gassen findet Ketzer nur windige Neubauviertel. Er ist zu früh ausgestiegen

und irrt nun zwischen Wohnhochhäusern umher. Nicht eine Gaststätte gibt es dort, nicht einmal eine Kneipe. Ketzer ist enttäuscht. Er läuft immer in Quadraten und wird müde dabei. Schließlich entdeckt er doch noch eine Bar, die hat auch noch geöffnet. Ketzer tritt ein. Die Bar ist nur ein schmuddliger Raum, mit drei, vier Stehtischen und einem Verkaufstresen, hinter dem gleich gekocht wird. Es gibt nur Suppen. Piwa juz niema! Noch länger wird Ketzers Gesicht. Um die Stehtische drängen sich stopplige Männer in Gummistiefeln und Wodkaflaschen in den Händen. Laut sind sie. Einer von ihnen entdeckt Ketzer. Wieder ist er Kanarienvogel. Wieder starren sie. Der Man taumelt auf Ketzer zu. Pij braczisku. Ketzer wehrt ab. Du deutsch? Der Mann sieht mit schillernden Augen. Ich auch deutsch. Frieher. Plötzlich singt er: Deutschland, Deutschland über alles. Er singt laut. Er singt schaurig. Er singt wie in der Kirche, mit verklärtem Gesicht. Ketzers Augen rutschen an dem Mann hinunter, an der zerschundenen Jacke, der fleckigen Hose, die am Schlitz offensteht, den erdverkrusteten Stiefeln. Er ekelt sich plötzlich. Weg hier! Er stürmt hinaus. Ins Freie. An die Luft. Ahh.
Er findet dann rasch die Straßenbahnhaltestelle. Eine Bahn kommt, er steigt ein und fährt zurück. Während der Fahrt erkundigt er sich. Wo aussteigen, ich Arkady ulica. Oha, Arkady ulica, tak, tak. Es ist nicht leicht in Danzig bei Nacht. Als Ketzer dann das Haus wieder betritt, erkennt er es fast nicht wieder. Auf dem Flur liegen Taschen und Schuhe verstreut, über die Garderobe sind verschmierte Arbeitsjacken geworfen, alle Türen sperren offen. Ohne zu sehen sieht Ketzer in die Zimmer. Überall stehen Doppelstockbetten und Stühle. Niemals mehr. Männer hocken, sitzen, liegen, baumeln, trinken, schlafen, streiten, lesen Zeitungen, kraulen haarige Brüste auf den Betten. Es riecht nach Schweiß und alten Socken, nach Pisse und zu lang getragener Wäsche. Überall kleben Fotos von nackten Mädchen. Manche

sind bespritzt. Die Flecken sind längst getrocknet. Ketzer kriecht ohne zu grüßen in seinen Schlafsack, steckt Brieftasche, Ausweise und Armbanduhr nach. Zieht zu. Sich einkapseln. Schutzschichten schaffen. Er dreht den Kopf zur Wand. Wenigstens eine Wand! An der löchrigen Tapete trocknet Rotz. Mit Kugelschreiber ist ein samenverspritzender Phallus geschmiert. Daneben sperren Schamlippen auf wie ein Maul. Auch hier fleckt es. Kaugummi versteinert auf einer Putzstelle. Ketzer schließt die Augen. Andere Bilder. Bloß andere Bilder! Er versucht die Fahrt wieder heraufzuholen. Schafft es aber nicht. Denn plötzlich singen da welche. Singen mit schwerfällig lallenden Zungen. Plötzlich lachen auch Frauenstimmen. Über Ketzer beginnt das Bett zu arbeiten. Es schwankt und ächzt. Bumsen die? Ketzer hört genauer. Es ächzt weiter. Eine Frau stöhnt. Schreit unterdrückt. Dann grölen wieder welche. Dann poltert es hinter der Wand. Faustschläge klatschen. Dann heult ein Transistorradio. Dann klirren Flaschen. Dann ist Morgen. Ketzer kriecht aus seinem Schlafsack, packt sein Bündel und geht. Er sieht nicht rechts, nicht links dabei. Das war die Hölle hier! Er fährt wieder zum Bahnhof, fragt nach Straßen und steht dann lange an der Ausfahrt nach Elblag.
Kein einziges Auto hält.
Erst als ein BMW kommt, hat er Glück. Er will erst gar nicht winken, ein BMW, der hält doch nie, doch dann tut er es doch, winkt ganz lässig aus dem Handgelenk. Wie zufällig. Das Auto verlangsamt, hält aber nicht. Der Fahrer mustert scharf, fährt noch ein paar Meter und hält. Ketzer jubelt. Er packt seinen Sack und rennt los. Der Fahrer hat schon den Wagenschlag geöffnet.
Wohin wollen Sie? fragt er auf deutsch.
Nach Allenstein: antwortet Ketzer und verbessert sich sofort. Nach Olsztyn, meine ich.
Ich fahre nur bis Elblag. Steigen Sie ein.

Und Ketzer steigt und wundert sich erst jetzt, daß ihn der Mann auf deutsch angesprochen hat.
Er fragt deshalb: Woher wissen Sie, daß ich Deutscher bin?
Das sehe ich: antwortet der Mann bestimmt.
Wirklich?
Ketzer ist überrascht. Er ist für Minuten wirklich ohne Sprache.
Aber wie sehen Sie das, ich meine woran, es gibt.
Er stottert.
Unsere Jugendlichen sehen anders aus. Sie lassen sich mehr gehen. Sie liegen an den Straßen herum und denken, jeder Autofahrer wartet nur auf sie. Sie aber haben gestanden und gewinkt. Sie haben mich beobachtet und geratschlagt, ob es bei mir klappt oder nicht. Ich sehe mir die Leute an, die ich mitnehme.
Aber Polen sehen doch genauso aus: widerspricht Ketzer zurückhaltend. Ich meine die Kleidung, die Haare, wie konnten Sie da wissen?
Oh, ich konnte wissen: unterbricht ihn der Mann. Ich kenne unsere Jugend sehr genau.
Sind sie Lehrer? fragt Ketzer lauernd.
Nein, nein, ich bin nicht Lehrer. Ich bin Ingenieur. Ich interessiere mich nur für die jungen Menschen. Ich habe selbst einen Sohn, er ist in Finnland auf einer Urlaubsreise jetzt. Woher kommen Sie eigentlich?
Aus Berlin: antwortet Ketzer. Er setzt eilig hinzu, noch ehe der Mann fragen kann. Aus Ost-Berlin, aus der DDR.
Dieses Fragen stört ihn, es schneidet jedesmal. Als ahnte das der Mann, sagt er: Oh, Berlin hätte gereicht. Ich kenne die Stadt gut. Meine Firma baut dort an diesem Kongreßzentrum mit, kennen Sie das?
Ketzer nickt.
Ja, vom Fernsehen: sagt er.

Wir haben auch schon in Leipzig gebaut: fährt der Mann fort. An der, die das, an der neuen Universität. Ich kenne Deutschland gut.
Ach daher.
Ketzer begreift, weshalb der Mann so fließend spricht.
Ich war auch schon in Westdeutschland, in München, zur Olympiade damals. Eine schöne Stadt ist München. Sie waren wohl noch nicht dort?
Nein.
Das ist schade.
Der Mann nickt mit dem Kopf und sagt noch einmal: Das ist wirklich schade.
Ja, das ist es.
Auch Ketzer nickt.
Was machen Sie eigentlich: fragt der Mann unvermittelt. Sind Sie Student?
Ja: lügt Ketzer, ohne zu zögern. Es lügt sich leicht im Ausland. Ich studiere Musik.
Er setzt noch hinzu: In Berlin.
Was soll er groß von Liz erzählen, er weiß ja selbst nicht, was er macht. Der Mann ist über die Antwort erfreut.
Ahh: sagt er. Ein schönes Studium.
Ketzer brummt nur. Der Wagen zischt über eine Brücke. Ketzer sieht hinaus.
Das Weichseldelta: erklärt der Mann.
Nach der ersten Brücke folgt die nächste. Dann wieder eine. So geht es fort. Sie sehen über das Wasser und schweigen. Nach einer Weile fragt der Mann, ob Ketzer schon gefrühstückt hätte. Ketzer schüttelt gleichmütig den Kopf, dabei preßt er schon lange die Bauchdecke gegen den Magen, um das Knurren zu unterdrücken. Sie halten also bei der nächsten Raststätte und steigen aus.

Darf ich Sie einladen? fragt der Mann.
Ketzer ziert sich. Aber er könne doch allein, er hat genug getauscht. Der Mann lacht und schiebt ihn ins Restaurant. Ketzer spürt die Hand auf seiner Schulter. Es ist ihm angenehm. Die beiden Gasträume sind fast leer. Sie können sich die Plätze also aussuchen und setzen sich ans Fenster. Der Blick über die Weichsel lohnt. Sie bestellen bald. Der Mann übersetzt und nimmt dabei das Gespräch wieder auf.
Sie wollen nach Allenstein? Haben Sie Bekannte dort?
Nein, habe ich nicht: antwortet Ketzer. Mein Vater ist dort geboren und meine Großeltern auch, das heißt nur meine Oma. Mein Opa ist aus Stettin.
Ketzer zögert. Warum erzählt er das? Und vor allem – ist das ein Grund, tausend Kilometer durch ein fremdes Land zu fahren?
Ich kenne Allenstein gut: sagt der Mann, ohne auf Ketzers abwesende Miene zu achten. Auch als es wirklich noch Allenstein war.
Ich hab ein Foto mit, von unserm Haus.
Ketzer hat wirklich unserm gesagt. Er erschrickt fast darüber, reicht aber ohne zu stocken eine vielmal gebrochene Fotografie über den Tisch.
Der Mann nimmt das Bild und betrachtet es aufmerksam. Ketzer nutzt die Gelegenheit und mustert ihn dabei. Er ist größer als Vater, wohl auch älter. Fünfzig vielleicht schon. Aber was Junges hat er noch. So um die Augen vor allem. Der Mann sieht Ketzer plötzlich eindringlich an. Grau und scharf ist sein Blick. Ketzer windet sich ein wenig.
Warum, fragt der Mann langsam. Fährt ein junger Deutscher so weit, um das Haus von seinen Großeltern zu suchen, von welchem er nichts hat als ein Bildlein?
Ketzer verwirrt diese Frage. Er ist gefahren und damit fertig, in Berlin hielt er es nicht aus. Er wollte zuerst mit Gerhard und Eri-

ka fahren, im Auto. Er hatte sie überredet, immer wieder. Doch dann hatten sich die beiden von einem Tag auf den anderen für Budapest entschieden. Erika hatte nun mal nichts übrig für die Pollacken, die klauten doch sowieso bloß! So war er schließlich alleine gefahren. Allenstein war ja auch nur ein Vorwand, ein Name. Das eigentliche Ziel war Bewegung. Nichts weiter. Wegfahren, weit weg und niemals wiederkommen. Aber wie sollte er das sagen, Liz, der Rausschmiß, das Nichtweiterwissen? Ketzer forscht nach einer Erklärung. Er sucht lange. Dann sagt er: Ich weiß es nicht. Da schüttelt der Mann lächelnd den Kopf und sagt: Ach ihr Deutschen!

Ketzer sucht in dem Gesicht des Mannes. Warum grinst der so? Ketzer verwirrt sich mehr. Was soll er dann sagen? Doch da kommt die Kellnerin und serviert das Essen.

Smaznego!

Ketzer atmet erleichtert auf. Doch der Mann will ihn gar nicht in Verlegenheit bringen. Unbekümmert erzählt er: Als ich Deutsch gelernt hatte, das zweite Mal meine ich, nach dem Krieg, hatte ich eine sehr komisches Erlebnis. Ich war mit einer Reisegruppe in Freiburg im Schwarzwald, als eines Abends eine junge Frau fehlte. Unsere Führerin war nun sehr aufgeregt, und alle suchten und laufen herum. In der Nacht hat dann ein Polizist in den Hotel angerufen und gesagt, er hat die Frau, die nur einen Spaziergang vor dem Schlafengehen machen wollte, weil sie so schlecht einschlafen konnte und ihre Tabletten vergessen hatte, in einem Park in der Nähe vom Bahnhof allein sitzen gesehen. Sie hatte sich verlaufen.

Der Mann lacht ein wenig. Ketzer wartet. Soll er auch lachen? Oder kommt da noch was.

Was ist daran so komisch, fragt er.

Aber ich bitte Sie, diese Sprache! Wo gibt es so eine Sprache wie die deutsche noch einmal, die das Wichtigste immer am Schluß

sagt. Dem Deutschen ist das Unwichtige immer lieber, deshalb stellt er es vorn zuerst.
Sie sind zu absolut.
Ketzer wird mutiger.
Oh, das bin ich nicht. Das ist längst bewiesen. Ich sprech nur nach. Warum sind denn die Deutschen die Dichter und Denker? Ich werde es sagen, weil sie die Sprache dazu haben. Ketzer versteht nicht.
Sehen Sie Ihre Geschichte: erklärt der Mann. Deutschland war immer zerkleinert, ach, was rede ich, zerstückt meine ich. Überall gab es Grenzen, viele, viele Grenzen. Es gab Bestimmungen und Gesetzlichkeit, alles war geregelt. Für die Freiheit war dann nur noch die Sprache vorhanden. Mehr Möglichkeiten gab es für Deutsche nicht, um frei zu sein. Das wußten vor allem die Schriftsteller, denken Sie an Heine.
Aber ich fühle mich gar nicht als Deutscher: widerspricht Ketzer. Als wen fühlen Sie sich dann? fragt der Mann zurück. Er lächelt nun nicht mehr.
Ich weiß es nicht, als Europäer oder Weltbürger. Ist denn das überhaupt wichtig? Ich bin ich! Und damit fertig.
Der Mann schweigt lange und stochert dabei in seinem Essen. Dann setzt er an: Wissen Sie eigentlich, wie traurig das ist, was Sie sagten? (Er überlegt, konzentriert sich.) Seit Jahrhunderten ist der Deutsche immer nur Ich. Das ist sein höchstes Ziel, die Verteidigung seines Ichs. Und warum? Weil er sein Land nicht gefunden hat. Deshalb will er sich nun finden, wie einen Ersatz. Dabei kann er ohne sein Land niemals Ich werden! Verstehen Sie? (Ketzer nickt unbestimmt.) Vor lauter Ich ist er niemals Bürger geworden. Wissen Sie, wie mir Deutsche oft vorkommen? (Er sieht Ketzer fragend an. Na wie?) Als Kinder, die nicht groß werden. Die immer nur wachsen. Die Deutschen sind keine Citoyens oder Gentlemen, sie sind nicht als freie Staatenbürger

aus einem liberalen Bürgertum herausgegangen. Den Deutschen mußte der Staat verordnet werden. Selbst Kant mußte ihnen seinen Kategorischen Imperativ kommandieren. Wissen Sie, was Deutschland niemals war? Ein Staat. Es gab immer nur deutsche Territorien. So ist es noch heute. Es ist kein Zufall, daß Der Untertan in Deutschland geschrieben wurde, von einem Deutschen. Es ist auch kein Zufall, daß Hitler in Deutschland an den (er überlegt), an die Macht kam. Deutsche haben immer gern gehorcht, es ist eine Leidenschaft von ihnen. (Mussolini war Italiener) versucht Ketzer den Fluß zu unterbrechen.) Ach, der italienische Faschismus ist etwas anderes. Die historischen Voraussetzungen sind anders. Rom war immer schon Imperator, aber niemals Berlin.

Da fragt Ketzer fest: Warum hassen Sie die Deutschen eigentlich?

Erschreckt sieht ihn der Mann an.

Oh, ich hasse sie nicht, wie können Sie so etwas denken. Ich liebe Heine und die deutsche Literatur. Die Musik. Beethoven! Wie können Sie nur?

Der Mann sieht noch immer erschreckt zu Ketzer hinüber. Ganz hell sind seine Augen.

Ketzer will wiedergutmachen.

So habe ich das nicht gemeint: sagt er. Aber Sie reden so viel davon, warum sprechen Sie immerzu nur von den Deutschen? Dabei ist es ja nicht mal Ihr Problem. Sie sind doch Pole!

Der Mann aber hebt nur die Brust und läßt sie mit leisem Schnaufen wieder einsinken. Viel später erklärt er sich. Da sind sie schon in Elblag, und er hat Ketzer für ein paar Tage in sein Haus geladen. Bei einer Gartenbesichtigung, zwischen belanglosem Geschwätz, sagt er plötzlich. Mein Sohn ist nicht mehr in Finnland. Er ist in Hamburg jetzt, schon seit Juni. Er kommt nicht mehr zurück. Er will Deutscher werden. Er hat seine Expa-

triierung beantragt. Als Grund gibt er seine Großmutter an, sie war Deutsche.
Ketzer blieb über eine Woche im Hause von Günther Nowak. Er blieb gern bei ihm. Bis Allenstein kam er nicht mehr. Was sollte er dort auch? Ein Haus suchen nach einer zerknitterten Fotografie? Mit den Leuten schwatzen, hier ist mein Vater geboren? Oder das Silber ausgraben, das unterm Birnbaum lag, gleich links den, neben dem Steig? Außerdem hieß Allenstein Olsztyn. Außerdem *ist* Allenstein Olsztyn. Es wird polnisch gesprochen dort.

ZIETHEN

Ist ein Dorf im Havelländischen. Ein Angerdorf, wie es viele dort gibt, mit Kirche und benachbartem Schulhaus, mit altem Friedhof, Konsum, Post, Kneipe und ausgedehnten Kiefernwäldern, den sogenannten Heiden, mit einem von der letzten Weichseleiszeit verbliebenen Grundmoränensee. In Ziethen endete auch Minna und Gerhard Ketzers Flucht. Sie wurden angespült wie Millionen andere Flüchtlinge ebenso. Sie waren Strandgut alle. Doch hinter ihnen vertrocknete die Sintflut. Der Krieg war vorüber. Das Leben begann. Minna Ketzer bekam von der Gemeindeverwaltung einen Eisenbahnwagen als Notquartier zugewiesen. Sechs Abteile hatte der Wagen. Er stand am Dorfrand, gleich neben einem Birkenwäldchen. Kleinrußland hieß die Gegend. Bis zum November 1945 hatten sie ihn winterfest gemacht. Sie entfernten Abteilwände, vernagelten Türen, verstopften Lüftungsschlitze und isolierten den Wagen zusätzlich noch mit trockenem Laub. Die ersten beiden Abteile wurden zur Küche, die restlichen drei zum Wohnzimmer. Tische, Stühle und Geschirr erbettelten sie sich im Dorf, es gab genug reiche Bauern. Im Februar 1946 konnten sie dann über den Suchdienst des Deutschen Roten Kreuzes die Anschrift von Wilhelm Ketzer ausfindig machen. Der war im Oktober 1944 von den Russen gefangengenommen, nach fünf Tagen jedoch wieder entlassen worden, arbeitete dann weiterhin auf dem Verschiebebahnhof, verschob nun russische Truppentransporte und wurde schließlich im Juni 1945 nach Deutschland ausgewiesen. Insterburg war nicht mehr Deutschland und Allenstein ebensowenig. Über Stettin herrschte noch Unklarheit. Die vorläufige Grenze zwischen Deutschland und Polen sollte östlich von Stettin entlang der Oder verlaufen. Aber polnische Truppen hatten die Stadt bereits besetzt, alle Zufahrtswege wurden streng bewacht. Wilhelm Ketzer kam nicht mehr durch, seine Familie blieb verschollen. Er meldete sich dann in Prenzlau den deutschen Behörden, Prenzlau war die nächste Stadt von Stettin, vielleicht konnte er hier am ehesten etwas erfahren. Er arbeitete auf dem Bahnhof als Fahrdienstleiter. Die Behörden waren froh, ein gesunder Mann! Die gab es nicht viel in jenen Tagen. Als schließlich Minnas Brief eintraf, siedelte er nach Ziethen über. Er hatte nicht viel zu siedeln. Eine Aktentasche, einen zweiten Wintermantel, einen Regenschirm, so stand er eines Tages vor dem Eisenbahnwagen. Es wurde eng jetzt in diesem, und Wilhelm baute an. Der Junge ging auf die Oberschule und brauchte seinen eignen Raum zum Lernen. Er sollte es mal besser haben. Zum Wintersemester 1948/49 schrieb sich Gerhard dann an der pädagogischen Fakultät der Humboldt-Universität Berlin ein. Ein Hungerstudium war es, und dann noch das Kind! Und diese übereilte Heirat erst. Aber Gerhard schaffte es. Zäh war er immer schon. Wenn bloß nicht diese Sache da im Juni gewesen wäre, drei Jahre hatte ihn die gekostet. Minna und Wilhelm Ketzer nahmen ihren Enkel Constantin im Sommer 1956 endgültig nach Ziethen. Der Junge mußte ab September in die Schule, und Marianne war den ganzen Tag arbeiten. Wer sollte sich da um ihn kümmern? Im September wurde Constantin dann in die Zentralschule von Ziethen eingeschult. Einen Monat später verschwand der Direktor. Der war getürmt. Für ihn kam ein neuer. Gerhard Ketzer. Eine Charlotte Blank hatte sich eingesetzt. Gerhard hatte sich beworben, aus familiären Gründen. Seine Ehe war gefährdet. Aber vor allem ging es um den Jungen. Der brauchte ein Zuhause, wo er hingehörte. Das ewige Hin und Her war kein Zustand! Dem Antrag wurde stattgegeben. Und Gerhard zog mit seiner Familie in eine leerstehende Laube. Etwas Besseres konnte die Gemeinde nicht bieten. Es war wenig Platz in der Laube, im Winter froren sie, aber eine schöne Zeit hatten sie trotz alledem. Im Herbst 1959 kaufte Wilhelm Ketzer dann das Haus eines geflüchteten Kleinbauern. Es war zu einem Spottpreis zu haben. In dieser Zeit standen viele Häuser zum Verkauf. Die Dörfer zwischen Elbe und Oder leerten sich rasch. Ein Jahr bauten und schufteten sie dann. Veranda, Berliner Fenster, ein Bad, neue Öfen, Gerhard wollte sein Glück zementieren. Eine Insel bauen in dieser unruhigen Welt, einen Schutzwall. Doch der Wall war nicht hoch genug. Die Welt schlug drüber hinweg. Gerhard erlitt erhebliche Verletzungen. So verließ er denn Ziethen, um anderswo noch einmal neu anzufangen. Seinen Sohn ließ er zurück. Oma und Opa würden sich um ihn schon kümmern. So alt waren sie ja auch noch nicht.

Im August 1976 sind Wilhelm und Minna Ketzer im Westen dann. Sie sind in Köln, sie besuchen die Schwester. Ein paar Wochen werden sie wohl bleiben. Inzwischen verwaltet Constantin das Haus in Ziethen. Er füttert die Hühner, gießt Blumen und Gemüsepflanzen, hackt auch Holz. Aber er hackt nicht oft. Im Sommer kann man doch unmöglich an den Winter denken! Ketzer geht nur selten ins Dorf. Er hat das Hoftor verriegelt. Der mannshohe Bretterzaun wird zur Palisade. Das Fort ist gesichert. Ketzer geht darin umher wie in einem amerikanischen Film. Er geht fast nackt. Er ist wieder Indianer. Ist wieder Kind. Buden hatten sie gebaut und Bunker, drüben in den Kuscheln. Oder hinterm Bahnhof, da waren sie noch ungestörter. Da hatten sie mal eine ganze Festung errichtet, mit Vorratsspeicher und Geheimgängen. Wie bei Tom Prox oder Billy Jenkins. Am liebsten war er aber immer Little Joe gewesen von Bonanza, oder dieser, wie hieß doch der schnell von Fury? Der immer zum Anfang sagte, na, Fury, wie wärs mit einem kleinen Ausritt? Und dann mußte Fury wiehern, und dann ging alles richtig los.

Jeden Sonntagnachmittag kam die Serie.
Ketzer geht ins Haus. Aber im Haus ist es kaum kühler als draußen, selbst die Fliesen im Flur haben sich erwärmt. Ketzer spürt es deutlich an den Fußsohlen. Er geht in die Küche, greift eine Colaflasche aus dem Kühlschrank und setzt sich an den Tisch. Er sitzt im Halbdunkel. Durch die abgelassenen Jalousien schlitzt weißes Licht. Ketzer genießt dieses Sitzen. Er hatte lange in der Sonne gelegen, davon war er ganz taub geworden. Er erhebt sich noch einmal, greift eine andere Flasche, gießt nach. Der Rum mischt sich mit der Cola. Ketzer trinkt mit langen, schmeckenden Zügen. Das Taube in seinem Kopf bleibt, aber es wandelt durch den Alkohol, wird flüssiger, beweglicher. Ketzer blinzelt in das Sonnenschlitzen. Das Licht induziert Farben in seinem Kopf. Manchmal Bilder. Manchmal nur Unschärfe. Etwas. Damals. Ferien. Sommer. Zeltlager. Fahrtenschwimmen. Die erste Zigarette, heimlich hinterm Klo. Das erste Mädchen, der Rock, ihr Pettycoat. Der erste Kuß, wie beißen, mit bleckenden Zähnen. Irgendwas unter der Bluse. Die Brust. Und das Glied schon steif. Und so aufgeregt dazu. Und dann der Geruch zum ersten Mal. Dieser Geruch. So nach Fisch. Oder früher noch. In der Scheune. Als die Hitze so unmäßig trieb. Das erste Mal. Das Glied in der Hand. Und so fest. Und das Staunen danach. Und die Lust bald. Toiletten. Löcher. Hinter Büschen sich umziehende Mädchen. Das bissel Dunkel da im Schritt. Die Vot. Ach denks nicht. Und dann mal. Gespannt. Von draußen, durch die Jalousieschlitze. Vater über Mutter. Und so groß das Ding bei Vater. Nicht bloß zum Pinkeln. Unfaßbar alles. Lange noch.
Ketzer erhebt sich und geht mit seinem Glas die Treppe hinauf. Sein Haar ist weißgebleicht. Auf den Schulten fetzt Haut. Schweiß glänzt. Wahnsinn diese Hitze! Als er die Bodentür aufklinkt, schreckt er einen Augenblick zurück. Wie Glut liegt die Luft unterm Dach. Er schwitzt noch stärker. Er löst sich auf,

fließt auseinander, verliert seine Form. Aber angenehm dieses Gefühl. Ketzer sieht sich um. Ein altes Fahrrad hängt verrostet. War das mal meins? Staubbedeckte Sessel stehen, Truhen, türlose Schränke, Flaschen, leere Einweckgläser. Ketzer sucht. Weiß nicht wonach. Er faßt in einen Schrank und zieht Bücher. Lehrbuch der Mathematik. Klasse 5. Eigentum von Constantin Ketzer. Ziethen, Kreis Briesenow. Er blättert. Faßt wieder. Staatsbürgerkundearbeit Nr. 6 vom 7. 1. 1965. Warum sind die Bürger der DDR Pioniere der Nation? Die DDR ist ein Arbeiter- und Bauernstaat. Das heißt, in ihr regieren, planen, arbeiten Bauern und Arbeiter. Das ist einmalig in der dt. Geschichte. Die DDR ist der erste sozialistisch geführte Staat. Sie, die Menschen in der DDR, sind die ersten Deutschen die bestimmen. Die Arbeiter in der DDR sind deshalb die Pioniere der dt. Nation, weil sie zum ersten Mal in der dt. Geschichte arbeiten, planen, führen und regieren. In Deutschland sind die Arbeiter der DDR die ersten Arbeiter die regieren. Sie sind die ersten Arbeiter die mitbestimmen (Aufbau des Sozialismus, ein Beispiel). Sie sind Pioniere, sie müssen die Sache gut weiterführen.

2 R.

So ein Mist! Ketzer schüttelt sich. Er wischt über einen eingestaubten Stuhl, zieht ihn heran, setzt sich, greift einen ganzen Packen von Heften und beginnt zu lesen. Er hat gefunden. Die Schule, das Damals alles, das lockt so unerhört. Deshalb war er auch hier hinaufgestiegen.

Nr. 3 Klassenaufsatz

Das Gewehr ist eine gute Sache, wenn es für eine gute Sache ist.
(Stützen Sie sich bei Ihren Ausführungen auf Beispiele aus Film, Literatur oder Geschichte!)

Einleitung: *Was ist das Gewehr?*
Hauptteil: *Das Gewehr ist eine gute Sache, wenn es für eine gute Sache ist*
1a) Wann wurde das Gewehr zum Unheil der Menschen gebraucht?
b) Wann wurde das Gewehr zum Heil der Menschen gebraucht?
c) Bei wem liegt das Gewehr in guten Händen?
Schluß: *Wann wird Frieden sein?*

I. Das Gewehr ist immer ein Mittel der Gewaltanwendung. Es kann zu vielen Zwecken verwendet werden. Man verwendet es zur Jagd auf Tiere und zur Jagd auf Menschen. Bei den Menschen aber muß man unterscheiden auf welche Menschen man Jagd macht.

II. Das Gewehr diente schon oft solchen Menschen, die mit ihm Not und Elend für die arbeitende Bevölkerung brachten. Es half den Kapitalisten sich zu bereichern. Die Kapitalisten eroberten sich Kolonien und unterdrückten die dort lebende Bevölkerung. Zu unheilvollen Zwecken diente das Gewehr immer den Kapitalisten. Das zeigt der erste und der zweite Weltkrieg. Im ersten Weltkrieg rief man zur Neuaufteilung der Welt. Im zweiten Weltkrieg nach Land und Luft zum Leben. Diese Gier nach Profit wird uns in vielen Filmen gezeigt und hervorragenden Büchern geschildert. So zeigte uns der meisterhafte Filmstreifen

»Gewissen in Aufruhr« wie die Kapitalisten alles daran setzten, um reicher zu werden und ihre Macht zu beweisen. Eine Szene zeigt uns, wie man verwundete Soldaten die sich noch ein wenig bewegen konnten an die Front jagte. Die Revolution in Rußland versuchte man auch mit den schrecklichsten Mitteln zu unterdrücken. Ebenso den Bürgerkrieg in Spanien.
Daß das Gewehr auch für eine gute Sache sein kann, zeigen uns viele Beispiele aus der Vergangenheit. In beiden Teilen des Thälmann Films, wird uns gezeigt wie man das Gewehr für eine gute Sache einsetzen kann. Man baut Barrikaden und stürmt das Polizeirevier um Waffen zu bekommen.
Die Freiheitsbewegungen in Spanien werden uns in dem Film »Fünf Patronenhülsen« gezeigt. Die Partisanen in den Bergen haben kein Wasser und so ist es kein Verbrechen wenn die Posten an den Wasserlöchern getötet werden. Am deutlichsten aber kann man den guten Zweck eines Gewehrs beim Revolutionskampf des russischen Volkes erkennen. Der Filmstreifen »Ein Menschenschicksal« zeigt uns einen Mord der gerechtfertigt ist. Man mußte einen Mann zum Schweigen bringen, der sieben Kommunisten verraten will. Diese 7 Kommunisten aber müssen leben, um die große Sache der Revolution zu verwirklichen. Auch die Kämpfe am Kongo und in Kuba waren gerechtfertigt. Sie kämpften gegen Ausbeutung und Unterdrückung.
Das Gewehr ist bei den Arbeitern und Bauern in guten Händen, weil sie ihr Land vor den Kapitalisten beschützen. Deshalb wurde bei uns das Wehrpflichtgesetz eingeführt. Es soll dazu beitragen, daß alle Werktätigen in Frieden leben können.

III. Wenn das Gewehr auch in guten Händen liegt ist es doch ein Mittel der Gewalt. Deshalb kann erst dann Friede sein, wenn es keine Gewehre mehr gibt. Und weil dies eine Tatsache ist stimmen alle Menschen dem Abrüstungsvorschlag der UdSSR bei.

Inhalt: Eine gute, selbständige Arbeit! 1
Ausdruck: 1
Fehler: 13 Z, 1 R, 1 Gr = 9½ : 3
Form: 3
Gesamturteil: Nur 2 (wegen der Fehler!)

Bu

Oh, Gott! Was waren wir blöd! Und um wieviel blöder wurden wir erst gemacht. Ketzer greift nach einem anderen Heft. Greift nach seinem Glas. Er hebt und schluckt. Klebrig schmiert die Cola über die Zunge. Ekelhaft. Er blättert. Liest auch stellenweis. Dann wirft er den Stoß Hefte verächtlich von sich. Staub wirbelt auf. Das einfallende Licht unterm Dachfenster markiert sich wie ein Balken. Er wühlt weiter in dem Schrank. Aus einem Buch, einem Schulatlas fällt eine Fotografie. Friedensfahrt 1959: Hannes Schober, Gustav Adolf Schur, Egon Adler, Günther Lörcke, Bernhard Eckstein, Wolfgang Braune. Täve! Das waren Zeiten. Alles blieb stehen damals, die ganze Welt. Einmal kamen sie durch Briesenow. Eine Sternstunde. Unfaßbar. Für Wochen Gesprächsstoff. Unwiederholbar überhaupt. In einem Schnellhefter findet er einen vielfach geknifften Zettel. Er liest: Lieber Conny! Ich muß Dir gestehen, daß ich sehr verknallt in dich bin. Du hast immer so schicke Sachen an. Ich möchte dich gerne wiedersehen. Kannst du Sonntag am Kino sein? Deine R. S. Hhm? Wer war R. S.? Die Lange aus dem Lehrlingswohnheim? Aber die hieß Karin. Ketzer liest noch einmal. Chancen hatte er schon gehabt. Die Mädchen waren verrückt nach ihm. Als er in einem Musikbuch blättert, hört er Stimmen von irgendwo: laß uns dir zum Gu-ten die-nen, Deutsch-land, ei-nig Va-ter-land! – Al-te Not gilt es zu zwin-gen, – und wir zwin-gen sie ver-eint. Ganz tief mußte man das singen, und ganz schwer dazu. Feierlich war das schon, so im Schulchor, in der ersten Reihe, vor allen, am

1. Mai oder 7. Oktober. Ketzer blättert und stöbert noch eine Weile. Seine Hände grauen ein dabei. Doch dann erhebt er sich und tritt vor ein schmales Türchen. Er zieht es langsam auf. Als Kind hätte er das niemals gewagt. Er hatte es versucht, wenigstens einen Spalt, nur einen ganz winzigen, war aber immer wieder vor der unheimlichen Schwärze zurückgeschreckt. Spinnen und Ratten konnten da hausen, wenn nicht gar Ungeheuer. Wer wußte das schon genau. Ketzer tappt schrittchenweis in die Kammer hinein. Noch immer beißt der Räuchergeruch in die Nase, trotz der Jahre. Eine Weile steht er wie blind, nur ganz allmählich erkennen seine Augen. Doch Ketzer ist enttäuscht. Nichts als vom Rauch verätzte Wände. Er schiebt sich zurück. Keine Ungeheurer und Drachen also. Schade auch. Dennoch ist er froh, wieder draußen zu sein. Was nun? Er sieht sich wieder um. Über der Räucherkammer, auf einem Dachbalken, stehen ein paar verschnürte Kartons. Die hatte er noch niemals beachtet. Die waren noch von den Leuten, wie Opa immer sagt. Alles altes Zeug. Doch plötzlich ist Ketzer neugierig drauf. Er holt sich eine Leiter, lehnt diese gegen den Balken und steigt hinauf. Die Kartons sind nicht schwer. Er schätzt den Inhalt ab, Papierkram vielleicht oder alte Klamotten. Er steigt wieder hinunter, entschnürt die Kartons und findet seine Annahme bestätigt: Milchrechnungen, Sollablieferungsscheine, Saatgutbescheinigungen, Impfkarten, Getreidetabellen. Er ist bald uninteressiert. Er will die Kartons auch schon wieder verschnüren, als aus einem Hefter eine alte Zeitung herausrutscht. Ein Telegraf vom 6. 12. 1946. Sofort ist er wieder neugierig und zieht vorsichtig an den Blättern. Das Papier ist brüchig, es reißt schon beim Wenden. Eine Meldung ist mit Bleistift umkästelt. Ketzer liest halblaut: Die Ablieferungsfrist für die Bauern in der Sowjetzone ist bis zum 31. Dezember verlängert worden. Um bis zu diesem Zeitpunkt eine restlose Erfüllung des Ablieferungssolls zu erreichen, wurden in ver-

schiedenen Kreisen der Mark Brandenburg Eintreiber eingesetzt, die für die Ablieferung verantwortlich sind. Die Zahl der Eintreiber beträgt in den Kreisen Angermünde und Lebus zusammen rund 200 Bauern. Bauern, die ihr Ablieferungssoll nicht erfüllen, sollen enteignet werden, oder ihnen wird die höhere Selbstversorgungsration entzogen, und sie erhalten nur Lebensmittelkarten wie die übrige Bevölkerung. Ketzer überlegt. So also war das. Er greift wieder in den Karton und fingert noch ein paar Amtsbriefe hervor, die von einer Büroklammer gehalten werden.

An den Bauern Ewald Bree Ziethen. Auf Veranlassung d. Kreislandrates Briesenow werden Sie mit RM 50,– (Fünzig) bestraft, weil Sie der Aufforderung d. Bürgermeisters, den Neubauern bei der Einsaat d. Getreides zu helfen, nicht nachgekommen sind. Im Wiederholungsfalle werden Ihre Gespanne enteignet und den Neubauern zugewiesen.
Zahlbar bis zum 16. Mai 1946 *Der Bürgermeister*

Oder:

Ladung
Heute, Donnerstag, den 25. Oktober 1954 pünktlich 10 Uhr haben Sie sich im Amtsgericht Briesenow, J.-W. Stalin-Straße 9 einzufinden. Bei Nichterscheinen werden Sie mit einer Geldstrafe von DM 1,– bis DM 1.000 bestraft oder zu einer Haft von 6 Wochen verurteilt. *Der Bürgermeister*

Ketzer denkt sich zurück. Mag das für einer gewesen sein, dieser Ewald Bree? Ob er lange gebraucht hat? Es gingen ja viele damals, ein paar Tausend jeden Tag. Als die Werber kamen, mit ihren Lautsprecherwagen. Immer um die Höfe sind sie rum. Tag und Nacht. Wer da nicht verrückt geworden ist. Unvorstellbar. Diese Angst. Und irgendwann alles zum letzten Mal. Schweinefüttern, Kühemelken, abwaschen, Stullenschmieren, anziehen, Geldeinstecken, abschließen, losgehen, sich noch mal umdrehen. Abschließen? Haben die abgeschlossen? Kamen doch nie wieder. Wozu also?

Nie wieder

Ketzer hakt sich fest daran. Er hakt noch am Abend und am nächsten Tag, und an den folgenden ebenso. Es ist dieses Haus, das mal einem Ewald Bree gehört hat und nun einem Wilhelm Ketzer. Es ist der Garten und der See dahinter, es ist das Dorf, die Kuscheln, die Heide, die Sandeberge, die umgerissene Mühle, die einfach nicht wegfault aus der Landschaft (und den Köpfen). Es ist das alles. Vollgesogen mit Gestern, mit Vergangenheit und Geschichten. Da hab ich. Und da war das. Und da hat Nobs. Und da kam Vater. Die Hitze läßt die Steine, Bäume, Kuhlen, Tümpel, Gräben, Wege harzen. Sie treibt Erinnerungen. Und Ketzer klebt fest an jeder. Er schmeckt sie, er spürt sie auf der Haut, er atmet sie sogar. Er kommt nicht los von ihnen. Will es auch gar nicht. Sich ablenken, sich fallen lassen, alle Stricke kappen. Nur ein Mal. Ein einziges.

Ketzer verriegelt noch fester das Tor, baut noch höher die Palisade. Nur keine Störung nicht! Fernhalten alles. Gegenwart. Jetzt. Menschen. Nicht losreißen lassen. Klebenbleiben.

Ein paarmal verläßt er aber doch den Hof. Aber nur nach Einbruch der Dunkelheit. Dann huscht er durch das Dorf, hinüber in den Wald. Sinneberaubend dieses Gefühl, ganz allein zu sein. So einmalig und entsetzt. Ketzer stößt gegen Kiefernstämme. Die Borke schabt Haut von seinen Schultern. Blut. Er lacht drüber. Er ist längst Tarzan. Ist Akim. Wie ein Titan geht er. Er geht ohne Hemd. Nur im Schurz. Die Nächte kühlen nicht ab in diesem Wahnsommer. Wie schon einmal. Damals. Mit Brigitte.

Er saß in der Pariser Commune. Hatte sich verbarrikadiert. Gegen die Hitze. Das Rockfest. Wie lange war das her. Ein Jahr? Ein Jahrzehnt? Ein Zeitalter? Ohh.
In einem Eisenbahnwagen sitzt Ketzer dann mal bis zum Morgen. Ausgemustert. RAW Tegel. Türen während der Fahrt öffnen verboten! Mondlicht fällt. Ketzer sieht. Das Dach ist zerstört. Eingetreten. Die Wände auch. Halbstarke. Er nimmt einen Schluck. Eine Flasche hat er immer bei. Zur Sicherheit. Ausgemustert-RAWTegelTürenwährendderFahrtöffnenverboten.
Morgenlicht fällt jetzt. Ketzer erwacht. Hab ich geschlafen? Er sucht nach seinen Träumen. Doch er holt nur Liz herauf und irgendwas mit Dresden. Schade. Hätte er nicht von dem Eisenbahnwagen träumen können? Er erhebt sich, stößt die Flasche aus dem Weg und läuft zum See. Die Morgenluft schlägt mit nassen Tüchern nach ihm. Herrlich. Ketzer erwacht vollständig. Und friert. Er zieht schon beim Laufen Hemd und Hose. Er läuft in das Wasser. Es spritzt weiß und gelb um ihn.
An einem anderen Morgen sitzt er drüben auf Kienwerder. Noch vor den Urlaubern und Kindern. Er ist ganz allein auf der Insel. Nur ein Angler sitzt noch im Schilf. Ketzer kümmert sich nicht. Er liegt am Strand und hört dem Mississippi zu, der an dieser Stelle eine mächtige Breite erreicht.
Drüben, am anderen Ufer läuten die Glocken von Sankt Petersburg. Oder er sitzt mit Tom und Hucky und brät Schildkröteneier und ißt Speck dazu. Joe Harper, der Schrecken der See, hatte ihn auf seiner letzten Kaperfahrt erbeutet. Halb krumm und lahm geschleppt hatte er sich dran. Nach dem Essen gehen sie dann auf Schatzsuche. Auf der Insel waren schon mal Piraten, weiß Tom. Die haben was vergraben. Eine Kiste voll Gold. Los kommt, ihr Schwarzen Rächer der spanischen Meere! Bis zum Mittag suchen sie dann. Doch bald wird dem Magen das Spiel zu dumm, er knurrt verstimmt. Und Ketzer wischt sich über die

Augen, blinzelt in die Sonne, zwinkert, steigt ins Wasser und schwimmt langsam zurück. Er dreht einmal den Kopf. Hinter ihm liegt Jackson Eiland, eine lange, schmale, bewaldete Insel, deren Spitze in eine flache Sandbank ausläuft. Er winkt, ohne den Arm zu heben. Tschüß ihr! Tom. Huckleberry. Joe. Von der Insel winkt es zurück. Ferienkinder juchen. Ketzer erreicht das Ufer, schlägt um die Liegewiese einen Bogen, diese fetten Urlauber, nein auch, geht einen schmalen, in die Grasnarbe geschliffenen Steig, springt über einen Gartenzaun und sieht durch die (seit langem) torlose Scheune seinen Vater auf dem Hof Holz hacken. Ketzer sieht ihn wie ein Bild, gerahmt in rote Ziegelsteine. Wie er ein Scheit auf den Hauklotz legt, es ausrichtet, die Axt faßt, wie er die Arme hochreißt, Schwung holt, dabei leicht in den Knien federt, wie er den Körper spannt, die Muskeln, wie er zuschlägt dann, wie er sich nach dem gespaltenen Holz bückt, es erneut auf den Klotz legt, ausrichtet. Ketzer sieht immer wieder. Ein Bild, rot gerahmt. Er hat es schon irgendwo einmal gesehen. Aber wo nur. Er sucht. Ach, ja. Dieser mächtige O'Reilly da in den Glorreichen Sieben. Der hackte auch Holz, als ihn Chris anwerben kam. Fünfmal hatte er den Film gesehen. Er war gerade vierzehn geworden. Damals hatte er ein paar Wochen in Mexiko gelebt, in diesem elenden Nest Ixcatlan. Yul Brynner hatte ihn dorthin geholt. Er war der jüngste von den Sieben gewesen. Viel jünger noch als Horst Buchholz. Er war auch der mutigste. Er hatte das Waffenlager der Calvera-Bande gesprengt. Dafür mußte er sterben. Das ganze Dorf hatte an seinem Grab gestanden und geweint. Adios Amigo, hatten sie gerufen. Als Ketzer über die Tenne kommt, bemerkt ihn auch sein Vater. Auch er sieht ein Bild, umrahmt von roten Ziegeln. Darin steht Ketzer mit nasser Hose, die Schultern verbrannt, das brustlange Haar fahlgebleicht, die stoppligen Wangen schon verledert und die Augen tief. Zum Erschrecken sieht er aus.

Die Bilder schieben aufeinander zu. Hallo Vater. Hallo Sohn. Sie buffen sich vor die Brust. Gerhard schwitzt stark, er atmet auch heftig. Seit einer Stunde hackt er schon. Gleich nach seiner Ankunft hatte er begonnen. Wie ein Anfall war es über ihn gekommen.
Ist doch Wahnsinn: sagt Ketzer, um etwas zu sagen. Über Mittag Holz zu hacken. In der prallen Sonne!
Mußte sein: antwortet Gerhard. Einmal am Tag sollte man richtig geschwitzt haben.
Er grinst, nimmt sein Hemd, wirft es Ketzer über die Schulter, geht zu einem Wasserhahn und dreht auf. Ahhhh! Er prustet und schnauft unter dem Strahl.
Ist Erika auch hier? fragt Ketzer betont gleichgültig.
Siehst du sie irgendwo? fragt Gerhard ironisch zurück.
Ketzer ist sofort verstimmt. Ärrr! Was will der hier. Stört bloß.
Ohne auf Ketzers Verstimmung einzugehen, sagt Gerhard frozzig: Heute ist Dienstag, mein Sohn. Da müssen andere Leute arbeiten. Können ja nicht alle Künstler sein!
Ketzer zuckt scharf mit dem Kopf und wirft über die Schultern, oder Doktor! Dann geht er barsch ins Haus. Gerhard schmunzelt hinter ihm her. Er ist nicht zu treffen heut. Er hat alles überstanden, die Verteidigung, die Feiern. Die Plackerei hat nun ein Ende. Jetzt brauchte er nur noch einen ruhigen Posten auf irgendeinem Institut. Der Mensch muß ja irgendwann auch mal leben.
Nach dem Essen, ein einfaches nur, Eier, Fettstippe und Brot, setzen sie sich in den Garten, unter die Nußbäume hinter der Scheune. Es sitzt sich angenehm dort in den alten Korbstühlen, auch nicht eine Fliege stört.
Weißt du eigentlich, warum die Bauern immer Nußbäume hinter ihren Scheunen gepflanzt haben? fragt Gerhard.
Ketzer weiß es nicht. Er schüttelt den Kopf und sieht fragend zu ihm hin.

Sie habens für ihre Pferde getan, um ihnen die Fliegen vom Leibe zu halten. Die Gäule mußten früher nämlich noch den Göpel antreiben. Es gab ja noch keine Motoren für die Dreschmaschinen, und da liefen die hier immer im Kreis rum. Genau wo wir jetzt sitzen.

Hier? fragt Ketzer erstaunt und sieht rund. Er versucht sich vorzustellen: Früher. Pferde an einem großen Holzrad. Hemdsärmelige Bauern. Frauen mit Kopftüchern. Kinder. Alles verschwunden. Nichts mehr geblieben von. Wind faßt in die Bäume. Es raschelt. Zwei, drei Blätter segeln schon. Ketzer seufzt.

Kanntest du eigentlich die Brees? fragt er dann plötzlich.

Ja, natürlich: antwortet Gerhard. Du müßtest sie doch auch noch gekannt haben.

Ich? Kann mich nicht erinnern. Was waren das für Leute?

Wieso fragst du? Hat dich doch noch nie interessiert.

Nun interessiert es aber.

Hh. Bauern, wie alle hier. Nicht reich, nicht arm, keine besonderen Leute halt.

Gerhard windet sich.

Aber Ketzer ist schon zufrieden. Ach so, sagt er mundlos. Wozu auch fragen. Wer einer ist, weiß man doch nie genau.

Vom Briesensee hoch knattert Motorenlärm. Vereinzelt wehen Rufe heran, von badenden Kindern vielleicht. Segelboote stehen in der Ferne, wie weiße Hütchen. Manchmal schreien Möwen. Manchmal ist Stille. Müdigkeit zieht an den Lidern. Mit schon schläfrigen Stimmen erzählen sie noch von Budapest und den schönen Geschäften dort, von Danzig und. Schlafen auch schon ein.

Ketzer erwacht zuerst. Es ist bereits nach vier. Er geht ins Haus, kocht Kaffee, kommt mit Tassen und Tellern zurück.

Er weckt seinen Vater.

Gerhard reckt sich und reibt die schlafroten Augen, gähnt und knackt mit den Gelenken. Wird aber erst nach der dritten Tasse richtig wach. Ketzer versucht zu sticheln.
Trink schnell aus, Daddy: sagt er. Sonst sieht dein Sportgott noch, wieviel Kaffee du trinkst.
Aber Gerhard reagiert überhaupt nicht. Er sitzt mit verschränkten Armen, als fröre er, und starrt stumpf über den Rasen. Er sieht älter aus mit einemmal, trotz der muskelglatten Schultern. Vor allem im Gesicht, überm Jochbein, da spannt die Haut schon so hager.
Woran denkst du? fragt Ketzer. Er hat plötzlich einen Einfall und fragt behutsam hinterher: an Erika?
Gerhard ruckt herum.
Wie kommst du darauf?
Ach, ich dachte bloß. Ihr kracht euch doch öfter mal. Wenn ich da an Silvester denke, oder an das Theater, ob wir nach Polen fahren oder nicht.
Ach, laß man die Erika: weicht Gerhard aus. Mit der geht es schon ganz gut. Man muß eben mit den Gegensätzen leben, das ist die Kunst. Für eine Affäre braucht man nicht viel. Aber jeden Tag mit seinem Partner auskommen, das ist schon n Menge. Der Alltag ist das Leben! Und nicht der siebente Himmel.
Das hab ich schon mal gehört, so was Ähnliches jedenfalls.
Ja? Von wem denn?
Von Mama.
Ach, apropos (Gerhard schlägt sich vor die Stirn), ich hab da n Karte von ihr. Im Wagen, im Handschuhfach.
Er will noch sagen, da ist noch mehr Post für dich, aber Ketzer setzt schon durch die Scheune, setzt über den Hof, hin zu einer schattigen Ecke, wo der Skoda steht. Bücher hatte er da mal verbrannt. Irgendwann. Vor langer Zeit.
Ketzer findet neben Mariannes Ferienkarte, La Corniche, l'une

des parties pittoresques de Marseille, noch einen Brief von ihr, aus Berlin, und eine Einladung von Liz Meyhofer. Sie feiert ihren Geburtstag am 1. September.
Lesend tappt Ketzer zurück in den Garten. Lieber Constantin, bevor wir zu unserer Südfrankreichtour starten, will ich Dir noch schnell ein paar Zeilen zukommen lassen. Es gibt nämlich etwas Neues zu berichten. Roland und ich heiraten nun wirklich, wahrscheinlich im Dezember, der Termin steht noch nicht fest. Eine Einladung für eure Polizei kriegst Du aber noch rechtzeitig. Du kommst doch?? Staunst Du nun? Ich möchte Dein Gesicht sehen. Wir feiern hier in Berlin. Anschließend fliegen wir gleich nach Frankfurt, das Umziehen ist wohl nicht mehr aufzuhalten. Roland hat nämlich endlich einen passenden Laden. Vielleicht. Ketzer faltet den Brief. Er will später lesen, in Ruhe. Am Tisch reicht er Gerhard Brief und Karte.
Willst du? fragt er.
Gerhard schüttelt den Kopf.
Warum nicht?
Kein Interesse. Du kannst mir ja erzählen, was drinsteht.
Geht denn das?
Was?
Ihr habt euch doch mal geliebt, da muß doch was von übriggeblieben sein. Da kann doch unmöglich alles weg sein.
Doch, kann.
Ketzer setzt sich aufrecht in den Stuhl.
Und ich?
Was und ich?
Ich bin doch da!
Und weiter?
Ihr habt mich gemacht! Ich hab von euch beiden was.
Was soll denn diese ganze Fragerei! Kriegst du mit sechsundzwanzig plötzlich irgendwelche Identifikationsprobleme?

Gerhard stemmt sich unwillig aus seinem Sessel hoch.
Die Lehne quietscht unter seinem Gewicht.
Ketzer ist irgendwie eingeschüchtert durch diese Pose.
Trotzdem fragt er: Warum habt ihr euch eigentlich scheiden lassen?
Noch unwilliger stemmt Gerhard jetzt. Noch lauter quietscht die Lehne.
Weil wir es mußten! Weil uns so eine klitzekleine Mauer, die dir ja wohl auch schon aufgefallen ist, dazu gezwungen hat! Ich war Lehrer, Schulleiter sogar, mit einer Frau im Westen! Was meinst du, wie lange die mich noch hätten Lehrer sein lassen, wenn nicht die Scheidung gekommen wär?
Wer ist die? versucht Ketzer dreist zu fragen.
Doch da schlägt Gerhard erst mit der flachen Hand gegen seine Stirn und dann mit der Faust auf den Tisch. Die Teller und Tassen springen heftig.
Hör mal zu, Freundchen: donnert er. Ich hatte in meinem Leben nie das Glück, bei einer berühmten Dame den Gigolo zu spielen! (Auch Ketzer will sich herausfordernd hochstemmen, wird aber von Gerhard sofort niedergeschrien.) Ich konnte es mir nicht erlauben, monatelang als Halbkünstler herumzugammeln. Ja, herumzugammeln! Und auf Kosten anderer Leute zu leben. Nu glotz nicht, als wüßtest du nicht, wovon ich spreche! Es ist ja mein Geld, von dem du lebst! Das muß einmal gesagt sein. Rausschmeißen müßt ich dich! Mit sechsundzwanzig und immer noch nicht selbständig. Kein Pfennig hast du! Nichts hast du! Immer durchgeschlaucht hast du dich! Aber ich mußte arbeiten, jawohl, hart arbeiten! Bei mir haben immer welche aufgepaßt, was ich mache! Die haben alles genau notiert, jedes Zuspätkommen, jedes falsche Wort. Die haben verflucht aufgepaßt, mit wem ich ins Bett gegangen bin und wie oft, und von wem ich Post gekriegt habe und wer meine Freunde waren. Du, ich hab Erfahrung mit

denen! Das laß dir gesagt sein. Und komm mir nicht noch einmal so frech, du! Nicht noch einmal, verstanden!
Er schraubt sich immer höher.
Das kannst du mit deinesgleichen machen, aber nicht mit mir! Son Rotzbengel, weiß nichts, ist nichts, rennt mit sechsundzwanzig immer noch wien Penner umher und will mir schlau kommen! Du, so nicht. Du denkst wohl, du hast da wer weiß was gefragt, he! Wir Alten sind ja zu dämlich, wir sehen ja nicht mehr durch und kuschen bloß, denkst du doch, ja? (Er schreit nun) Mich haben die drei Jahre in die Taiga geschickt. Für nichts. Für einen Satz. Für einen einzigen Satz! Mann!! Drei Jahre! Weißt du, was das für eine Zeit ist? Ach, nichts weißt du. Dumm bist du. Klugscheißen tust du. Will mir was erzählen, hach! Du, ich hab die erlebt. Ich weiß, wer die sind. Das laß dir gesagt sein. Mir darfst du damit nicht kommen. Hörst du? Du nicht!
Gerhard schlägt wieder auf den Tisch. Schlägt stärker noch. Die Teller und Tassen krachen aneinander. Ketzer hockt mit angstweiten Augen. Er biegt sich langsam zurück. Wie ein wutschnaubender Koloß wächst Gerhard. Ketzer duckt sich schon. Er ist schwächer, er kommt nicht an gegen ihn. Mit dünner Stimme bettelt er, hör doch auf, Vater. So hab ich das nicht gemeint, ich wollte doch nicht, es tut mir leid. Wirklich.
Aber da läßt sich Gerhard auch schon mit leisem Aufstöhnen in den Korbsessel zurückfallen, wischt sich einmal über die wutblinden Augen, erhebt sich sofort wieder und stampft, ohne Ketzer noch einmal anzusehen, ins Haus.
Bis zum Abend reden sie dann kein Wort mehr miteinander. Wie zwei gleichgeladene Pole stoßen sie sich ab. Es knirscht vernehmlich, wenn der eine zufällig in das Strahlungsfeld des anderen gerät. Gerhard hat sich unter sein Auto verkrochen. Dort schraubt und klopft und schindet er verbissen. Und Ketzer sitzt im Fernsehzimmer und quält sich durch ein dünnes Reclam-

bändchen mit Kunze-Gedichten. Von Liz hat er das Buch. Der Kunze ist ein Geheimtip, Constantin! Mußt du uuunbedingt lesen. Absolut der Mann! Aber Ketzer versteht kaum. Er hört nur Autogehämmer. Mist auch.
Um halb acht, zur Berliner Abendschau, steht Gerhard mit einemmal neben dem Fernsehapparat und fragt schroff, ob sich Ketzer nicht ums Abendbrot kümmern wolle. Es ist nichts da, brummelt dieser zurück.
Dann gehen wir in den Krug: bestimmt Gerhard. Er redet schon weniger schroff. Ketzer erhebt sich mit demonstrativem Zögern. So leicht läßt er sich nicht rumkriegen, er hat ja schließlich auch seinen Stolz!
Auf dem Weg zum Seekrug dann sagt Gerhard versöhnlich, daß das mit dem Rausschmeißen nicht so gemeint war. Er könne natürlich bei ihm wohnen bleiben, so lange er wolle, irgendwie sei er sogar froh darüber.
Ketzer will fragen wieso, aber Gerhard winkt schon ab. Erledigt der Fall.
Im Seekrug ist kein Tisch mehr frei. Überall sitzen Urlauber, es ist ja Abendbrotzeit. Gerhard und Ketzer stehen ein wenig hilflos an der Tür und suchen über die Köpfe hinweg. Nicht ein bekanntes Gesicht entdecken sie. Nichts ist mehr wie früher. Alles fremd. Auch das Billardzimmer ist verschwunden. Wo wohl das Sofa hingekommen ist, Ketzer geht vor zur Theke und fragt nach Frieder Grünwald. Der ißt grad in der Küche, wird ihm gesagt. Ach so. Früher hätte er hinter die Theke gedurft. Bis zur Küche waren es dann nur noch ein paar Schritt. Soll ich ihm etwas ausrichten? Ää, ja eigentlich, ein Constantin Ketzer wäre hier. Danke auch. Sie warten und bestellen Bier inzwischen. Prost Sohn! Prost Dad! Sie sehen sich wieder an. Freundlich ihre Augen. Da klappt die Tür. Da kommt Frieder Grünwald, klein, untersetzt mit Bauch schon, das Haar verschämt gestutzt. Mensch Fritze!

Mensch, Brian! Sie schütteln sich die Hände. Sie suchen. Die Augen. Da wird man zuerst älter.
Wollt ihr essen, oder seid ihr nur aufn Bier? fragt Frieder und begrüßt dabei Gerhard.
Lange nicht gesehen, Herr Ketzer: sagt er mit geschäftsmäßiger Freundlichkeit.
Und doch wiedererkannt: versucht Gerhard den Ton zu halten. Sie lachen übertrieben. Frieder winkt nach einer Kellnerin und weist kühl an: Den Einzeltisch in der Veranda für die beiden Herren hier!
Er wendet sich wieder und schmunzelt augenzwinkernd: Für alte Freunde haben wir immer noch ein Plätzchen.
Selbstsicher steuert er dann durch die Tische, hin zur Veranda.
Wo ist eigentlich das Billardzimmer geblieben? fragt Ketzer.
Ach, das: antwortet Frieder bauchig. Wir haben alle Wände rausgerissen, wir brauchten Platz. Sieh dir doch die Massen an. Nächstes Jahr bauen wir auch noch oben aus.
Oben? wundert Ketzer. Und wo wohnt ihr dann?
Frieder lacht.
Mensch, wir wohnen doch schon lange nicht mehr hier. Wir haben uns doch n Haus gebaut, hinten an den Kuscheln. Wußtest du das nicht?
Ach dieser riesige Bungalow da, mit den bunten Glasscheiben?
Genau! stolzt Frieder. Swimmingpool haben wir auch, den größten hier. Wenn du nächste Woche noch hier bist, kannste ja mal kommen, hab Geburtstag.
Mensch, ja! (Ketzer schlägt sich an die Stirn). Wirst du nicht dreißig?
Frieder nickt. Er nickt etwas bedrückt, überspielt aber mit betonter Flottigkeit.
Was soll ich euch bringen lassen?
Die beiden bestellen Kaßlerbraten und Bier. Bier vor allem. Ein

paarmal kommt Frieder noch an ihren Tisch. Er kommt nur kurz. Er hat zu tun, lange unterhalten kann er sich nicht. Das Geschäft, Kinder, das Geschäft! Manchmal steht es mir ja bis hier! Aber was will man machen? Leben muß der Mensch irgendwie. Gerhard und Ketzer drehen verständig mit den Schultern, fassen nach den Gläsern und prosten ihm zu. Herrlich doch so ein Bier. Sie fassen gern. Sie fassen lange. Sie trinken sich in Rausch. Vergessen einfach. Einmal. Loskommen von allem. Vom Gestern. Von Heute. Von dieser beschissenen Welt. Was ist man denn auf der? Hh? Ein Nichts ist man. Ein Arsch. In den immerzu getreten wird. Ich verdien einen Batzen Geld, jeden Monat. Aber wofür? In Budapest ist das Scheißhauspapier. Jawohl, Scheißhauspapier! Ich schinde, rackere mich ab, um mir mit Geld meine Wünsche zu erfüllen, und hab es dann, ist es nur zum Hinternabwischen. So ist das! Mann, was ist das für eine Welt?! In Pest haben die uns aus ner Bar rausgeschmissen, weil wir nicht das richtige Geld hatten. Bums, ging das Licht an, alle DDR-Bürger haben das Lokal zu verlassen. Um zehn! Über Lautsprecher haben die das angesagt. Über Lautsprecher! Bruderland. Hach! Jeder Müllkutscher ist denen lieber, wenn er bloß ausm Westen kommt. Da kannste tausendmal Doktor sein, ein Dreck bist du für die, ein Schiß. Ein Idiot! Gerhard redet immer lauter, er schreit fast schon wieder. Auch seine Augen trüben rasch. Ketzer zerrt an ihm. Komm, Dad, die Leute. Wenn dich jemand hört! Er hat Angst. Ihm dreht sich schon alles. Laß doch, Vater, wir gehn nach Hause. Schrei doch nicht so! Ketzer winkt nach Frieder. Die Rechnung. Morgen, Conny. Ach, raus hier. Mann. Er schiebt Gerhard durch die Tür. Frieder hilft. Dann endlich: Draußen! Hier hört niemand. Gott sei Dank. Gerhard trieselt hinunter die Dorfstraße. Ketzer trieselt hinterher. Einmal will er seinen Vater stützen, aber da schlägt dieser zu. Mit geballter Faust. Der Schlag trifft Ketzer vor die Brust. Er stürzt. Sitzt auf dem Hintern und begreift nicht. Was hat der? Mensch, Daddy! Vater! Aber Gerhard trieselt weiter, ohne sich zu wenden. Schaum sitzt in seinen Mundwinkeln. Er sabbert. Redet halblaut vor sich hin. Mit siebenundvierzig, wo andere mit siebenundzwanzig sind! Wegen einem Satz, einem blöden Satz. Blöden, blöden, blöden. Dabei bin ich nicht mal mitmarschiert, wußte doch, wie das ausgeht. Die hatten doch Panzer, die Russen. Nur weil ich gesagt hab, daß ich es verstehen kann, wenn die Bauarbeiter in der Stalinallee streiken. Nur der eine Satz. Drei Jahre. Ohh, zwanzig, Mannmann, drei Jahre, dreidreidreidreidrei. Er hämmert sich mit den Fäusten gegen den Kopf und bleibt stehen. Ketzer wartet ein paar Schritte abseits. Er wagt sich nicht näher. Er ist ganz nüchtern jetzt. Wie auf ein Kommando läßt Gerhard die Arme sinken.

Komm: sagt er heiser. Hast es ja auch nicht leicht. Er faßt nach Ketzer. Er faßt warm um ihn. Sie schlingern Schulter an Schulter über den Friedhof. Sie schlingern nach Hause. Aber was ist das schon – Zuhause. Das haben doch nur Kinder. Als Erwachsener wohnt man doch nur noch. Man ist behaust. Mehr nicht. Ketzer stöhnt leise.

Is was? fragt Gerhard mit verknoteter Zunge. Er streichelt Ketzers Wange. Ketzer ist diese Zärtlichkeit unangenehm. Er kennt sie nicht. So hat Vater noch nie.

Ach, nichts: antwortet er. Ich hab bloß gedacht, daß das hier alles unser Zuhause ist, unsere Heimat irgendwie.

Heimat? Heimat gibts nicht mehr. Heimat ist bloß die Vergangenheit. Erwachsene haben kein Zuhause mehr, die haben bloß noch Häuser.

Ketzer ist erschüttert. Er ist gelähmt. Er spürt Gerhards Last nicht mehr um seine Schultern. Er ist taub. Oder tot. Oder wer weiß was noch.

Auf dem Hof angekommen, stürzt Gerhard sofort unter den

Wasserhahn. Er zieht sich nicht einmal das Hemd. Ketzer lehnt gegen die Hauswand. Ihm ist übel. Irgendwie ist das alles nicht mehr zu ertragen. Schwer und breitbeinig und triefend kommt Gerhard heran. Als er dicht vor Ketzer steht, sagt er rauh: Die wollen nur Köpfe! Die sind geil auf Köpfe! Rollen müssen die. Rollen!

Ketzer bleibt unbeweglich. Was soll das nun schon wieder. Das ist ja zum Verrücktwerden. Er schleppt sich die paar Stufen zur Veranda hinauf. Oben sagt er, ich geh schlafen, und schleppt in das Schlafzimmer der Großeltern. Bis in sein Zimmer hoch schafft er es nicht mehr. Außerdem ist es auch zu heiß unterm Dach. Gerhard schlurft hinter ihm her. Er schiebt sich an ihm vorbei, zieht sich nur das Hemd und die Sandaletten, läßt sich ins Bett fallen, rollt sich zusammen und schnarcht schon. Wie ein kleines, haariges Tier liegt er. Ein winziger Haufen Mensch auf einer endlosen eisweißen Fläche. Ketzer betrachtet ihn. Er betrachtet ihn lange. Mitleid klumpt hoch in ihm. Er möchte dieses pelzige Wesen streicheln, berühren. Aber wie soll er über diese endlose eisweiße Fläche hinüber?

Ketzer blieb nicht nicht mehr zu Frieders 30. Geburtstag. Er hatte anderswo zu feiern, in Berlin, in der Leipziger Straße 44. Da stand am 1. September den ganzen Tag die Tür offen. Da feierte Lizzy Meyhofer ihren fünfunddreißigsten Geburtstag. Sie feierte ihn schon das zehnte Jahr.

KÖLN

Das kennt man. Den Dom, das Eau de Cologne, die Firma 4711 in der Glockengasse, die Ford-Werke, den kölschen Karneval, die Hohe Straße und die Schildergasse, Willy Millowitsch. Die Kölner Sporthalle kennt man schon weniger. Dabei ist sie ein imposantes Bauwerk. 7000 Zuschauer faßt sie. 7000 sitzen auch am Abend des 13. November 1976. Die IG Metall hat geladen, zur Auftaktveranstaltung ihrer Jugendwoche. Biermann wird singen! Die Sensation lockt! Es ist rammlig voll in der Halle. Auf der Bühne dann nichts, nur ein Hocker, ein Notenständer, zwei Mikrofone, links noch eine Orgel mit Bänkchen davor, Fernsehkameras und er. Wolf Biermann. Dunkle Cordhose, gestreiftes Hemd. Der Schnauzer. Die Gitarre. Die Stimme. Und so aggressiv, der Mann. Und so laut, der Mann. Und dann wieder leise. Sogar traurig. Klagend. Das Land ist still. Noch.

Ketzer sieht Biermann im Fernsehen, eine Aufzeichnung der ARD, um den Zuschauern in der DDR die Gelegenheit zu geben, sich selbst ein Urteil über die Aussagen jenes Kölner Konzerts zu bilden. Ketzer sieht eineinhalb Stunden lang. Er spricht nicht. Er raucht nicht. Er trinkt nicht. Er bewegt sich nicht einmal. Sitzt nur hohl und hört seinen Herzschlag dröhnen. Biermann ist weg! Rausgelockt. Ausgesperrt. Er kommt nicht drüber. Sein Herz dröhnt lauter. Wummert hoch bis in die Schläfen. Ketzer reibt die Stirn. Vor Leere wird ihm übel. Mannmann, die können das doch nicht machen! Die müssen den doch wieder reinlassen. Biermann! Jeden anderen. Aber ihn. Ausgerechnet. Das, das. Nein. Er preßt sich in den Sessel. Das ist das Endeendeende. Er krallt sich in die Lehne. Festhalten. Das Haus kippt. Auf Kopf steht die Welt. Hilfe. In seinem Mund scheuert die trockene Zunge. Was soll jetzt kommen? Eine neue Eiszeit? Eiszeit ist Endzeit. Also überleben bloß noch. Durchkommen einfach. Ketzer krümmt sich. Vorbei. Aus der Traum. Der letzte. Der aller. Da klappt die Tür.

Gerhard kommt ins Zimmer. Er setzt sofort zum Fernsehapparat und dreht den Ton leiser.

Bist du verrückt: schnauzt er. So laut Biermann zu hören! Ketzer preßt sich noch tiefer in den Sessel. Vielleicht geht er wieder. Er will Gerhard nicht bemerken, will ihn nicht wahrnehmen. Geh doch! Bitte. Aber Gerhard bleibt. Dringt rücksichtslos in Ketzers Stille.

Laut sagt er: Dieser Quatschkopf! Spuckt große Töne und kassiert n fette Westmark dafür. Da würd ich auch Märchen übern Sozialismus erzählen. Der hat doch nie gearbeitet, der weiß doch gar nicht, wies bei kleinen Leuten aussieht.

Sei bitte still.

Wie der schon dasitzt, dieser Paradiessänger. Der hat doch nichts mehr mit dem Volk zu tun. Was denkst du wohl, wann der das letzte Mal mit nem Arbeiter geredet hat?

Sei doch mal bitte ruhig, verdammt noch mal!

He, he, du! Das hier ist mein Zimmer. Da kann ich reden, was ich will, verstanden? Wenn dir was nicht paßt, dann zieh doch aus, hält dich doch keiner. (Dann zum Bildschirm hingewandt) Nun heult der Kerl auch noch! Ist doch alles bloß Masche von dem. Der traut sich doch bloß deshalb das Maul aufzureißen, weil ihm keiner was draufhaut. Das sollte sich unsereins mal wagen! Künstler, die dürfen alles.

Du redest wie ein reaktionärer Spießer! Wolf hat sich gerade für Arbeiter eingesetzt, die in den Knast gekommen sind, die nicht von dieser Prominentenglocke geschützt waren.

Sag doch gleich Käseglocke!

Im Mai hat er erst an Streit geschrieben und seine Bestrafung ge-

fordert, weil einer in Dresden für dreieinhalb Jahre in den Bau sollte, bloß weil er seine Texte vervielfältigt hatte. So!
Mensch, der weiß doch genau, daß ihm da nichts passieren kann, wenn er an den Generalstaatsanwalt schreibt. Die stecken doch alle unter einer Decke. Den halten die sich doch als Hofnarren, wie das die Könige früher auch gemacht haben. Der behält doch seinen Kopf drauf. Zum Abhacken haben die andere, viele andere.
Nun fang nicht schon wieder mit deiner Geschichte von dreiundfünfzig an. So was muß man doch mal überwinden, das kann man doch nicht ewig als Argument benutzen.
Gerhard will schon drohend mit den Schultern rollen, wird aber durch Biermanns Lautsprecherstimme abgelenkt.
Hör, hör dir diesen Idioten an! kreischt er. Der 17. Juni war ein ›faschistischer Putschversuch‹!? Ha, daß ich nicht lache, ein ›Putschversuch‹. Dieses Großmaul! Der hat doch damals noch in die Hosen geschissen, dieser Klugarsch! Keine Ahnung hat der doch, was in Berlin losgewesen ist. Mit Panzern sind die gekommen. Mit Panzern! Und da red der! Also. Dem müßte man.
Gerhard springt zum Apparat und schlägt gegen die Austaste. Ketzer federt hoch. Springt ebenfalls. Schlägt wieder An. Gerhard reißt ihm die Hand. Schlägt Aus. Ketzer schlägt an. Sie schlagen Aus, An, Aus, An. Ketzer ist ohne Angst. Sein Vater ist größer, sein Vater ist stärker, er hat einen trainierten Körper – aber Ketzer hat seine Wut. Seine losbrechende Wut. Die multipliziert seine Kräfte. Gerhard spürt diese Ballung. Er weicht leicht zurück. Aber nur ein wenig, einen Fußbreit. Mit einem gräßlichen Schrei stößt ihn nun Ketzer von dem Apparat. Einen Augenblick ist er erleichtert, eine Tausendstelsekunde lang. Gerhard stolpert gegen einen Sessel, strauchelt, fängt sich, rammt zurück. Ketzer weicht der Wucht mit einer leichten Schulterdrehung aus. Trotzdem poltert er gegen die Schrank-

wand. Glas klirrt. Bücher und Vasen kippen. Gerhard will Ketzer mit seinen mächtigen Armen packen, doch dieser duckt sich, windet sich weg, kommt wieder hoch und schlägt aus dem Sprung. Doch er trifft schlecht. Trifft nur die Schulter. Gerhard schüttelt sich, röhrt Luft aus der Kehle, schnaubt und packt zu. Packt sicher diesmal, und schlägt. Ketzer fliegt weit. Klatscht gegen eine Wand. Blut rinnsalt aus seiner Nase. Er stöhnt. Dann stößt er sich ab. Fliegt auf den Vater zu. Wirft ihn um. Wirft ihn nieder. Schreit und schlägt. Toll ist er, blind ist er, voll grausamer Lust zu peinigen, niederzutrampeln. Alles. Hoffnung, Träume, Wünsche, Täuschungen, Lügen, Falschheit. Zerstören. Auslöschen. Kaputtmachen, was kaputt macht. Für immer. Endlich.
Noch am selben Abend verließ Ketzer die Wohnung seines Vaters. Er packte sich eine Reisetasche und fuhr zu Liz. Er blieb bei ihr ein paar Nächte. Dann nahm ihn Greschke auf. Greschke hatte in Rahnsdorf ein Haus, Platz war da schon für ihn. Und Ketzer zog um. Was hatte er schon groß. Ein paar Bücher, Schallplatten, Bilder, Wäsche noch. Eine Autoladung, nicht mehr. Bei Greschke fühlte er sich sofort wohl. Immer passierte dort was, kam jemand, ging jemand, las oder spielte vor. Musiker, Literaten, Schauspieler, Existenzen, Maler. Ketzer gehörte zu den Existenzen. Seine Vergangenheit akkreditierte ihn in diesem auserlesenen Kreis. Ach, mit der Meyhofer warst du mal zusammen? Holla! Er hatte seine Legende und polsterte sie aus. Weich liegen wollte er, sich nicht mehr stoßen wo. Überhaupt verplüschte die Zeit. Die Kälte kam. Es wurde Winter. Man zog sich zurück.

Diese Unstadt. Gezweiteilt. Gevierteilt. Gehauen auf die Schlachtbank. Die Geschichte ist ein barsches Weib. Zack! Schlägt sie zu. Schlägt durch Straßen, Häuser, Brücken, Schienen, Seen, Kanäle. Schlägt durch Köpfe. Schlägt durch Menschen. Die laufen wie Krüppel alle. Eine Stadt voll Invaliden. Auch Ketzer zieht schon das Bein. Er zieht ins Badezimmer. Greschke ist nicht da. Der ist mit Liz in Magdeburg, so gehört ihm das Haus. Offen stehen alle Türen. Musik schallt. Ketzer summt beim Rasieren die Melodie. Er rasiert sich sorgfältig. Es ist der Hochzeitstag seiner Mutter, der 18. Dezember 1976, ein Sonnabend. Und nun die Nachrichten in der Rundschau am Morgen! Tüt-Tüt-Tüüüt. Hier die Meldungen im einzelnen. Zürich: Wie UPI berichtet, wird der chilenische KP-Chef Louis Corvalan heute um 13.10 Uhr MEZ in Zürich mit einer Maschine der Air France eintreffen und dort gegen den sowjetischen Bürgerrechtler Vladimir Bukowsky ausgetauscht. (Ketzer sinken die Arme, seine Kinnlade sinkt auch. Er setzt zum Radioapparat. Das ist doch nicht möglich.) Wie UPI weiter berichtet, soll sich Bukowsky bereits seit dem gestrigen Abend in Zürich aufhalten. Der prominente Regimekritiker, der bereits zwölf Jahre in Lagern und Nervenkliniken zugebracht hat, kam mit seiner dreiundsechzigjährigen Mutter, seiner Schwester Olga und seinem Neffen Michail, der unmittelbar nach der Landung der Aeroflotmaschine in ein Zürcher Krankenhaus überführt wurde. Bonn: Regierungssprecher Bölling hat gestern Stellung. Ketzer mindert die Lautstärke. Er steht vor dem Apparat und will etwas denken, etwas Wichtiges. Durchsehen will er, was da gespielt wird. Poker oder was? Oder werden Kühe gehandelt? Ich

muß das noch packen! Das. Er lacht plötzlich, steil und verächtlich. Er winkt ab. Sollen die doch machen. Was ging ihn das an? Nichts. Er wischt über die Stirn. Weg ist es. Er schlurft zurück ins Badezimmer. Spült ab den Schaum. Kämmt das Haar, bürstet es. Sieht in den Spiegel. Sieht in den Spiegel! Augen blicken ihn an. Stumpfe, glanzlose Augen. Seine. Meine? Er erschrickt. Er drückt sich näher an den Spiegel. Fährt über das Glas, fährt über die Stirn, die Wangen, das Kinn. Er wischt über die Schatten unter den Lidern. Das Dunkel bleibt. Es hat sich eingefressen. Er klopft ein wenig Creme in die Haut. Sie hellt nicht dadurch. Er zieht sie, spannt sie mit Daumen und Zeigefinger. Ja, so könnte das gehen. So war das früher mal. Früher? Er läßt die Finger sinken. Die Haut schlafft zurück. Schlafft stärker noch, scheint ihm. Er grimassiert sich an. Furchtbar knifft es in den Augenwinkeln. Und dann diese Kerben da am Mund! Ich darf nicht mehr lachen, überhaupt nicht mehr lachen. Er versucht die Krähenfüße zurückzudrücken. Aber sie falten immer wieder hoch. Ich werd alt! Himmel. Er dreht und wendet langsam den Kopf. Das Neonlicht der Spiegelleuchte faßt hart über die Haut. Grau ist sie. Stumpf ist sie. Abgewetzt und rissig. An den winzigen Schatten, die Fältchen, Pickel, Mitesser, Rauhstellen und Flecken werfen, erkennt er das Altern. Er erkennt es zum ersten Mal. Noch niemals vorher hat er. Oh, Gott. Er schmiert noch mehr Creme ins Gesicht. Reibt und massiert dann. Er droht, hebt, senkt, wirft den Kopf. Er faßt in die Haare. Teilt sie. Wendet sie. Sucht. Am Scheitel, an den Schläfen. Aber er findet nicht. Hhff, wenigstens noch keine grauen Haare. Noch! Er erschrickt erneut. Dieses Unwort noch. Noch keine grauen Haare, noch jung, noch Twen. Noch.
Ketzer verläßt rasch das Badezimmer. Man sollte alle Spiegel zerschlagen, ja zerschlagen! Die entstellen und verzerren doch bloß. Spiegel lügen! Immerhin hatte er noch keine Glatze, und

fett war er auch nicht. Und die Geheimratsecken waren in seinem Alter normal. Mit siebenundzwanzig, da durfte man sich schon ein paar Falten erlauben. Falten machen männlich. Und überhaupt, mit siebenundzwanzig ist man noch nicht alt, da fängt das Leben erst an. Vorher war alles nur probieren. Erst die Reife bringt den richtigen Geschmack. Genau, so ist es. Ketzer schaukelt sich wieder hoch. Dabei kleidet er sich an. Der Geruch der frischen Wäsche bessert weiter seine Stimmung. Das straff über der Brust sitzende Hemd, der taillierte Samtblazer, was wollte er denn? Er sah doch gut aus. Er war doch eine Erscheinung. Die Frauen rissen sich nach ihm. An jedem Finger eine hätte er haben können. Er kam doch hin. Es ging ihm gut. Vielleicht schmiß er sich mit der dicken Maria zusammen, angeboten hatte sie es ihm ja. Scheiß doch was auf große Liebe! Auskommen mußte man. Spaß haben mußte man, und mit Maria hatte er. Warum also nicht? Sie war keine Schönheit, aber dafür hatte sie Stil. Ist das etwa nichts? Und dann ihre Wohnung und ihr Job da beim Fernsehen! Vielleicht fiel eine kleine Rolle ab bei ihrem nächsten Film. Wäre doch was Neues. Gefernseht hatte er noch nicht. Man mußte alles probieren, sonst hat man nicht gelebt. Vielleicht wurde er noch entdeckt! Späte Karriere, so was gabs doch.
Ketzer sitzt in der Küche und frühstückt. Er ißt nur ein Butterbrötchen. Zu essen wird es genug geben drüben. Drüben! Mensch, ich fahr ja rüber! Es prickelt über seine Stirn. Die Unruhe packt zu. Er verschlingt den Rest des Brötchens, springt auf, läuft in sein Zimmer, greift sich dort seinen Paß, die XYBescheinigung, die ZKarte, den Umtauschnachweis. Hatte er alles? Ketzer grinst. Ich bin ja schlimmer als diese dämlichen Rentner. Er sieht auf die Uhr. Wenn ich mich beeile, schaffe ich die 10er-Bahn noch. Er zögert. Etwas greift nach seinem Magen. Dreht ihn ein wenig. Drückt ihn ein wenig. Ketzer atmet tief ein. Ruhig blei-

ben! Ich fahr nach Tempelhof, nicht mehr. Er nimmt sich seine Kutte, nimmt den Geschenkkarton, ein Kopftuch aus dem Spreewald, geklöppelt, was sollte man schon schenken, kämmt sich noch einmal das Haar, schreibt für Greschke noch einen Zettel und verläßt das Haus. Er sieht in den Himmel. Grau steckt der in den Astkronen der Kiefern. Schnee wird es geben. Haben die nicht vorhin gesagt, daß es. Mensch, das Radio! Ich Dussel. Ketzer kehrt um, betritt wieder das Haus, schaltet ab den Apparat, verschließt die Türen, geht die leere Straße, sieht sich zu. Sieht sich überdeutlich. Wichtig wird jeder Schritt. Einmalig gar. Drüben! Ob die an der Grenze groß kontrollieren? Er geht zum S-Bahnhof. Er geht wie gegen eine Wand. Das könnte die gelierte Schneeluft sein. Die Wand gibt nach. Wird dünner mit jedem Schritt. Ketzer begegnet keinem Menschen. Niemand da. Leer die Welt. Die Straße verengt zu einem schmalen laubglitschigen Waldweg. Die Bäume stehen dürr und verödet. Nässe träuft herab. Alles ist anders an diesem Morgen, selbst das Licht. Ketzer sperrt die Sinne. Mit einemmal liebt er diese Bäume. Liebt sie plötzlich hemmungslos. Vor allem die Kiefern. Hart und knorrig sind sie, ohne Schönheit überhaupt. Aber zäh sind sie, wachsen selbst auf kargstem Sandboden. Ketzer riecht auch die Bäume. Es ist ein trockener, harziger Geruch, nichts Fauliges, Winterfeuchtes ist dabei. Es ist mehr ein Sommergeruch. Wie kommt er da jetzt drauf. Seltsam.

Er betritt die Bahnhofshalle, geht zum Schalter und verlangt eine Karte nach West-Berlin. Er hatte eigentlich Jannowitzbrücke sagen wollen. Aber seine Lippen bogen sich von selbst. Erlegen dem Reiz. Dieser unerhörte Satz. Ihn sagen. Einmal. Gegen allen Sinn. Die Frau hinter des Gazescheibe stutzt. Sie wollen nach West-Berlin, fragt sie mißtrauisch. Dürfen Sie denn überhaupt? Ketzer nickt mit angewiderten Mundwinkeln. Die Frau bleibt mißtrauisch. Na, denn zeigen Sie mal Ihren Paß, fordert sie herrisch. Ketzer zeigt. Die Frau blättert. Ketzer verdreht die Augen. Neunzich Pfennig macht et! Ketzer reicht das Geld. Teuer. Er nimmt die Fahrkarte, locht sie, treppt hinauf zum Bahnsteig, wartet, der Zug kommt, er steigt ein. Zug Berta nach Friedrichstraße Türen schließen, Zug Berta nach Friedrichstraße abfahren! Ketzer fährt stadteinwärts. Er denkt an Liz. Wenn die nicht hätte. Er sieht auf die Uhr. Halbe Stunde noch bis Jannowitzbrücke. Dann aussteigen. Dann die Brückenstraße hinunter, die Heinestraße. Dann der Kontrollpunkt. Dann. Ketzer schlägt die Gedanken weg. Ruhig bleiben. Rankommen lassen. Und wenn ich nun? Ketzer schlägt wieder. Nein! Nicht das denken. Gar nicht erst damit anfangen. Er versucht sich mit Landschaft abzulenken. Kiefern, Kiefern, nichts weiter. Nur Nässe und Ödnis noch. Die S-Bahn fährt im Bahnhof Friedrichshagen ein. Leute steigen zu, Frauen, mit Maurerkellen und Rucksäcken bepackte Männer. Es wird laut im Wagen. Endlich. Die Männer krachen auf die Sitze. Sie lachen laut und reichen eine Flasche rund. Ketzer hört ihnen zu. Sie erzählen sich Witze. Kennt ihr schon das neueste Gericht in der DDR? Nee? *Gedämpfte* Zunge! Die Männer brüllen, und Ketzer schmunzelt. Er will sich den Witz merken. In Köpenick steigen wieder welche. Auch Uniformierte. Die Bauarbeiter stoßen sich an und schweigen grinsend. Was verliere ich denn, wenn ich. Neeeiin!! Ketzer schlägt wieder. Aber der Gedanke sitzt fest, hat sich verkeilt in den Hirnfurchen. Also: Was würde sein, wenn ich nicht mehr zurückkäme, wenn ich drüben bliebe? Wem würde ich fehlen? Wer würde mich vermissen? Maria? Geschenkt. Greschke? Vater? Der hat seine Erika, die krachen sich schon zusammen. Wohnen tut sie ja schon in meinem Zimmer. Für die reicht maln Brief oder n Karte. Was haben wir denn schon Gemeinsames? Das Jahr in der Dolomitenstraße? Er ist eben Sportler, Doktorsportler, und ich bin. Ja, was bin ich? Eine Existenz! Und wer braucht die schon? Der Staat?

Der braucht Arbeiter, die für ihn schuften. Und Soldaten, die auf die schuftenden Arbeiter aufpassen. Arbeiter bin ich nicht mehr, Soldat werd ich nicht mehr. Höchstens noch Reservist, fürn halbes Jahr. Das erspar ich mir drüben auch. Noch ein Argument mehr. Und B? Und Moritz? Mein Sohn Fragezeichen. Da reißt es quer durch Ketzer. Irgendwas. Es reißt mächtig. Er hält die Luft an. Was war das schon, Glück? Doch keine Bohle Holz. Glück war ja nur ein Stückchen Glas. Sie hatten gespielt damit. Sie hatten sich geschnitten daran. Der Schmerz war nicht zu vergessen. Die Narben ebensowenig. Ach, heulen könnte man. Der Zug fährt in Ostbahnhof ein. Ketzer sucht über den Bahnsteig. Brigitte. Er findet sie nicht. Holger Kliem fällt ihm ein. Der Brunnen. Zu kurz alles immer. Aber ein Weg war es. Er war ihn ja auch gegangen, bis zum letzten Meter. Nichts ist ewig. Das weiß man doch. Also nicht trauern. Kopf hoch und schrumm. Abschied heißt doch auch weitergehen. Hhm, wer hat das mal gesungen. Pannach? Oder Renft? Ketzer erhebt sich. Jannowitzbrücke. Aussteigen. Hier wollte der doch mal abhauen. Wie hieß der nur? Kätlich oder Redlich? Ketzer erinnert sich nicht mehr. Er sieht nur ein Gesicht. Trapezgesicht. Kein Kinn, kaum Mund, wenig Nase. Nur Stirn. Er steigt langsam die Treppe hinab. Läßt Menschen vorbeifließen. Sollen die nur rennen. Er rennt nicht mehr mit, gehört nicht mehr dazu. Ist ausgeschert. Gekennzeichnet. Sah das niemand. Er ging durch eine Wand. Die wurde immer dünner. Die Brücken-, die Köpenickerstraße. Hier gings mal zur U-Bahn runter. Hier irgendwo an der Ecke. Ketzer erinnert sich. Bildschwaden ziehen. Hier hatten wir mal gewohnt, irgendwo bin ich hier geboren. ICH BIN HIER GEBOREN! Ketzer dreht und dreht sich. Nichts. Neubauten nur. Glatt und abweisend. Er geht weiter. Er zählt die Schritte. Aber er zählt rückwärts. Ein Countdown. 10 – 9 – 8 – 7 – 6 – 5 – 4 – 3 – 2 – 1. Null

Bitte Ihren Paß! Ketzer reicht dem Beamten das blaue Büchlein. Nehmen Sie etwas mit nach West-Berlin? Ketzer zeigt seinen Karton. Ach so ja, ist gut. Eine Filmszene alles. Unwirklich. Ausgedacht. Künstlich. Er sieht sich zu. Bitte warten Sie dort vor der. Wie sicher er laufen kann. Er strauchelt nicht einmal, an keiner Stufe. Spricht und antwortet sicher. Zeigt seine Papiere, die XY-Beschreibung, die ZKarte. Er lacht dabei. Lacht dabei. Er. Ich. Lacht!

Nur dies Lachen.

Sein Mund.

Schwenk auf die Mauer. Ketzer geht drauf zu. Immer dünner wird die Wand. Ist eine Haut nur noch. Er spürt sie, wie sie sich über das Gesicht spannt, die Brust, die Beine. Wie sie reibt. Quietscht. Wie Cellophan.

Ketzer vor dem Strich.

Der Strich nur. Zehn Zentimeter breit etwa. Auf grauen Asphalt gezogen. Über den ganzen Bürgersteig gezogen. Über die Straße, die Stadt, die Erde. Trennung der Welten. Wer markiert sie? Was für ein Mensch? Hat er Kinder, ein Auto? Ist er groß? Klein? Ist er glücklich, verheiratet? Was denkt er? Denkt er, nur ein Strich, wie tausend andere auch, also nur kein Gewese darum? Gibt er sich Mühe beim Ziehen? Ist er sorgfältig? Zieht er mit einem Lineal den Strich? Bei der Teilung der Welt darf man nicht schlampen. Wo beginnt eigentlich die Andere-, die Außen-, die Unter-, die Fremdwelt? Rechts vom Strich? Links vom Strich? Oder in der Mitte? Oder versetzt von der Mitte? Oder wo?

Ketzer hebt das Bein.

(Darf man den Strich überhaupt betreten?)

Er will ansetzen zum Schritt.

Er stößt gegen das Cellophan. Er wischt über die Augen. Sieht undeutlich vor sich die Skyline von Manhattan, die Washington-Bridge-Station, die Bucht von San Francisco, sieht Cablecars die

Powellstreet hinauf- und hinunterrumpeln, sieht das Tal von Montery, ten thousand electric guitars play, sieht einen Pub im Londoner Chelsea, sieht Kuno dort sitzen und Emmy und Zinnert. Zinnert ja.

Die Haut zerreißt.

KETZERS JUGEND

IST ZU ENDE